Yonne e Rober

Mais sonhos e realizações e mais paz no mundo

Kuli

2007

AMORES & AMORAS

Da autora:

A Herdeira

Lenda

Amores & Amoras

Jude Deveraux

AMORES & AMORAS

Tradução
Beth Leal

BERTRAND BRASIL

Título original: *The Mulberry Tree*

Capa: Silvana Mattievich

Editoração: DFL

2007
Impresso no Brasil
Printed in Brazil

CIP-Brasil. Catalogação na fonte
Sindicato Nacional dos Editores de Livros – RJ

D499a Deveraux, Jude, 1947-
Amores & amoras/Jude Deveraux; tradução Beth Leal.
— Rio de Janeiro: Bertrand Brasil, 2007.
378p.

Tradução de: The mulberry tree
ISBN 978-85-286-1266-0

1. Romance americano. I. Leal, Beth. II. Título.

07-2201 CDD – 813
CDU – 821.111 (73)-3

EDITORA BERTRAND BRASIL LTDA.
Rua Argentina, 171 — 1º andar — São Cristóvão
20921-380 — Rio de Janeiro — RJ
Tel.: (0xx21) 2585-2070 — Fax: (0xx21) 2585-2087

Capítulo 1

Ele precisava de mim.

Sempre que alguém — em geral algum jornalista — me perguntava como eu conseguia me entender com um homem como o Jimmie, eu sorria e nada dizia. Já havia aprendido que, independentemente do que dissesse, minhas palavras seriam distorcidas, e por isso eu simplesmente me calava. Uma vez fiz a bobagem de falar a verdade para uma repórter. Ela parecia tão jovem e tão carente que, abrindo uma exceção, baixei a guarda. Disse: "Ele precisa de mim." Foi tudo. Só essas quatro palavrinhas.

Quem poderia imaginar que um segundo de vulnerável honestidade pudesse causar tanta polêmica? A garota — ela, sem dúvida, ainda não atingira a maturidade — aumentou minha frase curta e a transformou num conflito internacional.

Não me enganara ao considerá-la carente. Ah, sim, com certeza, era muito carente. Como precisava de uma história, fabricou uma. Pouco importava se lhe faltava fundamento.

Devo admitir que era boa em pesquisa. Provavelmente não pregou o olho um minuto sequer nas duas semanas entre meu comentário e a publicação da história. Consultou psiquiatras, gurus de autoajuda e o clero. Entrevistou hordas de feministas radicais. Qualquer mulher famosa em quem vislumbrasse a menor possibilidade de detestar os homens foi entrevistada e citada por ela.

Por fim, pintaram o Jimmie e a mim como um casal doentio. O tirano autoritário em público não passava, em casa, de uma criança chorona. De mim, falavam que eu era um misto de aço e coração de mãe.

Quando o artigo saiu e causou alvoroço, senti vontade de me esconder do mundo. Queria me recolher na mais remota das doze casas do Jimmie e nunca mais voltar. Já o Jimmie não sentia medo algum — esse era o verdadeiro segredo do seu sucesso. Enfrentava no peito e na raça as perguntas, os risinhos de escárnio e, pior, os pseudoterapeutas que consideravam nosso "dever" expor ao mundo nossos pensamentos e sentimentos mais íntimos.

Jimmie simplesmente punha o braço à minha volta, sorria para as câmeras e respondia a todas as perguntas com bom humor. Sempre tinha uma piada para oferecer em resposta às perguntas que lhe faziam.

— Dr. Manville, é verdade que sua esposa é a eminência parda? — perguntara um jornalista, me lançando um sorriso insuportável. O Jimmie tinha um metro e oitenta e oito e a constituição de um touro, como diziam. Eu media um metro e cinqüenta e sete e era gordinha. Definitivamente, nunca tive a menor pinta de eminência parda de ninguém!

— É ela quem toma todas as decisões. Sou só o testa-de-ferro — respondera Jimmie, sorrindo e exibindo os famosos dentes. Quem o conhecia, porém, percebia a frieza em seus olhos. O Jimmie não gostava que depreciassem o que tinha na conta de si próprio. — Eu não conseguiria nada sem ela — acrescentara, com seu jeito provocador. Só poucas pessoas o conheciam bem o suficiente para saber se estava brincando ou não.

Três semanas depois, encontrei por acaso o cameraman que acompanhara o repórter naquele dia. Era meu predileto, pois não se comprazia em mandar para o editor as fotos que exibiam minha papada pelo ângulo mais desfavorável possível.

— O que aconteceu com aquele seu amigo que parecia muito interessado em meu casamento? — perguntei, me esforçando para parecer simpática.

— Foi demitido — disse o fotógrafo.

— O quê?

Ele estava trocando as baterias da câmera e não levantou os olhos.

— Foi demitido — repetiu, e depois levantou a vista. Mas não para mim, para o Jimmie.

Sabiamente, o fotógrafo nada mais falou. E, também sabiamente, nada mais perguntei.

Jimmie e eu tínhamos uma lei tácita: eu não me metia em nada do que ele fazia.

— Como uma esposa da Máfia — dissera-me minha irmã, cerca de um ano depois de Jimmie e eu nos casarmos.

— O Jimmie não manda matar ninguém — retruquei furiosa.

À noite, contei ao Jimmie sobre a conversa com a minha irmã, e por um instante seus olhos brilharam de um jeito especial, que, naquela época, ainda não me era familiar.

Um mês mais tarde, o marido da minha irmã recebeu uma oferta de trabalho fabulosa: o dobro do salário, moradia e carros de graça. Além de uma babá em tempo integral para a filha deles, três empregadas e título de sócio de um clube campestre. Um emprego irrecusável. No Marrocos.

Depois que o avião do Jimmie caiu e me deixou viúva aos trinta e dois anos de idade, a mídia do mundo inteiro só escreveu uma coisa: que o Jimmie "nada" me deixara de herança. Dos seus bilhões — dois ou vinte, nunca consigo lembrar ao certo quantos — nada ficou para mim.

— Hoje estamos duros ou ricos? — eu costumava lhe perguntar, porque seu patrimônio líquido variava de um dia para o outro, dependendo do que ele estivesse armando naquele momento.

— Duros — respondia, e ria da mesma maneira quando me contava ter ganho muitos milhões.

Jimmie nunca ligou para dinheiro. Ninguém entendia isso. Para ele, não passava de um subproduto do jogo.

— É como aquele monte de cascas que você joga fora depois de preparar a geléia.

— Pobre mundo — eu dizia, e o Jimmie soltava uma gargalhada, me pegava no colo e me levava para o andar de cima, e ali me amava com carinho.

Acredito que o Jimmie sabia que não viveria até a velhice.

— Tenho que fazer tudo o que puder o mais rápido possível. Você vai ficar comigo, Ferruginha? — ele vivia me perguntando.

— Sempre — eu respondia, e falava sério. — Sempre.

Mas não o acompanhei até o caixão. Fui deixada para trás, exatamente como Jimmie previra.

— Vou tomar conta de você, Ferruginha — disse-me mais de uma vez. Quando me falava essas coisas, sempre me chamava pelo apelido que me deu no dia em que nos conhecemos: Ferruginha, por causa das sardas do meu nariz.

Quando dizia "Vou tomar conta de você", eu nunca ligava muito. O Jimmie sempre "tomou conta" de mim. Se eu queria alguma coisa, ele me dava, inclusive adivinhando meus desejos. Ele dizia:

— Conheço você melhor do que você mesma.

E de fato conhecia. Ainda que, para ser franca, eu seja obrigada a admitir que nunca tive tempo para tentar me conhecer. Para quem tinha de acompanhar o Jimmie pelo mundo afora, não sobrava muito tempo para esse tipo de reflexão.

Jimmie me conhecia, e tomava conta de mim. Não como o mundo considerava certo, mas da maneira que ele sabia que eu *necessitava*. Ele não me deixou uma viúva rica, cobiçada pela metade dos solteiros do mundo, que viveriam me perseguindo, loucos para declarar seu amor por mim. Não, ele legou o dinheiro e todas as doze casas caríssimas às duas únicas pessoas no mundo que realmente odiava: sua irmã e seu irmão mais velhos.

Para mim, o Jimmie deixou uma fazenda enorme caindo aos pedaços no interior da Virgínia, que eu nem sabia que ele possuía, e um bilhete:

Descobre a verdade sobre o que aconteceu, tá, Ferruginha? Faz isso por mim. E lembra que eu te amo. Onde quer que esteja, o que quer que faça, lembra que te amo.

J.

Quando vi a casa da fazenda, caí em prantos. O que me permitira sobreviver os seis meses seguintes à morte do Jimmie fora a imagem daquela casa. Imaginara algo charmoso, feito de troncos, com uma chaminé de pedra num canto. Pensara numa varanda espaçosa com cadeiras de balanço rústicas, um gramado na frente com rosas cor-de-rosa soltando pétalas ao vento.

Visualizara hectares de terra levemente ondulada, uma região coberta de árvores frutíferas e framboeseiras — todas podadas, saudáveis e com frutas maduras em abundância.

O que vi, porém, era de uma feiúra típica dos anos sessenta. Tratava-se de uma casa de dois andares, com as paredes externas revestidas de uma espécie de revestimento verde — do tipo que nunca muda com o passar dos anos. As tempestades, o sol, a neve, o tempo, nada disso surtia qualquer efeito sobre aquele revestimento. Quando novo, fora de um verde pálido, enjoativo, e agora, muitos anos depois, a cor continuava a mesma.

Havia trepadeiras num lado da casa, mas não do tipo que dá um toque de graça ao ambiente, que sugere aconchego. Parecia que essas trepadeiras iriam a qualquer momento engolir a casa, comê-la crua, devorá-la, e depois vomitá-la naquele mesmo verde tétrico.

— Tem conserto — Phillip falou baixinho por trás de mim.

Nas semanas que se sucederam à morte do Jimmie, a palavra *inferno* não dá uma pálida idéia do que sofri.

Foi o Phillip quem me acordou no meio da noite quando o avião do Jimmie caiu. Devo confessar que fiquei chocada ao vê-lo. Como mulher do Jimmie, eu era sacrossanta. Os homens de quem ele se cercava sabiam o que aconteceria se me fizessem algum tipo de insinuação. E não me refiro só a sexo, mas a qualquer tipo de investida. Ninguém do trabalho dele, homem ou mulher, jamais me pedia para interceder em seu favor perante meu marido. Se tivesse sido demitido, sabia que se aproximar de mim para pedir para "ponderar" com o Jimmie provavelmente resultaria em algo bem pior do que uma simples demissão.

Por isso, quando acordei com a mão do principal advogado do Jimmie pousada no meu ombro, dizendo que eu precisava levantar, soube na mesma hora o que havia acontecido. Só se o Jimmie estivesse morto alguém ousaria entrar no meu quarto acreditando que sairia dali vivo.

— Como? — perguntei, já totalmente desperta e me esforçando para agir com maturidade. Por dentro, eu tremia. Claro que não podia ser verdade, disse a mim mesma. O Jimmie era muito grande, muito vivo para estar... para estar... Eu não conseguia formar a palavra na minha cabeça.

— Você precisa se vestir agora mesmo — disse o Phillip. — Temos que guardar esse segredo pelo máximo de tempo possível.

— Jimmie está ferido? — perguntei, a voz cheia de esperança. Talvez ele estivesse numa cama de hospital e houvesse pedido para me chamarem. Mesmo enquanto pensava isso, porém, sabia que não era verdade. Jimmie sabia o quanto eu me preocupava com ele.

— Prefiro que cortem fora meu pé a ter de suportar suas queixas — dissera-me mais de uma vez. Ele odiava quando eu implicava com seu cigarro, com sua bebida ou com suas noites em claro.

— Não — Phillip falou, com uma voz dura e fria. Olhou-me nos olhos. — O James não está vivo.

Quis ter um colapso. Queria mergulhar de novo nas colchas quentinhas da cama e voltar a dormir. E, quando acordasse, queria que Jimmie estivesse lá, deslizando a sua mão enorme por baixo da minha camisola e dando aquelas suas rosnadinhas que me faziam rir feito uma boba.

— Agora não é hora para luto — disse Phillip. — Temos que sair para fazer compras.

Aquilo me tirou do estado de choque.

— Você está louco? — perguntei. — São quatro horas da manhã.

— Consegui que uma loja abrisse. Se veste logo! — mandou. — A gente não tem tempo a perder.

Seu tom não me intimidou nem um pouquinho. Sentei na cama rodeada pela minha frondosa camisola e puxei a trança debaixo de mim. Jimmie gostava de que eu usasse roupas antigas e do meu cabelo longo. Depois de dezesseis anos de casamento, já dava para sentar em cima da minha trança.

— Não vou a lugar algum até você me explicar o que está acontecendo.

— Agora não há tempo — Phillip começou a falar, mas parou, respirou fundo e olhou para mim. — Posso perder a licença para advogar por causa disso, mas redigi o testamento do James e sei o que te espera. Só vou conseguir manter os abutres longe por alguns dias. Até a leitura do testamento, você ainda é a esposa do James.

— Vou ser sempre a esposa do Jimmie — disse com orgulho, levantando a papada no gesto mais corajoso que consegui fazer. Jimmie! Meu coração estava em prantos. Todo mundo na Terra poderia morrer, menos o Jimmie.

— Lillian — Phillip falou com ternura, os olhos cheios de compaixão —, só fizeram um homem como o James Manville nesta Terra. Ele só obedecia às próprias regras e às de mais ninguém.

Esperei que me contasse alguma coisa que eu ainda não soubesse. O que queria dizer com aquilo?

Phillip passou a mão nos olhos e olhou o relógio do lado da cama.

— Pelo código de ética, não posso te contar... — começou, e depois soltou a respiração, sentando-se pesadamente na cama, a meu lado. Se eu precisasse de mais alguma prova de que o Jimmie já não estava mais vivo, a prova seria essa. Se houvesse alguma chance de o Jimmie entrar no quarto e ver outro homem sentado na cama ao lado da mulher dele, o Phillip jamais teria ousado tal gesto de familiaridade.

— Quem pode entender o que o James fez, e por quê? Trabalhei com ele por mais de vinte anos, mas não o conheci. Lillian, ele...

Phillip teve de respirar fundo algumas vezes, então pegou minha mão e a pousou entre as suas.

— Ele não te deixou nada. Ele destinou toda a herança para a irmã e o irmão dele.

Não consegui entender o que ele estava dizendo.

— Mas ele os odeia — disse, retirando a mão.

Atlanta e Ray eram os únicos parentes vivos do Jimmie, e ele não ligava a mínima para eles. Dava-lhes suporte financeiro, vivia tirando um ou outro de alguma enrascada, mas os detestava. Não, pior, sentia desprezo por eles. Certa vez o Jimmie estava olhando para mim de um modo estranho, e perguntei no que estava pensando.

— Eles vão te comer viva — disse.

— Parece interessante — respondi, sorrindo para ele.

Mas o Jimmie não me sorriu de volta.

— Quando eu morrer, a Atlanta e o Ray vão te perseguir com todas as forças do universo. E vão contratar advogados para trabalharem para eles na base de honorários sucumbenciais.

Eu não estava gostando daquelas alusões cada vez mais freqüentes ao seu falecimento.

— Honorários sucumbenciais, o que é isso? — perguntei, ainda sorrindo.

— O quanto de dinheiro eles levam quando te processam e te arrancam os olhos da cara — Jimmie respondeu, carrancudo.

Como não queria mais ouvir aquilo, fiz um gesto com a mão para afastar a idéia e disse:

— Phillip vai cuidar deles.

— Phillip não é páreo para uma ganância desse porte.

Para isso não tive resposta, pois concordava com ele. Não importava o quanto o Jimmie lhes desse, eles sempre queriam mais. Certa vez, quando Jimmie precisou viajar de uma hora para outra, encontrei a Atlanta dentro do meu closet, contando meus sapatos. Ela não ficou nem um pouco constrangida com o fato de eu tê-la surpreendido. Levantou os olhos para mim e disse:

— Você tem mais três pares de sapatos do que eu.

Seu olhar me deu tanto medo que saí correndo do meu próprio quarto.

— O que você quer dizer com "ter deixado tudo para eles? Tudo o quê?" — perguntei ao Phillip. Queria pensar em qualquer coisa, menos no que seria da minha vida sem o Jimmie.

— Quero dizer que o James deixou todas as ações, todas as casas, todos os imóveis espalhados pelo mundo, as empresas aéreas, tudo, tudo para o seu cunhado e a sua cunhada.

Como detestava todas as casas que o Jimmie comprara, não entendi o que havia de mal nisso.

— Vidro e aço demais para o meu gosto — disse, lançando um sorrisinho para o Phillip.

Phillip lançou-me um olhar duro.

— Lillian, isto é *sério*, e o James não está mais aqui para proteger você. E não tenho poder para fazer *coisa alguma*. Não sei por que foi que ele fez isso, Deus sabe o quanto tentei dissuadir o James dessa idéia, mas ele disse que estava dando para você aquilo de que você precisava. Foi tudo o que consegui arrancar dele.

Phillip levantou-se e esperou algum tempo até recuperar as forças. Jimmie dizia que o que gostava no Phillip era do fato de que nada no mundo o perturbava. Mas isso o havia perturbado.

Tentei afastar do pensamento a imagem do meu futuro, tentei parar de pensar numa vida sem a risada do Jimmie, sem seus ombrões para me proteger, e olhei ansiosa para o Phillip.

— Você está querendo dizer que me tornei indigente?

Procurei não sorrir: ao longo dos anos, o Jimmie tinha me coberto de jóias, e essas jóias valiam milhões.

Phillip respirou fundo.

— Mais ou menos. Ele deixou para você uma fazenda na Virgínia.

— Ah, então! Já é alguma coisa — disse, e depois retirei o humor da voz e esperei que prosseguisse.

— Sei que faltei com a ética, mas, depois de redigir o testamento, mandei uma pessoa à Virgínia para ver o local. Bem... não é grande coisa. É...

Virou-se por um instante e me pareceu que falou baixinho "filho-da-mãe". Como, no entanto, se tratava de algo que não me agradava ouvir, ignorei. Quando ele voltou o rosto para mim, já tinha recuperado a postura de homem de negócios. Olhou no relógio, um relógio de pulso que o Jimmie lhe dera no passado; havia custado mais de vinte mil dólares. Eu possuía um deles, em tamanho menor.

— Você fez alguma coisa com ele? — o Phillip me perguntou, delicadamente. — Outro homem, por acaso?

Não pude evitar uma risadinha, e minha resposta foi simplesmente encarar o Phillip. Nem as mulheres dos haréns eram mantidas sob sete chaves tão potentes quanto as que guardavam a esposa de James Manville.

— Tudo bem — disse o Phillip —, há meses venho tentando decifrar esse enigma e nem sequer consegui chegar perto da solução. Desisto. Quando lerem o testamento do James, esse inferno todo vai vir à tona. A Atlanta e o Ray vão ficar com tudo, e você só vai ficar com uma fazenda na Virgínia e cinqüenta mil dólares, uma ninharia — disse, e depois franziu os olhos. — Tudo o que posso fazer é dar um jeito de você ganhar todas as coisas que nós dois conseguirmos comprar de agora até a hora em que a morte do James se tornar pública.

Bastou ouvir essas palavras, "a morte do James", e quase caí morta.

— Não — disse o Phillip, me pegando pelo braço e me levantando. — Agora você não tem tempo para luto nem autopiedade. Você precisa se arrumar. O gerente da loja está nos esperando.

Às cinco e meia daquela fria manhã primaveril, empurraram-me para dentro de uma grande loja de departamentos, onde eu deveria comprar tudo o que fosse precisar para a fazenda na Virgínia. Phillip falou que o homem que lá estivera não tinha conseguido ver o interior da casa, não sabendo nem mesmo de quantos quartos dispunha. O sonolento gerente, arrancado da cama para abrir a loja para a esposa de James Manville, nos acompanhava servilmente, eu apontando para as coisas e ele tomando nota.

Aquilo tudo parecia irreal demais. Não dava para acreditar que uma coisa assim estava acontecendo, e uma parte de mim, a parte ainda em estado de choque, não via a hora de contar essa história doida para o Jimmie. Como ele iria rir! Eu trataria de exagerar todos os detalhes e, quanto mais ele risse, mais fantástica a história se tornaria.

— E eu lá, quase dormindo, ouvindo me perguntarem que tipo de divã eu queria — eu lhe diria. — "Divã?", perguntou o homenzinho, bocejando. "O que é divã?"

Mas eu não iria contar nenhuma história para o Jimmie, porque nunca mais o veria vivo.

Fiz, portanto, conforme me disseram. Escolhi mobília, artigos de cozinha, roupa de cama e banho e eletrodomésticos para uma casa que nunca vira. Aquilo parecia absolutamente ridículo. O Jimmie possuía casas cheias de móveis, a maior parte feita sob encomenda, e havia cozinhas imensas, maravilhosas, repletas de todos os utensílios e equipamentos imagináveis.

Às sete, enquanto o Phillip me levava de volta para casa, apanhou um folheto no banco de trás do carro.

— Comprei um automóvel para você — disse, entregando-me a foto acetinada de um Toyota com tração nas quatro rodas.

Eu começava a acordar, e começava a sofrer. Tudo parecia tão estranho; meu mundo estava virando de cabeça para baixo. Por que o Phillip estava dirigindo aquele carro? Ele sempre saía num dos carros do Jimmie, com motorista.

— Você não vai poder ficar com as jóias — ele me dizia. — Todas as peças foram relacionadas e seguradas. Você pode pegar suas roupas, mas acho que Atlanta vai te causar problemas até em relação a isso. O manequim dela é o mesmo que o seu.

— O mesmo manequim que o meu — sussurrei. — Levar minhas roupas.

— Você pode tentar reaver tudo — Phillip prosseguiu. — Mas tem alguma coisa de errado. Há uns seis meses, a Atlanta insinuou que sabia um grande segredo sobre você.

Phillip me olhou de soslaio. Vi que estava me perguntando de novo se havia outro homem na minha vida. "Quando?", eu me perguntava. O Jimmie não gostava de ficar sozinho um segundo sequer, e cuidava para que *eu* nunca ficasse sozinha.

— Medo do bicho-papão me pegar — dissera, beijando-me o nariz, quando eu lhe perguntara por que evitava a todo o custo a solidão. Jimmie raramente — não, nunca, ele nunca respondia com franqueza a perguntas de cunho pessoal. Vivia o aqui e agora; vivia no mundo à sua volta, não dentro da própria cabeça. Definitivamente, não era do seu feitio tentar entender por que as pessoas são do jeito que são; ele as aceitava como eram, e gostava delas ou não.

— Eu era virgem quando o conheci — falei baixinho para o Phillip —, e o Jimmie foi o único homem da minha vida. — Ao dizer isso, desviei o olhar, porque sabia que havia, sim, um segredo entre o Jimmie e mim. Isto, porém, só eu sabia, a Atlanta não tinha como saber — ou tinha?

Mas ela sabia.

Às oito, meu mundo seguro e confortável, o mundo que eu conhecia, desabou. Não faço idéia de como a Atlanta pôde tomar conhecimento tão rápido da queda do avião do Jimmie, só sei que foi o que aconteceu. E, no espaço de tempo entre ela receber a notícia e a imprensa divulgar a morte do Jimmie, já havia realizado mais coisas do que em todos os seus quarenta e oito anos de vida.

Quando o Phillip e eu retornamos da nossa louca expedição às compras, fomos saudados por homens armados na porta daquela que eu considerava a minha casa, os quais me informaram que eu não tinha permissão para entrar. Explicaram-me que, como únicos parentes vivos do Jimmie, Atlanta e Ray eram agora os donos de tudo aquilo.

Quando Phillip e eu voltamos para o carro, ele balançava a cabeça e se perguntava:

— Como foi que eles descobriram sobre o testamento? Como ela soube que o James deixou tudo para eles? Olha, Lillian — disse, e reparei que, antes da morte do Jimmie, ele sempre me chamava de dona Lillian e de senhora —, não sei como foi que ela descobriu, mas vou encontrar quem contou para ela e... e...

Obviamente, ele não conseguiu imaginar nada horrível o bastante para fazer com quem permitira que o teor do testamento do Jimmie vazasse.

— Vamos lutar contra isso. Você é esposa dele, e já há muitos anos. Você e eu vamos...

— Eu tinha dezessete anos quando a gente se casou — disse calmamente. — E sem a permissão da minha mãe.

— Deus do céu! — ouvi do Phillip e, quando ele abriu a boca, imaginei que iria começar um sermão sobre a minha irresponsabilidade e coisa e tal. Não tardou, no entanto, a fechá-la, num gesto de muito bom senso. De que adiantava me passar um sermão agora que o Jimmie não estava mais aqui?

As semanas seguintes foram terríveis, muito mais terríveis do que eu poderia imaginar. Poucas horas depois da morte do Jimmie, Atlanta já estava na televisão dizendo à imprensa que iria lutar contra "aquela mulher" que tanto havia escravizado seu amado irmão durante todos aqueles anos.

— Vou fazer com que ela tenha o que merece.

Não importava para Atlanta que, de acordo com o testamento do Jimmie, eu nada fosse receber. O testamento nem sequer mencionava a minha fazenda. Não, Atlanta estava determinada a se vingar de todas as coisas que supunha que eu lhe fizera ao longo dos anos. Não queria só o dinheiro; queria me ver humilhada.

Sem dúvida, ela descobrira a ilegalidade do nosso casamento. Isto não era uma coisa difícil de descobrir. Minha irmã sabia dessa história. A impossibilidade de suportar a vida no Marrocos acabou levando-a ao divórcio, já que o marido não se dispunha a abrir mão de todo aquele dinheiro e de todo aquele luxo. E minha irmã me culpava por esse divórcio. É bem possível que tenha procurado a Atlanta para passar-lhe de bom grado a informação de que eu não era legalmente casada com o Jimmie.

Seja como for que tenha descoberto, Atlanta brandiu minha certidão de nascimento diante da imprensa, e depois mostrou uma cópia da minha certidão de casamento. Eu tinha só dezessete anos quando nos casamos, mas menti, disse que tinha dezoito, e assim era, legalmente, senhora do meu destino.

Já não contava mais com o Jimmie para me proteger da imprensa. Agora todos os jornalistas que ele tratara mal — ou seja, todos — catavam em seus arquivos as piores fotos que possuíam de mim e as estampavam em todos os meios de comunicação existentes. Não havia televisão, revista ou site em que não figurassem a minha papada e o nariz que herdei do meu pai. Eu tinha dito umas mil vezes para o Jimmie que queria "consertar" aquele meu nariz descomunal. "Remover" era a palavra que eu usava, mas o Jimmie sempre dizia que me amava do jeito que eu era e que, afinal, que diferença fazia um nariz certinho?

Quando soube do que andavam falando de mim, a feiúra do meu nariz passou a ser a menor de todas as minhas preocupações. Como descrever o que senti ao ver quatro respeitados jornalistas — três homens e uma mulher — sentados em torno de uma mesa debatendo se eu tinha ou não armado uma "cilada" para me casar com o Jimmie? Como se alguém fosse capaz de enganar um homem como ele! E logo uma menina de dezessete anos cuja única pretensão à fama consistia num punhado de medalhas de primeiro lugar conquistadas em quermesses? Pouco provável.

Os advogados discutiam se, legalmente, eu tinha direito a alguma parte do dinheiro do Jimmie.

Quando, porém, o testamento foi enfim lido e viram que o Jimmie havia deixado tudo para os irmãos, tornei-me, de uma hora para outra, a Jezebel da América. Pelo visto todo mundo acreditava que eu, de alguma forma, preparara uma armadilha para o pequeno e querido Jimmie (a jovem Salomé era a comparação mais freqüente), mas que ele acabara descobrindo e valera-se do testamento para me dar "o que eu merecia".

Phillip se esforçou ao máximo para me manter longe da imprensa, mas não foi fácil. Eu queria entrar num avião e ir embora, me esconder de tudo — só que essa opção não existia mais. Já se haviam ido os tempos em que eu podia saltar dentro de um avião e ir para o lugar do mundo que bem desejasse.

Nas seis semanas seguintes à morte do Jimmie, enquanto os tribunais tratavam do seu testamento e a imprensa repisava todos os boatos, fiquei trancada na confortabilíssima casa do Phillip. Só saí uma vez, para ir ao enterro do Jimmie, e fui de tal modo coberta de véus pretos que até parecia que, de fato, eu não estava lá. Claro que não ia dar à imprensa e a Atlanta e Ray a satisfação de me verem chorar.

Quando cheguei à igreja, disseram-me que eu não poderia entrar, coisa que o Phillip previra, e assim surgiram, aparentemente de lugar nenhum, seis homens do tamanho de lutadores de sumô, que me cercaram.

Foi assim que entrei no funeral do Jimmie: caminhando no meio de meia dúzia de homenzarrões, com o rosto e o corpo cobertos de pano preto.

Mas tudo bem: naquele ponto eu já havia me compenetrado de que o Jimmie não voltaria nunca mais mesmo, e por isso não ligava muito para o que me fizessem. E também fiquei pensando na fazenda que tinha deixado para mim. Certa vez, o Jimmie me pediu para descrever onde eu queria morar, e falei de uma casinha aconchegante, com uma varanda bem ampla, rodeada de árvores altas e com um lago por perto.

— Vou ver o que posso fazer — disse ele, sorrindo para mim, os olhos brilhando. Entretanto, a casa que comprou em seguida era um castelo numa ilha da costa escocesa, um troço tão gélido que até mesmo no auge do verão eu tiritava de frio.

Depois do reconhecimento legal do testamento, não dei nenhum passo para sair da casa do Phillip. Com a imprensa ainda rondando e sem a companhia do Jimmie, não me importava nem um pouco onde estava e o que fazia. Tomava banhos demorados e sentava-me à mesa com o Phillip e a família — a mulher, Carol, e as duas filhinhas —, mas não me lembro de ter comido coisa alguma.

Foi o Phillip quem me disse que estava na hora de eu ir embora.

— Não posso ir lá para fora — disse com medo, olhando na direção das cortinas, que mantinha fechadas dia e noite. — Eles estão esperando por mim.

Phillip segurou minha mão e com a palma acariciou minha pele. Apesar de não ter mais marido, ainda me sentia casada. Arranquei a mão com a cara emburrada.

Mas Phillip sorriu.

— A Carol e eu estivemos conversando, e a gente acha melhor você... hum, a gente acha melhor você desaparecer.

— Ah, claro — falei —, o *sati*: a viúva se imola na pira funerária do marido e o acompanha até o além.

Pelo olhar do Phillip, meu humor negro não lhe agradou. Ao Jimmie, sim. Jimmie costumava dizer que, quanto mais deprimida, mais engraçada eu ficava. Se for verdade, devo ter dado um verdadeiro show no dia do seu enterro.

— Lillian — Phillip falou, e tentou outra vez pegar minha mão, em vão, pois a afastei. — Você tem se olhado no espelho ultimamente?

— Eu... — comecei a responder, com a intenção de fazer um comentário sarcástico, mas parei para dar uma olhada no espelho da cômoda que ficava diante da cama, no quarto de visitas da casa do Phillip. Sabia, claro, que emagrecera. Semanas a fio sem comer só podiam dar nisso. Só não fazia idéia do quanto. A papada havia desaparecido. Eu agora tinha as maçãs do rosto salientes.

Voltei a olhar para o Phillip.

— Um espanto, não é não? O Jimmie gastou um dinheirão com programas de dieta para mim, e tudo o que precisava fazer era morrer e pronto! Enfim, estou magra.

Phillip fechou a cara de novo.

— Lillian, esperei até agora para falar com você. Queria dar um tempo para você se acostumar com a idéia da morte do Jimmie e com a história do testamento.

E começou outro sermão por causa da minha burrice de não contar para ele nem para o Jimmie que ainda não tinha completado dezoito anos na época do meu casamento.

— Ele ia preparar uma cerimônia maravilhosa para você. Claro que sim, ele ia adorar fazer isso por você — falou-me o Phillip no dia em que descobriu. — Teria sido muito melhor do que fugir para casar com ele, como você fez.

Eu já tinha ouvido esse sermão, e não estava mais disposta a ouvi-lo, e por isso o interrompi.

— Você quer que eu desapareça?

— Na verdade, foi idéia da Carol. Ela disse que, pelo andar da carruagem, o resto da sua vida vai ser uma longa entrevista para a imprensa. As pessoas vão viver atrás de você para saber da sua vida com o Jimmie. A menos que...

— A menos que o quê? — perguntei.

O rosto magro de Philip se iluminou, e por um instante pude ver a "raposinha" que o Jimmie sempre dizia que aquele homem era.

— Lembra que te contei que tentei dissuadir o Jimmie de fazer aquele testamento? — perguntou, mas não me esperou responder. — Fui eu que o convenci a não colocar a fazenda no testamento. Argumentei que, se ele temia tanto o que a irmã seria capaz de fazer, ela provavelmente ia tentar tirar também a fazenda de você. Naquela época, eu ainda não tinha visto o lugar, e achava que era...

— Que era o quê? — perguntei.

— Valiosa — disse calmamente, olhando para o chão e depois para mim. — Olha, Lillian, sei que a fazenda não é grande coisa, mas deve ter significado muito para o Jimmie, ou por que outra razão ele teria mantido aquela casa por todos esses anos?

— Mas, para início de conversa, por que comprou essa fazenda?

— O problema é esse, acho que não comprou. Acho que ela sempre foi dele.

— Para ter, a gente tem que comprar — disse eu, não entendendo bem. — Ninguém doa bens imobiliários, pelo menos não em vida.

Foi aí que comecei a entender.

— Você quer dizer que acha que o Jimmie *herdou* a fazenda?

Pela primeira vez senti algum interesse brotar dentro de mim. Todos os três, Atlanta, Ray e Jimmie, faziam segredo de sua infância. Se a gente perguntava ao Ray, ele se esquivava e mudava de assunto. A Atlanta e o Jimmie mentiam a torto e a direito. Um dia diziam ter nascido em Dakota do Sul, já no dia seguinte, na Louisiana. Juro por Deus, o Jimmie me deu quatro nomes diferentes da mãe dele. Li às escondidas todas as seis biografias que escreveram sobre ele, mas os autores não tiveram mais sorte do que eu: ninguém conseguiu descobrir coisa alguma sobre os primeiros dezesseis anos da vida de James Manville.

— Não tenho certeza — disse o Phillip —, só sei que ele não comprou a fazenda desde que o conheci.

Essa declaração me perturbou. Jimmie e Phillip estiveram juntos desde o início.

— Só posso dizer que, quando insinuei que a Atlanta e o Ray poderiam tentar tirar a fazenda de você, o James ficou branco, como se estivesse com medo de alguma coisa.

— Com medo? Jimmie? — perguntei, incapaz de conceber tal idéia.

— Ele me disse: "Você tem razão, Phil, e por isso vou dar a fazenda para você e, quando chegar a hora, você a transfere para a Lili. E quero também que você entregue isso para ela."

Foi nessa hora que o Phillip me deu o bilhete escrito pelo Jimmie. Estava dentro de um envelope fechado; portanto, o Phillip não o lera. Ele o havia guardado no cofre junto com a escritura da fazenda, esperando pelo dia em que os passaria para mim.

Depois de ler o bilhete, dobrei-o e coloquei-o de volta no envelope. Não chorei; eu já tinha chorado tanto nas últimas seis semanas que acho que não restava mais líquido algum dentro de mim. Tentei pegar a escritura, mas Phillip não deixou.

— Se eu redigir o documento de transferência de propriedade para Lillian Manville e registrá-lo no cartório, dentro de vinte e quatro horas vai ter um monte de jornalistas — e de advogados — na sua porta. Mas... — disse, retirando o que ia dizer, como se eu fosse uma criancinha que ele tentava fazer com que se comportasse bem.

Não mordi a isca, só fiquei olhando para ele.

— Tudo bem — disse ele por fim. — O que a Carol e eu achamos é que você poderia também mudar de identidade. Você emagreceu tanto, que já não se parece mais com a esposa baixinha e gordinha de James Manville.

Diante desse comentário, franzi os olhos para ele. Eu *não* queria saber dos mexericos zombeteiros que ele e o resto da equipe do Jimmie faziam pelas suas costas. Acho que não passei todos esses anos com o Jimmie em vão, porque vi que o Phillip começava a se intimidar com o meu olhar.

— Tudo bem — disse novamente, e depois soltou a respiração. — Quem decide é você, mas já fiz boa parte do trabalho, como conseguir novos documentos de identidade para você. Precisava me valer dos contatos do Jimmie enquanto ainda se lembravam dele. Desculpe a franqueza, mas as pessoas esquecem muito rápido. Agora cabe a você aceitar ou não.

Entregou-me um passaporte, que abri. Não havia foto alguma, apenas um nome.

— Bailey James — li em voz alta, e olhei de novo para o Phillip.

— Foi idéia da Carol. Ela pegou seu nome de solteira, o primeiro nome do James e... Você não está gostando.

O problema é que tinha gostado da idéia. Um nome novo; uma vida nova.

— A Carol achou que com essa perda toda de peso, e se você cortasse e clareasse o cabelo, e se você... Bem, se você...

Encarei-o. O que ele estaria querendo dizer que lhe parecia assim tão difícil? Mas então vi seus olhos fixos no meu nariz. Na primeira série da escola, eu tinha caído de cabeça de um escorrega e ganhado, para o resto da vida, um nariz entortado para a direita.

— Não é de espantar — lembro-me de ouvir Johnnie Miller, um menino da sexta série, comentar, enquanto eu me esvaía em sangue. — O nariz dela é tão grande que bateu no chão meia hora antes dela.

Lembro-me ainda da professora me abraçando cheia de comiseração, enquanto tentava a duras penas conter o riso e ordenava a Johnnie que me pedisse desculpas pelo comentário maldoso.

— Você quer que eu dê um trato no meu nariz? — perguntei sem rodeios.

Phillip fez que sim com a cabeça.

Virei-me e olhei-me no espelho. Se o Jimmie tivesse me deixado seus bilhões, eu poderia fazer uma prisão com muros altíssimos, trancar-me lá e afastar de mim todos os gigolôs e parasitas que passam a vida em busca de dinheiro. Os bilhões eu não tinha, mas tinha fama. Sabia que, dentro de uns dez anos, o Jimmie acabaria desaparecendo da memória das pessoas, e então me deixariam em paz, mas durante esses dez anos...

Voltei a olhar para Phillip.

— Aposto que você já acertou tudo com o cirurgião.

— Hoje à noite.

Ele olhou o relógio, aquele relógio de vinte mil dólares que o Jimmie lhe dera; quem usava o meu agora era a Atlanta.

— Quer dizer, se você estiver preparada para isso.

Respirei fundo.

— Mais preparada do que nunca, eu acho — disse, e depois me levantei.

Isto se deu há duas semanas. Recuperada da cirurgia, vi que era hora de sair da mansão do Phillip e da Carol. Quem iria cumprimentar o mundo não era Lillian Manville, mas alguém que eu nem sequer reconhecia quando olhava no espelho e que se chamava Bailey James.

No período de convalescença, pude conhecer melhor a Carol. Ela costumava freqüentar as festas oferecidas pelo Jimmie. Ele, porém, sempre me aconselhara a evitar muita intimidade com os empregados, e por isso eu era apenas educada, jamais trocávamos confidências. Aliás, eu não trocava confidências com ninguém, só com o Jimmie.

O cirurgião me operou no próprio consultório, e poucas horas depois me levaram de volta para a casa da Carol e do Phillip. Na primeira noite uma enfermeira me acompanhou. Na segunda, novamente sozinha, Carol bateu à minha porta. Quando respondi, ela se aproximou na ponta dos pés e sentou na beira da minha cama.

— Você está com raiva? — perguntou.

— Não, o médico trabalhou direitinho. Não tenho motivo algum para sentir raiva — respondi, fazendo-me de desentendida.

Ela não caiu nessa, ficou me olhando fixamente.

— Você quer dizer com raiva de ter, durante dezesseis anos, dedicado minha vida inteira a um homem para depois ele me excluir do testamento?

Carol riu do meu sarcasmo.

— Os homens são uns bostas — disse, e ambas sorrimos. E quando, por causa da dor, botei a mão no meu nariz sensível, rimos. Foi meu primeiro momento genuíno de humor desde que falei pela última vez com o Jimmie.

— E o que você vai vestir? — perguntou, cruzando as pernas e sentando no canto da cama. Ela tinha uns dez anos a mais que eu, e posso apostar que já estava familiarizada com o bisturi. Era loura e bonita, e muito bem cuidada. Sabia bem o que era isso, porque eu também costumava passar um tempão me cuidando. Eu era gordinha, mas uma gordinha bem penteada e bem tratada.

— Vestir para quê? — perguntei, e senti meu coração se sobressaltar um pouco. Por favor, rezei em silêncio, alguém me diga que não vou ter que ir de novo a algum tribunal para ouvir a Atlanta e o Ray me acusarem de "controlar" o Jimmie.

— No seu corpo novo — Carol falou. — Você não vai passar a vida inteira usando meus joggings, vai?

— Ah — exclamei. — Desculpe, ultimamente não tenho pensado muito em roupas. Eu...

Droga, meus olhos estavam ficando cheios de lágrimas. Queria ser uma pequena e brava guerreira, e acreditar que tudo o que o Jimmie fizera fora por amor. No entanto, ao me ver confrontada com questões como o fato de que as únicas roupas que possuía eram as que vestia na noite da morte do Jimmie e o traje de luto que o Phillip havia comprado para mim, devo confessar que não me senti lá muito corajosa.

Carol ensaiou pegar minha mão, mas desistiu e se levantou.

— Volto em um minuto — disse, antes de sair do quarto. Em alguns segundos, retornou com uma pilha enorme do que pareciam ser catálogos. Pelo pouquíssimo tempo que levou para pegá-los, eles já deviam estar empilhados diante da porta.

Espalhou-os ao pé da cama, e olhei para eles sem entender nada.

— Que é isso?

— O Phillip me deve cinco dólares — declarou triunfante. — Apostei com ele que você nunca tinha visto um catálogo. Nas casas nor... na maioria das casas, os catálogos chegam pelo correio, e mais ou menos uns seis por dia.

Entendi, claro, que ela queria dizer "nas casas normais", mas conseguiu se conter a tempo. Nas casas do Jimmie, um criado vinha com uma bandejinha de prata me entregar na mão minha minguada correspondência.

Peguei um dos catálogos. Norm Thompson. Dentro havia o tipo de roupa que, de vez em quando, aparecia nos meus armários, principalmente nas casas das duas ilhas. Jimmie dispunha de uma pessoa que ele chamava de "o comprador", que cuidava para que tivéssemos todas as roupas necessárias em todas as casas.

A Carol pegou um catálogo e começou a folheá-lo. Na capa se lia "Coldwater Greek".

— Sabe, eu sentia muita pena de você. Sempre tão sozinha, tão perdida. Eu dizia para o Phillip que... — parou de repente, e se curvou na direção do catálogo.

— Você dizia para ele o quê?

— Que você era como uma lâmpada, só acendia na presença do James.

Não gostei do que ela disse. Nem um pouco. Fez com que eu parecesse tão... tão nada, como se eu nem sequer fosse uma pessoa.

— E o que você pretende com esses catálogos? — perguntei, com o tom mais calmo que consegui imprimir à voz.

Ela entendeu meu tom.

— Na minha opinião, a gente tem uma dívida com você pelo presente de casamento que você deu para o Phillip e para mim, e por isso achei que a gente devia encomendar para você algumas roupas e do que mais vá precisar para a sua nova vida. A conta toda vai para o Phillip; ele pode pagar por ela — disse, e abaixou a voz. — Ele vai ser um dos advogados da Atlanta e do Ray.

Meu queixo caiu, e esse movimento afetou meu novo nariz, meu agora pequeno nariz, e me contraí de dor. Queria gritar "Traidor", mas não o fiz.

— Não estou lembrando. O que foi mesmo que o Jimmie e eu demos de presente de casamento para vocês?

— Esta casa — Carol respondeu.

Fiquei um tempo sem conseguir falar, e precisei desviar os olhos para que ela não os visse. Ele tinha dado uma casa de presente para o seu advogado, que considerava um amigo, e agora esse pseudo-amigo ia trabalhar para o inimigo. Peguei um catálogo.

— Tem algum catálogo de jóias? Preciso comprar um relógio.

Carol sorriu para mim; sorri de volta; nascera uma amizade.

Capítulo 2

Phillip observava Lillian saindo do carro e caminhando na direção da casa. A julgar pelo acesso de choro que teve na primeira vez que viu o lugar, até que estava conseguindo se controlar. Considerando tudo por que passara, vinha demonstrando excelente autodomínio. Balançando a cabeça em sinal de descrença, lembrou-se de tudo o que havia feito para evitar esse momento. Ele e seus três sócios tinham passado duas tardes e uma manhã tentando convencê-la a impugnar o testamento de James Manville — testamento que Phillip acabou por considerar imoral e talvez até ilegal.

Nem sempre, porém, tinha pensado assim. Quando James contou para Phillip o que queria pôr no testamento, Phillip arregalou os olhos. Ele não ousou deixar que Jimmie soubesse o que estava pensando — que, obviamente, James havia descoberto que sua jovem mulher não merecia seu dinheiro; que ela provavelmente estava tendo um caso. No entanto, em vez de revelar seus pensamentos, Phillip tentou dissuadir James de fazer o que certamente resultaria em anos de batalhas judiciais. Nunca passaria pela sua cabeça que a viúva de James não contestaria o testamento. Phillip disse a James que, se ele queria deixar dinheiro para os irmãos, que então dividisse sua fortuna em três; havia o suficiente para todo mundo.

Ao que tudo indica, porém, James não ouviu Phillip. Agora sua única preocupação era que Lillian herdasse a fazenda na Virgínia.

— Ela vai amar aquilo lá — James falou, num dos raros momentos em que se abrira. — Roubei muita coisa dela, e essa é a maneira de recompensá-la.

Para Phillip, enganar uma mulher de modo a privá-la de bilhões de dólares não lhe parecia um gesto de retribuição; parecia mais um castigo. Mas manteve a boca fechada.

Só depois da morte de James, quando Phillip conheceu a verdadeira natureza de Atlanta e Ray, quis que Lillian contestasse o testamento. Planejou chefiar uma equipe composta pelos advogados mais habilidosos, mais astutos dos Estados Unidos, e arrancar todos os centavos daqueles dois vermes gananciosos. Nas semanas seguintes à morte de James, Phillip nunca vira nada parecido com o que fizeram a Lillian, tanto a mídia quanto as pessoas que ele considerava amigas de James.

Lillian, porém, estava irredutível. Não havia argumento capaz de convencê-la a entrar com a ação. Phillip e os outros advogados disseram que ela poderia doar o dinheiro para alguma obra de caridade depois de ganhá-lo, mas nem isso a fizera mudar de idéia.

— Jimmie, em matéria de negócios, era muito esperto — dizia. — Se fez o que fez, foi por alguma razão. Ele quer com isso alguma coisa, e por isso vou obedecer ao testamento.

— O Dr. Manville está morto — alegara um dos advogados, com o rosto vermelho de exasperação. Seus pensamentos pareciam escritos na testa: que tipo de mulher seria capaz de recusar bilhões de dólares?

Depois da terceira reunião, Lillian se levantou da mesa.

— Ouvi todos os seus argumentos, todos os indícios de que conseguiriam ganhar a causa e, mesmo assim, não vou mover a ação. Vou respeitar o testamento do meu marido — disse, deu as costas e foi embora.

Um dos advogados, que não havia conhecido James e decerto também não lhe conhecia a esposa, mal contendo o riso, falou baixinho:

— Ela com certeza é simplória demais para saber o que o dinheiro significa.

Lillian escutou. Virou-se lentamente e olhou para o homem de uma maneira que lembrava tanto James Manville que Phillip ficou por um instante sem respirar.

— O que o senhor não entende — disse com calma — é que o dinheiro não é tudo na vida. Me diz uma coisa, se *o senhor* fosse um bilionário e morresse sem deixar nada para a sua mulher, será que ela contestaria isso? Ou ela amaria mais a memória do marido do que o dinheiro?

Não esperou resposta. Deu meia-volta e deixou a sala.

Os outros advogados, incapazes de conter o riso, tiveram de esconder o rosto do homem que levou a descompostura de Lillian. Na verdade, ele estava saindo do seu terceiro divórcio extremamente desagradável, e a ex-esposa havia brigado feio com ele pela posse de umas maçanetas antigas.

Phillip, por fim, desistiu de tentar convencer Lillian a contestar o testamento. Na noite da última reunião, caiu na cama do lado de Carol e disse:

— Não sei o que mais posso fazer.

— Você pode ajudá-la — disse Carol.

— E o que você acha que venho fazendo esse tempo todo? — falou, rispidamente, com a mulher.

Carol não se perturbou; nem sequer levantou o olhar da revista que estava vendo.

— Você está querendo transformar a Lillian numa pessoa que ela não é. Você está sendo um tirano ainda pior do que o James.

— É, estou vendo como intimido você — disse sarcasticamente. — Vai, me diz logo o que está passando por essa sua cabecinha linda.

Depois de doze anos de casados, já era quase como se conseguisse ler seus pensamentos, e por isso entendeu que ela estava querendo lhe dizer alguma coisa. Como sempre, primeiro ela esperava o marido entregar os pontos; aí então oferecia ajuda.

— Você tem que ajudá-la a fazer o que *ela* quer fazer — disse Carol.

— Você faz alguma idéia do que seja? — perguntou, olhando para ela, incrédulo. — Ela fica sozinha no quarto de hóspedes e não conversa com ninguém. Todos aqueles pretensos amigos com que o

James enchia a casa nem sequer ligaram para ela para dar os pêsames — falou com tristeza.

— Não conheço a Lillian muito bem, mas a impressão que me dá é a de que, quando estava com o James, fazia tudo para levar uma vida normal.

Phillip bufou.

— Normal? Com James Manville? Carol, você está cega, por acaso? Eles viviam em fantásticas mansões espalhadas pelo mundo, viviam cercados de empregados. Levei-a a uma loja de departamentos logo depois da morte do James e posso jurar que ela nunca tinha passado por um lugar desses. Pelo menos nunca depois de fugir da casa da mãe para se casar com ele.

— Isso tudo é verdade, mas o que a Lillian fazia quando estava numa dessas casas? Dava festas?

Phillip pôs as mãos atrás da cabeça e olhou para o teto.

— Não — disse pensativamente. — Quem dava as festas era o James, a Lillian só mantinha as aparências. Acho que nunca vi alguém tão infeliz quanto ela nessas reuniões. Costumava sentar num canto sozinha e ficar comendo. Coitadinha.

— Alguma vez você a viu feliz?

— Não, nunca... — Phillip ia começando, mas interrompeu-se. — Minto. Certa vez fui levar uns documentos para o James assinar e, depois de sair, vi que ele tinha se esquecido de assinar um deles, e voltei. Quando cheguei lá, ouvi umas vozes. Então, atravessei a casa toda até os fundos, e vi os dois lá. Estavam sozinhos, só os dois, sem visitas nem empregados, e...

Fechou os olhos por um instante, relembrando a cena. Tratava-se de uma daquelas casas multimilionárias do James, "vidro e aço demais para o meu gosto", segundo as palavras de Lillian, e as vozes vinham de um quarto que Phillip nunca tinha visto. Ficava próximo da cozinha e, como viu a porta aberta, resolveu dar uma olhada. Na posição em que se encontrava, perto de umas cortinas esvoaçantes colocadas ali por algum decorador, sabia que provavelmente não o veriam. Nem sequer o constrangimento de bancar o voyeur foi suficiente para tirá-lo dali, tal a cena que se desenrolava diante da sua vista.

Lillian, vestindo camiseta e jeans, e não as roupas de grife com as quais costumava vê-la, servia o jantar de James. Estavam numa pequena sala em que havia um mesa redonda bem pequenininha num dos cantos. Pelo aspecto da sala, nenhum decorador pusera a mão nela. Do lado do sofá, de chintz rosa, havia uma poltrona estofada com tecido escocês axadrezado. A mesa era de pinho e exibia arranhões; as duas cadeiras que a acompanhavam pareciam ter sido adquiridas em algum leilão do interior.

Nada naquela mobília tinha o aspecto artificial que os decoradores costumam dar às casas. Nada havia de "planejado" nessa sala. Ao contrário, parecia com metade das salas dos lares dos Estados Unidos, e o casal que a ocupava parecia o sonho dos demais casais americanos. Da comida posta no aparador, Lillian servia o prato do marido. Enquanto isso, James não parava de falar. Lillian o ouvia atentamente. Quando se virou e pôs o prato na frente dele, riu do que ele dizia e, naquela hora, Phillip a achou bonita. Ela era bem mais que a mulher gorducha do bilionário que nunca tem nada a dizer; era uma verdadeira beldade. Passou então a fazer o próprio prato, começou a falar, e Phillip ficou impressionado com a concentração com que James a ouvia, coisa jamais vista. Ele concordava com a cabeça com o que ela dizia, e dava para perceber que tinha lhe pedido a opinião sobre alguma coisa, e ela a estava dando. *Companheirismo* foi a palavra que lhe veio à mente.

Em silêncio, sem a assinatura de que precisava, foi embora na ponta dos pés. O que ele mais ouvira na vida foi dizerem:

— Por que o Dr. Manville não se livra de uma vez por todas dessa baleia e arruma uma mulher que não tem medo da própria sombra?

No entanto, obviamente, como em tudo o mais, James Manville sabia o que estava fazendo.

Naquele dia, enquanto caminhava de volta para o carro, pensou que, em todos esses anos desde que conhecera James, nunca tinha sentido inveja dele. Graças a James, Phillip tinha todo o dinheiro que queria, razão por que não invejava seus bilhões. Quando, porém, viu aquela cena, invadiu-lhe uma forte onda de inveja. Desde o primeiro ano de seu casamento, Carol jamais tinha olhado para ele daquela forma, tampouco o escutado com tanta atenção.

Ao contemplar o documento em que faltava a assinatura de James, Phillip ficou feliz por ter conseguido passar despercebido. Era bom mesmo que o James jamais soubesse que alguém havia espionado seus momentos de privacidade com Lillian.

— Vi, sim — Phillip falou para Carol. — Já vi a Lillian feliz.

— *É?!* — perguntou Carol, com um tom de voz aparentando curiosidade. — Quando foi isso?

James estava morto, Phillip sabia muito bem disso. Mesmo assim, não se permitiu trair o amigo contando o que havia presenciado. Essa lembrança, entretanto, só o deixava mais confuso. Se James amava tanto a mulher, por que não lhe legara pelo menos dinheiro suficiente para protegê-la da imprensa?

— Tem alguma coisa que você está querendo me dizer — falou para a esposa. — Por que não bota logo para fora?

— Quando a gente estava indo para o enterro do James, a Lillian me perguntou se eu tinha visto a fazenda que ele deixou para ela.

— E daí? — perguntou Phillip. — O que é que tem isso? Aquilo é um chiqueiro. Horrível. A região onde fica é bonita, mas a casa merecia ir abaixo, só mesmo um trator para dar um jeito naquilo.

— Hum — fez Carol, fechando a revista. — É impossível alguém ganhar tanto dinheiro quanto o James ganhou sem ser capaz de fazer planos. Qual era, na sua opinião, o plano dele para aquela fazenda?

— Um seguro milionário, e depois incendiá-la?

Carol ignorou a piada.

— Como ela vai conseguir viver lá em paz? Vai haver repórteres acampados na frente do jardim. Ela...

Sua voz foi sumindo, e ela olhou fixamente para o marido, como que esperando que ele decifrasse o resto do seu pensamento.

Phillip estava cansado demais para brincar de adivinhação.

— Ela o quê? — perguntou.

Foi então que revelou ao marido sua idéia de mudar a aparência, e inclusive o nome, de Lillian.

Agora, enquanto Phillip saía do carro e observava Lillian — não, Bailey, lembrou a si mesmo — contemplar aquele lugar feio e caindo aos pedaços, teve de admitir que ela, de fato, parecia outra pessoa. Lembrou-se do dia em que James jogou um livro sobre a mesa e disse:

— Não consigo me concentrar. A Lili está de novo fazendo um daqueles regimes malucos dela — falou, e em seguida, aos berros, chamou a secretária — sistemas de intercomunicação não faziam o gênero de James Manville. Ordenou à secretária que enviasse para Lillian meio quilo de todo tipo de chocolate que encontrasse à venda na filial mais próxima da Godiva. — Acho que isso vai resolver — disse sorrindo. — Agora podemos voltar ao trabalho.

Sem a sabotagem do marido, Lillian tinha emagrecido muito em apenas poucas semanas. Phillip contou à mulher o que James costumava fazer para tirar Lillian da dieta.

— Então é esse o segredo para emagrecer? — Carol colocou as mãos nos quadris. — Vou lembrar disso na próxima vez que você subir num avião.

Com a perda de peso e a remoção daquele nariz descomunal, Phillip teve de admitir que Bailey era uma mulher atraente. O corpo antes rechonchudo dera lugar a curvas esbeltas, e a ausência daquele narigão permitia que se vissem seus belos olhos e os lábios pequenos e cheios. Numa manhã, na hora do café, Carol, com uma espátula de metal na mão, inclinou-se e murmurou-lhe ao ouvido:

— Se você continuar olhando para ela dessa maneira, cravo isso em você.

E Phillip realmente admitiu que a aparência de Bailey estava boa.

— Vocês acham que alguém vai me reconhecer? — foi a primeira coisa que perguntou quando lhe removeram as bandagens.

— Ninguém — asseguraram-lhe o médico, Carol e Phillip, todos cuidando para disfarçar o espanto pela sua atual beleza, o que revelaria o quanto a achavam feia antes.

Phillip saiu do carro e acenou para o homem do carro de trás para que retirasse as malas e as levasse para dentro de casa. Ele havia contratado dois carros para esperá-los no aeroporto: a caminhonete que comprara para Lillian e um sedã preto, alugado para segui-los e conduzir Phillip de volta para o aeroporto.

No vôo para o aeroporto Dulles, em Washington, Lillian deitara a cabeça no banco e fechara os olhos. Quando Phillip lhe dirigia a palavra, ela limitava-se a responder com gestos. Ele imaginou que ela não estava falando com ele por ter aceitado trabalhar para Atlanta e Ray. Queria explicar-lhe os motivos, mas, ao mesmo tempo, achava que, quanto menos ela soubesse, melhor seria. Se ela decidira não lutar, ele o faria por ela. E só sabia fazê-lo de uma forma: às avessas.

Fora uma viagem de três horas do aeroporto à minúscula cidade serrana de Calburn, onde se situava a fazenda. Nesse ponto, Lillian já tinha deixado sua raiva de lado e tentava arrancar de Phillip tudo o que ele sabia da cidade e da casa.

Para decepção de Lillian, Phillip lhe dissera honestamente que, apesar de ter sido amigo de James Manville durante vinte anos, nada sabia sobre sua infância. Sinceramente, nada no mundo lhe dava a certeza de que essa fazenda tinha alguma relação com o passado de James.

— Como o Jimmie pode ser parente de gente como a Atlanta e o Ray? — ela perguntara. — Não consigo entender isso.

Phillip se sentira tentado a dizer: "É porque você nunca viu o James fazendo negócios. Aí você saberia que eles são mais parecidos do que você imagina." Mas não dissera nada disso. Por que roubar dela essa visão romântica do marido?, pensou com seus botões.

Lillian — Bailey, corrigiu-se de novo — deu a volta na casa para olhar os fundos. O investigador contratado por Phillip tinha tirado fotos do local; portanto, ele sabia que os fundos estavam em pior estado que a frente, daí seu receio de que ela visse aquilo. Com a chave que James lhe dera quando transferira a escritura da casa, Phillip abriu a porta da frente.

A porta se desprendeu da dobradiça enferrujada e caiu no chão, levando junto o batente. Assustado, Phillip olhou para trás e viu o homem carregado de malas. Virou-se de novo, pisou na porta caída e entrou na casa.

O lugar era horrível. Espessas e empoeiradas teias de aranha pendiam do teto ao chão. Dava para ouvir criaturinhas — camundongos, ratos e tudo o mais que existe no campo — correndo de um lado para o outro por baixo do piso. A luz do sol que atravessava as sujas janelas revelava anos de poeira pairando no ar.

— Leva a bagagem de volta para o carro — disse por cima do ombro ao homem atrás dele. — Ela não vai ficar aqui.

Esperou o homem sair, deu meia-volta, passou por cima da porta e retornou ao ar fresco. Jamais havia considerado James um homem mau, até esse momento. Deixar para a esposa um lugar nojento como esse e querer que ela morasse lá era insano ou cruel ao extremo. Como não tinha dúvida de que louco James não era, então...

Com os lábios franzidos de raiva, Phillip foi até os fundos da casa para encontrar Bailey.

As fotos não mentiam: os fundos conseguiam ser piores que a frente. Árvores enormes, videiras cobertas de espinhos de aparência letal, arbustos altos como árvores e ervas daninhas tão grandes que pareciam saídas de um filme de ficção científica brigavam entre si por espaço e luz. Aquela massa confusa de plantas à sua volta deu-lhe calafrios. À sua direita, havia pedras dispostas no chão formando um caminho estreito por entre o mato, que atingia a altura da sua cabeça. Zilhões de abelhas zumbindo em torno dele o fizeram apressar o passo.

— Lillian? — falou, e logo se deu conta do lapso. Como bom advogado, olhou em volta para ver se alguém o ouvira cometer o erro de chamá-la pelo nome antigo. Mas, quando viu o mato cerrado, percebeu que, se um exército estivesse escondido a três metros dali, não conseguiria vê-los.

— Bailey? — chamou, elevando a voz e apressando ainda mais o passo Continuou sem resposta.

Imediatamente, todos os horrores do campo povoaram seus pensamentos: cobras, gambás raivosos, cervos capazes de coices letais. Haveria lobos nas montanhas? E o que dizer dos linces que se escondem nas árvores e saltam em cima das pessoas? E dos... *ursos*?

Não fosse a jaqueta rosa-choque que ela vestia, ele jamais a teria visto. Ela se encontrava de tal modo emaranhada nos galhos e folhagens da árvore maior e mais feia que ele já vira que só dava para avistar uma perna de jeans e uma manga cor-de-rosa. Deus do céu, pensou, ela se enforcou. Desesperada por causa de James e daquele lugar deprimente, dera um jeito de cometer suicídio.

Com o coração disparado, correu até a árvore e, espiando embaixo de dois ramos baixos, ele a viu. Estava viva e olhando para o alto extasiada, como que diante de alguma visão divina. Pior que suicídio, ela perdeu o juízo, pensou.

— Bailey — chamou com delicadeza e, como não recebesse resposta, disse: — Lillian?

Ela continuou olhando para cima. Devagarinho, com muito cuidado, aproximou-se dela — e também inspecionou o chão. Não é verdade que as pessoas devem ficar imóveis quando vêem uma cascavel? Será que ela estava imóvel por causa de alguma cobra venenosa?

— Bailey? — disse com ternura quando chegou mais perto dela. — A gente já pode ir embora. Você não precisa ficar aqui. Se quiser uma casinha em algum lugar, eu compro pra você. Eu...

— Você sabe o que é isso? — ela murmurou.

Ele olhou para cima, mas tudo o que viu foi uma velha árvore precisando urgentemente de poda — pensando melhor, de remoção.

— Sei, é uma porcaria velha e horrível. Mas você não precisa olhar para ela — respondeu, e segurou-lhe o braço para levá-la dali.

— É uma amoreira — disse em tom sereno e quase reverente. — E é muito velha. É um pé de amora-preta.

— Legal — disse Phillip, tentando puxá-la com mais força.

Bailey sorriu.

— Os chineses enganaram James I.

Primeiro, ele pensou que ela se referia a James Manville, mas depois se deu conta de que ela estava falando do rei inglês, o primeiro sucessor incompetente de Elizabeth. Que diabos um rei inglês tinha a ver com uma fazenda abandonada na Virgínia?

Ela falou de novo.

— O rei James decidiu cultivar amoreiras na Inglaterra para criar bichos-da-seda e fabricar seda na Inglaterra. Os bichos-da-seda se alimentam das folhas da amoreira, você sabe. Por isso o rei importou milhares de amoreiras da China. Mas...

Ela interrompeu-se e sorriu ao tocar uma folha daquela árvore monstruosa.

— Os chineses o enganaram. Mandaram para o rei inglês árvores que davam amoras-pretas e não amoras-brancas. As amoras-pretas, para comer, são ótimas, mas os bichos-da-seda não querem saber delas.

Phillip olhou o relógio. Eram duas da tarde. A viagem de volta para o aeroporto levava três horas, e seu vôo era às seis. E ele precisava, claro, encontrar um lugar para Bailey no mesmo vôo.

— Olha, por que você não me conta mais sobre amoreiras e reis da Inglaterra no caminho para o aeroporto? Você pode...

— Eu não vou embora daqui — ela disse.

Foi a vez de Phillip sentir vontade de cair em prantos. Por que todas as mulheres tinham mania de ser do contra?

— Bailey — falou com firmeza —, você não reparou o interior da casa! Está tudo caindo aos pedaços.

Quando fui abrir a porta, a porta caiu no chão. Não tem como você passar a noite aqui. Está tudo imundo! É...

— O que é que é aquilo? — ela o interrompeu.

Ao ouvir o som de um enorme caminhão se aproximando por uma estrada de cascalho quase abandonada que passava na frente da casa, Phillip começou a entoar para si mesmo uma ladainha, "Não, não, não, não". E assim continuou, mesmo depois de Bailey pular dois galhos da árvore e sair correndo pela trilha coberta de mato.

Chegara a mobília.

Capítulo 3

Por uns instantes, os dois corpulentos empregados da transportadora ficaram atrás de Bailey, olhando a casa através da porta caída. O vento soprou por uma vidraça quebrada, e as teias de aranha dançaram em meio à poeira.

— Parece que não está muito pronta para nos receber, não é? — um dos homens murmurou para si mesmo.

— Houve um engano — Phillip falou por detrás deles. — Nós vamos levar a mobília de volta.

— Não posso levar esse negócio de volta — disse o carregador mais próximo de Bailey. — O senhor entende, doutor, o caminhão é meu, mas os móveis são deles. Só me pagaram para fazer o transporte deles até aqui. Se voltar pro norte com o carro cheio, eles vão dizer que a despesa é por minha conta e não por conta deles.

— Eu pago o que quiser... — ia começando Phillip, mas Bailey o interrompeu.

— Nada vai voltar. A gente já vai botar a mobília dentro de casa, eu só preciso...

— Consertar? — perguntou, espantado, um dos homens.

— Quem sabe se eu desse marcha a ré com o caminhão na direção dela? — disse o segundo homem por trás dele. — Parece que basta um simples toque para ela desmoronar.

O primeiro homem, o mais alto, mais corpulento, o dono do caminhão, franziu a testa ao olhar para Bailey. Ele tinha o dobro do seu tamanho, e as coisas pequenas sempre despertavam seu lado protetor.

— Não tem algum lugar pra gente descarregar o caminhão até a senhora consertar a casa? A senhora não lembra de algum amigo que tenha uma garagem grande, por exemplo?

Mordendo o lábio inferior, Bailey fez que não com a cabeça. Amigo nenhum, pensou, sem ousar olhar para Phillip. Ela sabia que ele só estava ali esperando que ela "recuperasse o bom senso", essa frase masculina universal que quer dizer que ela haveria de reconhecer que ele estava certo e fazer o que ele queria.

O segundo carregador achou por bem não tecer mais comentários negativos sobre a velha casa abandonada.

— Por que é que a senhora não põe a mobília na estrebaria?

Bailey levantou a cabeça.

— Estrebaria? Que estrebaria?

O homem apontou para uma área densamente arborizada. Dava para ver, mal e porcamente, o que parecia ser o topo de uma construção que um dia fora pintada de vermelho.

— Aquilo ou é uma estrebaria, ou é um posto de bombeiros — disse o homem.

Ninguém riu de sua tentativa de fazer graça, e Bailey na mesma hora saiu andando por entre o mato, com um braço na frente do rosto para se proteger, e o outro afastando as macegas e os arbustos que lhe impediam a passagem.

— Não espere nada de gorjeta de mim — Phillip falou para o homem que mostrou a estrebaria, e foi atrás de Bailey, seguido pelos dois carregadores.

Tratava-se de fato de uma estrebaria, situada a menos de cem metros da casa. Mas não havia trilha entre a casa e ela, só mato, por isso foi difícil chegar lá. Bailey chegou com três grandes e sangrentos arranhões no braço esquerdo.

Nada muito grande, nada para abrigar dúzias de cavalos e vacas. Antes, a estrebaria de uma fazenda para férias a fim de abrigar material da fazenda e talvez um ou dois cavalos.

Bailey estava lutando para abrir a pesada porta de correr quando os outros chegaram e tomaram a sua frente para ajudá-la. As ferragens da porta eram extremamente resistentes, mas enferrujaram por falta de uso. Enquanto Phillip ficou parado de um lado, os lábios retesados de contrariedade, os carregadores e Bailey empurraram a porta de correr para um lado. Uma densa lufada de poeira e palha seca soprou de dentro da estrebaria e deixou os três tossindo.

— Quando será que abriram isso pela última vez? — perguntou o segundo carregador, dobrando o corpo e pigarreando para limpar os pulmões.

— Não faço a mínima idéia — respondeu Bailey, endireitando-se e respirando fundo. — Só vi esse lugar uma hora atrás; nunca o tinha visto.

— A senhora comprou sem ver? — o homem perguntou, deixando entrever pela voz que achava que ela era a idiota número um do ano.

— Herdei — Bailey disse por cima do ombro enquanto olhava para dentro do estábulo. A luz do sol entrava por uma janela alta, mas seus olhos precisaram de algum tempo para se adaptar. Dentro, havia uns poucos fardos de feno, alguns arreios de cavalo pendurados numa parede e umas pás quebradas penduradas em outra. Ela conseguiu vislumbrar, lá nos fundos, algumas cocheiras vazias. De modo geral, aquele lugar estava em melhores condições do que a casa. Pelo menos o telhado mantinha-se firme, e não havia sinal de infiltração.

Ela se virou para os homens.

— Vamos botar a mobília aqui.

— E o que você propõe que a gente faça para trazê-la para cá? — perguntou Phillip, apontando com a cabeça para o caminho que percorreram para chegar lá. Não havia trilha, muito menos uma estrada por onde um caminhão pudesse passar.

Bailey ficou por um instante sem resposta, e depois sorriu.

— Aquele carro que você comprou para mim não tem tração nas quatro rodas? A gente vai *fazer* uma trilha.

Dito isso, virou-se e tomou o caminho estreito que os quatro corpos haviam aberto no mato.

O primeiro carregador veio andando atrás de Phillip.

— Mulher, quando é determinada assim como essa, é melhor desistir — disse com tranqüilidade, e riu intimamente ao ver Phillip ignorá-lo.

Horas mais tarde, a estrebaria estava cheia de caixotes, caixas e móveis envoltos em cobertas para embalagem, e Bailey tinha dado de gorjeta aos homens uma nota de cinqüenta dólares.

— Você agora não tem mais condições de fazer esse tipo de coisa — Phillip a repreendeu logo depois de os homens partirem. — Se precisar dar gorjeta, que seja algo módico.

Bailey andava na sua frente, de volta para a casa, e manteve a cabeça erguida. Quando chegaram à casa, Phillip segurou-lhe o braço.

— Li... Digo, Bailey, a gente precisa conversar. Você não pode ficar aqui sozinha. Essa... Essa... — parou, porque não conseguia encontrar palavras ruins o suficiente para expressar seu sentimento por aquela casa velha e abandonada. Ele só conseguia pensar na vida que Bailey vivera durante todo o tempo em que a conhecera: criados, palácios, lençóis de seda. Como Carol, Bailey tinha dedicado a maior parte do seu tempo a tratamentos de beleza. — Você ficar aqui é como Maria Antonieta brincar de fazendeira — disse frustrado. — Você não tem a mínima idéia do tipo de trabalho que um lugar desses exige.

— Na verdade, não sei muito sobre coisa alguma, não é? — Bailey falou calmamente, olhando para ele sob a luz do sol que enfraquecia. — Mas qual é minha alternativa?

— Vou tomar conta de você — Phillip disse sem demora. — Vou comprar uma casa para você, vou...

Bailey franziu os olhos para ele.

— Você está querendo dizer que vai usar o dinheiro que recebeu de James Manville para comprar uma casa para mim, e depois vai — ela avançava na direção dele enquanto falava — me colocar lá e me manter muito bem presa lá? Era nisso que você estava pensando? Como o personagem do conto infantil "Pedro, Pedro, o Comedor de Abóbora", que botou a mulher dentro de um casca de abóbora e a deixou presa lá? — perguntou e, quando seu nariz estava quase encostando no dele, abaixou a voz. — Ou você pretende tentar ocupar o lugar de Jimmie? É nisso que você está pensando? Que um homem me manteve presa, e por isso agora outro homem vai fazer o mesmo? Qualquer um? Quem sabe *você*? Você acha que, porque vivi reclusa com um homem por dezesseis anos, vai ser perfeito para mim viver reclusa com *você*, com *você* de chefe do harém?

Assustado, Phillip endireitou a coluna e deu um passo atrás.

— Não era nada disso que eu estava querendo dizer. Essa casa é inóspita.

— Não, não é — disse ela, com a expressão cheia de raiva. — Mas... sabe de uma coisa? Ela é *minha*. Acho que mereci ganhar essa casa, no mínimo como paga por todas aquelas festas nojentas que o Jimmie me fazia freqüentar, em que todo mundo ficava prestando atenção em qualquer coisinha que eu botava na boca para depois ficar comentando.

Quando ela o viu recuar, deu mais um passo à frente.

— Por acaso vocês achavam que eu não ouvia? Vocês cochichavam pelas minhas costas que eu era gorda e que não era bonita o suficiente para um homem como o Jimmie. Você disse...

— Eu, não — Phillip disse com calma. — Nunca falei nada disso. Por isso não vem agora tentar fazer de *mim* o inimigo.

— Por que então você está trabalhando para a Atlanta e o Ray? — ela disparou, e depois calou a boca. Não queria ter dito aquilo, não queria deixá-lo saber como ela se sentia em relação ao que ele estava fazendo.

Phillip levou algum tempo para responder. Sua hesitação natural, aliada ao que aprendera na prática da advocacia, tornava-lhe difícil revelar o que quer que fosse para quem quer que fosse — e essa era uma característica que James gostava demais nele.

— Confia em mim — disse por fim. — Só te peço isso: confia em mim.

Por uns instantes, os dois ficaram se encarando, nenhum disposto a ceder, até que Phillip abriu um sorrisinho.

— Agora, sobre a idéia de montar um harém com você de minha concubina predileta...

Primeiro, Bailey limitou-se a continuar olhando para ele, boquiaberta. Estaria falando sério? Mas não demorou mais de um minuto e ela se deu conta de que aquilo era uma provocação — e uma provocação sexual! Na sua vida inteira, só Jimmie tinha feito isso. E, ele mesmo, tinha feito pouco. Ela não sabia bem o que dizer, mas depois pensou, "Por que não?".

— Passo a ser a segunda esposa, depois da Carol, senão não tem negócio. E, se tiver um filho seu, vai ser eleito sultão. Estamos combinados assim?

Phillip riu, e depois ficou por um tempo olhando para ela em silêncio.

— Me desculpe por não ter me esforçado para conhecer você.

— Me desculpe você também — disse tentando apaziguar e sorrindo para ele.

— Está se desculpando por não ter me conhecido ou por não ter conhecido a si mesma?

— Por ambas as atitudes — respondeu, e se inclinou, beijando-lhe a face.

Os olhos de Phillip faiscaram.

— Sobre a questão do filho... — disse —, minha taxa de espermatozóides é baixa. Por isso vamos ter que tentar muitas vezes até...

— Vai embora daqui! — ela o interrompeu, aos risos.

Relutante, depois de deixar com Bailey uma lista de meia dúzia de telefones onde ela poderia encontrá-lo, Phillip entrou no carro atrás do motorista que o esperava.

— Qualquer coisa — gritou pela janela. — Qualquer coisa que precisar de mim, me fala — disse, enquanto o carro dava a marcha a ré no caminho de cascalho e mato que outrora fora uma estrada.

— Jantar — disse, vendo o carro se afastar na rua em frente à sua propriedade, mas ele não a ouviu. — Ou um mercado — falou sozinha.

Permaneceu onde estava até não conseguir mais escutar o barulho do carro. Depois soltou a respiração e os ombros. Em volta dela, havia mato alto, árvores com enormes galhos pendentes e videiras com espinhos que arrancavam a pele das pessoas. O que se escondia por trás dessas árvores? Ouviu o som de algo rastejando. Uma cobra? Ou era uma pessoa? Alguém que ficara escutando e esperando?

Fechou os olhos e engoliu em seco, depois rezou, sua voz um sussurro:

— Meu Deus, por favor, continue a tomar conta de mim como o Senhor tomou no passado.

Pensou em dizer mais alguma coisa, mas aquilo parecia bastar. Até esse ponto da vida, ela havia tido muita sorte, e agora só pedia para que continuasse assim.

Virando-se lentamente, olhou na direção do som rastejante e viu que nada mais era que o ruído de dois galhos se esfregando um no outro. Descobrir o origem de um barulho, todavia, não lhe aliviava os temores. À sua volta, havia muito mais ruídos e muito mais lugares capazes de esconder pessoas e bichos.

Fazendo o melhor possível para se manter forte, Bailey deu meia-volta e correu para a estrebaria.

Capítulo 4

Quando Bailey acordou na manhã seguinte, no início não soube onde estava. Como fizera a vida inteira, esticou o braço em busca de Jimmie. Se não conseguia tocar alguma parte quentinha dele, não se preocupava. Ele estava quase sempre fora, a negócios, viajando para acumular aquela fortuna toda — e gastá-la, como gostava de dizer para ela.

Foi o barulho de um caminhão que a despertou por completo. Virando-se de costas, olhou para cima e viu a janela muito lá no alto, e aos poucos recobrou a memória. Jimmie se fora, ela estava só. Absoluta e totalmente *só*.

Dava para ouvir pássaros cantando lá fora, o vento batendo nas árvores e aquele caminhão ao longe, suas rodas pesadas atravessando os cascalhos. Fazia muito tempo que não ouvia sons desse tipo. As casas de Jimmie costumavam cercar-se de imensos gramados, de extensos terraços de pedra ou do oceano. Estradas de cascalho não eram coisa que Jimmie tolerasse.

Os carregadores haviam montado sua cama. Destoante, parecendo um anúncio de roupas de cama, sua bela cama — de madeira pintada de branco e envelhecida artificialmente para aparentar muitos anos de uso — ficava bem no meio do amplo recinto situado na parte anterior da estrebaria. Precisou vasculhar seis caixas até encontrar a roupa de cama; depois Phillip a ajudou a cobri-la com lençóis de algodão branco, um fofo edredom branco, e meia dúzia de travesseiros na cabeceira. Quando ficou pronta, todos riram; parecia mesmo o cenário de um comercial, com a cama branco-sobre-branco entre os fardos de feno.

Depois que os homens e Phillip foram embora, Bailey voltara para a estrebaria e deitara na cama. O que é que eu fui fazer?, perguntou a si mesma, e, naquele momento, se dispusesse de um telefone celular, teria ligado na mesma hora para Phillip e pedido que viesse buscá-la. E teria dito que sim, que iria lutar contra Atlanta e Ray para conseguir parte do dinheiro. Compraria uma *boa* casa em algum lugar e...

Bailey interrompeu seus pensamentos. Parecia que o caminhão estava se aproximando. No minuto seguinte, ouviu o som inconfundível de freio de ar comprimido. "Será que os carregadores voltaram?", perguntou-se, afastando as cobertas e deslizando os pés para dentro dos sapatos.

Foram necessários alguns minutos para ela conseguir abrir a imensa porta de correr, e pensou, "lata de lubrificante", colocando-a na sua lista mental das coisas que precisava comprar. Correu por uma trilha, agora larga, entre a casa e o estábulo, e ficou parada na frente da casa vendo um caminhão grande e branco se aproximar. Viking Limpeza Industrial, lia-se na lateral do caminhão, ao lado do desenho de um homem musculoso, com um elmo de chifres e um esfregão na mão.

A porta do caminhão se abriu, e um homem saltou com macacão azul-marinho e prancheta na mão.

— Bailey James é a senhora?

Demorou um pouco até ela lembrar que esse era seu novo nome.

— Sim — respondeu, esfregando os olhos —, mas não solicitei nenhum serviço de limpeza.

Pelo outro lado, saíram mais dois homens do caminhão.

O primeiro homem olhou para a casa. A porta estava caída para o lado de dentro; havia várias vidraças quebradas nas janelas, através das quais se viam os cômodos repletos de teias de aranha cobertas de poeira.

— Talvez a senhora só tenha desejado muito, e sua fada madrinha mandou a gente aqui — disse o homem.

Desacostumada com tal petulância partindo de empregados, Bailey encarou-o com incredulidade. E viu uma faísca nos olhos dele, coisa que vinha vendo cada vez com mais freqüência nos últimos tempos. Como Phillip, esse homem estava mexendo com ela.

— Por acaso você se considera o Príncipe Encantado? — perguntou, impassível.

Ela tinha certeza de que, se tivesse dito isso a um homem um mês antes, ele teria fechado a cara e ido embora. Agora, porém, os três homens caíram na gargalhada, e parecia que esse homem concordaria com tudo o que ela dissesse.

— O que a senhora quiser nós, da Viking, entregamos — disse, e estendeu-lhe a prancheta.

"Pedido de Phillip Waterman" estava escrito no topo da página. Phillip, esse amorzinho, Bailey pensou, enquanto assinava no pé da página. Tudo bem, ele não tinha pago um jantar para ela, mas contratara uma equipe de limpeza. Uma parte dela achava que deveria dispensá-los e afirmar a própria independência, mas a outra parte não se sentia nem um pouco atraída pela idéia de passar semanas de quatro esfregando os assoalhos.

Depois de assinar, devolveu a prancheta para o homem.

— Ô, Hank — um dos homens chamou da varanda da frente. — O que é que a gente faz com essas tralhas aqui?

Bailey contornou o que parecia ser uma buddléia não podada para ver a que os homens se referiam. De um dos lados da porta da frente, no chão, havia algumas caixas e malas. Havia também diversos pedaços de papel presos no marco da janela à direita da porta caída.

O motorista do caminhão virou-se para Bailey como que esperando uma resposta.

Ela imediatamente correu para examinar aquela pilha de coisas. Dentro da caixa, havia um pirex com o que parecia ser um talharim de atum ao forno. "Bem-vinda", dizia o cartão anexo, assinado por "Patsy Longacre". Havia dois frangos assados envoltos em papel-alumínio, sem cartão. Uma sacola de papel suja de graxa continha uns trezentos gramas de pregos. "Imagino que venha a calhar", dizia outro bilhete, escrito num pedaço de papel pautado rasgado de algum caderno escolar. Outra sacola continha quatro maçãs, cada uma cuidadosamente embrulhada em folha de jornal. Uma jarra com tampa de zinco envelhecido, com capacidade de cerca de um litro, trazia os básicos picles. No rótulo, o nome Iris Koffman. No parapeito da janela encontravam-se três ramos de flores silvestres, cada um amarrado com barbante. Uma enxada velha e enferrujada apoiava-se contra a parede. O bilhete sem assinatura dizia: "Você vai precisar disso, e todo mundo sabe que meu marido nunca usa esse negócio."

Na esquadria da janela (que apresentava uma fenda de mais ou menos um centímetro, e por isso havia espaço à beça) havia cartões comerciais e folhetos. Um dos cartões era de um agente de seguros com escritório na rua principal de Calburn. Outro, de um poceiro. Um de um agente imobiliário, em que se lia no verso: "Se quiser vender, fale comigo." E o cartão de um faz-tudo. Esse cartão Bailey beijou, e enfiou no bolso do jeans.

— Ei! Eu também tenho um cartão! — mexeu com ela um dos homens à sua frente.

Como não encontrou resposta para essa provocação, disse:

— Deixa que eu cuido disso. Vocês podem começar a limpar lá dentro.

Um dos homens olhava através de uma janela suja.

— Que pena que a gente deixou o lança-chamas no último serviço.

Bailey lançou-lhes seu melhor olhar do tipo "Vão trabalhar!", mas eles não reagiram como os homens reagiam quando Jimmie lhes dirigia esse olhar. Em vez disso, rindo, voltaram para o caminhão e começaram a tirar de lá máquinas e equipamentos.

Ela puxou um envelope grande que estava preso na janela e o abriu. Dentro, havia um pacote de boas-vindas enviado pela Associação Comercial de Calburn, presidida por Janice Nesbitt. Havia um mapa de Calburn, mostrando a rua principal e as três outras que partiam dela. No dia anterior, Phillip a conduzira até lá pelo caminho oposto, e por isso ela não havia visto a cidade, e agora estava curiosa para saber que lojas e serviços ela oferecia. No canto extremo do mapa da cidade, havia uma seta apontando para algum lugar fora do mapa. "Sua casa fica nessa direção", alguém escrevera.

— Onde o vento faz a curva — Bailey murmurou para si mesma, e em seguida levantou a vista para um dos homens da limpeza, que lhe entregava uma caixa vazia. Sorrindo em agradecimento, pegou a caixa e colocou lá todos os itens que o pessoal da cidade havia deixado para ela. Estranho, pensou, quando eu era... Bem, quando tinha outra aparência, os homens não agiam com tanta solicitude a ponto de lhe trazerem caixas para guardar suas coisas.

Sorrindo, Bailey levou a caixa para a estrebaria. Sentia fome, e queria comer em privacidade, e também queria tempo para processar a idéia de morar numa cidade em que as pessoas deixavam na sua porta presentes de boas-vindas. Mas não ia conseguir ter privacidade alguma, pois alguém começou a tocar uma corneta, e ela instintivamente entendeu que a estavam chamando. Com uma coxa de frango numa mão e uma maçã na outra, correu pela trilha e parou diante do que viu. Havia três caminhões na sua rua, outros dois estacionados na estrada e mais quatro procurando lugar para estacionar. Oito homens caminhavam na sua direção com pranchetas para ela assinar.

— Companheiros, vocês me dão licença? — disse um homem com uniforme da FedEx. — Tenho que ir embora logo. A senhora é Bailey James? — perguntou, mal esperando que ela acenasse afirmativamente antes de lhe entregar um embrulho e uma prancheta.

Ela o assinou, sem bem saber o que mais fazer, retirou o selo e abriu o pacote. Dentro, havia dois envelopes, ambos com o endereço de Phillip como remetente. "Presente para comemorar a casa nova", dizia o bilhete do primeiro. "E não se preocupe, eles têm condições de arcar com isso." Bailey sorriu. Obviamente, Phillip estava dando um jeito de lançar aquilo tudo na conta de Atlanta e Ray. O segundo envelope continha um maço de notas de cinqüenta dólares novinhas em folha. "Sei o quanto você gosta de dar gorjetas", ele escrevera.

Sorrindo, Bailey levantou a vista — e viu o que agora parecia ser uma dúzia de homens, esperando, impacientes, que ela assinasse seus papéis.

— Quem é o primeiro? — perguntou, e estendeu a mão e começou a assinar. À medida que assinava os documentos sem ler todo o seu conteúdo, imaginava que, em algum lugar, o espírito de Jimmie estaria fazendo cara feia para ela.

— A senhora pode me dizer onde ficam as saídas de gás? — perguntou um dos homens.

— E onde a senhora quer as tomadas do telefone? — perguntou outro.

— E o quadro de fusíveis? — indagou um terceiro.

— Na verdade, não sei — disse Bailey, olhando para a casa. — Ainda não entrei lá.

Essa declaração os calou. Era a casa dela, e ela nunca entrara lá. Os homens se entreolharam. "Que dona mais doida", pelo visto foi o que pensaram.

— Cheguei há vinte minutos, e ainda não vi o lugar — disse um homem que se encaminhava na direção dela. — Isto é uma selva, fico com medo de, a qualquer hora, pisar numa areia movediça. Sou da Empresa de Paisagismo Spencer. Ele nos disseram para limpar, podar e ceifar — e tudo num único dia. Acabei de mandar um homem de volta para pegar uma serra de cadeia e a debulhadora do cunhado dele. Alguma instrução especial?

Bailey ficou olhando para ele; não fazia a mínima idéia de que instruções dar para um jardim que mal vira. Balançou a cabeça negativamente, mas, quando ele se virou, gritou-lhe:

— Cuidado para não danificar a amoreira.

Sem parar de andar, ele lançou-lhe uma olhadela.

— Quer dizer que não posso serrar fora o homem que aquele monstro engoliu? — disse, sem deixar escapar um sorriso sequer.

— Ele é necessário como fertilizante — respondeu ela no mesmo tom sério. — Pode botar o velório dele na conta.

— Vou botar — disse o homem, batendo continência para ela e indo embora. Sorrindo para a cena, os outros homens também saíram dali. Bailey os seguiu, e pela primeira vez entrou na casa para ver o que Jimmie havia deixado para ela.

Enquanto atravessava a porta caída, fechou os olhos por um instante e ofereceu a palavra *encantadora* para quaisquer anjos da guarda que a estivessem ouvindo. Ela realmente esperava que o interior fosse muito melhor que o lado de fora.

Bastaram, no entanto, quatro passos para ela perceber que seus anjos da guarda e sua fada madrinha estavam todos de férias. Ela se encontrava num cômodo pequeno, sem janelas, sem claridade e pouco arejado, com todas as paredes cobertas de lambris marrons muito feios e horrendos, feitos de um material que não era nem madeira, nem plástico, nem coisa alguma. Talhada na parede à sua frente, havia uma porta estreita que levava a um cômodo amplo, coberto com mais daqueles lambris escuros, marcados e lanhados. O cômodo não dispunha de nenhuma janela que desse para o lado de fora, apenas de cinco portas.

Cautelosamente, ela abriu uma das portas e viu um quarto comprido e estreito, também coberto com os lambris escuros. Bem no alto da parede, havia uma janela com esquadria de alumínio, mas pouca luz entrava por ali. Voltou para o cômodo grande, pisando nos fios dos aspiradores dos homens da limpeza, cujo barulho ensurdecia, para abrir outra porta. Tratava-se de outro quarto, de novo com janelas altas demais para permitirem a vista do lado de fora.

A terceira porta dava para um banheiro decorado com azulejos cor-de-rosa com feiosas florezinhas. Na verdade, todas as superfícies dali apresentavam algum tipo de padrão: o teto tinha espirais imitando argamassa; as paredes, papel de parede florido acima dos azulejos floridos, e o chão, outros azulejos concebidos para — para o quê?, pensou. Para parecer couro? Eles devem ter brotado, pois, certamente, ninguém *projetara* aquelas coisas.

Quando Bailey fechou a porta atrás de si, procurou pela tranca. Não queria que ninguém mais no mundo visse aquele banheiro. Um coração mais fraco que o seu talvez não resistisse àquilo.

A quinta porta da sala grande conduzia a uma cozinha pequena e estreita. Sobre a pia havia uma pequena janela, insuficiente para atenuar a escuridão que tomava conta do ambiente. Os armários, além de velhos, ordinários e sujos, estavam desprendendo-se das paredes.

— Quanto a isso, não posso fazer nada — um homem falou por trás dela. Era do serviço de limpeza, e estava apontando com a cabeça para os armários. — Posso tentar dar uma limpeza neles, mas não sou carpinteiro.

— Faz o possível — Bailey disse, e se dirigiu para a porta no fim da cozinha em forma de galé. Quando abriu a porta, suspirou, pois, dos cômodos que vira, este era o único que combinava com a imagem que tinha de uma casa de fazenda. No final, havia uma janela alta ornada com almofadas de madeira antigas e, embaixo dela, uma pia de pedra fixada numa prancha espessa de madeira, cujo topo encontrava-se arranhado pelo uso. De cima, desciam pesadas pernas torneadas e, guardados embaixo, cântaros de pedra e potes de cerâmica, do tipo que se usa para fazer picles e chucrute. Ambos os lados do cômodo cobriam-se de prateleiras pintadas de branco.

As prateleiras estavam abarrotadas de utensílios de cozinha sujos e cheios de teias de aranha. Havia velhos potes para conservas e grandes chaleiras esmaltadas, funis e varais para pendurar sacos de estopa molhados. Havia várias tenazes e pilhas de panos de prato amarelados abrigando ninhos de aranha. Mas o que fez o coração de Bailey quase parar foi uma velha e danificada caixa de metal que trazia impressa a palavra *Receitas*.

— Quer que eu jogue essas tralhas fora? — perguntou o homem, novamente aparecendo atrás dela. — Esse é o único cômodo que tem coisa dentro. O resto está vazio. A gente pode levar todo esse entulho para o depósito de lixo para a senhora.

— Não! — disse Bailey, depois se acalmando. — Não, deixa isso aí. Limpa tudo, mas não joga nada fora. Quero guardar tudo, todos os potes, todas as tampas...

Ela esticou o braço para segurar o cabo de um pote de conservas antigo, do tipo que não se fabricava mais.

— Quero guardar tudo, tudo. Dá uma boa limpeza, mas deixa tudo aí.

E então, num impulso, pegou a caixa de metal.

— Pois não, patroa — o homem disse sorrindo, e sorriu ainda mais quando ela se espremeu toda para passar por ele naquele espaço exíguo.

Fora da cozinha, havia um armário embutido onde ficavam uma lavadora e uma secadora verde-abacate e, logo após, uma porta que dava para fora. Ela a abriu com todo o cuidado, temendo sinceramente que viesse a cair na sua cabeça. Quando a porta rangeu, soltou a maçaneta, cobriu a cabeça e esperou. Mas a porta se sustentou nas suas dobradiças, e ela pôde olhar lá fora. O jardim atrás da casa agora continha o que parecia ser uma colônia de homens, mulheres musculosas e máquinas. Uma máquina verde imensa, parecida com um trator, conduzida por um homem sentado numa cabine envidraçada, estava derrubando toda a vegetação da casa até... bem, pensou, até o fim da propriedade. Ela não lera na escritura que eram quatro hectares? Um trabalhador removia os galhos mortos de uma velha macieira, e dava para ver outro no alto de um antigo bordo, com largos cintos de couro entre as pernas, cortando a madeira morta dos galhos superiores.

Em matéria de encontrar do bom e do melhor, o Phillip é imbatível, pensou, fechando a porta para o barulho lá de fora e voltando para os homens, o barulho e as máquinas da grande sala central. Quando abriu a última porta dessa sala, viu que dava para um pequeno corredor de onde saíam várias portas. À sua frente, havia uma escada, e uma luz vinda de lá de cima chegava até ela. À sua direita, encontrou uma ampla suíte. Dispunha de chuveiro e banheira separados, e até mesmo de um closet. O quarto tinha uma pequena protuberância numa parede e mais daquelas janelas altas de madeira que vira no anexo da cozinha. Tratava-se obviamente do quarto principal, o quarto em que Bailey dormiria.

Se as proporções do quarto e as janelas eram bonitas, as paredes, infelizmente, revestiam-se daqueles horrendos lambris escuros, e os azulejos e os acessórios do banheiro eram de um mau gosto incompreensível: banheira marrom-escuro, vaso branco e duas pias cor de sangue ressecado.

Arrepiada, virou as costas e voltou para o corredor, onde encontrou mais dois quartos e um terceiro banheiro. Havia também vários closets.

Todos os cômodos, sem exceção, tinham as paredes cobertas de lambris imitando madeira escura, e os banheiros pareciam ser um exercício para descobrir quantas estampas diferentes se podiam usar num mesmo cômodo. O terceiro banheiro era revestido de imitação de mármore verde; na bancada, havia outro tipo de mármore artificial e outro no piso. Sobre os azulejos, papel de parede, também imitando mármore, numa versão verde-ervilha e brilhosa.

— Vou vomitar — disse Bailey, fechando a porta atrás de si.

Diante da escada, olhou para cima e respirou fundo. "Mais quartos, será?", pensou. Até agora, já havia contado cinco deles. Será que o dono anterior tinha muitos filhos? Ou, se fora o lugar onde Jimmie se criara, conhecendo-o como ela o conhecia, deviam ter muitas visitas.

Devagarinho, testando cada degrau para ver se era seguro, subiu a escada até o sótão. Logo que entrou, sorriu. É verdade que havia dois buracos do tamanho do seu punho no telhado, e alguém colocara baldes debaixo deles para recolher a água da chuva, mas, por baixo da sujeira, dava para ver que o lugar era uma gracinha — pelo menos um dos seus lados. A extrema inclinação do telhado cortava o cômodo em dois lados, mas, do lado em que ficava a escada, fizeram uma fileira de janelas no telhado, que deixavam entrar a luz do sol. Eram janelas altas, mas não altas demais a ponto de impedir a vista do lado de fora. Ela colocou a lata de receitas no chão e, girando a manivela, abriu uma delas. Uma lufada de ar fresco entrou no quarto. E também mais luz solar, agora que a sujeira do vidro não mais a bloqueava. Virou-se e correu a vista pelo cômodo grande e aberto.

No meio, havia uma balaustrada que chegava até a cintura, a qual, ao que tudo indicava, um dia servira para dividir o ambiente. Alguém serrara uma abertura no centro e removera um pedaço da balaustrada; ela viu esse pedaço encostado na parede oposta.

As paredes da metade do cômodo em frente da escada haviam sido rebocadas e pintadas de branco, mas na outra metade utilizaram o mesmo revestimento marrom escuro do andar de baixo.

— *Mais um* quarto? — disse em voz alta, olhando para o cômodo grande e vazio. Começou a atravessar a abertura na balaustrada, mas se deteve e olhou para o chão, por alguma razão não confiando nele. O chão da metade anterior revestia-se de tábuas aparentemente grossas, mas esse era coberto de folhas de compensado. Parecia seguro, mas algo lhe dizia para não pisar nele.

Bailey não pôde descobrir se o chão era firme ou não, porque ouviu três buzinadas de caminhão e compreendeu que a estavam chamando.

— Há seis semanas era "A senhora deseja alguma coisa, dona Lillian?", agora é uma buzina de caminhão — murmurou, enquanto pegava no chão a caixa de receitas e corria escada abaixo. — Eu devia estar contente de não ser paparicada — disse em voz alta. Para chegar até o lado de fora, precisou pular por cima de três fios elétricos de alta resistência, da caixa de ferramentas de um eletricista e de um técnico de telefonia que, deitado de bruços, examinava uma tomada. Ao sair pela porta da frente, disse para o empregado da Viking não deixar ninguém subir até o sótão, pois o considerava perigoso.

Duas mulheres estavam paradas em frente a um dos caminhões. As duas mediam em torno de um metro e sessenta, deviam ter uns trinta e pouquinhos anos e eram bonitas, mas não lindas. Pareciam-se tanto fisicamente que Bailey apostou que se tratava de duas irmãs, embora se vestissem de maneira muito diferente. Um delas tinha cabelo escuro e vestia uma blusa de algodão, jeans e tênis. A outra era loura — louro artificial — e vestia um conjuntinho de tricô, meias finas, escarpins de salto alto e tantas pulseiras de ouro que Bailey se perguntou como ela conseguia levantar os braços.

— Oi — disse Bailey, caminhando na direção delas e estendendo a mão para cumprimentá-las. — Sou Bailey James — apresentou-se, e ficou satisfeita por ter dito o nome sem gaguejar.

— Eu sou Janice Nesbitt — disse a mulher do conjuntinho ao apertar a mão de Bailey.

— Ah, sim, da Associação Comercial — disse ela, enquanto se virava para a outra mulher.

— É — disse Janice, contente por Bailey ter visto seu folheto e se lembrado dele. — É uma vergonha que ninguém tenha vindo te dar pessoalmente as boas-vindas — disse enfaticamente.

— Só vocês duas.

Bailey sorriu para a segunda mulher.

— Sou Patsy Longacre — disse ela, apertando a mão de Bailey. — Achei que pelo menos uma pessoa desta cidade teria aparecido, talvez até mesmo alguém da Associação Comercial.

Bailey olhou para Janice.

— Pensei que vocês fossem da Associação Comercial — disse confusa.

— Eu sou. Sou a presidente — disse Janice com satisfação, e depois olhou para a casa. — Estou vendo que você está dando uma limpeza nela. Não sabia que tinha sido comprada. Quando foi que você comprou essa casa?

— Eu... — começou Bailey, tentando pensar rapidamente numa mentira. Sem dúvida, não poderia dizer a verdade.

— Quando foi que você veio ver a fazenda? — perguntou Patsy. Nervosa por precisar inventar logo uma mentira, Bailey ficou olhando ora para uma, ora para a outra. Embora se encontrassem muito perto uma da outra, olhavam em direções opostas.

— Ganhei essa casa — disse devagar. — De herança. Vocês sabem quem era o dono dela?

— Você não? — perguntou Jane, os olhos franzidos em sinal de estranhamento.

— De quem você a herdou? — indagou Patsy.

Bailey respirou fundo. Devia ter pensado nisso antes e planejado uma boa mentira.

— Do meu marido. Sou viúva. Nem sequer sabia que ele possuía essa casa até a leitura do testamento.

Bem, pelo menos aquilo era verdade.

— Nossa! — disse Janice. — Onde já se viu alguém não saber tudo sobre as finanças do marido?

Bailey instintivamente abriu a boca para defender-se. Jimmie pagava a três grandes escritórios de advocacia para tomarem conta das suas "finanças", pensou em retrucar. Em vez disso, fechou a boca e simplesmente sorriu.

— Gostaria de oferecer algo para beber, mas... — apontou para a casa em sinal de impotência. — Como vocês podem ver, hoje as coisas estão complicadas por aqui. No momento, toda a minha mobília está guardada na estrebaria.

— Não tem problema — disse Janice, e passou energicamente por ela em direção à estrebaria. Com certeza, sabia onde ela ficava. E o fato de estar vestida com um conjunto e meias finas e de o mato não ter sido retirado parecia não incomodá-la.

— Eu, hum... — Bailey começou a dizer, e depois saiu andando atrás dela. Mas parou e olhou para trás porque a outra mulher, Patsy, continuava parada na frente do caminhão.

— Por favor, vem com a gente — disse Bailey. — Estamos indo para a estrebaria, acho. Não que lá tenha algum lugar para sentar, mas...

— Nós? — perguntou Patsy. — Achei que você tivesse dito que era viúva. Quem mais mora com você? Seus filhos?

Bailey olhou para a mulher, perplexa. Será que estava surda?

— Não — respondeu. — Falei "nós" me referindo à Janice. Acho que acertei o nome, Janice Nesbitt, não é isso?

— Não conheço essa mulher — Patsy falou, enquanto passava por Bailey e se encaminhava para a trilha que conduzia à estrebaria. Depois se virou e perguntou: — Você não vem?

— Claro — disse Bailey, com a nítida sensação de que tinha pegado o bonde andando. Que diabo estava se passando entre essas duas mulheres?

Quando Bailey chegou à estrebaria, as duas mulheres já estavam lá, e Janice havia aberto uma caixa com a inscrição *Cozinha.*

— Com licença — disse Bailey com firmeza, fechando a tampa da caixa praticamente no nariz de Janice. — Como vocês estão vendo, ainda não me mudei. Talvez fosse melhor vocês duas...

— Desde 1968 ninguém mora aqui — Patsy falou alto, não deixando Bailey concluir a frase.

Nessa época, o Jimmie tinha nove anos, Bailey pensou, e havia um grande lapso entre os nove e os dezesseis, idade a partir da qual os biógrafos conseguiram rastrear sua vida.

— Quem morou aqui?

As duas mulheres se viraram para encará-la, perguntando em silêncio: *Você* não sabe?

Não vai ser fácil, Bailey pensou.

— Meu marido era... bem mais velho do que eu e gostava de privacidade em relação a seu passado. Sei muito pouco sobre a infância dele. Gostaria de saber o que é que alguma de vocês duas pode me dizer sobre este lugar.

— Qual de nós duas? — perguntou Patsy. — Você está me confundindo — falou, olhando Bailey com os olhos franzidos. — Se vai morar em Calburn, é bom que saiba que *não tem ninguém aqui neste cômodo além de você e eu.*

Bailey arregalou os olhos.

— Entendo — disse, e depois virou-se para Janice. — E você e eu, a gente também está sozinha?

— Claro — respondeu Janice. — À exceção dos ratos e de todas as outras criaturas que habitam as estrebarias. Garanto que não sei que criaturas são essas. Sou a pessoa que menos entende de fazendas neste planeta.

Isto arrancou de Patsy uma risadinha de desdém, e Bailey viu um rubor de raiva subir pelo pescoço e pelo rosto de Janice, cujas mãos se cerraram por baixo daquele mundo de pulseiras. Ao que tudo indicava, o fato de Janice entender ou não de fazendas era um tema bastante delicado.

— Eu também não entendo nada de fazendas — Bailey falou mansamente.

— E por que foi então que se mudou para Calburn? — perguntou Patsy.

A maneira como Patsy ofendera Janice não tinha agradado a Bailey.

— Você está querendo dizer, por que foi que não vendi este lugar por milhões e fui morar no sul da França?

Foi a vez de Janice rir.

Patsy ficou olhando para Bailey, pensativa.

— Estou vendo que você tem as respostas na ponta da língua.

— E você também não se sai mal — disse Bailey. — Mas vou logo avisando que não gosto nem um pouco de alfinetadas mesquinhas.

— Entendi — disse Patsy, e sorriu para Bailey.

— E o que você pretende fazer da vida, se não se importa que lhe pergunte? — Janice falou educadamente. — Ou será que seu marido deixou você bem de vida?

Bailey pensava, "Não posso acreditar que acabei de conhecer essas duas mulheres". Será que na Virgínia todo mundo costumava fazer perguntas tão pessoais apenas dez minutos depois de conhecer a pessoa?

— Para falar a verdade, não sei o que vou fazer. Meu marido me deixou essa fazenda e um pouco de dinheiro, mas não o suficiente para me sustentar pelo resto da vida. Acho que vou ter que arrumar um emprego. Vocês por acaso sabem de alguma coisa que pode servir para mim?

Janice olhou Bailey de cima a baixo.

— Você não faz o tipo da Wal-Mart. O que você era antes de se casar?

— Eu ainda era adolescente — respondeu Bailey.

— Tenho dois deles — disse Patsy —, mas dois meninos, e eles trabalham para o tio. Você entende alguma coisa de carpintaria?

— Quem dera — respondeu Bailey melancólica. — A casa está caindo aos pedaços. Tem buraco no telhado, e o chão do sótão não parece seguro. E gostaria de derrubar algumas paredes para transformar parte dos quartos em outra coisa. Do jeito que está, dava para abrir um internato.

Os olhos de Janice, que se mantivera de pé do outro lado olhando para Bailey, de repente se iluminaram.

— O que você precisa é se casar de novo — disse.

Bailey riu.

— Não acho, não. Eu era louca pelo meu marido, acho que não conseguiria...

— Bom, é claro que não existem muitos solteiros interessantes em Calburn — continuou Janice, num tom de voz mais alto, como se Bailey nada tivesse dito.

— *Não* quero me casar de novo — disse Bailey, enfática. Sinceramente, a idéia de casar não passara pela sua cabeça, e ela não estava gostando nadinha do rumo que a conversa com aquelas mulheres estava tomando. — Talvez seja melhor a gente voltar para a casa. Vou mostrar os banheiros para vocês — disse, acreditando que a visão daqueles banheiros certamente as desviaria de seus propósitos casamenteiros.

Bailey caminhou em direção à porta da estrebaria. Como, porém, nenhuma das duas saiu do lugar, ela se virou e as encarou. Janice olhava fixamente para ela; já Patsy tinha os olhos voltados para o alto, como se estivesse tentando lembrar-se de algo.

— Você precisa de um homem mais jovem dessa vez, alguém que possa ser *útil* para você aqui — falou Janice, frisando a palavra. — Alguém para te *ajudar*.

— Eu não... — começou Bailey

— Já sei! — interrompeu Patsy. — Acabei de ter uma idéia genial: você precisa casar de novo.

— Mas foi isso que a Janice acabou de dizer — replicou Bailey, frustrada. — Você não ouviu? Ela está a um metro de você.

Patsy nem sequer piscou.

— Você precisa casar de novo e, mais que isso, você precisa casar com meu cunhado, Matthew.

Bailey lançou para as mulheres um sorrisinho tenso. Intrometer-se na sua vida pessoal era uma coisa; agora, esse negócio de querer arrumar casamento para ela tinha de parar antes de ir longe demais.

— É uma oferta muito generosa — falou com firmeza — e tenho certeza de que seu cunhado é um homem maravilhoso, mas acho que não...

Patsy agiu como se Bailey nada tivesse dito.

— Ele é um cara muito legal, mas foi casado com uma peça bonitinha mas ordinária. Foi o Matt ganhar algum dinheiro, e ela deu no pé com outro homem. Por que ela abandonou um homem maravilhoso como o irmão do meu marido, não dá para entender, mas quem perdeu foi ela. E agora ele está na minha casa ocupando espaço há seis longuíssimos meses. Que tal eu ligar para ele e pedir que a leve para jantar hoje? — disse, levantando a fralda da camisa e abrindo o estojo do celular.

— Não! — Bailey gritou tão alto que as duas mulheres ficaram olhando para ela com os olhos arregalados. — Sabe como é que é — prosseguiu, abaixando o tom —, fiquei viúva *há muito pouco tempo*, preciso de um tempo. Ainda não quero me envolver com ninguém. Não que tenha pensado nisso, mas não posso me imaginar... não posso me imaginar com outra pessoa. Claro que vocês entendem o que estou falando.

Por um instante, as duas mulheres se limitaram a olhar para ela caladas, fingindo ignorância.

— Está bom — Patsy falou —, que tal quarta que vem, então?

Bailey respirou fundo, soltou o ar devagar e contou até dez. Não se deixaria intimidar por essas mulheres, que, ainda por cima, recusavam-se a reconhecer a existência uma da outra.

— Quando disse que precisava de tempo, eu...

— Isto aqui precisa é de um empreiteiro de obras — Janice disse em voz alta, mais uma vez interrompendo Bailey.

Bom, pensou Bailey. Enfim me fiz entender, e agora vamos mudar de assunto. Sorriu.

— Peguei o cartão de um faz-tudo.

— Walter Quincey? — perguntou Janice com expressão zombeteira. — Ele vai levar seu dinheiro, e você não vai ver serviço algum. É o cara mais preguiçoso da face da Terra. Não, você precisa de um arquiteto de verdade, alguém que entenda do riscado.

Patsy nada dizia, só observava a estrebaria. A intenção de Bailey não fora de jeito algum ofendê-la ao recusar terminantemente seu cunhado; ela só queria deixar as coisas bem claras desde o início.

Patsy olhou para Bailey.

— Te falei que meu cunhado é empreiteiro?

Na mesma hora, Bailey se sentiu dividida. Não queria dar esperança a essa mulher, nem ao seu cunhado ex-marido de uma peça bonitinha mas ordinária, mas a imagem daqueles armários de cozinha quase caindo da parede não parava de dançar diante de seus olhos.

— Seu cunhado é empreiteiro? — ouviu-se perguntando.

— Mais ou menos. É arquiteto, mas também entende de obras.

— E ele é bom? — perguntou, enquanto visualizava azulejos verdes voando pela janela e lambris escuros arrancados das paredes.

— Ele construía arranha-céus em Dallas.

— Ele cobra caro? Não tenho muito dinheiro.

— Ah, querida, é óbvio que sim — Patsy respondeu, num tom que surpreendeu Bailey. — Todo mundo na cidade está falando de um tal de Phillip que banca tudo isso aqui para você.

Depois dessas palavras, Patsy se calou, e Bailey entendeu que ambas estavam esperando que ela lhes contasse quem era "esse tal de Phillip". Ela, porém, não queria revelar nada, não era da conta delas.

— O advogado do meu marido — disse por fim, e suspirou.

— Se você está dura, veio para o lugar certo — prosseguiu Patsy. — Em Calburn, ninguém pode cobrar nada caro, porque não tem gente em condições de pagar. Quer dizer, salvo algumas exceções — disse, e depois olhou vagamente na direção de Janice.

— Algumas pessoas... — começou Janice, ainda sem olhar para Patsy, mas finalmente reconhecendo sua presença.

"E agora?", pensou Bailey. "Vão se engalfinhar?" Olhou para o céu. "Onde você foi me meter, James Manville?", perguntou em silêncio.

— Tudo bem — Bailey falou em alto e bom som. — Caso com ele se ele consertar esta casa. Ou será que ele só quer sexo? Ou as duas coisas?

As duas mulheres se viraram para olhar para ela, o queixo caído de modo tão idêntico que Bailey teve certeza de que eram parentas.

Patsy se recompôs primeiro.

— Sexo seria sem dúvida um grande estímulo para ele — disse, sem demonstrar de jeito algum intenção de fazer graça —, mas, aqui em Calburn, se você for logo de cara para a cama com um homem, ninguém nunca mais vai querer saber de você. Meu conselho é que ofereça a metade do que ele pedir e adie o sexo — recomendou, e pôs-se a teclar seu celular. — E sei, por experiência própria, que as preliminares são bem melhores que a coisa propriamente dita. Quando for pedir para ele fazer a limpeza do esgoto, veste um short curtinho.

Bailey sorriu para as duas mulheres. Estamos nos entendendo afinal, pensou. E, ao ouvir Patsy falar ao telefone, "Matt, arrumei um trabalho para você", seu sorriso se abriu ainda mais.

Capítulo 5

Na manhã seguinte, ao acordar, o primeiro sentimento de Bailey foi de medo, de terror clássico, porque dessa vez, sim, ela se lembrou de onde estava. Sua cama fora removida da estrebaria e levada para o seu quarto, e ela se viu cercada por aquele revestimento de parede escuro e horroroso que fazia o ambiente parecer engoli-la. Entrava luz pelas janelas descobertas, mas só conseguia deixar mais exposta a feiúra do quarto.

Na noite anterior, de tão cansada, caíra na cama, e mal lembrara de enfiar a camisola pela cabeça. Mas não dormira bem; as lembranças de Jimmie invadiram seus sonhos. Nos dezesseis anos que haviam passado juntos, jamais ficaram separados por tanto tempo. Sempre que Jimmie ia a algum lugar interessante, ele a levava junto.

— Ei, Ferruginha — ele lhe dissera certa vez. — Você não gostaria de ver as tartarugas daquela ilha?

Ela levou um tempinho para entender o que ele queria dizer.

— Galápagos? — respondeu, e Jimmie lhe sorriu. Ela acabara de concluir o curso secundário quando os dois se conheceram, mas, desde então, lera muita coisa, e sua cultura agradava a ele. — Claro, quando a gente vai para lá?

— Dentro de meia hora.

— Tudo isso? — perguntou, e os dois caíram na gargalhada.

Agora, Bailey esfregava os olhos, que começavam a se embaçar. Jimmie não estava lá, e nunca mais voltaria.

Lentamente, saiu da cama e foi ao banheiro, com aqueles acessórios multicores. Ao ver no espelho seu rosto "novo", levou um susto. Vivera trinta e dois anos com aquele nariz grande e torto, e fora gorducha a vida inteira. Era realmente muito estranho deparar-se com algo diferente disso.

— O que é que vou fazer agora? — perguntou a si mesma em voz alta enquanto entrava no chuveiro. No dia anterior, perguntara àquelas duas mulheres se elas sabiam de alguma vaga de emprego, mas sabia que estava mentindo para si mesma, tanto quanto as mulheres estavam mentindo para ela. Que qualificações possuía para conseguir um emprego? Jamais aprendera digitação, e talvez fosse a única pessoa nos Estados Unidos com menos de oitenta anos que não fazia idéia de como usar um computador. — Para que perder seu tempo? — dissera Jimmie. — Posso perfeitamente contratar especialistas para fazerem esse tipo de serviço para você.

Ela não tinha experiência em coisíssima nenhuma, essa era a grande verdade, só tinha experiência como esposa.

Fechou a torneira do chuveiro, vagarosamente se enxugou com as toalhas novas e engomadas que ainda não haviam sido lavadas, e vestiu um conjunto de sarja cáqui que ela e Carol haviam encomendado de um daqueles catálogos. Talvez eu pudesse pedir ajuda a Phillip, pensou, mas depois afastou esse pensamento. Temia que, se procurasse Phillip, o passo seguinte seria procurar Atlanta e Ray para implorar-lhes dinheiro.

Respirando fundo, Bailey abriu a porta do quarto e atravessou o pequeno corredor em direção à sala. No final do dia anterior, Phillip mandara um caminhão de homens robustos para abrir todos os caixotes que se encontravam na estrebaria e colocar todo o seu conteúdo dentro da casa, no lugar escolhido por Bailey. Tentou não olhar para as paredes escuras e sem janelas, apenas para a mobília. Ela a comprara sob pressão, mal se lembrava do que havia comprado, e agora sentia-se feliz com o que via.

Havia dois sofás estampados com grandes peônias vermelhas, parreiras douradas e folhas verdes, e duas poltronas aparentemente muito confortáveis do mesmo tom dourado escuro da estampa. No meio, uma grande mesa de centro. Num canto da sala, uma mesa de jantar, também grande, repousava sobre um tapete persa vermelho, rodeada de cadeiras Windsor pintadas de azul-escuro. Perto da parede havia uma caixa cheia de cortinas de xadrez escocês vermelho e preto. Os homens da mudança não souberam pendurá-las e, além disso, não havia janelas para tantas cortinas.

No entanto, apesar da bela mobília, o ambiente não era nada convidativo. Como alguém poderia sentir vontade de ficar num lugar escuro desse jeito?

Bailey se dirigiu para a cozinha. No dia anterior, os carregadores haviam sido maravilhosos com ela. Fizeram o possível e o impossível para tornar a cozinha habitável, mas não foi o suficiente. Um dos eletricistas e um bombeiro retiraram os armários da parede, alegando que deixá-los onde estavam seria perigoso. Depois de empurrarem o fogão gigante ali para dentro, um fogão profissional de luxo de mais de um metro de largura, descobriram que não havia lugar para colocá-lo. Um dos jardineiros resolvera o problema serrando uma parte dos armários do chão. O eletricista prendeu os canos de gás. E foi necessária mais serração para botar a geladeira de porta dupla, também profissional e de luxo, a um metro de distância do fogão. Os homens haviam colocado a pia de porcelana com *backsplash* alto no outro lado da cozinha.

— A gente jogou fora uma dessas quando reformou a cozinha da minha avó — dissera um dos homens ao botar a pia no lugar. Além disso, o bombeiro instalou a luxuosa máquina de lavar que ela havia comprado.

E agora, olhando para aquela cozinha, Bailey suspirou. Estava uma verdadeira bagunça. Os armários de chão — ou melhor, o que restara deles — ostentavam cantos lascados e sem acabamento, e as paredes acima deles exibiam uma meia dúzia de cores diferentes nos lugares onde antes ficavam os armários suspensos. Os utensílios de cozinha comprados com Phillip, e posteriormente complementados por encomendas feitas pelo correio por ela e Carol, foram deixados na despensa anexa e, ainda assim, na cozinha, mal sobrava espaço para guardar uma colher.

Ao abrir a geladeira, Bailey viu que tudo o que restara da comida que seus vizinhos de Calburn lhe trouxeram se resumia a uma asa presa à carcaça de uma galinha. Um a um, os homens tinham se servido da comida.

Bailey encontrou uma caneca grande de cerâmica na despensa, encheu-a de água da torneira, pegou a asa de galinha e saiu.

Depois de Patsy Longacre telefonar para seu cunhado, as mulheres foram embora, e Bailey balançou a cabeça sem entender nada ao vê-las entrar no mesmo carro, um Mercedes modelo antigo, e partir.

— Será que, quando estão sozinhas, elas conversam entre si? — perguntara a si mesma em voz alta enquanto entrava na casa e tentava responder às perguntas que lhe faziam sobre onde queria que colocassem as coisas. Durante o resto do dia, mantivera-se tão ocupada que nem sequer tivera tempo de olhar na janela para ver o que as pessoas do lado de fora estavam fazendo.

Por isso agora, ao abrir a porta de trás, a visão do jardim foi como uma revelação divina. Dois dias antes, só se via mato. Ela conseguira seguir uma trilha até a grande amoreira, mas, além dali, não dava para enxergar mais nada.

Nesse momento, diante dela havia um jardim. Um jardim de verdade. Não se tratava apenas do conceito americano de quintal: um gramadinho cercado de uns poucos arbustos e "plantas ornamentais". Não, de fato era algo de que Jasper, o velho jardineiro-chefe de Jimmie, o homem que supervisionava todas as suas casas, se orgulharia.

E, mais importante que isso, era o tipo de jardim com que Bailey sempre sonhara. Nada de amplos horizontes, gramados capazes de servir de pista de pouso de helicópteros. Não, nenhuma dessas grandiosidades, apenas um lugar cheio de árvores e flores e — privacidade, Bailey pensou; as árvores dispunham-se de tal modo que não dava para ver o que vinha depois.

Largando a caneca vazia e o osso de galinha, atravessou o terraço de laje e seguiu pela trilha de pedra em direção às árvores. Lá estava a amoreira, imensa, magnífica, régia: removidos o mato e os escombros, agora era possível vê-la por inteiro. Sorrindo e dizendo "Bom-dia" à esplêndida e vetusta árvore, seguiu caminhando pela trilha para ver até onde ia.

À direita, havia uma área cercada, não muito extensa, na qual os jardineiros haviam passado uma capinadeira, deixando à mostra uma terra escura e fértil, pronta para receber as sementes. Obviamente, aquele terreno um dia fora uma horta, e os anos sem cultivo haviam renovado a terra.

Depois da horta, vinha um pomar cujas árvores frutíferas haviam, muitos anos antes, sido podadas em "vaso aberto". Isso significava que, embora fossem árvores grandes e bastante prolíficas, nunca cresceriam demais; os ramos mais baixos encontravam-se a pouco mais de meio metro do chão. Até mesmo uma criança conseguiria colher a maioria das suas frutas.

Como as árvores ficaram sem receber cuidados por muitos anos e só no dia anterior foram devidamente podadas, Bailey achou que não dariam frutos naquele ano. Observou várias lacunas nas fileiras regulares de árvores e serragem nos lugares onde os jardineiros tinham cortado as árvores mortas.

Passando o pomar, a trilha fazia uma curva fechada para a esquerda. Depois de contornar um bosque de sempre-vivas, prendeu a respiração: diante dela havia um pequeno lago, alimentado por um riacho que descia da colina ao lado formando uma pequena cachoeira, cujas pedras haviam sido cuidadosamente dispostas para que parecessem obra da natureza. Bailey foi passeando bem devagarinho pela trilha, olhando maravilhada o laguinho todo cercado de junco, e depois seguindo o curso da água.

No alto da colina, um caminho de pedra atravessava o riacho rasinho e, no outro lado, sob uma nogueira imensa e sombria, encontrava-se um banco de ferro espaçoso, castigado pelo tempo. No chão, lajes entremeadas de tomilho lanoso.

Bailey, em vez de se dirigir até o banco, seguiu em frente, pois queria ver mais. No ponto mais alto da colina encontrou um poço cercado de pedras. No dia anterior, os jardineiros o haviam limpado por dentro, de modo que lhe foi possível ver a bomba d'água ali instalada para gerar a cachoeira lá embaixo.

Depois do poço, a trilha virava de novo à esquerda e, olhando para baixo à sua esquerda, ela conseguia enxergar a casa por entre as árvores; à direita, a estrebaria. Aqui, porém, escondido e reservado, descobriu um gramado que parecia do tamanho perfeito para uma partida de croqué. Ou para crianças jogarem futebol, pensou, e depois afastou esses pensamentos. Do outro lado do gramado havia arbustos e uma cerca de madeira coberta de trepadeiras que só não caíra porque estava presa numa viga de concreto sustentada por colunas de ferro. Atravessou o gramado para examinar os arbustos e as trepadeiras. Sorriu: os arbustos eram groselheiras e as trepadeiras, amoras-pretas.

Além do gramado, bem em frente à estrebaria, viu um canteiro que, certamente, dera um trabalho de cão aos jardineiros. Eles haviam removido o mato, deixando o solo a descoberto, onde fincaram estacas com as folhas serradas inconfundíveis da framboesa; fileiras e mais fileiras de framboesas.

No final do canteiro de framboesas, o caminho de pedras se bifurcava; por um lado, seguia sinuoso entre as árvores e conduzia de volta para a casa. Pelo outro, a floresta densa impedia que se visse aonde levava. Escolheu a direção da floresta. Sob o dossel de árvores, encantou-se com o silêncio e o frescor misterioso da mata. Tinha a sensação de estar num lugar jamais penetrado, em tempo algum desde que a Terra existia. Essa fantasia a fez sorrir: seus pés pisavam um caminho artificial, e dava inclusive para avistar um banco de pedra quase escondido atrás dos troncos de duas grandes árvores.

A trilha fazia uma curva fechada para a direita, e Bailey parou diante da visão de uma clareira onde se encontrava uma grande lareira externa. Fora cavado um buraco de um metro de diâmetro no solo, com as bordas cimentadas de pedra. Dentro, encontrou restos de carvão queimado havia muitos anos. Em volta da lareira, nenhum assento, apenas um macio relvado de hera. Sobre sua cabeça, árvores circundavam a área, mas, logo acima da lareira, um vão entre as copas permitia a entrada da luz do sol, de modo que, se a acendessem durante a noite, a fumaça sairia por ali. Ficou dando voltas, observando o lugar, imaginando-o num momento de intimidade. Parecia ouvir as pessoas conversando baixinho, sentir o cheiro da fumaça e até mesmo o calor do fogo.

Sorridente, desceu a trilha de volta para casa. Saiu da floresta, vendo-se de novo sob a luz do sol, e contornou a estrebaria. Tão logo avistou a casa, agora pela parte da frente, seu bom humor se esvaiu. Como era possível um jardim lindo como aquele pertencer a uma casa feia desse jeito?, perguntou-se. Ocorreu-lhe que, provavelmente, a casa não estivera sob a responsabilidade de uma única pessoa: uma pessoa cuidara da casa e outra, do jardim.

— Só espero que não tenha sido um casal — disse em voz alta, enquanto abria a porta da frente. Duas almas de tal modo opostas jamais se dariam bem, refletiu.

Uma vez dentro de casa, não pensava em outra coisa além de sair dali. Precisava, contudo, decidir o que fazer da vida. Diante desse pensamento deu uma gargalhada.

— Estou parecendo uma personagem de novela — disse, e foi pegar a bolsa no quarto. Primeiro, as coisas básicas. Primeiro passo: comprar comida; depois pensaria no passo seguinte. Como Jimmie cansava de dizer: "Sempre sei quando a Lili está aborrecida com alguma coisa; ela vai correndo para a cozinha mais próxima."

Sentou-se ao volante do carro que Phillip lhe dera e respirou fundo. Dirigira pouquíssimo na vida; na verdade, o próprio fato de *saber* dirigir atestava sua tenacidade. Jimmie não costumava se opor às coisas que ela sentia vontade de fazer, mas se opôs a que recebesse aulas de direção. No início, ela mostrou-se compreensiva com ele, achando que ele receava que, se soubesse dirigir, acabaria o abandonando. Com o passar do tempo, porém, depois de ele manter-se firme durante semanas, ela começou a ficar com raiva. Embora soubesse que, se na vida profissional raiva nenhuma o abalava, a última coisa que ele queria na vida era entrar em conflito com ela.

— Não vou falar com você até deixar alguém me ensinar a dirigir. Já estou bem crescida, James Manville. Você não pode querer que eu seja a sua criancinha a vida inteira.

Raras vezes o vira enfurecer-se com ela; chegou a pensar em voltar atrás. Mas não recuou.

Seu gelo não durou mais de três dias; ele acabou contratando um homenzinho horroroso e ordinário para ensiná-la a dirigir. E, no dia em que recebeu a carteira de motorista, Jimmie a presenteou com um BMW amarelo, compacto e charmoso. Que só o tenha dirigido umas doze vezes, isso pelo visto não importou para nenhum dos dois. Ela havia adquirido o conhecimento que desejava, era o que importava.

Isto se passara havia muitos anos. Agora, ela se perguntava se ainda saberia guiar um carro. Devagar e com muita cautela, deu marcha a ré e pegou a estrada suja que passava na frente da sua casa. Nos dois lados da estrada, só havia árvores, nenhuma casa, e ela percorreu cerca de meio quilômetro até chegar ao asfalto. Lembrou que, à esquerda, ficava o caminho por onde chegara com Phillip, o que a levou a deduzir que o centro de Calburn ficava à direita.

Depois de um instante de hesitação virou à esquerda. Ainda não estava preparada para entrar na cidade. A julgar por Janice e Patsy, as pessoas da cidade a encheriam de centenas de perguntas sobre sua vida pessoal, e Bailey não estava preparada para isso. Primeiro, precisava comer alguma coisa para depois pensar no passo seguinte.

Três horas mais tarde, via-se de novo na entrada de automóvel da sua velha casa, o carro cheio de comida. Sacolas plásticas abarrotadas ocupavam toda a traseira de seu Toyota até o teto; no chão, debaixo do banco traseiro, caixotes de morangos frescos que comprara numa barraca na beira da estrada; sobre o banco, grandes pacotes de açúcar e enormes garrafas de vinagre; além das demais sacolas com mantimentos amontoadas no banco da frente e no chão.

Bailey sorria, pois tivera uma idéia do que talvez, quem sabe, poderia fazer da vida.

Capítulo 6

Matthew Longacre estacionou sua picape debaixo de uma árvore e olhou no relógio do painel. Seis e meia. Ele havia adiado esse encontro o máximo que pudera. Na noite anterior, Patsy tinha ficado no pé dele o tempo todo dizendo-lhe para ir conhecer a "viúva".

— É bonita, simpática e jovem. O que você pode querer mais? — dissera-lhe Patsy, de pé a seu lado, enquanto colocava no seu prato um grande pedaço do seu bolo de carne "surpresa". O que surpreendia era alguém conseguir comê-lo.

— Você *e* a Janice foram até lá? — Rick perguntou à mulher, quando começava a atacar o bolo de carne, o purê de batatas instantâneo e o feijão-verde que, por excesso de cozimento, já quase nem tinha cor.

— Fui sozinha — respondeu Patsy, o nariz empinado, os lábios franzidos num gesto de atrevimento que sua família conhecia muito bem.

— Ih — disse um dos seus filhos gêmeos, dois grandalhões de dezoito anos e mais de um metro e oitenta de altura. — Já vai começar...

— Aposto cinqüenta na mamãe — disse John.

— Vinte e cinco no papai — apostou Joe.

— Se vocês dois querem sobremesa, é melhor pararem com isso — Patsy avisou, e voltou a olhar o cunhado, fingindo ignorar a mímica dos filhos simulando apostas.

— Patsy — disse Rick —, o que é que essa mulher vai pensar do pessoal aqui de Calburn, se você e a Janice vão lá juntas e depois não falam uma com a outra?

— Não faço idéia do que você está falando — respondeu Patsy, sem tirar os olhos de Matt, que amassava seu bolo de carne com um garfo. — Não estamos falando de mim. A dona Bailey precisa de um empreiteiro e você, Matt, é empreiteiro. Eu disse a ela que você vai pegar o serviço.

Matt não levantou o olhar. Sabia que sua vida estava nas mãos da cunhada. Vinha morando na casa dela, por isso estava à sua mercê. E sabia muito bem que, ao tentar empurrá-lo para a viúva, sua intenção não era pura e simplesmente promover um romance e sim livrar-se dele.

— Matthew, estou falando com você — Patsy insistiu, no mesmo tom que costumava dirigir aos outros três homens da sua vida. — Você vai ou não fazer esse favorzinho de nada por mim?

— O que você falou de mim para ela? — murmurou ele, fingindo estar com a boca cheia.

— Para não ir para a cama com você — disparou ela, fazendo com que todos os quatro homens parassem de comer e a encarassem. Quando viu que todos lhe davam atenção, disse: — Vai ou não?

— Se já tem essa condição... — ia começando Joe, mas o olhar da mãe o cortou.

— Vou, mas não hoje à noite. Hoje tenho que... — não conseguiu pensar em desculpa alguma.

— Assistir ao seriado *Buffy, a Caça-Vampiros*? — sugeriu John, os dois rapazes obviamente adorando o desconforto do tio. Nesse verão, eles tinham feito um estágio em construção com ele e, a julgar pelo seu jeito em casa, foram imaginando que tirariam o trabalho de letra. No entanto, acabaram por descobrir que o tio Matt em casa e o tio Matt patrão eram duas pessoas diferentes. Aliás, perceberam isso logo no primeiro dia, quando voltaram, passeando tranqüilamente, de um almoço de duas horas.

— Afinal de contas, o que ela vai fazer com a propriedade do velho Hanley? — perguntou Rick, para atrair a atenção da esposa e assim tirar o irmão do sufoco.

— Como ela mesma disse, o que mais poderia fazer além de morar lá? — respondeu Patsy, caminhando de volta para o fogão. — Acho que o marido não deixou muito dinheiro para ela, pelo menos não o suficiente para ela se sustentar. Mas parece que o advogado do marido comprou um monte de coisas para ela. Alguém quer mais bolo de carne?

Todos, à exceção de Matt, quiseram repetir.

— Por que o advogado dela comprou essas coisas para ela? — perguntou Joe. — Ela por acaso estava tendo um caso extraconjugal com ele?

— Richard Longacre! — Patsy falou para o marido. — Você tem que fazer alguma coisa com esses meninos. Olha só o jeito como eles falam!

— Pat — disse Rick, estendendo o braço para enlaçar a enxuta cintura da esposa. — Eles não são mais crianças — falou, e olhou de viés para o irmão, tentando dar-lhe a entender que podia sair da mesa e se livrar das perguntas da mulher.

Isto ocorrera na noite anterior. De lá para cá, Matt não tinha conseguido relaxar um segundo sequer diante da perspectiva do encontro dessa noite. Tinha passado o dia trabalhando com os sobrinhos a cinqüenta quilômetros dali, convertendo uma garagem em quarto de visitas, e assim fora poupado de ficar ouvindo falarem da mulher que se tornara tema de todas as conversas da cidade. Depois de retornar do trabalho, beijou apressadamente o rosto de Patsy, murmurou algo sobre uma reunião com um cliente e saiu em disparada para o restaurante de Calburn para comer um gorduroso sanduíche.

— Ouvi falar que é podre de rica — Ruth Ann, a garçonete, dissera enquanto lhe servia café. Ela não falava com ele, mas com algumas pessoas da vizinhança ali reunidas para discutir os acontecimentos na casa do velho Hanley.

— Só pode ser rica para ter como pagar aquela gente toda. Mas por que ela resolveu deixar para gastar sua fortuna aqui em Calburn? Por que não foi para outro lugar, um lugar mais civilizado? — perguntou Mark Underwood. No outono, Mark teria de deixar a cidade para cursar a universidade, e não via a hora de ir embora de Calburn para nunca mais voltar.

Os outros presentes o ignoraram.

— Sabe o que é que eu acho? — disse Opal, do Salão de Beleza Opal, situado no fim da rua. — Acho que ela tem algum projeto. Talvez esteja planejando abrir um... como é mesmo o nome daquilo? Aquele lugar em que você passa a noite e depois toma o café-da-manhã?

Matt olhava sua xícara tentando descobrir qual seria o gosto do café aquela noite: água preta ou óleo de motor. Certa vez, tentara fazer uma piada dizendo que, se Ruth Ann misturasse os dois, quem sabe daria um café decente? Ela lhe respondeu que, se ele não gostava do café de Calburn, que voltasse para a ex-esposa e *lhe* pedisse para preparar café. Matt suspirou. Nas cidades pequenas não existem segredos.

Enquanto meditava sobre o conteúdo de sua xícara, de repente se deu conta do silêncio à sua volta. Quando levantou o olhar, viu que todos no restaurante estavam olhando para ele, obviamente esperando que desse sua opinião. Graças à Patsy, consideravam-no o "especialista da cidade grande".

— Pousada — disse. — Isso se chama pousada.

— Uma espécie de restaurante com um motel anexo, não é isso? — disse Ruth Ann. — Será que ela acha que aqui nessa cidade tem clientela suficiente para dois restaurantes?

Matt levantou-se, deixou na mesa uma nota de cinco dólares e caminhou em direção à porta.

— Ruth Ann — disse —, você não precisa se preocupar. Seu restaurante é inigualável. Ninguém pode desbancar você nem ele.

E abriu um largo sorriso para os demais fregueses, que ficaram olhando para ele com cara de bobos, sem saber se ele tinha dito uma coisa boa ou má, e foi embora. Às risadas, sentindo-se vingado por aquele maldito café, encaminhou-se para a sua picape, um Chevrolet azul-escuro com carroceria larga e capacidade para 750kg de carga, e entrou.

— Agora para a casa da viúva — falou, ligando o carro. Deu marcha a ré para sair do estacionamento, pegou a Owl Creek Road e se dirigiu para a casa do velho Hanley.

* * *

Agora já estava aqui, não dava para adiar mais. Lentamente, desceu da caminhonete e começou a caminhar em direção à casa. Conhecia bem aquela casa e aquele terreno. Quando crianças, Rick e ele andavam de bicicleta margeando o riacho, e abriam caminho pelo mato até as árvores, que continuavam a dar frutos. Durante três verões, mantiveram uma barraquinha na beira de estrada só com os produtos furtados da fazenda abandonada. No entanto, não foram muito bem-sucedidos nas vendas; todas as outras fazendas de Calburn também tinham suas barraquinhas.

À medida que caminhava, observava em volta. Era impressionante o quanto de trabalho fora realizado ali num espaço tão curto de tempo. Instintivamente, girou sobre o próprio corpo para melhor apreciar as mudanças, e depois deixou escapar um assobio baixinho. Alguém pagara muito caro por isso. Com certeza, alguém tivera de pagar em dobro, ou até mais, para convencer os donos das empresas a deslocarem todos os seus empregados de outros serviços para colocá-los à disposição da fazenda.

Dinheiro e influência, pensou. Quem fizera isso tinha as duas coisas.

Subiu os estreitos degraus que davam para a porta da frente e, quando foi bater, a porta se abriu apenas com o toque da sua mão. Ele conhecia bem a planta da casa; anos antes, Rick e ele tinham aberto à força uma janela da cozinha e com freqüência iam lá brincar. Além disso, ele também costumava passar seus momentos de solidão dentro daquela casa. Mas um dia encontraram a janela consertada e não puderam mais entrar. Comentou com a mãe que alguém havia feito reparos na casa do velho Hanley, mas ela não tinha tempo para se interessar por uma coisa dessas.

— Olá — chamou ao entrar. — Tem alguém em casa?

Quando pisou na espaçosa sala de estar, arregalou os olhos, admirado. Sempre vira a casa em péssimo estado, imunda e caindo aos pedaços. Vê-la limpa e cheia de móveis o surpreendeu. Além do mais, era uma bela mobília. A maioria das pessoas de Calburn ia às pontas-de-estoque e comprava "conjuntos", móveis do mesmo desenho, cor, estilo etc., para preencher o cômodo inteiro.

— Bonito — disse Matt, ao passar a mão pelo sofá com estofamento de chintz.

Foi nessa hora que sentiu cheiro de comida — alguém estava cozinhando —, e o aroma quase o fez cair de joelhos. Nos últimos meses, Matt descobrira que, depois de tantos anos longe da terra natal, seu gosto mudara bastante. Ele não apreciava mais as comidas que continham a palavra *concentrado* no nome, como concentrado de galinha e concentrado de sopa. Patsy dizia: "Você ficou muito besta"; e, talvez, em termos de comida, ela tivesse razão.

— Ah, oi — disse a mulher que acabara de entrar na sala por um corredor que ele sabia que dava para a cozinha. Bela mulher, pensou. Era baixa e com corpo curvilíneo, vestia calça de cor clara e tênis — tênis de verdade, não aqueles sapatos esportivos abrutalhados —, uma camiseta aparentemente sem nada escrito e um avental. Era um avental branco coberto de manchas de comida.

— Você deve ser o empreiteiro — disse, estendendo a colher de pau na direção dele. — Você se importa de dar uma experimentada nisso? Já experimentei tantas vezes que já nem sei mais dizer se está bom.

Havia um gel amarelado na ponta da colher que Matt não sabia bem se gostaria de experimentar, mas o poder de atração da bela mulher na outra extremidade da colher o impediu de declinar do pedido. Não conseguiu evitar de lançar-lhe um olhar sugerindo que sabia que ela e sua cunhada, Patsy, andaram falando dele e de sexo.

Quando a língua de Matt tocou a substância contida na colher, ele se esqueceu de tudo o mais.

— O que é isso? — perguntou, pegando a colher da mão dela e a lambendo feito criança.

— Geléia de maçã com gengibre — respondeu ela, já caminhando de volta para a cozinha.

Matt a seguiu como um cachorrinho na coleira. A visão da cozinha fez seus olhos se arregalarem ainda mais.

— Entendo — ela disse, levantando a vista de uma panela que estava mexendo. — É horrível, não é?

Ele teve de piscar os olhos algumas vezes enquanto observava, perplexo, o cômodo. Havia buracos na parede nos lugares onde tinham arrancado os armários suspensos. E, nos armários de baixo, parecia que alguém tinha passado uma...

— Serra de cadeia? — perguntou.

— É. Os jardineiros fizeram isso — disse ela, mexendo agora outra panela. O fogão profissional enorme tinha seis bocas, e em cada uma delas havia uma panela com alguma coisa fervendo dentro. Agora que estava mais próximo, dava para sentir cheiro de canela, cravo...

Como se fosse um personagem de história em quadrinhos seguindo o próprio nariz, deixou que o seu o conduzisse aos panelões.

— O que você está preparando? — perguntou, tentando parecer apenas educado, e não desesperado.

— É coisa à beça, não é? — disse ela com um suspiro. — Sempre faço isso. Quando estou com algum problema, vou para a cozinha.

— Esse problema era grande ou pequeno? — ele perguntou. Havia algo vermelho na panela mais próxima dele.

— Grande. Isto é só metade do que comprei hoje. Hoje me aconteceu uma coisa engraçada. Eu... — Ela interrompeu-se e olhou para ele. — Desculpe, estou sendo mal-educada. Meu nome é Bailey James — apresentou-se, e estendeu-lhe a mão depois de limpá-la no avental.

— Matthew Longacre — disse ele, apertando-lhe a mão, mas olhando por cima da cabeça dela para uma panela atrás da tal com algo vermelho.

— Você está com fome? — ela perguntou. — Preparei jantar para mim, mas não tive tempo de comer coisa alguma. Você gostaria de me acompanhar?

Matt desviou os olhos da comida e a encarou. Seria uma armadilha?, perguntou-se. Será que Patsy a avisara de que ele viria para que ela pudesse preparar algo para seduzi-lo?

— Depende do que você vai comer — respondeu, afetando o tom mais Na-verdade-não-estou-com-muita-fome que conseguiu. Afinal, ele comera um dos hambúrgueres "especiais" da Ruth Ann.

— Pombos. Comprei de um homem na estrada.

— O velho Shelby — disse Matt, olhando-a com os olhos bem abertos. Aquele velho rabugento criava os pombos e os vendia para um restaurante em Washington D.C. Até onde Matt sabia, ninguém em Calburn jamais cozinhara um pombo.

— É, era esse o nome dele. Um amor de pessoa, muito prestativo.

— Shelby — murmurou Matt. Aquele homem costumava expulsar as pessoas da sua fazenda com uma espingarda carregada.

— Você gosta de pombo? Você não é vegetariano, é?

— Depende do que a Patsy bota no bolo de carne que faz — disse, mas ela limitou-se a continuar olhando para ele com um sorriso de polidez, sem entender a piada. — Gosto — ele disse por fim. — Gosto de pombo — confirmou, e depois pensou "Acho que sim".

— Ótimo — ela disse, encaminhando-se para a imensa geladeira de aço inoxidável e de lá retirando uma tigela de porcelana coberta com plástico. — Só falta eu grelhar os fígados e o jantar já, já, está pronto.

— Está bem — falou ele meio murcho. Fígados. — Posso ajudar em alguma coisa?

— Você se importaria de comer lá fora? Esta casa é... — falou ela, e abanou a mão em vez de terminar a frase.

— Escura e lúgubre — ele completou sorrindo. Fígados grelhados? Pombos? Maçãs com gengibre? E o que fora que Patsy tinha dito? Que a "viúva" lhe dissera que não faria sexo com ele? Se isto não era sexo... — Perdão, o quê? — perguntou, pois não ouvira o que ela dissera. Suas papilas gustativas, de tão sobrecarregadas, estavam tapando seus ouvidos.

— Os utensílios estão ali na despensa. Será que você pode ir levando as coisas lá para fora, por favor?

— Claro — ele respondeu, e foi quase correndo para o cômodo ao lado. Abrindo as gavetas do aparador, retirou talheres e guardanapos de pano. Abriu uma porta para pegar a toalha de mesa, castiçais e velas. Com os braços carregados, atravessou a cozinha, parando para ver o que ela estava fazendo. Ela se punha a salpicar umas coisas vermelhas e pequenas, aparentemente suculentas, nos pratos que continham algo parecido com fatias de frango.

— Que é isso? — ele sussurrou.

— Uvas em conserva. Mas, se você não gosta...

— Não! — falou ele incisivo e, ao ouvir o próprio guincho, limpou a garganta. — Pode botar, sim, com certeza, estão deliciosas. Estou vendo que vou adorar. Com certeza, são as melhores uvas em conserva... bom, vou levar essas coisas lá para fora.

Chegando lá, conversou com seus botões:

— Vamos lá, Matthew, se acalma. Você está bancando o idiota — disse, enquanto colocava a toalha no chão e os castiçais sobre ela. —

Fica frio. Fica calmo, te controla. Você está se vendendo por uma porção de costeletas de fígado — prosseguiu, e essa analogia o fez rir um pouco.

— Você também faz isso — disse Bailey, colocando dois pratos cheios sobre a toalha.

Matt não conseguia tirar os olhos dos pratos. Parecia que ela tinha feito um patê com os fígados grelhados, espalhara-o sobre torradas, em cima pusera as fatias de carne de pombo e salpicado tudo com as uvas em conserva. Do lado, havia salada, mas não aquelas saladas de alface branca, sem gosto e sem cor, que Patsy e toda Calburn serviam; era uma salada com folhas de alfaces verde-escuras e vermelhas, lisas e crespas.

— Eu faço o quê? — ele conseguiu murmurar, de joelhos, numa postura de veneração.

— Você fala sozinho.

— Ah, é — disse. Um sujeito hipnotizado não conseguiria ficar tanto tempo sem piscar como ele, ao contemplar os pratos.

— Vamos lá, come — disse ela, sentando-se do outro lado da toalha com o prato no colo.

Lentamente, torcendo para que suas mãos não tremessem, ele pegou o prato, sentou na toalha e levantou o garfo. Movendo-se quase em câmera lenta, Matt colocou no garfo um pedaço de torrada com fígado e pombo, e depois o levou cuidadosa e reverentemente à boca. Quando os sabores atingiram sua língua, não conseguiu manter os olhos abertos. Estava divino. Era o paraíso. Etéreo. Jamais na vida experimentara coisa melhor.

Um leve risinho por parte dela o trouxe de volta à realidade.

— Gostou? — perguntou-lhe.

— Hummmm — foi tudo o que ele conseguiu balbuciar.

— E aí, você tem idéia do que fazer para reformar este lugar? Patsy falou com você sobre a questão do dinheiro, que eu não tenho muito?

Naquela hora, Matt não conseguiria falar de dinheiro, como não conseguiria fazer mais nada além de dedicar-se ao seu prato.

Depois de uns instantes, como ela tinha parado de falar, ele levantou a vista para ela e a viu sorrindo para ele. Não estava comendo muito.

— Tem mais, se quiser — disse gentilmente.

— Me desculpe — ele começou a falar. — É só que... — interrompeu-se, pois não encontrou palavras para explicar por que estava comendo com a fome de quem está há um mês sem botar comida no estômago.

— Cansado de peixe frito, de camarão frito e de pizza? — ela perguntou delicadamente.

Matt só conseguiu fazer que sim com a cabeça, e continuou comendo.

Depois de um tempo, Bailey colocou seu prato, ainda pela metade, em cima da toalha, inclinou-se para trás apoiando-se nos antebraços e olhou para a grande árvore cuja fronde pairava sobre a cabeça dos dois.

— É uma amoreira — disse. — Uma amoreira antiga. Você sabia que até mesmo uma amoreira de quinhentos anos continua dando frutos? Uma mulher e tanto. Para continuar fértil nessa idade...

O prato dele já estava quase vazio, e ele olhou para ela. Será que estava tentando dizer-lhe algo?

— Você tinha dito antes que hoje te aconteceu uma coisa engraçada.

— Ah, não era nada. Nada importante. Só...

— Vai, me conta — disse ele. — Vai ser bom a gente conversar sobre assuntos que não têm a ver com trabalho.

— Eu... — ela começou, e olhou para ele como que decidindo se contava ou não.

Matt compreendeu sua hesitação. Era viúva, enviuvara havia pouco tempo, segundo Patsy, e o divórcio de Matt também era relativamente recente. Seu casamento não fora grande coisa, mas ele sabia muito bem como é bom ter alguém para quem contar os acontecimentos triviais do dia. "Hoje furou o pneu do meu carro" pode não ser nada de mais, mas, quando você tem alguém para contar isso, torna-se uma coisa grande.

Ele nada falou, esperando que seu silêncio a fizesse falar.

— Você sabe como sua vida pode mudar em um minuto? — ela disse depois de alguns instantes.

— Sei — disse Matt, a voz carregada de emoção. Ele com certeza sabia. Se não desconfiasse de que estava sofrendo um ataque cardíaco... — Sei — repetiu.

— Hoje de manhã, acordei me sentindo... totalmente inútil. Meu marido me deixou essa casa e o... espólio, acho que a palavra é essa, foi o suficiente para deixá-la limpa e mobiliada para eu morar. Mas, de agora em diante, só posso contar comigo mesma. Tenho que me sustentar, mas o que é que sei fazer?

Nesse ponto, Matt engasgou. Enquanto tossia e tentava se recuperar, apontou com o garfo para o prato quase vazio.

— Sei que sei cozinhar, tive professores fantásticos de gastronomia, mas o que é que posso fazer com isso? — disse ela, e com a mão fez um gesto para não deixá-lo falar o que parecia prestes a dizer. — Tudo bem, sei que posso abrir um restaurante, mas não consigo imaginar alguma coisa que gostaria menos de fazer na vida. Cozinhar sempre a mesma coisa, lidar com fregueses e empregados. Não, definitivamente, não é para mim.

— O quê, então? — ele perguntou, enquanto limpava o prato com um pedaço de pão.

Bailey estendeu-lhe o prato que deixara pela metade, perguntando-lhe em silêncio se não queria acabá-lo.

— Hoje fui a um mercado, um grandão que tem na beira da estrada. Não sei bem onde estava, só sei que peguei a esquerda.

— É? — perguntou Matt, e, quando ela fez que sim com a cabeça, ele pegou seu prato. — O que foi que aconteceu lá no mercado?

— Acho que tive uma idéia. Quer dizer, de uma coisa que posso fazer. Gosto de preservar coisas. De enlatar, sabe como é?

Matt assentiu. Agora que estava quase satisfeito, conseguia prestar atenção ao que ela dizia.

— Jimmie, o meu marido, dizia que achava que eu estava tentando parar o tempo, fazer o tempo ficar onde estava, não se mover.

Ela olhou para ele esperando que fizesse algum comentário sobre aquilo, mas ele permaneceu calado. Conhecia-a muito pouco para fazer qualquer comentário.

— Bom, eu estava no mercado, e vi uma seção de comidas ditas finas. Vi uns potinhos mínimos de geléia a sete dólares cada. Pensei, eu faço umas geléias bem mais interessantes que essas. Foi quando me veio a idéia: posso vender geléias e conservas.

— Parece uma boa idéia — disse Matt, enquanto acabava com a comida que ela deixara no prato. — Você entende alguma coisa de administração de fábricas?

— Nada, mas estava pensando em alguma coisa mais simples. Vendas por reembolso postal. Delicatessens. Por acaso, *você* entende alguma coisa de venda de geléia?

— Nadinha da silva.

— Hum — foi tudo o que ela disse, e se inclinou de novo para contemplar a amoreira.

— E qual foi a coisa engraçada que te aconteceu hoje? — ele perguntou, e depois limpou a boca num guardanapo de pano xadrez vermelho e branco.

Bailey sorriu.

— Estava enchendo minha cesta de garrafas de vinagre para fazer as conservas, quando uma mulher se aproximou e me disse para não comprar aquilo lá. Disse que, se eu pretendia comprar grandes quantidades, era melhor ir ao Cost Club. Contei para ela que era nova na região e não sabia como chegar lá, e aí ela rasgou um pedaço da sua lista de compras e desenhou um mapa para mim. "E compra suas frutas em alguma barraca de frutas perto da sua casa", ela me avisou, "e nunca deixa de barganhar. Esses fazendeiros — principalmente os de Calburn — sempre tentam te arrancar os olhos da cara", ela disse. Agradeci e ela disse... — Bailey fez uma pausa, os olhos brilhando. — Ela deu uma palmadinha na minha mão e disse: "Tudo bem, querida. Vi pelo seu sotaque que você é da Nova Inglaterra, e eles em geral são tão indefesos, mas você pareceu boazinha, e achei que não custava nada te dar uma mão."

Os dois riram juntos da história.

— O que é mais engraçado é que fui criada no Kentucky — falou.

— Pelo seu sotaque, não parece — disse Matt, e pôs-se a observá-la especulativamente, mas ela não fez mais comentários, só ficou olhando para as folhas da árvore. — Também obra de mais algum dos seus professores fantásticos? — perguntou ele com curiosidade.

— O vinho! — ela disse, e levantou-se com um salto. — Que falta de educação a minha. Acabei me esquecendo completamente de pegar uma coisa para a gente beber, e tenho uma ótima garrafa de Chadornnay.

Antes que Matt pudesse falar alguma coisa, ela já tinha corrido para dentro de casa.

— Interessante — Matt falou sozinho, enquanto se levantava e se espreguiçava. Ela, sem dúvida, tinha muito talento para deixar sem resposta as perguntas pessoais que ele lhe fazia.

Minutos mais tarde, Bailey voltou com duas taças de vinho branco gelado e entregou uma a ele.

— Tem torta de pêssego, você quer?

A primeira coisa que passou pela cabeça de Matt foi gritar, "Quero!", mas ele se controlou. Pegou a taça de vinho e olhou para além da amoreira.

— Este lugar aqui ficou abandonado durante anos, mas, quando meu irmão e eu éramos crianças, a gente costumava passar muito tempo aqui. Agora está diferente.

— É — disse Bailey, de pé perto dele, mas não perto demais, Matt reparou, bebericando seu vinho. — O pessoal fez um serviço fora de série. Não faço a mínima idéia de como vou conseguir manter tudo isso, mas, enquanto o mato não cresce de novo, é muito bonito.

Quando ela levantou o olhar para ele e viu que ele olhava ansioso para ela, sorriu e disse:

— Quer dar uma volta?

— Claro, muito — ele respondeu.

— Como só conheço este lugar há dois dias, é provável que você entenda mais dele do que eu. Mas vou te mostrar o que vi.

— Vai na frente — ele falou, e a seguiu, os olhos percorrendo de cima a baixo as costas dela. Que formas, pensou. Ela tinha um corpo bem-feito, quanto a isso não restava dúvida. Mas não era só isso. Reconhecia naquele corpo o que vira na ex-mulher e nas amigas dela: era bem tratado. Essa mulher com certeza passara muitas horas da sua vida em academias. Apesar de haver roupa cobrindo a maior parte da pele dela, ele podia apostar que as massagens eram parte corriqueira da sua vida. Ou haviam sido.

Ele ficou em silêncio, observando-a e escutando-a, enquanto ela o ciceroneava pelo jardim. Entendia muito de plantas. Falava das diferenças entre as amoras-pretas rasteiras e as amoras-pretas eretas, dos tipos de framboesa. — Elas requerem tipos diferentes de poda — disse, sorrindo para ele.

Se ele só a tivesse ouvido, sem vê-la, juraria que era mulher de fazendeiro. Mas que mulher de fazendeiro prepara uma refeição digna de um restaurante quatro estrelas? Ele conhecia boas comidas caseiras, mas, em geral, não iam além de filé de peito de frango ou de peixe e croquetes de milho. Jamais conhecera uma comida caseira que misturava pombo, fígado e uvas em conserva.

Ela estava agora mostrando o lago para ele e falando das carpas, que hibernam no inverno, e sobre ter de pôr redes para proteger os peixes dos guaxinins. No final do jardim, falou dos tipos de groselha, que Matt jamais experimentara.

E, quanto mais ela falava, mais o intrigava. Ela às vezes pronunciava as palavras de uma maneira estranha. Algumas palavras saíam com sotaque inglês, e não com o sotaque americano habitual.

— Você aprendeu tudo isso no Kentucky? — ele perguntou gentilmente, quando os dois passavam pela estrebaria e se dirigiam para o bosque do lado da casa. -- Você foi criada em fazenda?

— Não — ela respondeu. — Só no subúrbio. Olha isso. Não é lindo?

Ela olhava para a velha lareira externa que ficava na clareira do bosque, e ele se deu conta de que, mais uma vez, ela não respondera à sua pergunta.

Virando-se, ele olhou para a lareira e sorriu.

— Meu irmão e eu quase botamos fogo na mata um dia.

— É? Me conta — ela pediu.

— Não tem muita coisa para contar. Brincadeira estúpida de criança. Rick e eu pegamos umas madeiras do chão, encharcamos de querosene, acendemos um fósforo e jogamos ali em cima. Foi aquela explosão — falou, balançando a cabeça ao lembrar. — Por sorte, não morremos. O que nos salvou foi a chuva. Se não tivesse começado a chover, não sei o que seria de nós.

— Seus pais devem ter ficado furiosos com vocês.

— Mamãe nunca soube disso. Ela trabalhava muitas horas por dia, a gente ficava à vontade — ele respondeu, e parou para que ela fizesse a pergunta que todo mundo faz. Como ela nada falou, ele prosseguiu: — Meu pai deu no pé quando eu tinha cinco anos e o Rick, três.

— Sinto muito — Bailey falou, levantando a vista para ele, que havia virado o rosto para ela não ver sua expressão.

— Isso já tem muito tempo. E me fala agora dos seus pais.

Ela voltou a olhar para a frente.

— Meu pai morreu quando eu tinha quatorze anos e minha mãe, ano passado. Mas tenho uma irmã.

— No Kentucky? — ele perguntou.

— É — ela disse, e sua resposta lacônica o fez entender que não queria mais perguntas.

Matt não se deixou abalar pelo seu tom.

— Se você não foi criada em fazenda, onde então aprendeu todas essas coisas sobre plantas, principalmente as comestíveis?

Ela se virou para ele e o encarou, suspirou fundo e perguntou:

— Será que todo mundo nesta cidade tem o hábito de fazer perguntas assim tão pessoais?

— É verdade — Matt falou de bom humor. — Aqui todo mundo sabe da vida de todo mundo. Não existe uma criança sequer nessa cidade que não saiba absolutamente tudo sobre mim.

Bailey riu.

— Você quer dizer, sobre a fulana bonitinha mas ordinária com quem você se casou? — ela perguntou.

— Essa é a versão da Patsy. Ela só viu a Cassandra um vez na vida e foi esnobada, e agora a sua vingança é contar para todo mundo que casei com uma mulher bonitinha mas ordinária.

— E é verdade?

Matt lançou para Bailey um sorriso de canto de boca.

— Ela me deixou, não foi? Então, não pode ser muito inteligente.

Bailey inclinou a cabeça para o lado e disse:

— Aí! Uma pergunta pessoal não respondida.

— Ponto pra você! — ele disse, sorrindo. — E que tal aquela torta de pêssego? Ela me abriu o apetite.

— É melhor você se cuidar, assim vai engordar.

— E o que você entende de gente gorda? — perguntou ele, com uma ponta de ironia.

— Nada — ela respondeu, os olhos azuis cheios de alegria. — Realmente não entendo nada de regimes para emagrecer, nem da frustração de ficar horas sem comer, só fazendo exercício, e nada de perder peso. Não entendo nada, nada. De gordura, não entendo nada.

Rindo, voltou para casa, e Matt a seguiu. Minutos mais tarde, ele estava sentado à mesa de jantar da sala comendo seu primeiro pedaço da torta de pêssego.

— O que... — ele começou a perguntar, mas não conseguiu terminar a frase.

— Você quer saber por que o gosto é diferente do das outras tortas de pêssego que você experimentou antes?

Matt limitou-se a balançar a cabeça afirmativamente.

— Cerejas e baunilha. Juntando um pouco de cada, você acentua o sabor do pêssego. E eu boto umas amêndoas trituradas na massa.

Matt prometeu para si mesmo que não iria, que não poderia de jeito algum cair em pranto. Apontou para o prato com o garfo.

— Onde? Como? — foi o que conseguiu balbuciar.

Bailey olhou para as próprias mãos, cruzadas em cima da mesa. Ela nada comia, só terminava sua taça de vinho, e parecia estar se perguntando o quanto da sua vida deveria revelar para ele.

— Meu marido tinha um cozinheiro e um jardineiro, e eu passava muito tempo com eles — disse depois de algum tempo. — Aprendi muita coisa com eles.

Matt ficou com a sensação de que ela lhe contara cerca de um por cento da verdade. Mas ainda era melhor do que verdade nenhuma.

Foi quando chegou à metade da torta que a Idéia lhe veio. Era uma Idéia com I maiúsculo. Bailey estava sentada em silêncio, olhando para a direita na direção da grande parede marrom-clara do outro lado da sala, e ele quase deixou escapar que havia uma lareira de pedra escondida atrás dela.

— Horrível — ela disse. — Quando soube que o Jimmie tinha deixado para mim uma fazenda, imaginei uma coisa legal, bonitinha, com lareira e varanda. Uma varanda bem grande, cheia de cadeiras de balanço. Em vez disso, ganhei este negócio, com vinte quartos e aqueles banheiros. Você já viu coisa igual na vida?

Com o prato vazio, Matt limpou a boca, bebeu o resto do vinho e depois se levantou:

— Tenho que pegar umas ferramentas na caminhonete, depois quero te mostrar uma coisa. Tudo bem?

— Claro — ela respondeu, com cara de quem não estava entendendo muita coisa.

Quando Matt saiu da casa e foi andando até o carro, disse a si mesmo para ir com calma, para tomar muito cuidado. Sabia que só tinha essa chance e, se cometesse algum deslize, a perderia para sempre. Depois de abrir a caixa de ferramentas que trouxera na traseira do carro e pegar o pé-de-cabra, fechou os olhos por um instante e lembrou-se do bolo de carne de Patsy e do pombo e da torta de pêssego dessa mulher. Com cerejas. E amêndoas trituradas na massa. Com expressão de irrepreensível seriedade, como se estivesse diante do momento mais importante da sua vida, afivelou seu cinto de ferramentas, segurou o pé-de-cabra e marchou de volta para a casa.

Ao entrar, viu que ela havia retirado seu prato da mesa. Por um momento, ficou no vão da porta da cozinha, observando-a guardar a vasilha de geléia na geladeira.

— Vamos lá? — perguntou, e ela o seguiu até a porta da frente. — Quando estava estudando arquitetura, tive que apresentar um projeto para a faculdade, e então escolhi esta casa antiga para fazer o trabalho. Tirei as medidas, desenhei a planta e depois, no papel, fiz o projeto de remodelação. A gente não devia alterar o tamanho, a área, só mudar o interior.

Ajoelhado no chão, Matt correu os dedos pela parte inferior dos lambris. A única luz que havia na sala escura vinha da porta aberta.

— Era Natal, e eu queria dar um tempo para o Rick e a Patsy ficarem sozinhos, e por isso passei muitas horas aqui. E, à medida que media e que observava mais a casa, comecei a querer saber como tinha sido originalmente. Vi que esses lambris — falou essa palavra com um sorrisinho de escárnio — foram colocados muito tempo depois de a casa ter sido construída, e comecei então a inspecionar o revestimento. Retirei tábuas da parede e olhei lá dentro, depois prendi tudo de volta no lugar. Ah, está aqui — disse, ao encontrar uma espécie de alça debaixo da madeira escura e depois enfiar o pé-de-cabra na abertura. — Posso? — perguntou antes de puxar.

— Você pode fazer o que bem entender com esse negócio — ela respondeu com toda a sinceridade, e em seguida saltou para o lado quando uma parte dos lambris veio abaixo, ao som estridente de pregos atravessando a madeira. Em poucos segundos, a folha toda estava solta, e Matt a empurrou para o lado. Ele se virou para ela com um sorriso de triunfo, mas Bailey não conseguia enxergar nada mais que os fundos do revestimento do cômodo contíguo.

— Não está vendo? — ele perguntou desapontado.

— Desculpe, não — ela respondeu.

— Está vendo aquilo? — perguntou ele, apontando para o que parecia ser uma espécie de coluna encostada na parede externa.

— Estou — ela disse lentamente.

Matt levantou o pé, deu um chute nos finos lambris à sua frente e foi tudo parar no chão do quarto ao lado. Depois se virou para ela como que perguntando, agora você está vendo?

— Dois cômodos transformados em um — disse Bailey. — Legal.

Matt pôs a mão na grande viga vertical de madeira que estava tentando mostrar para Bailey. — Você está vendo o que é isso?

— Uma espécie de coluna, acho.

— Acertou — ele disse, sorrindo para ela. — Agora, que tipo de estrutura tem colunas?

— As caixas de correio?

Matt riu.

— Voa mais alto. Pensa em alguma coisa com cadeiras de balanço.

— Hã!? — disse Bailey, agora bem mais alto. — Uma varanda?

— É.

— Você está querendo dizer...

— Isso mesmo. Toda essa área é uma varanda. Uma varanda em forma de L que rodeia um quarto da parte externa da casa. Alguém — alguém, sem dúvida, adepto da filosofia faça-você-mesmo — fechou a varanda e a transformou num hall, dois quartos e um banheiro.

— Um banheiro horroroso — acrescentou Bailey.

— Se você puser abaixo essas paredes e se livrar dos quartos e do banheiro, vai ter sua varanda de volta.

Matt ficou contente de vê-la surpresa demais para fazer qualquer comentário. Virando-se para esconder seu sorriso, caminhou de novo para a sala, e agora era ela que o seguia como um cão treinado.

Havia uma protuberância de cerca de um metro na parede mais comprida da sala.

— Fica lá atrás e tapa os olhos, a coisa aqui pode estar feia — disse ele, e enganchou o pé-de-cabra na parte inferior dos lambris, mas depois se deteve. — Talvez seja melhor não fazer isso, não, vai encher seus móveis de poeira.

— Eu tenho aspirador de pó — disse ela rapidamente, enquanto recuava e tapava os olhos. Assim que ouviu o barulho, destapou-os.

Matt conseguiu segurar o revestimento da parede antes que ele caísse em cima dos móveis, mas com ele veio uma nuvem de poeira. Quando a poeira assentou, ela viu pedras.

— É uma lareira? — perguntou calmamente, ao mesmo tempo em que o ajudava a apoiar o revestimento na parede.

— Isso mesmo. Uma lareira. Feita de pedra natural — ele disse, e enfiou a cabeça para olhar dentro da chaminé. — Acho que não vai ser difícil botá-la para funcionar.

— E você consegue fazer isso? Você pode tirar essas coisas todas e botar a lareira para funcionar? E a varanda? Você pode ressuscitar a varanda?

Ela falava como se ele fosse um médico que acabara de encontrar um meio de ressuscitar os mortos.

— Claro — ele disse, dando a entender que se tratava da coisa mais fácil do mundo. Não ia comentar com ela sobre danos na estrutura nem sobre vigas enferrujadas. Tampouco mencionar cupins e madeira apodrecida. Também não era hora de contar para ela dos zumbidos que estava ouvindo dentro da chaminé.

Tentando não demonstrar preocupação, pegou o pedaço de revestimento e o apoiou contra os caibros colocados na frente da lareira e, em seguida, o mais rápido que pôde, prendeu a folha com pregos no lugar de antes. Deu para sentir, sob as mãos, o protesto das abelhas, ou vespas, furibundas por terem perturbado seu ninho.

— A cozinha — ele disse em voz alta, apontando para lá e assim a afastando da lareira. — Sempre achei que essa parede devia ser derrubada para transformar a sala e a cozinha num cômodo único. Você bem que podia botar uma ilha aqui. Você prefere bancada de mármore ou de granito?

— Mármore? — ela sussurrou. — Granito?

Matt precisou virar o rosto de novo para esconder seu sorriso. Conduziu-a até os quartos e lhe disse que poderia comprar por atacado o necessário para os serviços de encanamento.

— Você também faz serviços de encanamento?

— Não, mas um ex-colega meu de colégio é encanador. Ele pode fazer tudo para a gente.

Ele gostou da mobília que ela tinha escolhido para o quarto. Dava uma sensação de aconchego que lhe agradava. Patsy gostava de móveis brilhando a ponto de se poder usá-los como espelho. Sua ex-mulher gostava de antigüidades, que, de tão caras, faziam a pessoa ter medo de usá-las.

Ele ficou falando o tempo todo quando foram ver os dois outros quartos e o banheiro. Pelo visto, ela não reparou que ele demorou mais nesses cômodos e que se deteve para observar as paredes comuns aos quartos e ao banheiro. Claro, ele podia abrir uma porta numa dessas paredes e transformar o quarto em suíte. Na casa de Patsy, ele compartilhava o banheiro com os sobrinhos — gente mais relaxada que esses dois, impossível. Toda manhã, ele corria o risco de sofrer ferimentos graves ao pisar nas toalhas molhadas e nas roupas íntimas que os rapazes deixavam espalhadas pelo chão. Patsy dizia que não era seu banheiro, que nunca entrava nele, e por isso se recusava a limpá-lo. Matt havia ocupado suas manhãs de sábado dos últimos seis meses esfregando o banheiro.

— O quê? — Matt perguntou a Bailey, ainda olhando para o banheiro como quem pensa "Quem me dera". Ele era feio, mas, pelo menos, não continha dois adolescentes.

— E quanto ao sótão? — ela estava dizendo.

— Ah, sim — ele falou, e assumiu a dianteira rumo à escada. No terceiro degrau, resolveu diminuir a pressão. Não gostou daquilo; a escada não parecia firme. — Precisa de reforço — disse por cima do ombro.

No alto da escada, parou e teve de respirar fundo antes de conseguir seguir em frente. Costumava dizer ao irmãozinho pequeno que o sótão da velha casa era mal-assombrado. Na verdade, sua intenção era transformar o sótão no seu recanto de privacidade; o sótão da casa do velho Hanley fora o santuário de Matt na infância. Era o lugar onde se refugiava quando a vida real se tornava dolorosa demais para ele.

— Você está bem? — Bailey perguntou, olhando-o fixamente.

— Estou, estou sim, tudo bem — falou energicamente. — Estava só tentando lembrar do que descobri sobre esse sótão quando estive aqui. Acho que o chão do outro lado da balaustrada foi colocado recentemente; acho que, antigamente, aquele lado depois da balaustrada era aberto para o cômodo de baixo, mas alguém resolveu cobrir essa parte, e abriu um buraco na balaustrada e fez outro quarto. Provavelmente...

— Não! — Bailey gritou, fazendo Matt parar. — Não pisa nesse chão.

Quando ele olhou para ela, viu que ela estava meio sem graça.

— Desculpe, sei que você vai me achar louca, é só uma intuição. Não deixei nenhum dos homens da limpeza pisar nele. Sei que é bobagem minha, mas... — Bailey encolheu os ombros.

— Vamos dar uma olhada nisso — disse Matt, e depois, de joelhos, começou a arrancar as folhas de compensado. Depois de remover três delas, recuou. — Boa intuição, a sua — falou, com a voz cheia de admiração. — Quem botou esse chão aqui não entendia bulhufas de construção. Por pouco não usou peças de Lego.

Bailey se aproximou para olhar o interior da cavidade recém-aberta e viu que as vigas do chão mal tocavam umas nas outras, ou seja, não tinham condição alguma de sustentar qualquer peso.

— Se alguém tivesse pisado nesse chão, teria — disse ele, olhando para ela — caído lá embaixo — completou, e abaixou a voz. — Você sempre tem essas premonições?

— Nem sempre — ela respondeu. — Mas às vezes... Ah, você vai me achar boba demais.

— Pouco provável.

— Às vezes, parece que sei quando as coisas estão certas ou não. Não é nada do tipo "conhecer o futuro", mas sei quando estou fazendo a coisa certa, quando estou fazendo aquilo mesmo que deveria fazer. Talvez seja isso que você disse, "uma intuição".

— O que quer que seja, é muito boa.

Escurecia lá fora, e não havia luz alguma no sótão.

Bailey pôs-se a descer as escadas, Matt a seguiu, mas, no topo da escada, parou e olhou para o quarto. Ele quase podia ver sua mesa de trabalho encostada naquela parede, com o computador sobre ela. E, mais adiante, debaixo da janela, sua prancheta. Se construísse uma pequena plataforma, a mesa ficaria mais alta e ele poderia olhar através das janelas; e veria o jardim onde ela estaria cultivando toda a comida que poria em potes de conserva e sobre pratos. Poderia...

— Você viu mais alguma coisa de errado? — Bailey lhe perguntou lá de baixo.

— Não — ele respondeu, e em seguida virou-se e desceu a escada.

Quando retornaram à sala, Bailey não o convidou para sentar, não lhe ofereceu mais nada para comer nem para beber, e também não se sentou. Estava claro que esperava que ele fosse embora. Afinal, agora já passava das nove horas, e provavelmente havia coisas que ela precisava fazer.

Mas Matt também precisava fazer uma coisa. Não foi embora. Em vez disso, permaneceu de pé, imóvel, e esperou a resposta dela.

— Ok — ela disse, andando na direção da porta da frente. — Estou disposta a te contratar. Você pode me dar o orçamento? Preciso ver se está dentro das minhas possibilidades. Acho que ainda vou ter muito mais despesas e... — Olhou para a cozinha e encolheu os ombros.

Agora é sua chance, Longacre, disse ele para si mesmo. É agora ou nunca.

— Tenho uma proposta para te fazer.

Na mesma hora, ela recuou, e ele lamentou a má escolha da palavra.

— Um negócio — ele se apressou em acrescentar, mas os ombros dela continuaram tensos. — Será que a gente não podia sentar para conversar sobre isso?

Foi andando na direção do sofá, mas ela não saiu do lugar; ficou só olhando para ele, cautelosa. Ele se sentou, respirou fundo e voltou a olhar para ela.

— Preciso de um lugar para ficar, e você tem quartos sobrando, por isso pensei que talvez pudesse alugar um desses quartos para mim. Eu faço a reforma da casa nos fins de semana e só cobro de você o material.

— Entendi — ela disse, evitando olhar nos olhos dele. Lentamente, deu a volta ao sofá e sentou numa cadeira, o mais longe possível dele sem ter de sair da sala. — Por que você quer se mudar justamente para cá? Por que *eu*? Com certeza, não sou a única pessoa de Calburn que tem quartos vazios, deve ter muito mais gente...

— Tem, gente à beça... — disse ele, e lançou-lhe um sorrisinho malicioso. — Mas ninguém que cozinhe bem, sem falar naquele monte de filhos que me deixam louco e... por favor, não me leve a mal pelo que vou dizer, você tem alguma coisa que me agrada, sei lá, sua tranqüilidade, sua calma. Você não parece ser o tipo de mulher que fica histérica à toa.

— Não — Bailey falou lentamente. — Posso te garantir que é muito difícil alguma coisa me deixar histérica — acrescentou, e olhou para as mãos por um momento. — Beeeem... em que... hã... cômodo você gostaria de ficar se se mudasse para cá?

— Eu ficaria com o quarto maior dos fundos, o que fica mais perto do banheiro verde — disse ele prontamente —, e ia precisar usar parte do sótão como escritório. Trago trabalho para casa nos fins de semana.

— Você vai trazer trabalho para fazer em casa nos fins de semana e ainda vai ter tempo de liberar minha varanda?

— A varanda e a lareira. E a cozinha. A cozinha principalmente.

— E quanto à comida? — ela perguntou.

— Você cozinha.

— Não, quero dizer, quem paga a comida? Você come à beça. E se receber visitas? Quem paga os extras?

— Tenho conta no armazém de Calburn, se você comprar lá, pago a conta. Está bom assim?

— E se for comida colhida no meu jardim ou das barracas da beira da estrada? E tem também o Cost Club.

Matt estava surpreso. Quando tivera essa idéia, sua preocupação fora que ela temesse que ele pudesse pular em cima dela no meio da noite.

— Quanto você acha que devo te pagar pelo quarto e pela comida?

— Eu diria... seiscentos por mês, mais as despesas com os comestíveis.

— O quê!? — disse ele. — Isto é um absurdo!

Começou a levantar-se, mas sempre a observando com o canto do olho; ela não recuou, continuou lá sentada, na maior calma do mundo.

— Se você fosse alugar um quarto de pensão — disse —, iria pagar mais do que isso, fora a comida, e ainda por cima teria que preparar a própria comida. Ou seja, se se mudar para cá, vai ter quem cozinhe para você de graça, e assim ficam elas por elas: eu cozinho para você, você faz o trabalho de carpintaria para mim. Até porque não vai ser o único trabalho que você vai fazer nos fins de semana, ainda tem o trabalho que você traz para casa, como você disse. Pensando bem, seiscentos é barato demais — disse, séria.

— Acho que você está confundindo Calburn com alguma cidade grande. Aqui os preços são muito mais baixos.

Bailey se recostou na cadeira e cruzou os braços sobre o peito.

— É pegar ou largar.

— Vou pegar, mas não gostei — respondeu Matt, com a cara fechada.

— Ok, então. Quer fazer um contrato por escrito?

— Acho que um aperto de mão basta — ele disse, ainda de pé e sorrindo para ela. — A menos que você pretenda me cobrar por isso também.

— Não sei... Será que devo?

Matt riu.

— Não — falou, estendendo-lhe a mão.

Quando Bailey se levantou e deu-lhe a mão, ele a segurou e ficou olhando nos olhos dela por um momento.

Bailey foi a primeira a retirar a mão, e depois caminhou na direção da porta.

Matt a seguiu e depois atravessou a porta. Já do lado de fora, falou:

— Me mudo amanhã, se para você estiver tudo bem.

— Está — disse ela, depois hesitou. — Você não vai... você entende. Acho que ainda não estou pronta para...

— Sexo? — ele perguntou.

— Não — disse ela sorrindo. — Isso eu acho que agüento. Só não quero envolvimento. Preciso descobrir como me sustentar antes de me envolver com outro homem — quer dizer, se isso alguma vez vier a acontecer. E preciso de privacidade. *Muita* privacidade. Entende?

— Acho que sim — ele disse com hesitação. — Sexo, tudo bem, mas que eu fique fora da sua vida. Captei?

— Talvez — ela disse sorrindo quando começava a fechar a porta. — Mas quero deixar bem claro: se houver sexo entre a gente, o seu aluguel triplica — disse, e fechou a porta delicadamente.

Rindo, Matt desceu a rua e entrou na caminhonete. Permaneceu sentado no banco com a cabeça inclinada para trás durante alguns instantes. Definitivamente, não dava para acreditar na sua sorte. Enfim iria sair da casa de Patsy!

Ligou o carro, ainda sorrindo. E não só iria sair de lá, como estava indo morar com uma mulher que cozinhava bem, uma mulher que, pelo visto, dominava todas as prendas domésticas.

Quando fez a curva na Owl Creek Road para pegar o asfalto, torceu para que Bailey não descobrisse que Patsy lhe cobrava setecentos e cinqüenta por mês, mais a conta do mercado de uma semana para toda a família de cinco pessoas.

Capítulo 7

Quando, na manhã seguinte, Bailey acordou, já eram quase oito horas. Para os seus padrões, isso era tarde, mas na noite anterior ela só fora deitar-se às três da madrugada. Depois que Matt saíra, aquela pequena e feiosa casa lhe parecera vazia demais, cheia demais de todas as coisas que ela perdera na vida. Foi para a cama, mas ficou rolando de um lado para o outro por mais de uma hora. Então, levantou-se, vestiu uma calça de algodão cáqui e uma camiseta e foi para a cozinha a fim de preparar algo quente para beber.

Durante algum tempo, ficou sentada à mesa de jantar da sala de visitas olhando para a parede que escondia a lareira. Quando ouviu um barulho vindo de fora e olhou para a porta de entrada esperando de todo o coração ver Jimmie entrar naquela sala, entendeu que, se não quisesse passar a noite inteira chorando, teria de *fazer* alguma coisa.

Na cozinha, havia uma geladeira repleta de potes de geléia que precisavam ser reaquecidos e depois acondicionados nos vidros próprios e, no chão, caixotes de morango que ela comprara numa barraca na beira da estrada. A geladeira ainda continha sacos de ameixas, uma caixona de amoras-pretas, um saco enorme cheio de cerejas e, na gaveta, um monte de legumes.

— Chorar ou trabalhar — disse em voz alta; em seguida, calçou seu tênis e colocou o avental. Depois de ter posto o caixote de morangos em cima da mesa e de ter encontrado seu aparelho para tampar vidros na caixa em que guardara o equipamento para enlatamento de conservas, pôs mãos à obra. Phillip mandara um homem para instalar a TV a cabo para ela, e então Bailey ligou a televisão e ficou assistindo a um programa sobre casa e jardim enquanto cozinhava.

Por isso agora, nessa manhã, bocejando, ela saiu da cama, vestiu-se e atravessou a cozinha até a despensa para contemplar a fileira de potes de vidro: licor de amora, cordial de cereja, geléia de morango, chutney de tomate-verde, cenouras avinagradas, morangos em calda, geléia de ameixa e ameixas em salmoura. Sobre o parapeito da janela, repousava a caixa de receitas que ela ficara muito feliz de encontrar. Infelizmente, descobrira que continha apenas umas poucas receitas de bolo de carne e de filé de frango. Não fora o grande achado que esperara encontrar.

Na noite anterior, colocara os potes antigos de conserva na máquina de lavar louça, no ciclo mais quente de todos, para esterilizá-las, enquanto fervia as tampas na água. Como havia pouco espaço na cozinha para trabalhar, preparara a mesa da sala forrando-a com várias camadas de panos de prato brancos e limpos.

Primeiro, misturou as amoras-pretas com açúcar e as depositou numa tigela dentro do pequeno forno refratário do seu grande fogão. As opulentas bagas precisavam ficar em fogo baixo durante horas, até que o açúcar lhes retirasse a água.

Cobriu os morangos e os dividiu em duas panelas, uma para a geléia e a outra para o doce em calda, em que as frutas se mantinham inteiras. Enquanto os morangos cozinhavam em fogo brando, encheu as ameixas de furos e as deixou descansando numa tigela, misturou numa panela vinagre de maçã, concentrado de suco de maçã, cravos-da-índia, pimenta-da-jamaica, gengibre e folhas de louro, e pôs tudo para cozinhar.

Foi experimentar a geléia para ver se estava no ponto: botou uma colherada num prato frio e o guardou dentro do congelador por poucos minutos. Tendo constatado que estava pronta, começou a acondicioná-la nos vidros. Arrastou uma grande bacia cheia de água fervendo para perto da mesa. Para lacrar devidamente os frascos de vidro, tudo tinha de estar o mais quente possível, e muito limpo. Não podia ficar nem um bocadinho de geléia na borda do vidro; caso contrário, ele não vedaria direito — ou, pior, entrariam bactérias.

Primeiro foram as ameixas. Embalou as ameixas furadas o mais apertado que pôde dentro de uma dúzia de frascos quentes e esterilizados; depois, usando um funil de aço inoxidável de boca larga, derramou sobre elas a solução de vinagre coada. Limpou cada borda com pano limpo, botou as tampas, levantou as alças de vedação, colocou os vidros numa bandeja e os levou de volta para a cozinha. Valendo-se de grandes tenazes, colocou os frascos quentes dentro da chaleira, e ligou o timer para o banho-maria, uma precaução adicional para garantir uma conservação segura.

Em seguida, foi a vez da geléia de morango e dos morangos em calda, além das geléias que havia preparado na noite anterior.

Enquanto botava os morangos nos vidros, passou um vidro decorado de dois litros pelo ciclo quente da máquina de lavar louça e, depois de terminado, o encheu com as cerejas que havia espetado com sua agulha e das quais não removera os cabinhos. Colocou-as no frasco de vidro, cobriu com açúcar branco e derramou por cima bastante grapa — uma aguardente de vinho italiana —, até encher o pote. A tampa tinha um lacre de plástico, e ela o apertou bem.

Passou mais de uma hora picando os tomates-verdes, que também comprara numa barraca na beira da estrada, cebolas e maçãs, para fazer o chutney de tomate-verde. Depois de tudo cortado, juntou vinagre de vinho, passas, pimenta-de-caiena, gengibre e alho.

Misturou as minicenouras, devidamente descascadas, com vinagre de vinho, açúcar, sementes de aipo, pimenta-do-reino branca, sementes de aneto e de mostarda e folhas de louro.

Quando as amoras-pretas que colocara no forno haviam se transformado numa pasta, derramou-a num pano e o fechou com um barbante, apertando bem, depois o pendurou na perna de uma cadeira que virara de cabeça para baixo sobre a mesa de café e colocou uma grande tigela de cerâmica embaixo, para acolher os pingos.

Depois de acondicionar o chutney e as cenouras em conserva no vidros e lacrá-los devidamente, mediu a quantidade de suco de amora-preta, juntou uma porção equivalente de gim e colocou a mistura nos frascos, selando-os.

Só depois de etiquetar todos os frascos e levá-los para a despensa, permitiu-se ir para a cama e, a essa altura, de tão cansada, pegou no sono na mesma hora.

E agora era de manhã e ela se via diante da pergunta: e agora? No dia anterior, no mercado, parecera-lhe uma idéia brilhante vender suas geléias, chutneys e licores. Mas, durante a noite, enquanto trabalhava, começou a pensar nas questões de marketing. Como levar seus produtos até os consumidores? Ela costumava fazer seis potes de cada tipo. Para comercializá-los, teria de fazer centenas, talvez milhares de potes de cada um. E quais eram as leis em relação às bebidas alcoólicas? O que ela tinha de fazer para vender cerejas conservadas em grapa?

No passado, tudo o que teria de fazer seria dizer a Jimmie que queria algumas coisas, e ele iria tomar todas as providências necessárias para ela conseguir o que queria — ou mandar alguém fazê-lo. Nessa madrugada, quando enfim se deitou na cama, ela viu seu caderno de telefones na mesinha-de-cabeceira. Sabia que ali estavam todos os números de Phillip e que, sem dúvida, se ligasse para ele e lhe pedisse ajuda, ele cuidaria de tudo. Ela, porém, ainda não estava preparada para entregar os pontos.

Por isso, agora, olhando para todos aqueles frascos, ficou sem saber qual deveria ser seu próximo passo.

— James Manville, seu desgraçado! — disse em voz alta. — Por que você fez isso comigo? Como é que eu vou me sustentar se não entendo nada sobre coisa alguma?

Por um momento, sentiu o corpo tomar-se de raiva. No minuto seguinte, entretanto, já se via à beira das lágrimas, e apoiou a testa numa prateleira. Ah! Que saudade dele!, pensou. Sentia saudade do som da sua voz e da maneira como sua presença enchia o ambiente. Sentia saudade de conversar com ele, de ouvi-lo. Sentia saudade de como um resolvia os problemas do outro.

E sentia saudade de sexo. Ontem, com Matt Longacre, só estava brincando em parte quando o provocara sobre a questão sexual. Ficara óbvio que ele receava que ela recusasse sua sugestão de alugar para ele um espaço da casa. Ele, pelo visto, temia que ela fosse agir como uma solteirona virgem e defender com unhas e dentes sua virtude. No entanto, para ela, a idéia de se livrar do absoluto horror de morar sozinha era tudo. Fora acostumada a acordar em casas habitadas por dúzias de pessoas. Tudo bem, a maioria era da equipe de empregados, mas Bailey conseguira fazer amizade com essas pessoas. Quando ia à cozinha, encontrava ali o chef e seus assistentes que lhe diziam "Bom-dia!". Nas casas com jardins, havia os paisagistas para cumprimentar. Nas casas nas ilhas e à beira-mar, os homens dos barcos que as cercavam.

Talvez sua vida com Jimmie tivesse sido um tanto exótica, mas fora sua vida e, como havia a companhia de Jimmie, ela gostava daquilo.

Agora, porém, estava só. Não tinha com quem conversar, ninguém para consultar. E não havia mais sexo. Uma parte dela achava que deveria vestir-se de preto e fazer como a rainha Vitória, passar o resto da vida de luto pelo marido morto. Outra parte, porém, queria rir e se divertir — e também rolar na cama com um homem. Passar de uma vida sexual ativa para coisa nenhuma dói. Dói fisicamente.

Devagarinho, saiu da despensa e, minutos mais tarde, encontrava-se sentada na escada da porta dos fundos comendo uma tigela de cereais.

— Agora você está por sua conta, menina — disse, levantando a vista para apreciar a amoreira. Frutinhos minúsculos começavam a formar-se. Ela aprendera com seu jardineiro inglês que a amoreira era a árvore mais cautelosa do jardim. Ela não se desfolhava até passar todo o risco de geada.

— Cuidado com a amoreira — ele lhe dissera. Se estivessem no início de abril e a amoreira já apresentasse brotos, então não haveria problemas em trazer para fora as mudas. Mas, em maio, mesmo que fosse um dia de sol sem previsão de geada e que, se a amoreira ainda estivesse desfolhada, as mudas permaneceriam nas estufas. E, infalivelmente, haveria uma geada tardia.

E então, o que faria hoje?, perguntou a si mesma. Mais conservas de frutas? Mais chutney? Mesmo sem ter a menor idéia de como colocá-los no mercado?

Por outro lado, talvez devesse dedicar o dia a tentar descobrir o que Jimmie lhe pedira para descobrir. Naquelas semanas que se seguiram ao dia em que lera o bilhete que ele lhe deixara, quanto mais o lia, mais aquilo a incomodava. *Descobre a verdade sobre o que aconteceu, tá, Ferruginha? Faz isso por mim.*

A verdade sobre *o quê?*, perguntava-se. Será que não dava para ele pelo menos deixar uma pista sobre por onde começar? Todo mundo em Calburn chamava a fazenda que ele lhe legara de "a casa do velho Hanley". O que aquilo tinha a ver com o sobrenome Manville de Jimmie? Claro, pensou, Jimmie provavelmente mentira sobre o nome. Pelo visto, ele mentira sobre todas as outras coisas referentes à sua infância. Então, por que não sobre o nome?

No entanto, quando, levantando a vista, Bailey viu a velha árvore, seus olhos se arregalaram. Havia uma coisa sobre a qual nem mesmo Jimmie poderia mentir. Havia uma cicatriz no seu rosto, uma cicatriz que ele escondia debaixo do bigode, uma cicatriz de que só ela tinha conhecimento. Todavia, a única vez que ela tocara no assunto da cicatriz com ele, na noite de núpcias, fora quando vira Jimmie efetivamente furioso com ela. Diante disso, achou por bem nunca mais tocar no assunto.

Essa lembrança deu a Bailey certa esperança. Talvez houvesse, de fato, um meio de descobrir essa tal coisa que Jimmie queria que ela soubesse.

Entrou em casa, colocou a tigela vazia na máquina de lavar louça, pegou a bolsa e as chaves do carro. Chegara a hora de conhecer o centro de Calburn.

Contudo, ao abrir a porta do carro, num impulso, correu para dentro de casa e encheu um engradado de morangos com frascos de conservas. Não faria mal algum deixar as pessoas começarem a conhecer seus produtos.

Se tivesse de descrever Calburn em uma palavra, Bailey usaria a palavra *deserta*. Talvez *abandonada* também servisse.

Sua fazenda ficava a cerca de três quilômetros da encruzilhada que constituía o "centro" de Calburn. Ao percorrer essa distância de carro, ela quase só viu casas vazias, uma atrás da outra. Havia grandes fazendas antigas fora da estrada, com árvores do tamanho de lançadores de foguetes ocultando suas imensas varandas. Algumas das casas apresentavam gramados aparados, enquanto outras tinham sido deixadas ao sabor do mato e dos arbustos. De vez em quando, via alguma casa com jeito de ocupada, mas a maioria parecia vazia.

— Que diabos aconteceu aqui? — perguntou-se em voz alta. — Por que todo mundo foi embora?

Quando chegou à encruzilhada, viu que a maioria das lojas estava fechada. Em algumas delas, tábuas cobriam as janelas; em outras, somente vidros sujos e nada por trás. Parte delas ostentava cartazes amarelados em que se lia "Aluga-se".

Ainda restavam umas poucas casas comerciais em atividade na cidade. Havia um prédio que parecia ter sido convertido a partir de dois; um lado era uma agência dos Correios, o outro, um restaurante. Havia uma loja de antigüidades — embora as coisas que pudera ver através dos vidros sujos da vitrine parecessem bem mais velhas que antigüidades —, uma loja de ração para animais, que dizia vender também ferragens, e um mercado. Diante dele repousava um estande de metal com legumes e verduras murchos. Bailey pensou que Matt e ela precisariam ter uma conversinha sobre o lugar onde iriam comprar os comestíveis.

Havia uma loja de tecidos e de artigos de armarinho, que ainda alugava fitas de vídeo e vendia sorvete. E, no final da rua, o salão de beleza de Opal.

Bailey não hesitou e entrou no estacionamento vazio em frente ao salão. Sabia que, se quisesse obter alguma informação, o lugar era aquele.

Quando abriu a porta, um sino soou. Não obstante, a adolescente que viu sentada na cadeira comendo uma barra de doce não levantou os olhos da revista de cinema que lia. A menina tinha quase um metro de cabelo louro claríssimo, com raízes pretas e todo repartido em minúsculos tufos presos com laços multicoloridos. Contornando os olhos, um pesado delineador preto. Mesmo se tratando de um dia quente, a moça vestia um suéter grande o suficiente para cobrir um filhote de hipopótamo e uma calça-toureiro preta bem justa.

— Pois não? — disse, virando a cabeça vagamente na direção da porta, mas sem olhar para Bailey. — Deseja alguma coisa?

— Eu estava pensando em... — Bailey hesitou. Achou que essa talvez não fosse uma boa idéia. Talvez não quisesse deixar que essa jovem tocasse no seu cabelo.

— Carla! — veio uma voz lá de dentro. — Vê quem tá aí.

— Tá, mãe — disse a voz cansada da garota sentada na cadeira. — Já vou.

Bailey começou a dizer que mudara de idéia, mas, de uma hora para outra, uma mulher saiu de trás da porta acortinada e estancou em silêncio profundo, embasbacada diante de Bailey.

— A senhora é ela — a mulher falou, enfim.

Por um terrível momento, Bailey temeu que a mulher fosse dizer que ela era Lillian Manville, a esposa do bilionário.

— A senhora é a viúva que ganhou a casa do velho Hanley, não é? E Matt Longacre vai se mudar hoje para lá, não é?

Sorrindo, Bailey fez que sim com a cabeça. Ela não se enganara: se queria saber o que se passava em Calburn, tinha vindo ao lugar certo.

— Levanta! — ordenou rispidamente para a menina da cadeira, que agora encarava Bailey como se ela tivesse acabado de sair de uma nave espacial. A mulher precisou dar umas boas sacudidas nos ombros da garota antes de ela ceder o lugar. — Vai lá no mercado e compra alguma coisa para ela beber — disse para a moça. — Um refresco — completou, e depois olhou para Bailey. — Quer pintar? Permanente? Ou quem sabe umas luzes? Ou cortar? Ah, já ia esquecendo de me apresentar, sou a Opal.

— Não — disse Bailey — eu só queria... — e ia dizer, "Fazer algumas perguntas", mas as duas mulheres olhavam tão fixamente para ela que ficou com pena de decepcioná-las. — Só queria lavar e fazer uma escova — ouviu-se dizer, e o resto ficou por conta da mulher, que na mesma hora pegou seu braço e quase a empurrou para a cadeira, enquanto a filha cobrava ânimo o suficiente para disparar porta afora em busca do refresco mais próximo.

Bailey saiu do cabeleireiro com as costas eretas e, quando entrou no carro, acenou para Opal e Carla, que a olhavam da janela.

Com um sorriso estampado no rosto, dirigiu o carro para fora de Calburn. Quando estava nos arredores, parou debaixo de algumas árvores de sombra e desligou o carro. Vasculhou a bolsa em busca da sua grande escova de cabelo e depois foi para baixo da sombra pentear-se. Pelo visto, a mulher colocara meio pote de musse no seu cabelo! Depois o encharcou com um laquê que, segundo lhe garantiu, não deixaria o cabelo sair do lugar nem com um vendaval. Por uns minutos, Bailey ficou apoiada no tronco de uma árvore de olhos fechados. Aquele calvário de uma hora a exaurira! Perguntaram-lhe tudo sobre seu casamento, seu marido, sua infância. Bailey tivera de dar um duro desgraçado para mentir sem parecer que estava mentindo, para dar respostas que não respondiam a nada.

Como Opal não parava de falar, acabou não reparando que Bailey, na verdade, não dizia muita coisa. No entanto, sua filha, Carla, sentada na cadeira ao lado, de vez em quando olhava de esguelha para Bailey, como que para mostrar que estava percebendo que Bailey só respondia com evasivas.

Foi necessária toda a astúcia de Bailey para fazer com que Opal lhe desse informações, em vez de tentar arrancar informações dela. Como Bailey não podia contar para Opal nada que não quisesse que caísse no conhecimento da cidade inteira, teve de ser sutil e, ao mesmo tempo, intimidadora como um tanque de guerra.

— É que estou louca para conhecer mais sobre Calburn — disse Bailey, tentando soar jovem e inocente. Carla lançou-lhe mais um dos seus olhares enviesados de descrença.

— Não tem muita coisa para saber daqui — disse Opal, enquanto enrolava uma mecha do cabelo de Bailey numa escova redonda.

Bailey procurou não pensar em Shirley Temple.

— Tenho certeza de que a história da cidade deve ser muito interessante — disse.

Opal parou de enrolar o cabelo de Bailey.

— A senhora não está aqui por causa dos Seis de Ouro, está? — perguntou, com hostilidade na voz e expressão de raiva.

— Não faço a menor idéia do que você está falando — Bailey respondeu com honestidade, aliviada por não estar perguntando sobre o que quer que fosse que deixara Opal daquele jeito. Por outro lado, não resistiu à pergunta: — Os Seis de Ouro, o que é isso?

— O orgulho de Calburn, é isso — disse Opal, e mandou Carla se calar quando a filha riu desdenhosamente.

— Agora me fala mais do seu marido que morreu — perguntou Opal, enquanto pegava uma escova mais fina que a anterior e enrolava o cabelo de Bailey com uma força tal que lhe trouxe lágrimas aos olhos.

Foi quando Bailey estava debaixo do secador que Carla passou por ela e deixou cair um pedaço de papel sobre a sua revista. Sem pensar, Bailey escondeu o bilhete e depois o enfiou no bolso da calça.

Agora, então, Bailey retirou o papel do bolso para ver do que se tratava. "Violet Honeycutt sabe tudo sobre Calburn" era o que estava escrito nele. "Casa amarela no fim da Red River Road". Abaixo, havia um pequeno mapa mostrando onde ficava a Red River Road, por sinal bem próximo de onde ela se encontrava agora.

Bailey deu mais uma escovada no cabelo e depois, sorrindo, voltou para o carro. Apesar da atitude e da aparência antipática de Carla, Bailey até que tinha gostado dela.

Usando o mapinha, foi fácil encontrar a Red River Road. No final, havia uma bela casinha de fazenda que, faz muito tempo, fora pintada de amarelo, com um friso marrom-escuro em volta das janelas. Da estrada, mal se podia ver a casa, por causa dos imensos salgueiros que ficavam na frente. Ao embicar pela entrada de automóvel, Bailey viu a varanda com cadeiras de balanço e não pôde evitar o pensamento: "Por que você não deixou para mim um lugar assim, Jimmie?"

Subiu até a varanda e bateu à porta, mas ninguém respondeu. "Ô de casa", chamou, ainda sem resposta. Quando saiu da varanda e caminhou em direção aos fundos da casa, avistou uma mulher inclinada sobre uma pequena horta. Parecia estar plantando mudas de tomateiro. Era uma mulher grandalhona, trajando um vestido enorme de alcinha com estampa florida, que, via-se, fora lavado muitas vezes, sandálias de borracha e um chapelão de palha com metade da aba rasgada. Embora dali Bailey só conseguisse enxergar parte do seu rosto, ficou com a idéia de se tratar de alguém na casa dos cinqüenta.

— Olá — disse Bailey, e a mulher se virou para olhar para ela. Tinha o rosto enrugado por anos de exposição ao sol e, se Bailey não se enganava, por um tanto de drogas e um bocado de álcool. A frase *velha hippie* lhe veio à mente.

— Nossa, você é simplesmente perfeita — disse a mulher, endireitando-se enquanto olhava Bailey de cima a baixo. — Você parece que saiu das páginas de um catálogo.

Talvez Bailey devesse ficar ofendida com as palavras daquela mulher, mas, há apenas poucos meses, ninguém jamais teria dito que ela parecia uma modelo de catálogo.

— Sou eu — Bailey falou, abrindo os braços e dando uma voltinha devagar. — Modelo multimarcas, venda especial, só até sábado!

A mulher riu, mostrando que lhe faltavam dois dentes de baixo.

— Em que posso ajudar? — perguntou.

Bailey, no entanto, não respondeu à sua pergunta; seus olhos estavam fixos nas mudas que ela acabara de plantar. Não eram tomateiros, era maconha.

— Não é ilegal? — perguntou delicadamente.

— Só se a pessoa for egoísta. Eu divido o que cultivo com o delegado que toma conta de Calburn. Por isso ele diz que tenho um jardim muito legal — respondeu, e olhou para Bailey com os olhos franzidos. — Não quer entrar para me contar por que viajou tanto para chegar até aqui?

Bailey teve de sorrir. Estava acostumada a passar os fins de semana em lugares aonde só se podia ir de avião. Mas parecia que, aqui, consideravam ir até a Red River Road "viajar tanto".

Ela seguiu a mulher até a varanda telada dos fundos, onde havia uma máquina de lavar que devia ser dos anos quarenta, além de duas tábuas de bater roupa bem usadas. No canto, viu uma pilha de móveis de jardim de madeira. De tão quebrados, pareciam destinados à lareira, não fosse pelo fato de que Bailey jurava ter visto coisas do gênero numa loja de Paris. Retrô, pelo visto, era a coqueluche dali.

Entraram na cozinha, que, dava para ver, não sofrera nenhuma reforma nos últimos trinta anos. O linóleo do chão estava furado em alguns lugares, e os armários envelhecidos, com gordura e tinta velha. Numa parede havia um velho fogão esmaltado, com um forno grande o bastante para assar metade de um boi. Sob a janela encontrava-se uma pia esmaltada: uma enorme bacia, um tampo grande de cada lado e um *backsplash* com duas torneiras. Tratava-se de uma versão original da pia que ela comprara para a sua casa.

— Lugar velho e horrível, não é? — disse a mulher, acomodando seu corpanzil numa cadeira, de costas para a pia. Bailey havia visto cadeiras exatamente iguais àquelas em lojas sofisticadas do país.

— Não — disse com honestidade. — É a versão legítima do que o resto de nós tenta copiar.

A mulher deu um risinho satisfeito.

— Você parece bem espertinha, mas, mesmo assim, estou começando a gostar de você. Vem, senta aqui e me pergunta o que quer perguntar. A menos que prefira fazer conservas de tomate. — Disse isso por último, como se fosse a maior piada que jamais ouvira na vida. Que alguém com a aparência tão urbana quanto a de Bailey pudesse fazer conserva de tomates parecia a melhor piada do mundo.

Foi a vez de Bailey dar um sorrisinho maroto. Olhou dentro da pia e viu que estava cheia de tomates recém-colhidos, ainda mornos do sol. Alguns apresentavam furos porque, obviamente, a mulher não se preocupava com as lesmas, mas Bailey sabia que podia salvar as frutas. Sem olhar para a mulher sentada à mesa, abriu a porta do lado da porta telada dos fundos, achando que era uma grande despensa, como as que quase todas as velhas fazendas possuíam. Era, e lá dentro havia centenas de potes de conserva esperando para ser enchidos com a produção do verão. No chão havia duas chaleiras esterilizadoras e caixas ainda fechadas de tampas seladoras.

— Você fala, e eu faço as conservas — Bailey disse, levando as chaleiras até a pia para enchê-las. — Eu queria saber por que esta cidade foi abandonada e por que a Opal do cabel..., quer dizer, do coiffeur, quase me deu um tiro quando achou que eu estava tentando descobrir alguma coisa sobre os Seis de Ouro. O que é isso, afinal? Será que vim parar em alguma associação estudantil? Ah, sou Bailey James. Eu herdei...

— A casa do velho Hanley. Eu sei — disse a mulher, observando Bailey se movimentar na cozinha como se tivesse a vida inteira trabalhado lá. — Seu marido morreu e deixou a fazenda para você, e Matt Longacre vai se mudar hoje para lá. Patsy está felicíssima de se livrar dele. Ele nunca pára de resmungar que aqueles dois filhos dela são uns desmazelados. Todo mundo sabe que a Patsy estraga os filhos até dizer chega, talvez Matt tenha razão de reclamar. Eu sou Violet Honeycutt.

— Foi o que me disseram — falou Bailey, enquanto trazia os vidros da despensa para colocá-los nas chaleiras cheias de água, a fim de esterilizá-los. — O que mais quero saber é o que você sabe sobre a fazenda que ganhei. Quem morou lá, essas coisas. Esse tal de Hanley tinha filhos?

— Quem é que você está tentando encontrar? — Violet perguntou desconfiada.

Diante da pergunta, Bailey sentou numa cadeira da mesa e encarou Violet. Sabia que assim se faria entender: se Violet queria que ela preparasse as conservas de tomates para ela, deveria responder às perguntas e não fazer perguntas.

Violet riu.

— Alguém te ensinou a fazer negócios, acertei?

Bailey não se moveu da cadeira.

Sorrindo, Violet abriu uma pequena caixa de madeira em cima da mesa e pegou um cigarro enrolado à mão.

— Se importa?

Bailey continuou olhando para ela, esperando respostas para suas perguntas.

— Ok — disse Violet, e se recostou na cadeira, acendeu seu baseado, inalou profundamente e fechou os olhos por um momento. Quando os abriu, disse: — A família do velho Hanley era dona do lugar, mas, mesmo tendo se mudado há muito tempo, na cabeça das pessoas ficou o nome dele como sendo o do dono.

Bailey se levantou, foi para a pia e pegou uma velha faca de descascar cuja lâmina, de tanto que fora afiada, ficara curva na parte interna. Uma faca bico-de-pássaro original, pensou, lembrando-se da faca francesa caríssima que usava.

— Você está interessada na família do velho Hanley?

Bailey hesitou em responder. Era melhor revelar o mínimo possível.

— Não — respondeu. — Estou mais interessada nos anos sessenta e setenta em Calburn.

— Então, você *está* interessada nos Seis de Ouro.

— Não faço a mínima idéia de quem ou o que são.

— Seis rapazes que se formaram no curso secundário em 1953. Eles são a única pretensão à fama de Calburn. Mas aí uns merdinhas invejosos resolveram inventar histórias sobre eles e foi tudo por água abaixo.

A voz de Violet era amarga.

Bailey sabia que Jimmie não nascera antes de 1959. Por isso não podia ser um dos tais Seis de Ouro.

— Estou interessada em depois disso — disse, e colocou uma panela de alumínio com fundo enegrecido, cheia de água, para ferver, a fim de ali mergulhar os tomates e descascá-los.

— Em 1968, um dos seis rapazes deu um tiro na mulher, e depois em si mesmo. Qual a data que te interessa?

Lá estava 68 de novo. Mas Jimmie era muito novo naquela época para estar envolvido em algo assim.

— Na verdade, estou mais interessada nas pessoas ligadas à minha fazenda.

— Para ser sincera, não sei nada sobre a sua fazenda, mas conheço uma moça que morava em Calburn. Me dá aquele telefone, vou ver se a encontro em casa. Bom, mas tem uma coisa, é uma ligação interurbana — falou, e ficou olhando para Bailey, esperando que ela dissesse alguma coisa.

— Eu pago — disse Bailey, secando as mãos numa toalha e indo pegar o telefone. Era um telefone preto de disco que Bailey quase disse que devia estar num museu.

Violet discou, esperou e depois falou:

— Oi, querida, é Violet. Agora a gente tem uma moradora nova aqui na louquíssima Calburn, e ela quer saber a história da casa do velho Hanley. Alguma coisa aconteceu lá? Lembro de alguém ter falado algo alguma vez. Me liga. Ainda vou ficar aqui um tempo, ela está fazendo as conservas de tomate para mim.

Botou o fone no gancho.

— Ela vai me ligar quando chegar. E, se tem alguma coisa para saber de lá, ela sabe.

Depois de dizer isso, Violet ficou tanto tempo calada que Bailey se deu conta de que ela estava planejando ficar sentada lá fumando seu baseado, enquanto Bailey enfrentava algo em torno de vinte quilos de tomates. E, se a mulher não tivesse ligado de volta quando terminasse, Bailey apostaria que haveria também vagens e morangos para enlatar.

— Ok — Bailey disse com um suspiro —, me fala dos Seis de Ouro. — Ela crescera em uma cidade pequena e por isso sabia que toda cidade tinha sua grande tragédia, e os habitantes adoravam contar e recontar a história. Talvez devesse ficar feliz com o fato de Jimmie não ter deixado uma fazenda para ela em Fall River, Massachusetts. Caso contrário, não encontraria ninguém que sequer admitisse ouvir o nome Lizzie Borden, aquela que assassinara brutalmente o pai e a madrasta a machadadas.

Violet deu uma tragada longa e profunda no seu baseado, e deixou a fumaça sair o mais lentamente que pôde. Como, pelo visto, tinha muita experiência nisso, Bailey teve tempo de pelar seis tomates enquanto esperava.

— É difícil de acreditar, mas, há alguns anos, Calburn era uma cidadezinha próspera. Tinha algumas indústrias, muitas lojas e até mesmo seu curso secundário. Mas, em 1952, a escola de curso secundário pegou fogo, e o andar de cima se acabou. Os bombeiros disseram que os três primeiros andares estavam seguros, mas o último não podia ser usado. Como o quarto andar era onde estudavam os alunos do último ano, tiveram que mandar os garotos para outra cidade.

Bailey, atrás da mulher, olhava para ela. Pela maneira maquinal como contava a história, teve certeza de que ela já a contara centenas de vezes.

Violet parou para dar outra tragada longa e profunda.

— Isso não é do meu tempo, claro, mas me contaram que foi o maior alvoroço para decidir aonde mandar os rapazes. Nenhuma escola das redondezas se dispôs a acolher todos os alunos. Por isso foram distribuídos por quatro escolas da área. Mas quem dividiu fez isso mal, porque, dos vinte alunos mandados para a Wells Greek High School, só seis eram homens, o resto mulheres.

— Os Seis de Ouro — disse Bailey, encaminhando-se para o forno a fim de retirar os frascos quentes e esterilizados.

— É, os Seis de Ouro.

Bailey não sabia se era a lembrança ou a maconha, mas os olhos de Violet pareciam sonhadores, distraídos.

— Eles eram de ouro, sim. Garotos fantásticos. Menos de um mês depois de entrarem na escola, salvaram todo o corpo de estudantes de morrer na explosão de uma bomba.

— Nessa região? Nos anos cinqüenta?

— Querida, não se deixe enganar por sotaques. As pessoas aqui na Virgínia amam e odeiam como em todos os lugares do mundo — e isso sempre aconteceu. A diferença é que agora a gente ouve falar mais sobre o que acontece no mundo do que antes. Naquele verão, alguém tinha explodido dois armazéns aqui em Calburn, e por isso estava todo mundo apreensivo. Aí, numa segunda-feira de manhã, começou a sair fumaça negra da escola, e os alunos e os professores entraram em pânico. Foi um caos total! Ninguém sabe o que teria acontecido se os seis garotos de Calburn não tivessem chegado e conduzido, com muita calma e tranqüilidade, as pessoas para fora do prédio. Não importa que, no fim, todos tenham visto que a bomba falhou. Os garotos não sabiam disso, ninguém sabia disso! — Ela falava com raiva, num tom desafiador, como se tivesse o dever de defender seu ponto de vista.

Quando Violet levantou a vista e viu que Bailey estava olhando para ela, disse, ainda na defensiva:

— Você pode ler qualquer jornal da Virgínia do dia seguinte àquele e vai ver a história desses rapazes. Eles foram heróis. Durante algum tempo, que eles até ganhariam uma medalha do presidente, mas, no fim das contas, não deu em nada.

— E por que a Opal do coiffeur ficou tão furiosa?

— Salão — disse Violet sorrindo. — É um *salão* de beleza. Você já parece estrangeira, não precisa falar também como tal.

Bailey começou a guardar os tomates nos vidros esterilizados. Como os tomates modernos têm um baixo teor de acidez, eles exigem cuidado. Por isso ela teria de deixá-los em banho-maria por muito tempo para evitar completamente o risco de botulismo.

— A Opal é como todos nós aqui. Ela tem ódio de T. L. Spangler. Já ouviu falar nela?

— Acho que não. Era para ter ouvido?

— A menos que tenha passado os últimos cinco anos fora do país, deveria, sim, ter ouvido falar nela.

Bailey achou por bem eximir-se de qualquer comentário. Com efeito, passara os últimos dezesseis anos viajando por todo o mundo.

— O nome da congressista Theresa Spangler não te diz nada?

— Sinceramente, não.

— Onde você... — Violet interrompeu-se. — Ok, nenhuma pergunta sobre a sua vida. Mas vou logo avisando que o pessoal aqui de Calburn vai descobrir tudo. Então é melhor confessar agora.

Esperou um tempo que Bailey falasse, mas, como ela permaneceu calada, Violet suspirou e depois prosseguiu:

— A congressista Theresa Spangler é de Wells Creek, a cidade próxima daqui, aonde mandaram os seis garotos para estudar. Ela estava numa turma um ano antes dos Seis de Ouro. Ninguém sabe o que aconteceu — e uma pá de gente perguntou para ela —, mas ela ficou tão enciumada aquele ano que, depois de se formar naquela faculdade besta dela, decidiu fazer uma sujeira com os garotos. Voltou aqui para Calburn e fez um monte de perguntas para todo mundo. Todo mundo achou que ela ia escrever um livro elogiando os caras, e por isso contaram para ela tudo o que lembravam. Mas ela não estava escrevendo uma coisa boa; porra, ela nem estava escrevendo a verdade. Ela estraçalhou aqueles pobres rapazes. Disse que tudo que fizeram não passava de mito, que eles eram uns lheguelhés, uns joões-ninguém. Chegou até a dizer que acreditava que algum dos meninos pôs a bomba na escola só para depois eles se fazerem de heróis.

Por um momento, Bailey ficou parada com as tenazes na mão olhando para Violet. Isso tudo acontecera havia muitos anos, e, no entanto, ela parecia furiosa, como se tivesse acontecido na semana anterior.

— E o que foi que aconteceu depois que o livro foi publicado? — perguntou.

— Foi um horror, um horror. Não muito tempo depois de o livro ser lançado, um dos rapazes matou a esposa e depois se suicidou. A esposa *grávida*. Outro entrou num ônibus e nunca mais voltou. E os outros nunca mais foram os mesmos. Foi horrível o que aquela mulher fez com eles. Te digo uma coisa: eles viveram uma verdadeira tragédia.

Bailey voltou para a pia para pegar um tomate, enquanto Violet, de olhos fechados, fumava seu baseado. Agora é a hora, Bailey pensou. Suas mãos tremiam tanto que ela precisou se segurar na pia. Toda família parecia ter um tabu inviolável; no caso dela e de Jimmie, o que ela queria dizer agora era o maior segredo deles.

Bailey respirou fundo e foi soltando o ar devagar.

— Você conheceu um garoto em Calburn, nascido no final da década de 1950, que tinha uma fenda bucal? — Pronto, pensou. Estava dito.

Violet nem sequer abriu os olhos.

— Lábio leporino? Não que me lembre, mas eu não estava aqui naquela época. Me mudei para cá em 1970.

Bailey sentiu vontade de bater com a cabeça na parede. Acabara de revelar, desnecessariamente, seu maior segredo.

— Claro que devem ter consertado o lábio dele logo depois de ele nascer, não é? — disse Violet. Logo em seguida, antes de Bailey poder responder, o telefone tocou.

Violet fez um sinal indicando que era a tal amiga para quem ela tinha ligado, e permaneceu no telefone por algum tempo. Houve longos minutos de conversa pessoal, Violet pedindo notícias dos filhos da amiga e escutando por vários minutos. Quando enfim perguntou sobre a casa do velho Hanley, Bailey ficou prestando o máximo de atenção, tentando escutar alguma coisa, mas Violet quase só dizia "É" e "Sei". Algumas vezes olhou para Bailey, que se voltou para os tomates, dando-lhe assim as costas, para fingir que não estava ouvindo.

A conversa finalmente terminou e, quando já estava prestes a desligar, Violet perguntou:

— Você por acaso conheceu um garoto em Calburn que tinha lábio leporino? Ele devia ser mais ou menos da sua idade.

Bailey prendeu a respiração enquanto escutava, mas tudo o que Violet disse foi:

— Então tchau, depois me fala do recital da Katy.

Vagarosamente, Violet desligou o telefone e depois se recostou na cadeira. Bailey viu que ela estava esperando que lhe perguntasse o que a amiga lhe contara, mas não faria isso nem morta.

— Você não vai gostar de saber — disse Violet por fim.

— Vamos ver.

— Minha amiga me contou uma história que nunca tinha ouvido antes, mas, como falei, eu não cresci aqui. Na verdade, a minha amiga só soube dessa história quando já era adulta. — Violet hesitou. — Você não sabe fritar galinha, sabe?

Chantagem, pensou Bailey. Essa mulher a estava chantageando em troca de informações. Com uma careta, foi até a velha geladeira

— havia quanto tempo eles não faziam mais cantos arredondados? — e a abriu. Dentro, no congelador, viu um bloco sólido congelado; a frágil porta já não fechava havia muito tempo. Nas prateleiras de baixo, encontrou uma meia dúzia de potes de plástico com um conteúdo cinza-esverdeado indistinguível; o fedor era terrível. Prendendo a respiração, cautelosamente, Bailey enfiou a mão para pegar um saco plástico envolvendo algo que parecia uma galinha e, rapidamente, fechou a geladeira. De dentro do plástico, retirou uma galinha mal depenada, ainda com a cabeça e os pés. Não só teria de cozinhá-la, como também de tirar o resto das penas e cortá-la.

— E aí, me diz, Violet — falou, sem nenhuma animosidade na voz —, você é a pessoa mais preguiçosa da Terra ou existe mais alguém tão preguiçoso quanto você?

— Acho que nunca conheci alguém que me barrasse — disse Violet alegremente, e pegou outro baseado.

Bailey esquadrinhou a despensa até achar algumas batatas que não estavam podres e uma lata de farinha. Também havia algumas latas de comida na despensa, e ela as levou para a cozinha e as chapou na mesa diante de Violet.

— Pelo visto, você não se preocupa com calorias — disse, e Violet deu uma risadinha de deboche. — Fechado. Um almoço pela informação. O que foi que a sua amiga te contou sobre a minha fazenda?

— A tia-avó dela contou a história para ela. A dona da fazenda era uma mulher de que ninguém na fazenda gostava. Ela tinha um casal de filhos... — Violet parou diante do olhar que Bailey lhe lançou. — Não, nenhum dos filhos dela tinha lábio leporino, nem ninguém mais que a minha amiga lembre. Além disso, acho que tudo isso sobre a sua fazenda aconteceu há muito tempo, muito antes do tempo que te interessa. Por isso acho que esses filhos não têm nada a ver com o homem que você está procurando. — Fez uma pausa por um momento, sorrindo orgulhosa por ter depreendido tanto do pouco que Bailey lhe revelara. — Bom, a mulher foi embora por um tempo e depois voltou casada com um homem de fora. Minha amiga disse que acha que o nome dele era Guthrie ou algo parecido. Eu gosto de um pouco mais de pimenta na minha galinha do que isso — disse, enquanto Bailey misturava sal e pimenta à farinha que iria cobrir a galinha.

— Continua — disse Bailey, botando mais pimenta na galinha.

— Minha amiga — o nome dela é Gladys —, bom, a Gladys disse que o homem era um gigante desajeitado e pesadão, meio simplório. Ela disse que, quando a mulher, Gladys não lembra o nome dela, comprou a fazenda, era um lugar caindo aos pedaços e, como ela tinha um emprego na cidade, foi deixando o lugar ficar do mesmo jeito durante anos. Mas, depois de casar, o marido botou aquilo em ordem. Você não vai gostar disso: Gladys disse que a tia dela contou que o homem costumava fazer geléias e picles. Ela disse que o mercado de Calburn vendia as geléias e os picles dele.

— E qual é a parte de que não vou gostar? — perguntou Bailey.

— Gladys disse que não se lembra de todos os detalhes, mas a tia contou para ela que a mulher começou a ter um caso com um colega de trabalho. E, quando avisou para o marido que ia se divorciar dele e que por isso ele ia ter que sair da fazenda, o pobre coitado foi para a estrebaria e se enforcou.

Bailey estacou, com as tenazes no ar.

— A minha *estrebaria*?

— É, a sua. Eu disse que você não ia gostar.

Por uns minutos, Bailey ficou passando a galinha no óleo quente, pensando no coitado do homem. Agora sabia que morara lá alguém que realmente amava aquela fazenda. Graças ao casamento, o homem encontrara um lindo lugar onde podia cultivar as coisas de que tanto gostava. E, ainda por cima, conseguia vender o que produzia. E acabou descobrindo que perderia aquilo tudo por casa da mulher adúltera. E, sendo simplório, nunca conseguiria ganhar dinheiro suficiente para comprar a própria fazenda. Era mesmo uma história horrível, pensou.

Vendo Bailey calada, Violet disse:

— Você não deve levar isso muito a sério. Todos esses lugares antigos têm suas histórias. Poucos anos depois que meu marido comprou essa casa, o velho, ex-dono daqui, deixou cair uma serra de cadeia no pé. Teve que amputá-lo.

— Mas suicídio... — Bailey disse baixinho, enquanto caminhava até a bancada ao lado da pia para verificar os lacres dos frascos de tomates. À exceção de duas, todas as tampas tinham estalado, mostrando que estavam hermeticamente fechadas.

— Essas coisas acontecem. E foi há muitos anos. Quem sabe ele estava doente ou coisa parecida? A gente nunca sabe o que se passa no coração das pessoas.

— E o que foi que aconteceu depois disso? — Bailey perguntou ao retornar para o fogão a fim de verificar como estava a galinha.

Violet deu um risinho.

— Gladys disse que, depois que o marido da tal mulher se matou, ela arrumou as malas, pegou as crianças e foi embora da cidade. Gladys disse que a tia dela achava que o homem com quem ela estava pretendendo se casar já tinha outra mulher, e por isso talvez tenha dito para ela que não ia se casar com ela. Ou então ele ficou perturbado com o suicídio. Sabe lá?

— Ela vendeu a fazenda?

— Eu perguntei isso à Gladys, mas ela não soube dizer — respondeu Violet. — Gladys disse que a casa ficou o tempo todo vazia, mas isso também aconteceu com boa parte de Calburn.

— Essa cidade está vazia, não é? — disse Bailey. Abriu todas as gavetas em busca de toalhas de papel para tirar o excesso de gordura da galinha, mas nada encontrou. Metade das muitas gavetas estava cheia de sacos de pão vazios, alguns velhíssimos. Será que os sacos de pão poderiam atingir o status de antigüidade? Na despensa, encontrou alguns guardanapos de papel com a frase impressa Feliz aniversário, Chuckie, e os levou para a cozinha. — Você está guardando isso por razões afetivas? — perguntou.

— Se ganhar alguma coisa de graça é uma razão afetiva, então estou.

Bailey lavou um prato lascado, cobriu-o com os guardanapos e depois colocou sobre ele a galinha e as batatas fritas para desengordurá-los.

— Por que é que a metade de Calburn está vazia? — perguntou Bailey, enquanto punha num prato creme de milho e ervilhas — que encontrara em latas na despensa —, a galinha e as batatas fritas. Depois o entregou à Violet.

— Me acompanha, por favor — disse a mulher, apontando para a cadeira do outro lado da mesa.

Bailey olhou para a comida e viu que, se começasse a comer, nunca mais pararia. O que será que havia de tão tentador na comida da nossa infância? Ela, porém, conhecia muito bem o teor calórico de uma refeição assim.

— Não, obrigada — disse, sentando-se na cadeira. — Me fala de Calburn.

— É simples — disse Violet, com a boca cheia de galinha. — A nova auto-estrada. Foi a maior disputa para saber se a auto-estrada ia passar por Wells Creek ou por Calburn. Acho que alguém foi subornado, e Calburn perdeu. Um ano depois de pronta a auto-estrada, Calburn já era quase uma cidade-fantasma, enquanto Wells Creek tinha ficado rica. Um dia vai até lá para ver o lugar. Lá tem — ela piscou os olhinhos afetando desdém — butiques. Lugares elegantes que vendem sabonetinhos em formato de coração. E lojas que vendem roupas que custam mais caro do que todo o meu rendimento de um ano inteiro. Eles chegaram até a mudar o nome da cidade, deram a ela o nome metido de Welborn. Não é chique?

— Welborn? — Bailey perguntou, pensativa.

— É. Como na Austrália, só que sem o *e*.

— Acho que já ouvi falar desse lugar. Tem alguma coisa lá? Alguma coisa que atrai turistas?

Violet encheu a boca de ervilha e milho.

— Inhaões enhais — disse.

— O quê?

Violet engoliu a comida.

— Tem umas estações termais lá, mas...

— Ah, é isso mesmo. As estações termais de Welborn. Um monte de gente vai lá. Ouvi dizer que é um lugar divino. Eu queria conhecer, mas o Jimmie... — disse, e sua voz foi sumindo, deixando incompleta a frase.

— O seu marido que morreu?

Bailey assentiu. Jimmie recusara-se a ir às estações termais da Virgínia, recomendadas por muita gente do círculo deles. Uma fulana conhecida dos dois dissera que os mananciais curaram completamente sua artrite. Bailey achava que passar alguns dias deitado na água quente faria Jimmie relaxar, mas ele não queria ir de jeito nenhum. Essa recusa dele lhe pareceu tão incomum que Bailey quis saber o porquê. A fisionomia de Jimmie se tornou sombria por um momento; depois ele riu e disse que, se ela quisesse mananciais de água quente, ele a levaria para a Alemanha ou para algum lugar exótico. "Mas não para o interior da Virgínia", disse-lhe, levantando-a do chão e fazendo-a rodopiar, e depois lhe cheirando o pescoço e conseguindo, assim, que ela parasse de fazer perguntas.

— Você está aí? — perguntou Violet.

— Ah, desculpe — disse Bailey. — Estava só me lembrando de uma coisa. Olha, tenho que ir. Tenho que...

— Preparar jantar para aquele grandalhão e bonitão do Matt Longacre. Vocês já estão dormindo juntos?

— Sempre, sempre que dá, a gente não deixa escapar um minuto — Bailey disse ao levantar-se. — Somos como dois coelhinhos.

Violet caiu na gargalhada e depois se recostou na cadeira e olhou para os vários vidros de conserva de tomate e para a galinha com legumes que ela havia preparado.

— Volte sempre que quiser saber alguma coisa.

— E da próxima vez vou trazer um assistente gastronômico — disse Bailey, fazendo Violet rir ainda mais.

— Espera um minuto — disse Violet, levantando-se com esforço da mesa. — Você foi muito legal, tenho uma coisinha para te dar.

— Maconha, não! — disse Bailey na mesma hora.

— Tá com medo de ela fazer você se soltar e começar *de verdade* a se enroscar com aquele pedaço de mau caminho que vai morar com você? — perguntou Violet, entregando-lhe um livro em mau estado.

— Tenho mais medo de ser processada — disse Bailey quando pegou o livro e o olhou. *Os Seis de Ouro*, de T. L. Spangler, lia-se na capa. "Jovens gloriosos ou perpetradores de um grande embuste?", dizia o exemplar. "Você decide."

— Leva para ler — disse Violet, com os olhos brilhando. — Assim você tem alguma coisa para fazer quando ficar sozinha na cama à noite. — Balançou a cabeça. — Sua geração é muito boba. Nos meus tempos, a gente...

— Não tinha AIDS nem herpes nem moral, pelo que sei — disse Bailey, em tom brincalhão.

Violet não se ofendeu.

— Aquele Matt Longacre é capaz de fazer uma freira esquecer o voto de castidade.

— Vou pensar nisso antes de fazer meu voto de castidade — Bailey falou ao abrir a porta. Estava sorrindo por causa da risada de Violet, mas depois viu um olhar estranho no seu rosto.

— Alguma coisa de errado? — perguntou, passando a mão pelo rosto. — Estou com farinha no rosto?

— Não — disse Violet —, não está. Só que me deu a impressão de já ter te visto antes. Deve ser efeito da erva. Vai para casa cuidar daquele homem.

Sorrindo, Bailey foi embora. Lá fora, levantou os olhos para as imensas árvores. Violet Honeycutt era preguiçosa, manipuladora, podia a qualquer hora ser presa e às vezes era muito mal-educada, mas Bailey ficara com a sensação de ter feito uma amiga.

No carro, jogou o livro no banco do carona e deu a partida. Eram três da tarde, ela ainda não almoçara e ainda precisava comprar alguma coisa para preparar o jantar de Matt. Talvez fosse melhor dar uma paradinha na fazenda daquele senhor gentil, o tal de Shelby, e ver o que ele tinha para vender além de pombos e coelhos. Fora sua placa "Vendem-se coelhos" que a fizera parar do lado da sua barraca em vez das tantas outras que se encontravam na beira da estrada. Se a memória não lhe falhava, ela tinha visto uma pequena plantação de couve nos fundos.

Capítulo 8

Matt estacionou a caminhonete debaixo de uma árvore do lado do Toyota de Bailey e, por uns instantes, apoiou a cabeça no banco e fechou os olhos. Já passava das oito da noite e ele sentia-se exausto. Não estava acostumado com obras. Passara muitos anos diante da tela de um computador ou sentado a uma prancheta. As visitas aos sites de trabalho eram rápidas e nada cansativas.

No entanto, para ser justo consigo mesmo, precisava admitir: hoje ele realmente havia forçado a barra. Chegou a recear um motim dos sobrinhos. Mas Matt queria terminar o trabalho para ficar com o fim de semana livre. Por isso fez o trabalho de três dias em um. O fato de que seu irmão e os sobrinhos o haviam ajudado a mudar-se para a casa de Bailey no intervalo para o almoço não bastara para diminuir-lhe a fadiga.

Além do mais, Patsy ligara para o seu celular seis vezes ao longo do dia. Na quinta ligação, ele já estava prestes a estraçalhar aquele negócio.

— Espero que desta vez você tenha uma coisa boa para dizer, Patricia — disse-lhe ao atender o telefone, de pé no telhado.

— Ela passou o dia inteiro com aquela velha terrível, a Violet Honeycutt — anunciou Patsy.

— Se você está falando da Bailey, ela não pode ter passado o dia *inteiro* lá, porque você já me disse que ela passou a *manhã* com a maior fofoqueira de Calburn, a Opal. Então, qual é?

— Você está me entendendo muito bem, Matt Longacre, não se faça de bobo comigo, não. E mandou os meus filhos ficarem de camisa e usarem filtro solar?

Matt olhou para baixo. Seus sobrinhos grandalhões estavam sem camisa, e agora mesmo estavam bebendo água em copos plásticos e deixando a água cair pelo peito musculoso e bronzeado. Eles tinham visto "um galã" fazer isso na televisão, e as garotas ficaram doidas. E agora havia cerca de meia dúzia de meninas adolescentes no quintal do vizinho, do outro lado da rua, fingindo deliberadamente que não estavam olhando para Joe e John derramando água sobre o próprio corpo.

— Claro — disse Matt ao telefone. — Eu passo protetor solar nos seus bebês a cada quarenta e cinco minutos. Patsy, tenho muito trabalho para fazer. Não tenho tempo para ficar ouvindo você me contar tudo o que a minha senhoria faz.

— É? Então eu acho que você não quer saber que, depois de sair da casa da Violet Honeycutt, ela visitou a casa do Adam Tillman.

— Ela fez o quê? — Matt gritou tão alto que os sobrinhos pararam de entornar água no peito. Na verdade, foi tão alto que as garotas do outro lado da rua pararam de olhar para os rapazes e se viraram para olhar Matt no telhado.

— Não, ela não fez nada disso — Patsy disse serenamente. — Mas poderia ter feito. Estou te avisando, Matt, é melhor você não deixar escapar essa. E aí, vocês dois vão aparecer no sábado?

— Patsy — disse Matt devagar e com exagerada paciência —, eu mal conheço essa mulher. Pelo que sei, ela tem amigos por aqui. Talvez ela vá passar o fim de semana com outras pessoas.

— Então isso é sinal de que é melhor você não perder tempo e trancar logo ela em casa. Ih, o *timer* do forno apitou. Vou ter de desligar.

Matt fechou o telefone e contou até dez, depois gritou para os sobrinhos voltarem ao trabalho. Gritar o ajudou a aliviar a raiva, mas não muito. Maldita Patsy e sua mania de se intrometer em tudo! Ele já não tinha conseguido de Bailey tudo o que queria, e o mais rápido possível? Ele a conhecera ontem e na tarde de hoje já se mudara para a casa dela.

Para a sua cunhada, entretanto, isso não era rápido o bastante.

— Ela não vai demorar — Patsy dissera na hora do almoço, quando o ajudava a encaixotar seus pertences. — Ela não vai ficar muito tempo em Calburn. Vai se entediar e dar o fora daqui. Você tem que fazer tudo o que pode *agora*.

— Se já saí da sua casa, o que importa para você quem eu vou namorar? — Matt jogou na cara dela.

Diante disso, Patsy levantou as mãos como que dizendo que nunca tinha visto um homem mais idiota na vida.

— Fala você para ele, Rick — disse Patsy. — Eu não consigo conversar com ele.

— Bem, é... a Patsy acha, quer dizer, nós todos achamos que... — Rick começou a falar mas interrompeu-se, virando-se para a mulher. — Querida, você é muito melhor do que eu para explicar essas coisas.

Por trás das costas dela, ele olhou para o irmão e encolheu os ombros. Não fazia a mínima idéia de por que ela estava pressionando tanto Matt.

Patsy assumiu o tom de quem se recusa a crer que o outro não esteja enxergando o óbvio.

— Porque, Matt, meu cunhadinho querido, a pessoa que você "namora" acaba se tornando parte da nossa família. A gente passa junto o Natal, o Dia de Ação de Graças. Os casamentos. Os enterros — Ela franziu os olhos para ele. — Olha o que foi que você fez *da última vez*.

— Certo — disse Matt. — Já entendi.

Sua ex-esposa não havia participado dos acontecimentos familiares. Na maior parte do tempo, ele ficara afastado da família do irmão nos anos em que fora casado. Quando ia visitá-los, ia sozinho. Um encontro entre Patsy e Cassandra fora suficiente para as duas.

— Essa mulher é *boa* — disse Patsy, mostrando para ele, de novo, o que pensava da sua ex-mulher. — A Opal gostou à beça dela. Ela até deu para a Opal e para a filha dela uma geléia, e você precisa experimentar!

— Ela entende de cozinha — disse Matt, reverente. — Ela entende de cozinha.

Mais tarde, quando Matt e Rick se encontravam na escada descendo os caixotes para a picape de Matt, Rick falou baixinho:

— A viúva não perdeu o rebolado com a Patsy e a Janice.

Matt concordou com a cabeça. Depois da única vez que Cassandra encontrou sua cunhada, ela lhe dissera:

— Você por acaso acha que vou fingir que só tem uma pessoa na sala quando tem duas? Isso é um absurdo. Nunca mais vou visitar seus parentes.

E cumprira sua palavra. Nenhum argumento de Matt fora capaz de demovê-la.

Quando Matt saiu da caminhonete e entrou na casa de Bailey, surpreendeu-se com a própria decepção por ela não ter saído para cumprimentá-lo.

— Oi, tem alguém em casa? — chamou, sentindo-se um pouco desconfortável por estar entrando na casa sem bater. À tarde, na hora da mudança, ele sabia que ela não estava lá. Patsy e sua cadeia de informantes reportavam para ele a cada minuto do dia o paradeiro de Bailey.

A casa estava com um cheiro ótimo, um cheiro quente de comida. Mas, quando ele entrou na cozinha, não a encontrou lá. Havia um bilhete na geladeira: "O jantar está no forno."

Pela primeira vez, ele via a sua letra, e gostou dela: fácil de entender, talvez um pouquinho pequena demais, limpa e caprichada. Como ela, pensou sorrindo.

— Bailey — chamou, e depois pensou, talvez ela queira que a chame por outro nome. Foi para o corredor e, quando viu a porta do quarto dela entreaberta, abriu-a de todo. — Bailey — chamou baixinho. Ela não respondeu, e a porta aberta do banheiro mostrou que não havia ninguém lá.

Será que ela saiu?, pensou. Será que preparara o jantar dele, conforme haviam combinado, mas ele teria de comer sozinho?

Matt decidiu que, da próxima vez que visse Patsy, torceria o seu pescoço. Ela o estava fazendo acreditar que havia alguma coisa entre ele e "a viúva", quando não havia nada, e o fazendo acreditar que, se ele pretendia que um dia os dois tivessem alguma coisa, precisava agir rapidamente.

Balançando a cabeça como que para clareá-la, voltou para a cozinha e abriu a porta do forno. Dentro, havia um grande prato e um tigela, ambos cobertos com papel laminado. Lentamente, pegou o prato do forno e retirou o papel. Havia quatro filés de peixe, ligeiramente empanados e salteados; o molho vermelho ficava por baixo e, quando o provou, viu que era picante. Do lado do peixe repousava um montinho alto de verduras, mas verduras de antigamente, do tipo que já não se vendia mais nos supermercados e que ele só se lembrava de ter comido na infância. Do lado havia um quadrado de alguma coisa que ele imaginou serem cebolas. E eram. Cebolas caramelizadas.

Nossa! Essa mulher entende de cozinha mesmo!

Ele já tinha comido mais ou menos meio prato quando voltou a perguntar-se onde estaria ela. Num impulso, abriu a porta da grande despensa e prendeu a respiração. Ontem, ela estava vazia, e hoje tinha um monte de frascos de vidro nas prateleiras, todos cheios e etiquetados. Entrou e passou os dedos pelos potes. Na prateleira debaixo da janela havia um vidro grande de cerejas, com a aparência de terem acabado de ser colhidas, nadando num líquido límpido. "Cordial de cereja", dizia o rótulo escrito com a letra bonita dela. Nas prateleiras apoiadas na parede havia vidros com um líquido escuro e o rótulo "Licor de amora-preta". Havia potes de cenoura cercadas de especiarias inteiras e um líquido de ótimo aspecto. "Geléia", "Morangos em calda", "Chutney de tomate-verde", leu.

Matt foi saindo de costas da despensa, mal acreditando no que via. Um misto de A Pioneira e Ofélia.

De volta à cozinha, terminou seu prato de comida e pegou a tigela dentro do forno. Quando retirou o papel-alumínio, viu que ela continha pudim de pão, uma das coisas de que mais gostava na vida! Dentro do pudim havia umas passas carnudas e, por cima, um molho quente e cremoso. Ele deu uma mordida e achou que ia desfalecer; então riu de si mesmo por usar essa palavra fresca, *desfalecer*. Será que teria de ser reanimado com cordial de cereja?

Com a tigela cheia de pudim na mão, abriu a porta telada e saiu. Ainda era início de ano, mas logo começaria o calor. Olhou para a amoreira.

— Sabe onde ela está? — perguntou, e sorriu quando uma brisa balançou suas folhas, como que apontando o caminho. Através dos arbusto e dos galhos, Matt viu alguma coisa amarela perto do lago. Era a blusa de Bailey.

— Obrigado — disse Matt sorrindo e olhando para a velha árvore. Seguiu a sinuosa trilha de pedra, com suas curvas e desvios, e lá estava Bailey, inclinada sobre um canteiro vazio. Estava plantando umas coisinhas verdes que ia retirando de um ramalhete.

Por uns instantes, ele nada falou, só ficou de pé atrás dela, observando-a trabalhar. Era uma mulher muito desejável. Muito. Mas não da maneira que a maioria das pessoas pensa no termo *desejável*. Havia algo nela que o fazia sentir-se bem. Ela não era o tipo de mulher de enlouquecer os homens de tanto tesão. Não, era o tipo de mulher que fazia o homem pensar em noites tranqüilas diante da lareira. Ela o fazia pensar em voltar para casa do trabalho e contar-lhe tudo o que lhe acontecera naquele dia. Ela o fazia pensar em... bem, em crianças, e em apanhar vaga-lumes em vidros e em pegar as crianças e descer rolando pelo gramado.

Matt jamais gostara de revelar a ninguém seus sentimentos mais íntimos. Por isso não podia dizer para Patsy que, com essa mulher, ele precisava ir com calma, porque ela era importante demais para ele, e ele com ela não podia de jeito algum dar um passo em falso.

— O jantar estava delicioso — disse delicadamente, e ficou contente de ver que o som inesperado da sua voz não a fizera levar um susto.

— Que bom que você gostou — ela disse. — Você já deve saber que o Seu Shelby cria bagres num tanque enorme nos fundos da casa dele.

Matt sentou-se na grama, não longe dela, e reparou que precisariam chamar alguém para cortá-la. Achou melhor fazer uma pesquisa sobre cortadores de grama.

— As pessoas aqui não sabem muita coisa sobre esse sujeito. A espingarda dele afasta todo mundo.

Ele viu que ela ia começar a falar alguma coisa, mas desistiu e voltou a plantar suas mudas.

— O que é que você está plantando?

— Morangos. Peguei as mudas com o Seu Shelby. As perenes lá e as de junho nesse canteiro.

— Qual é a diferença? — ele perguntou.

— Adivinha — ela disse, sem levantar a vista.

Matt riu.

— Vamos ver, aquelas dão morango o ano inteiro e essas só em junho. Me saí bem, *fessora*?

— Perfeito — disse ela, e foi para a fileira seguinte. — E, antes que você pergunte, quem faz conservas quer que todas as frutas fiquem maduras ao mesmo tempo, para poder fazer grandes tonéis de compotas.

— Onde foi que você aprendeu a fazer tudo isso? — perguntou ele, apontando para a casa com um gesto vago.

— Na infância. Minha avó fazia conservas por necessidade, e eu porque gosto.

Ele esperou que ela dissesse mais alguma coisa, mas ela nada mais falou, e ele ficou sentado observando-a. Não a conhecia bem, mas lhe pareceu que ela estava pensando muito em alguma coisa.

— A Violet falou alguma coisa que te aborreceu?

Bailey sentou-se sobre os calcanhares e limpou a lama das mãos.

— Acho que vou ter que me acostumar com a vida de uma cidade pequena. Quer dizer que todo mundo sabe que fui visitar Violet Honeycutt?

— Com certeza. Mas aposto que você não foi lá comprar maconha, embora o material dela seja de primeira. O melhor que eu já... quer dizer, me disseram... — Lançou-lhe um sorriso maroto e comeu o último pedaço de pudim.

Sorrindo, Bailey moveu-se para outro lugar, inclinou-se para a frente e começou a plantar de novo.

— Você sabia que um homem se enforcou na minha estrebaria?

— Sabia — disse Matt calmamente. — Mas isso não vai te assombrar, vai?

E fazer com que você se mude daqui, pensou em dizer, mas não disse.

— Não — ela disse —, mas não consigo deixar de pensar nesse coitado, nesse infeliz. Eu o entendo. Ele amava a terra e os frutos da terra. Mas depois tiraram tudo dele... — Fez uma pausa. — Coitado.

— É, teve muita tragédia em Calburn.

— É, eu já ouvi muita choradeira sobre os Seis de Calburn.

— Os Seis de Ouro — Matt corrigiu automaticamente.

— Aí! — disse Bailey, virando-se rapidamente para olhar para ele. — Aí, de novo.

— O quê? — ele perguntou. — O que de novo?

— O tom de voz. Esses rapazes foram canonizados? No coiffeur... não, é o salão de beleza, me disseram... achei que a Opal ia me acusar de heresia por eu não saber a história dos Seis de Ouro. Esses rapazes foram tão importantes *assim*?

Matt quase disse, "Para mim eram", mas nada falou.

— As pessoas da cidade ficaram desconfiadas. Elas têm medo do que as pessoas de fora vão dizer da cidade. Aquele livro, *Os Seis de Ouro*, magoou Calburn. Ele não vendeu bem, mas ganhou alguma atenção da crítica quando foi lançado, e Calburn durante um tempo teve que conviver com uns turistas que vinham fazer perguntas.

— Acho triste que alguém escreva sobre uma tragédia dessas.

— Sim e não — ele disse. — Acho que depende do ângulo como você vê as coisas. Em Calburn, as pessoas acham que eles eram jovens fora de série, mas não tiveram a sorte que mereciam.

— E qual é o outro ângulo?

— Que foi uma grande farsa montada por garotos cheios de imaginação. Se é verdade ou não, o fato é que durante algum tempo parecia que tudo o que eles tocavam virava ouro, mas, depois que se formaram, tudo foi por água abaixo. Ou talvez a sorte deles estivesse ligada a Calburn.

— Mas eu achava que todos eles moravam aqui.

— Alguns, sim; outros foram embora. Mas eles todos estavam em Calburn no verão de 1968, quando Frank matou a esposa e depois se matou.

— Alguém sabe por que foi que ele fez isso?

— Mais ou menos. Quatro anos antes, ele sofreu um acidente de carro e ficou com o braço direito aleijado, não podendo mais usá-lo. Por quase três anos, ficou desempregado, até que enfim conseguiu um emprego como segurança noturno e parecia que estava indo tudo bem, mas...

— Violet disse que a mulher dele estava grávida.

— É. A autópsia revelou que ela estava grávida. Todo mundo ficou achando que talvez o filho não fosse do Frank. Ele era muito orgulhoso, talvez estivesse querendo evitar uma humilhação.

— E então atirou na mulher, depois em si mesmo.

Ele não respondeu à sua pergunta óbvia. Em vez disso, olhou para ela e perguntou:

— Por que é que você está tão interessada nisso?

— Não estou, não. Quer dizer, tudo parece muito duro, mas não estou interessada nisso de jeito algum. Na verdade, eu estava fazendo perguntas a Violet sobre esta fazenda, sobre os donos anteriores, essas coisas. A Opal recomendou que eu procurasse a Violet, e ela me contou sobre os Seis de Ouro.

— A Opal odeia a Violet, ela nunca recomendaria que você a procurasse — ele disse.

— Você tem razão. Desculpe. Foi a Carla, a filha dela, que me disse para procurar a Violet. Na verdade, ela não me disse, ela me deu um bilhete. Por que a Opal odeia a Violet?

Agora que eles tinham mudado de assunto, Matt relaxou e inclinou-se para trás, apoiado nos braços.

— A Violet nem sempre teve essa aparência que tem hoje.

— E daí?

— Tenta adivinhar.

— Ah. Aquilo que põe todo mundo em pé de igualdade: sexo.

Quando ela disse essa palavra, Matt ficou satisfeito de ver que, pela primeira vez, ela olhou para ele — olhou para ele como uma mulher olha para um homem. Ele achou que ela gostou do que viu, porque suas bochechas ficaram um pouquinho rosadas. Já estava escurecendo, mas ele conseguiu vê-la ruborizar e depois voltar a olhar para os seus morangos.

— Por que você quer saber sobre a fazenda?

Ele ficou escutando-a contar a história que Patsy já lhe havia contado, que seu marido morrera e lhe deixara a fazenda. Mas, enquanto ouvia suas palavras, ele prestava mais atenção ao seu tom de voz. Quando ela dizia "meu marido", não parecia estar falando de um homem morto. Pelo visto, estava falando de um homem que surgisse no seu caminho a qualquer momento.

— Posso confiar em você? — perguntou, virando-se para olhar para ele no crepúsculo que se adensava. — Você não vai... — ela ia começando a dizer, mas a expressão dele a fez desistir de perguntar se ele contaria tudo para a cidade inteira.

Por um momento ela hesitou, e ocorreu a ele que havia ali um segredo muito grande, e ela estava se perguntando se deveria revelá-lo. Ele poderia tê-la tranqüilizado, mas não o fez. Quis que ela tomasse a decisão sozinha.

— Fui casada com ele durante anos, e achei que o conhecia, mas ele nunca disse nada sobre a própria infância. Era uma lacuna que havia entre nós. E, depois que ele morreu, soube que tinha me deixado isso — disse, apontando para a fazenda. — Não faz sentido para mim. Por que ele se recusou a me contar qualquer coisa quando estava vivo, e depois me deu este lugar e me deixou um bilhete pedindo para eu descobrir "o que realmente aconteceu"? Se ele queria que eu soubesse da vida dele, por que não se sentou comigo e me contou o que queria quando estava vivo? — Por uns instantes, ela abaixou a vista e olhou para as mãos, e depois voltou a encará-lo. — É tão estranho ter sido tão íntima de um homem, e depois descobrir que não era íntima coisa nenhuma. Nas semanas seguintes à morte dele, não apareceu nada sobre esse lugar, nenhuma foto, nenhum papel, nada.

Ele a observava enquanto ela tentava controlar as emoções — e ele tentava controlar as suas. Tinha raiva de si mesmo por isso, mas sentia ciúmes do marido morto dela.

— O quanto você entende de computador? — ele perguntou, e viu que a tinha assustado.

— Quase tanto quanto você entende de morangos.

— Nada sobre a internet?

— Bom, na verdade — ela disse sorrindo —, a mulher do advogado do Jimmie me ensinou a fazer compras pela internet.

Matt balbuciou algo incompreensível, depois disse:

— Vem, me ajuda a levar as coisas para cima. A gente liga meu computador e vê o que descobre sobre esse lugar.

— Descobrir? — ela perguntou, os olhos arregalados.

— É. Vamos ver quem era o proprietário daqui.

— Mas... — ela começou a dizer, e, em seguida, se afastou dele.

— Ok — ele disse, ainda sentado e olhando para ela. — Vamos esclarecer uma coisa. Nasci e fui criado em cidade pequena, mas não conto tudo para todo mundo. — Levantou a mão direita. — Juro para você que o que descobrimos vai ficar entre nós. Não me importo se eu descobrir que você é neta da Lizzie Borden... O que foi? — perguntou, vendo-a rir das palavras dele.

— Não é nada. Foi só uma idéia que me ocorreu hoje.

— Então me conta para rirmos juntos.

Ela esperou um tempo, aparentemente decidindo se ia contar ou não, depois disse que ficara contente com o fato de o marido dela não ter deixado uma fazenda na cidade de Lizzie Borden.

— Aqueles garotos secundaristas já são ruins à beça, mas você pode imaginar a Lizzie Borden?

Para Matt, foi difícil aceitar que os Seis de Ouro fossem reduzidos a "aqueles garotos secundaristas", mas, depois de se recompor, sorriu. E então, pela primeira vez na vida, riu de alguma coisa que tivesse a ver com "aqueles garotos secundaristas".

— Ok — disse. — Então estamos de acordo?

— Você quer saber se confio em você, se confio que você não vai contar nada do que descobrir sobre mim para Patsy e Janice?

— Sobre você ou sobre seu ex-marido? — ele perguntou, provocando-a.

— Sobre nós dois — ela disse. — Somos a mesma pessoa.

Matt precisou de um tempo para digerir essa afirmação.

— Juro por tudo o que há de mais sagrado no mundo — disse por fim.

— E se a Patsy te perguntar à queima-roupa?

— Eu vou mentir à queima-roupa — ele respondeu. — E não vai ser a primeira vez na vida. E aí, você vai continuar a me fazer perguntas ou a gente vai começar a busca? Ei! — disse, quando ela lhe deu um tapa na testa.

— Um mosquito — ela disse, mas seus olhos sorriam. — Vem, vamos lá então.

Ele tentou levantar-se, mas sentiu dor nas pernas. Gemendo, voltou a sentar-se.

— Você se machucou? — ela perguntou, demonstrando preocupação.

— Não sei como continuo vivo. Um dos meus sobrinhos palermas resolveu ajudar uma garota a tirar o gato dela de uma árvore.

— E aí? —perguntou Bailey.

Matt levantou o olhar para ela.

— Ele pegou uma escada.

— E aí? — perguntou Bailey com impaciência.

— Era a *minha* escada. Eu estava no telhado da garagem... E o gato estava numa árvore a três quarteirões dali.

— Você está me dizendo que um dos seus sobrinhos sabia que você estava no telhado, mas levou a sua escada e te deixou preso lá no alto, é isso?

— Ele *disse* que achou que eu estava na caminhonete, mas acho que estava se vingando de mim por causa da água.

Quando Matt fez um segunda tentativa de se levantar, Bailey lhe estendeu a mão, ele a segurou, e deu um show na hora de se levantar.

— Acho que você vai precisar me ajudar a andar — disse.

— Olha, eu tenho uma enxada aqui, você pode se apoiar nela — ela respondeu prontamente.

— Desmancha-prazeres — ele disse, rindo e mancando enquanto caminhava atrás dela.

Bailey estava com as mãos cheias de ferramentas de jardinagem. Virou-se e começou a andar de costas.

— O que foi que você fez com a água?

— Tirei a água deles — disse Matt, botando a mão na parte de baixo das costas e cambaleando.

— Será que vou ter que implorar para você me contar essa história?

— Implorar... Hum, até que não é uma má idéia.

— Sabe o que encontrei aqui nesta casa quando cheguei? — ela perguntou. — Uma caixa de receitas.

— É? — perguntou Matt, interessado, mas querendo mais que ela desejasse ouvir sua história.

— É — disse Bailey. — Estava cheia de receitas que me deram vontade de experimentar, coisas como filé de frango, galinha empanada, molho de espaguete feito com sopa de tomate Campbell's e uma coisa chamada "bolo de carne surpresa".

Diante dessas palavras, Matt ficou arrepiado.

— Você venceu! — disse na mesma hora. — Eu tirei a água dos meus sobrinhos porque eles a estavam derramando no peito.

Ele viu que ela não entendera — e não queria que entendesse mesmo. Eles haviam chegado em casa e ela estava com a mão na porta.

— Derramando água? — perguntou, perplexa. — Como crianças?

— Vou te mostrar como — ele falou, e passou a mão por cima da cabeça dela para abrir a porta. — Espera aqui e tenta lembrar como você se sentia quando tinha dezesseis, dezessete anos.

Entrou em casa, pegou o copo mais alto que encontrou e o encheu na pia. Sabia que o que iria fazer era meio sem-vergonha, mas, sabe como é que é, no amor e na guerra vale tudo. Desabotoou a camisa, tirou-a e colocou-a num canto da bancada. Se, por um lado, odiava o trabalho opressivo da construção, por outro, o que subir escadas e levantar blocos de concreto fizeram com seu corpo, disso ele gostava bastante. Apertou o botão para acender a luz sobre a porta dos fundos e saiu.

Fingiu não ver os olhos dela se arregalarem diante da visão do seu torso nu, enquanto levava o copo aos lábios.

— As garotas estavam do outro lado da rua e meus sobrinhos, com o tórax nu e bebendo. Assim — disse, e depois deixou a água fria escorrer pelo seu peito, enquanto passava devagar a mão livre pelo peito. — Viu? — disse quando a água acabou. — Foi *isso* que tive que aturar o dia inteiro hoje.

— Vi — ela disse, de uma maneira que o fez sentir-se tolo. — Você sabe — prosseguiu —, noite passada eu fui dormir muito tarde. Por isso acho que vou ter que recusar seu convite para te ajudar nas buscas no computador. Na verdade... — um grande bocejo a interrompeu. — Desculpe. Na verdade, acho que vou para a cama agorinha mesmo.

Dito isso, entrou na casa e deixou Matt do lado de fora, sem camisa, com a frente da calça molhada e pelo menos uns oito mosquitos atacando-lhe o peito. Ele não sabia ao certo o que havia feito de errado, mas fora alguma coisa.

Com um suspiro, entrou na casa, desligou a luz da varanda e se certificou de que todas as portas estavam fechadas. Ainda era muito cedo para dormir. Por isso pegou a camisa e foi abotoando-a enquanto subia para o sótão. Se tivesse sorte, encontraria um serviço de busca para descobrir quem comprara a fazenda da viúva do homem que se enforcou. Talvez, se descobrisse isso para ela, cairia de novo nas suas graças.

Capítulo 9

Bailey não dormiu muito bem aquela noite. Ficou sonhando que via Matthew Longacre de pé na luz amarelada lá de fora, a água escorrendo pelo seu peito nu. Por que não agira como uma mulher moderna e aceitara o que, obviamente, ele estava oferecendo? Era viúva; ele, descasado. Os dois maiores de idade, donos da própria vida. O que havia de *errado* com ela para ter agido como uma velha pudica, fingindo que estava cansada e correndo para o quarto? Sozinha.

Saiu da cama devagar. Algo no ar a fazia supor que Matt ainda dormia ou não estava em casa.

— Deve ter ido na mesma hora para um puteiro a fim de arrumar uma mulher *de verdade* para ele — murmurou para si mesma, e depois riu do seu jeito interiorano de falar.

Tomou um banho, vestiu-se e deu o melhor jeito que pôde no cabelo. Estava acostumada a ter sempre uma cabeleireira para cuidar do seu cabelo. Se bem que, pelo visto, em Calburn, as pessoas não davam muita importância a isso.

Abriu a porta do quarto sem fazer barulho e, na ponta dos pés, dirigiu-se à cozinha. No entanto, ao chegar ao pé da escada que levava ao sótão, resolveu subir para dar uma olhada. Os equipamentos do computador de Matt não estavam mais nas caixas em que tinham vindo, e sua mesa já se encontrava arrumada. Ele a montara no canto do quarto, e em cima dela Bailey viu a grande tela branca do computador, cercada de vários acessórios.

Sentindo-se uma espiã, foi na ponta dos pés até a mesa para observá-la. Havia um mouse pad cor de vinho com um mouse em cima, mas sem fio. Acho que ele ainda não o instalou, pensou, levantando-o e distraidamente girando a bolinha de baixo. Então, para sua surpresa, o computador começou a fazer barulho e a tela se acendeu.

— O que será que eu fiz? — disse à meia voz.

— Nada. Ele estava no modo de espera — disse Matt por trás dela.

Bailey colocou a mão no peito, assustada.

— Você me assustou.

— Parece que cuidar de jardim te relaxa, mas os computadores te deixam nervosa.

— Achei que ele não estava instalado, mas acendeu.

— Esse mouse é sem fio e, quando você tocou nele, o computador voltou à ativa — ele disse, mas continuou parado, sem se mover na direção dela e da máquina.

Bailey levou um tempo para perceber que ele estava esperando que ela saísse da frente do computador. Obviamente, estava evitando ficar muito perto dela. Não era de admirar, a julgar pelo jeito que ela o recusara na noite anterior!

— Sobre a noite passada — ela começou devagar, olhando para as mãos. — Eu...

— Eu te devo desculpas — ele falou. — Às vezes meu humor é meio grosseiro.

— Não! — disparou Bailey. — A culpa foi minha. É só que... — Respirou fundo. — Não dá para passar, em poucas semanas, de dezesseis anos de fidelidade para o que agora ainda me soa como adultério. Eu, pelo menos, não consigo.

— Você não me deve explicação alguma. Eu sei o que é perder as pessoas. Em todas as circunstâncias imagináveis. E, sejam quais forem, quem fica sofre muito — ele disse, e sorriu para ela. — Tenho uma proposta para te fazer.

Essas palavras fizeram Bailey se sentir melhor. Ela conhecera outras pessoas em Calburn, e Matt era quem estava mais próximo de ser considerado um amigo.

— Da última vez que você me fez uma proposta, tomou posse da minha casa — disse, retribuindo-lhe o sorriso.

Matt abriu um largo sorriso para ela, e o desconforto entre eles passou.

— Ok, você tem razão, mas dessa vez minha proposta é que a gente relaxe. Você faz suas piadas, eu faço as minhas, e continuamos amigos. Sem mais pressões. Combinado? — disse, e estendeu-lhe a mão.

Sem demora, ela segurou a mão dele, apertou-a e logo em seguida soltou-a.

— Combinado. Agora, sobre o sótão. Não me lembro de a gente ter combinado de você ficar com ele todo para si.

— Você quer que eu te mostre como entrar na internet?

— Matthew, você não está ouvindo o que eu estou falando.

— Ouvindo eu estou, apenas estou ignorando. São duas coisas diferentes — disse, os olhos fixos na tela do computador.

— Eu estava planejando usar o sótão para o meu negócio.

— E que negócio é esse?

— Eu vou... Bem, ainda não sei direito. Pelo menos ainda não sei tudo — disse, endireitando os ombros e tentando retirar a hesitação da voz. — Mas quando *enfim* eu me decidir vou precisar do sótão.

— Você também vai precisar de um computador, e pode usar o meu — tornou ele, passeando com o mouse e clicando.

— E se você estiver usando o computador quando eu precisar dele?

— Eu tenho um laptop e, além disso, eu achava que você não soubesse mexer no computador.

— Saber, não sei mesmo, mas posso aprender.

— Antes ou depois de decidir o que vai fazer para se sustentar?

— Antes. Não, depois. Não, quero dizer... — ela olhou para ele. — Você tem idéia do que eu poderia fazer para me sustentar? Além de abrir uma fábrica de conservas? Não tenho experiência em nada, não sou formada em nada, e tenho certeza de que não seria boa trabalhando para ninguém. Fui independente durante muitos anos. Você tem alguma idéia?

— Acho que, seja lá o que for, deve ser alguma coisa relacionada com comida. Nunca pensou em escrever livros de receitas?

— Ah, *essa* sim é uma grande idéia — disse ela. — Há quanto tempo você não entra numa livraria? Tem milhares de livros de receitas à venda. Preciso de algo mais regular.

Matt se afastou do computador, botou as mãos nos ombros de Bailey e olhou-a nos olhos.

— Você recentemente enviuvou de um casamento de muitos anos. Dá um tempo para si mesma. Primeiro você precisa superar o luto, depois pode tomar as grandes decisões sobre o que fazer da vida.

Essas palavras pareceram-lhe sensatas, e por um momento ela teve de fazer um esforço descomunal para não apoiar a cabeça no ombro dele e deixar-se abraçar.

— Acho que você tem razão.

— Sabe o que pensei em a gente fazer hoje?

Uma parte dela pensou que deveria protestar por causa daquele "a gente", mas não conseguiu. Não queria de jeito nenhum passar o dia sozinha. Não queria ficar naquela casa feia sem mais ninguém, acreditando, diante de qualquer barulho, que era Jimmie voltando para casa.

— O quê? — perguntou, enquanto sua cabeça dava voltas tentando imaginar qual seria a proposta dele. Alguma coisa romântica? Sensual?

— Comprar um cortador de grama — Matt falou, e não entendeu por que Bailey riu. — Você não acha que está precisando de um cortador de grama?

— Claro que sim. É só que... — ela se interrompeu e fez um gesto com a mão como quem diz, "deixa pra lá". — Tudo bem. Que tal então a gente tomar o café da manhã agora, e depois sair para comprar o cortador de grama?

— Parece uma boa idéia — disse Matt, virando-se na direção da tela do computador.

No topo da escada, Bailey parou e olhou para ele. Era um cara legal, pensou. Era um homem bom, honesto e atencioso. E era fácil conviver com ele. Sorrindo, desceu as escadas e pegou um saco de farinha de trigo-sarraceno para começar a preparar as panquecas.

* * *

— *Posso ajudar em alguma coisa?* — perguntou o vendedor, um jovem vestido de camisa branca e calça cáqui, com ares de quem pretende ser promovido a gerente aos vinte e cinco anos de idade.

— Quero um cortador de grama mecânico — disse Bailey, ao mesmo tempo em que Matt dizia: — A gente quer um cortador de grama motorizado.

— Mas não tem tanto gramado assim que justifique um cortador de grama motorizado — Bailey retrucou, olhando para Matt.

— É que isso tem que ser feito toda hora. Por isso a gente precisa de uma ceifadeira — disse pacientemente. — E, atrás da casa, tem um mato pesado precisando ser cortado.

— Então arruma uma capinadeira com uma serra presa nela — disparou Bailey. Ora, não tinha passado anos cercada dos melhores jardineiros do mundo para, no fim, continuar sem saber nada.

— Você vai precisar de uma capinadeira também, mas...

— Também?! O quanto você está planejando cortar?

— A fazenda tem quatro hectares e...

— E a metade é de árvores!

— Com licença — disse alto o empregado, interrompendo-os. — Eu poderia sugerir um cortador motorizado mais leve?

Bailey e Matt o fuzilaram com os olhos.

O jovem levantou as mãos e cobriu o rosto como que para se proteger de socos.

— Não vou de jeito algum me meter em briga de marido e mulher. Se vocês precisarem de ajuda, me chamem... Ou chamem um advogado para tratar do divórcio — acrescentou, e foi embora.

Entreolhando-se, Bailey e Matt começaram a rir.

— Ok, me desculpe — disse Matt. — A fazenda é sua, você decide.

A bondade dele estava fazendo-a sentir-se culpada.

— Não é que eu não queira um cortador motorizado, é só que não tenho dinheiro para comprá-lo.

— E se eu comprar?

Bailey endureceu:

— Não quero você comprando coisas para mim. Já fui sustentada por um homem antes, e esse é o meu problema hoje.

— E que tal assim? — perguntou Matt. — Por que você não me contrata para fazer o trabalho e eu uso meu próprio equipamento?

— Quanto você cobra? — ela perguntou prontamente.

— Caro.

Ela franziu os olhos para ele.

— Quanto?

— Você tem que tirar minha cunhada do meu pé.

— No que é que você está metido?

Matt lançou-lhe um sorriso maroto.

— Patsy liga muito para os negócios de família. Ela tem mania dessas reuniões familiares e ela... — disse, sem completar.

— Ela o quê?

— Ela me arranca a pele se eu não levar você comigo quando eu for lá.

Por um momento, Bailey ficou refletindo sobre as palavras de Matt. Ele estava, obviamente, inventando tudo isso sobre seu "preço". Na verdade, estava só se oferecendo para pagar o cortador de grama e fazer o trabalho de graça.

— Em outras circunstâncias, eu não aceitaria, mas, como a Opal me contou que você pagava para a Patsy setecentos e cinqüenta por mês e, para mim, está pagando seiscentos, acho que você está me devendo.

Matt riu, sem demonstrar qualquer constrangimento por ter sido pego.

— Não fui eu quem contou isso para a Opal. Como é a Janice quem faz a minha contabilidade, provavelmente foi ela quem contou.

— Não importa. Quando me lembro de como você agiu, como se eu estivesse te explorando, me dá vontade...

Ele se inclinou e deu-lhe um beijo no rosto.

— Você fica uma gracinha com raiva — disse, quando o funcionário se aproximou deles.

— Você me paga — ela disse à meia voz.

De costas para o empregado, Matt piscou para ela.

— Os dois pombinhos já se decidiram? — perguntou o jovem.

— Já, aquele — disse Matt, apontando para um cortador de grama descomunal.

— Ótima escolha — disse o rapaz. — Se fosse eu que tivesse que escolher, também escolheria exatamente esse.

— Você e *todos* os rapazes — disse Bailey aborrecida, olhando para o outro lado. Só Matt a ouviu.

— E a gente vai precisar também de umas ferramentas de mão — disse Matt, virando-se para Bailey, sem se perturbar com seu sarcasmo. — Vem, querida, vamos ver umas tesouras de jardim.

Uma hora mais tarde, os dois se encontravam de novo na picape de Matt. A traseira vinha carregada com o cortador de grama gigante, e pelo menos um exemplar de cada pá, ancinho, forcado e ferramenta de aparar jardim que a loja vendia. Depois das duas primeiras pás, Bailey desistira de protestar.

Quando já haviam saído do estacionamento, Bailey perguntou:

— Você disse que a Janice faz a sua contabilidade?

— É, faz. Quando eu tinha meu próprio negócio, tinha um contador, mas agora é a Janice quem faz a contabilidade para mim. Não que ela não seja boa como contadora. Ela fazia a contabilidade das quatro concessionárias de automóveis do marido dela, até que o Scott achou melhor não trabalhar com a mulher. Cá entre nós, acho que ele não queria que ela soubesse tudo o que ele tinha.

Bailey não soube o que dizer sobre isso. Ademais, as histórias de Janice não a interessavam; quem realmente a interessava era Matt.

— Você voltou para Calburn com a intenção de ficar aqui para sempre ou veio só para curar as feridas do divórcio e, logo que der, vai voltar a ser um arquiteto de cidade grande?

Matt ficou calado por um tempo, ligando o pisca-pisca e olhando no espelho para fazer uma curva à esquerda.

— Para ser sincero, não sei. Só posso te dizer que não quero passar o resto da vida pregando prego.

— E o que você tem vontade de fazer?

— Arquitetura residencial. Projetos de casas. É disso que sempre gostei.

— Por que foi então que você trabalhou com arranha-céus?

— Dá mais dinheiro.

— Entendo. Dinheiro. O artigo mais importante de todos. Jimmie costumava dizer que, se você trabalha por dinheiro, nunca vai ter dinheiro.

— Todo pobre diz isso.

Bailey nada disse, só virou o rosto e sorriu.

— Me diz, por que *isso*?

— Isso o quê? — ela perguntou, virando-se de novo para ele.

— Esse sorrisinho. Falei alguma coisa que me fez parecer ridículo, por acaso?

— Não. É só que o Jimmie não era pobre.

— É? E por que então ele te deixou dura?

— Ele... — Bailey balançou a cabeça. — Não sei. Acho que entendo algumas das razões por que ele fez isso, mas por que me deixou *esta* casa *nesta* cidade? Sempre tive a impressão de que o Jimmie odiava a infância dele, e por isso se recusava a falar dela. Mas, se odiava a infância, por que deixou para mim justamente a casa da infância dele? Se é que essa foi mesmo a casa dele. Na verdade, não sei se foi — disse ela, e olhou pela janela tentando se acalmar.

— Bailey.

— Hã?

— Patsy marcou uma reuniãozinha para hoje à tarde e...

— Me convidou?

— Você é convidada de honra.

— Você quer dizer que eles vão me fazer zilhões de perguntas sobre todas as áreas da minha vida?

— Provavelmente. E, ainda por cima, vão tentar nos casar. Arrumar casamento é a ocupação predileta da minha cunhada.

— Para todo mundo ou só para você?

— Para mim, principalmente. Acho que ela tem medo que eu volte para a casa dela, a menos que alguma mulher sinta pena de mim e case comigo.

— O que foi que você fez para chatear a Patsy a ponto de ela fazer tudo para se livrar de você?

— Minha cunhada vive para costurar. Ela tem um quarto da casa montado especialmente para isso, com máquina de costura e uma mesa bem grande para cortar os moldes. A costura dela é famosa na cidade. Sempre que precisam levantar dinheiro, chamam Patsy para supervisionar os comitês de costura.

— E daí?

— Nos últimos seis meses, minha cama estava no quarto de costura dela — ele disse mansamente.

— Puxa.

— É, é isso.

— E quem vai pagar o aluguel da minha casa, Patsy ou você?

— Muito engraçadinha — ele disse, mas estava sorrindo quando entrou com o carro na casa da Patsy.

Como ele dissera, Bailey era a convidada de honra — e toda a família esperava por eles. Estavam lá Janice com o marido, Scott, que Bailey ainda não conhecia e de quem descobriu que não gostava muito. Ele era o que Jimmie costumava chamar de "negociador": estava sempre, constantemente, tentando fazer algum negócio. Ao apertar sua mão, Bailey deu graças a Deus de ele não saber que ela fora casada com um bilionário. Caso contrário, com certeza tentaria vender-lhe alguma coisa. Mas não deu outra: três minutos depois das apresentações, ele já estava tentando convencê-la a vender seu Toyota e comprar um Kia dele.

Matt passou o braço pelo ombro de Bailey e a levou dali.

— Não dá ouvidos a uma palavra que o Scott disser. Se ele te encher muito o saco, vai se ver comigo.

Bailey adorou as duas filhas de Janice — Chantal, de sete anos, e Desiree, de quatro. Contudo, sentiu pena das meninas ao reparar-lhes a roupa: vestidos de algodão cor-de-rosa que haviam sido engomados. As duas comeram seus cachorros-quentes morrendo de medo de sujar os vestidos.

O que a família de Janice tinha de formal a de Patsy tinha de informal. Os filhos gêmeos, grandalhões e bonitos, pareciam terrivelmente entediados, e sempre que se sentavam pegavam no sono.

— Matthew arranca o couro deles — disse Patsy, ao ver Bailey olhando para os dois rapazes escarrapachados numa colcha debaixo da sombra de uma árvore, dormindo a sono solto. Assim dormindo, davam a impressão de ser muito jovens e inocentes; mais precisamente, de dois bebezões de mais de um metro e oitenta de altura.

Rick bufou.

— Eles passaram a noite acordados jogando videogame e falando ao telefone com metade das garotas da cidade — disse. — Essa preguiça deles não tem nada a ver com trabalho.

— Richard Longacre! — começou Patsy, e, sorrindo, Bailey saiu de perto.

Contrariamente ao que o Matt prenunciara, eles não encheram Bailey de perguntas. Em vez disso, mostravam-se ansiosos em contar para ela suas histórias e observar como se comportavam Matt e ela juntos. Por duas vezes naquele dia, as pessoas pararam de conversar para olhar para ela e Matt. A primeira vez foi quando Matt enfiou uma batata frita ondulada num molho à base de queijo cremoso e a entregou para Bailey.

— Prova — disse.

Na mesma hora, os quatro adultos sentados à mesa de piquenique fizeram silêncio e grudaram o olho neles, sem disfarçar seu interesse. Até os rapazes debaixo da árvore abriram um olho para espiar. As duas garotinhas pararam de se balançar e foram ver o que fizera os adultos se calarem.

Um pouco constrangida, Bailey mordeu a batata frita e a mastigou. E só então as pessoas voltaram a fazer o que já estavam fazendo. Bailey sentiu-se sinceramente satisfeita por ter agradado a todos. E, para ser sincera, fazia-lhe bem a idéia de ter-lhes agradado. Estava começando a se sentir como se pertencesse à família, como se fosse um deles.

No final da tarde, Matt sussurrou ao seu ouvido:

— Por que você não pede à Patsy para te mostrar o quarto de costura? Ela vai adorar exibir aquele quarto para você.

Bailey aceitou a sugestão. E, ao falar com Patsy, viu-lhe o rosto iluminar-se antes de conduzi-la para dentro de casa. Em silêncio, Janice as seguiu.

Durante todo o dia, furtivamente, Bailey tinha observado a dinâmica entre as duas mulheres, que tanto se pareciam, mas que se vestiam de modo tão diferente. Patsy usava um short de algodão bem largo e uma camiseta imensa, provavelmente do marido. Janice vestia uma bermuda marrom-escura com um vinco acentuado no meio de cada perna, um cinto de couro de crocodilo com fivela prateada e uma elegante blusa xadrez verde e marrom. Os cabelos estavam perfeitamente arrumados; já os de Patsy, desgrenhados. No entanto, afora as roupas, a semelhança entre as duas era imensa.

— Qual é o parentesco delas? — perguntara baixinho a Matt, enquanto ele jogava as fatias de hambúrguer na grelha.

— Filhas de duas irmãs gêmeas idênticas — ele respondeu. — Mas uma se casou com um cara rico e a outra com um cara pobre. Adivinha quem é quem.

— Janice teve uma infância pobre — Bailey falou sem titubear. Sua mãe fora como Janice, morria de medo de deixar transparecer a própria pobreza, e por isso acabava exagerando.

— Muito espertinha, você — disse Matt, sorrindo para ela.

— Esperta o suficiente para saber que, se você não tirar esses hambúrgueres daí agora mesmo, eles vão torrar.

Ele a beijou no nariz — e foi essa a segunda vez que todo mundo parou de novo.

Bailey fez o que pôde para fingir que não os vira se petrificarem, mas teve de virar o rosto para esconder o rubor.

— Você quer parar com isso?! — falou-lhe furiosa. — Assim, eles vão ficar pensando que somos mais que bons amigos.

— A gente não pode deixar isso acontecer de jeito nenhum, né? — disse Matt, mas ela podia apostar que, no fundo, ele gostava da idéia de as pessoas acharem que eles eram... bem, algo mais.

Quando Matt avisou a todos que os hambúrgueres estavam prontos, Bailey recuou e ficou de pé bebericando a limonada artificial horrorosa que Patsy havia servido, e aproveitou para observá-los. Ela viu como Patsy e Janice trabalhavam juntas, mas nunca trocavam uma palavra entre si, nem sequer olhares. Elas se sentaram do lado uma da outra na mesa de piquenique, mas jamais se falavam. Uma parte de Bailey queria perguntar o que causara a ruptura entre as duas, mas temia ter de ouvir que as duas haviam brigado por uma boneca Barbie quando tinham nove anos e jurado nunca mais falar uma com a outra. E, pensando bem, era mais interessante não saber a causa.

Como todo mundo parecia habituado à situação, estava na cara que se tratava de uma hostilidade familiar antiga. A filha mais nova de Janice, Desiree, era a mais engraçada de todos nesse terreno. Bailey a ouviu dizer para a mãe, "Mãe, você está tão sozinha aí, sem ninguém", quando Patsy estava a menos de vinte centímetros dela. Depois, a menina se virou para a tia e disse: "Você está tão sozinha, tia Patsy. Não quer que alguém fique com você?" Bailey teve de virar o rosto para não morrer de rir da ironia da garotinha.

Na hora em que Matt sugeriu a Bailey que ela pedisse para ver o quarto de costura de Patsy, Bailey não se surpreendeu ao ver Janice acompanhá-las.

Quando Matt e ela estacionaram na frente da casa, ela ficara impressionada. A casa era grande e bem nova — não devia ter mais de cinco anos, calculou. O estilo, ela descreveria como "country contemporâneo", com uma varanda funda, à moda antiga, cobrindo toda a extensão da fachada e, na parte de cima, uma água-furtada com uma janela alta e arqueada ladeada por duas janelas quadradas. Uma mistura interessante de antigo e moderno.

As três mulheres entraram na casa pela porta dos fundos e, uma vez lá dentro, Bailey parou e ficou em silêncio, sem saber o que fazer.

Janice resolveu seu impasse.

— Você provavelmente quer conhecer a casa do Rick — disse. — Ou talvez fosse mais certo dizer a casa do Matt.

Bailey levou um tempinho para entender.

— Foi o Matt quem projetou essa casa?

— Foi — disse Patsy orgulhosamente. — Quer que eu te mostre o que ele fez?

Bailey percebeu que Patsy não considerava de bom-tom se gabar da própria casa; já se gabar do projeto do Matt parecia não haver mal nenhum. É uma casa bonita, Bailey pensou, enquanto seguia Patsy e Janice. Embora elas formassem um dueto bem ensaiado, as duas mulheres seguiram direções diferentes. Patsy mostrava um cômodo, e depois Janice chamava Bailey e mostrava-lhe outro.

Num lado do andar térreo havia uma área grande e aberta que era sala de estar, sala de jantar e cozinha, com uma mesa de alvenaria e um banco estofado. Não havia paredes entre os cômodos, Matt os separara de outras maneiras. Sobre as salas de estar e de jantar, metade do teto se abria para o teto do andar de cima. Algumas divisórias separavam a cozinha da parte social.

No geral, a casa passava uma sensação de aconchego, de conforto, era aberta e separada ao mesmo tempo. Bailey fez questão de elogiar tudo de que gostara na casa, mas nada falou da cozinha; detestaria ter uma cozinha daquelas. A pia e a geladeira ficavam encostadas na parede de trás, e havia uma divisória com um fogão elétrico e, do outro lado, mais uma com quatro bancos. Para ir da pia ao bar, onde a comida era servida, a pessoa tinha de dar a volta ao fogão. Ou seja, a cozinha exigia que a cozinheira andasse além do necessário. No entanto, a julgar pelo quanto tudo ali brilhava, aquela cozinha não devia ser muito usada. No caso, então, a pouca praticidade não importava.

A outra metade do térreo consistia numa suíte, com dois closets e um escritório. Ao mostrar o banheiro, Patsy perguntou:

— Já viu algum banheiro maior que esse na vida?

Bailey disse educadamente que o quarto era bonito, ignorando o olhar penetrante que Janice lhe lançou. A verdade era que Jimmie tinha um fetiche em relação a banheiros: ele nunca os considerava grandes ou rebuscados o suficiente. Uma das suas casas tinha uma banheira do tamanho de uma pequena piscina. O chuveiro serviria para dar banho num elefante, e ainda havia dois compartimentos com vaso sanitário e bidê.

O que chamou a atenção de Bailey foi o fato de ver peças artesanais por toda a casa. Ela nunca se interessara muito por costura, mas, devido às conservas, freqüentara muitas feirinhas de artesanato, e por isso entendia um pouco do assunto. Na sala, o sofá, duas poltronas e as cortinas eram feitas do mesmo tecido, um chintz florido azul e verde, que também servia para adornar outras peças. Havia um grande guarda-louça de pinho, onde deviam ficar, pensou Bailey, a televisão e o aparelho de som. As almofadas da porta tinham sido removidas e, no lugar, colocaram tecido pregueado. As estantes do lado da televisão tinham as prateleiras cobertas de chintz de duas cores — uma prateleira verde, a seguinte azul, a seguinte verde, a seguinte azul. A cesta de lixo também tinha uma capa, bem como as mesas de canto; a luminária fora forrada com o mesmo tecido. Onde havia uma superfície, um pano ou uma capa tinham sido feitos para ela.

Todo cômodo que Bailey viu dispunha de um monte de capas e cortinas feitas em casa. O quarto era acolchoado com combinações de azul e vinho e, de novo, toda superfície era revestida. No andar de cima, a mesma coisa. Patsy abriu rapidamente a porta do espaçoso quarto que os filhos dividiam, e Bailey vislumbrou cortinas, colchas e fronhas que provavelmente exigiram muitas peças de tecido azul com estampas de aviões. Se não os conhecesse, Bailey suporia que os filhos de Patsy tinham uns nove anos de idade.

Do outro lado do corredor, depois de um banheiro revestido de capas feitas à mão, ficava o quarto de costura de Patsy, com papel de parede cor-de-rosa e fileiras de botões de rosa. Uma mesa de trabalho ocupava o centro do quarto; a máquina de costura ficava encostada a uma parede, com prateleiras cheias de caixas etiquetadas com mostruários de tecido. O quarto e os materiais de trabalho estavam perfeitamente organizados.

— Aqui estão meus mostruários, e eu guardo botões sobressalentes de todas as roupas da minha família, tudo relacionado por tamanho, cor e material.

Bailey torceu para parecer impressionada com aquilo. Não queria deixar escapar um "Por quê?!". Na parede à sua direita havia fotografias de pessoas e, para se distrair, Bailey se virou para olhá-las. Havia cinco fotos emolduradas, cada uma de um grupo, e, em cada uma delas, Patsy estava de pé no canto, vestindo um jaleco branco com um emblema no bolso.

— O que é isso? — Bailey perguntou.

— É só a fábrica que fica na Ridgeway. Você quer ver as agulhas da minha máquina?

— Patsy — Bailey disse com firmeza —, você era a chefe de todas essas pessoas?

— Era. Mas há muito, muito tempo — disse Patsy, como se fosse algo sem a menor importância. — Quero te mostrar o armário das linhas.

Relutante, Bailey se afastou das fotos e se virou para ver as centenas de carretéis de variadas cores alinhadas nos pinos da parte de trás da porta do armário. Depois de uns minutos, levantou a vista e teve a sensação de que Janice a fitava. Quando seus olhos se encontraram, pareceu-lhe que ela estava querendo lhe dizer alguma coisa, mas, em seguida, as pálpebras de Janice tremelicaram e ela desviou o olhar.

Depois de um tempo, Janice disse baixinho:

— É melhor a gente voltar para a sala, os homens estão nos esperando.

Ao chegarem lá embaixo, Rick disse que Matt não parava de se vangloriar da comida de Bailey.

— E aí, quando seremos convidados? — perguntou o Rick. Pela terceira vez naquele dia, todos se petrificaram e olharam para Bailey.

— Que tal no próximo sábado? — disse Matt, passando o braço pelos seus ombros. — Para você tudo bem, querida?

— Claro — disse Bailey, esquivando-se do abraço dele. — Está bem no próximo sábado.

Quando Bailey levantou a vista, viu que Patsy e Janice a fitavam de um modo tão intenso que a fez estremecer. As duas mulheres, porém, na mesma hora desviaram o olhar.

Capítulo 10

Bailey olhou para o relógio na mesinha-de-cabeceira. Eram duas da manhã e ela ainda não tinha pegado no sono. Ao deitar-se, às dez da noite, seria de esperar que dormisse na mesma hora, afinal fora um longo dia. Ela e Matt saíram da casa de Patsy às quatro da tarde e, quando regressaram, Matt sugeriu que começassem a arrancar as paredes entre a parte externa da casa e a sala para iniciar a restauração da varanda.

— Você está dizendo para eu derrubar aquele banheiro cor-de-rosa?

Matt retirou um pequeno pé-de-cabra da caixa de ferramentas e entregou a ela.

— Divirta-se — ele disse.

Ela entrou no banheiro e olhou para os ladrilhos, o papel de parede e os acessórios. Não soube por onde começar.

— Não mexe no encanamento por enquanto — Matt gritou para ela do outro cômodo. — Espera eu desligar a água. Começa pelos ladrilhos. Ou arranca o papel de parede.

— Ok — disse Bailey, enfiando o pé-de-cabra na extremidade de um ladrilho cor-de-rosa florido e depois desviando o corpo para não ser atingida pelo ladrilho que saiu voando pelo banheiro.

— Tudo bem com você? — perguntou Matt, da porta.

— Muito bem — ela respondeu. — Está tudo correndo muito bem.

Eles ficaram três horas trabalhando e, por ela, trabalhariam mais. Mas Matt pediu um intervalo e propôs que pedissem uma pizza.

— Aquela pizza massuda e queimada, é isso? — perguntou Bailey. — Você acha melhor pizza de abacaxi ou com quatro variedades de carne? Qual você prefere?

Matt riu.

— E o que você sugere?

— Que tal uma massa e salada? Na Calábria eles... — Ela se virou sem terminar a frase.

— Você viajou muito?

— Um pouco — disse Bailey, e voltou a olhar para ele. — Talvez a gente deva, sim, pedir a pizza. Talvez a gente deva... Por que você está me olhando dessa maneira?

— Quando você quiser se abrir comigo, me fala. Sou bom ouvinte.

Essa oferta pareceu tentadora a Bailey. Quem sabe poderia mesmo confiar nele e contar-lhe algumas coisas? Seus segredos começavam a pesar. No entanto, em vez disso, ela se virou e disse que queria tomar um banho antes de ir preparar a comida. E, quando terminou o banho e foi para a cozinha, Matt já tinha subido e estava fazendo alguma coisa no computador. Ela tinha deixado escapar aquela oportunidade.

Como costumava fazer, em vez de abrir o coração foi para a cozinha. Ferveu rapidamente um pouco de brócolis, depois o tirou da panela e cozinhou a massa em formato de concha na mesma água, para que absorvesse algumas das vitaminas perdidas no cozimento da verdura e também para dar mais sabor à massa. Quem lhe dera essa dica foi uma mulher que conhecera na Calábria. Enquanto a massa cozinhava, refogou alho, anchovas, pinhões e pimenta-vermelha socada. Quando tudo estava pronto, misturou a massa e o molho num prato grande, salpicou *pecorino*, juntou a salada, algumas pimentas grelhadas de três cores e levou tudo para fora a fim de servir ao ar livre.

Enquanto comiam, conversaram sobre como a casa já fora e que mudanças poderiam fazer nela.

Depois do jantar, Matt ficou sentado olhando para ela como quem espera alguma coisa. Bailey colocou os dedos nas têmporas.

— Estou lendo seus pensamentos — disse. — É, eles estão chegando com muita clareza para mim. Você está pensando... será que tenho esse direito?... na sobremesa. *Onde está a sobremesa?* — disse, e abriu os olhos. — E aí, como me saí?

— Perfeita — ele disse, mas aquele olhar de expectativa não lhe saíra do rosto.

— A sobremesa está na cozinha. Está dentro de sacos e caixas com rótulos de "canela", "noz-moscada" e "açúcar mascavo".

Matt olhou sério para ela.

— Você me deixa lamber a tigela?

Bailey riu ao levantar-se.

— Você lava a louça enquanto eu preparo o melhor bolo de aveia que você já comeu na vida.

— De aveia? — disse Matt, desconfiado. — Será que vai me fazer bem?

— Quando tem cobertura de sorvete caseiro, faz bem, sim — ela disse, abrindo a porta dos fundos.

— Caseiro? — sussurrou Matt enquanto recolhia a louça suja.

Depois de quarenta minutos, Matt tinha à sua frente uma tigela grande, recém-saída do forno, cheia de um saboroso bolo de aveia coberto com sorvete cremoso e fofo cheirando a jasmim. Depois das três primeiras colheradas, Matt fingiu que ia desmaiar de êxtase e, rindo, Bailey o segurou pelo braço para evitar-lhe a queda.

Enquanto escurecia, caminharam pelas trilhas de pedra e trocaram idéias sobre as coisas que podiam fazer no jardim.

Num certo sentido, a noite fora bastante impessoal, mas, ao mesmo tempo, muito pessoal. As risadas compartilhadas e as conversas sobre as coisas que "nós" planejamos fazer e sobre as coisas de que "nós" precisamos davam, de certo modo, um sentimento maior de intimidade do que se tivessem passado a noite falando sobre fazer amor. Ou, Bailey pensou, se tivessem passado horas trocando aquelas palavras de duplo sentido que os diretores de cinema e os maus escritores costumam achar interessantíssimas.

Quando, por fim, Bailey anunciou que ia para a cama, criou-se um certo mal-estar, mas, logo em seguida, Matt bocejou e também se confessou exausto. Ele está facilitando as coisas para mim, Bailey pensou, enquanto, poucos minutos mais tarde, vestia a camisola para ir deitar-se.

O sono, porém, não veio. Em vez disso, sua mente povoou-se das lembranças da primeira viagem que ela e Jimmie fizeram para o sul da Itália, quando os dois conheceram a antiga cidade-fortaleza de Badolato. E, quanto mais pensava em Jimmie, mais sua insônia aumentava. Depois de algumas horas revirando-se na cama, Bailey levantou-se, vestiu-se, caminhou na ponta dos pés até a cozinha, pegou uma lanterna numa gaveta e saiu.

Mais tarde, quando o céu já começava a clarear pela proximidade da aurora, ela não se surpreendeu de levantar a vista e ver Matt de pé a seu lado, vestido apenas com jeans e camiseta, os pés descalços. Ele olhava para ela com preocupação. Ela estava de quatro, limpando o canteiro de morangos, em que só a metade das "sementes" havia germinado. Foi quando viu os olhos preocupados de Matt que se deu conta de que trazia o rosto coberto de lágrimas.

Ele nada disse, só se ajoelhou e a pegou nos braços.

Bailey agarrou-se nele e, à medida que ele apertava cada vez mais o abraço, as lágrimas escorriam com mais abundância. Desde a sua chegada a Calburn, ainda não havia chorado uma única vez. Pensava toda hora em Jimmie — tudo evocava a lembrança dele —, mas acabava conseguindo abafar o pranto.

— Sinto saudades dele — disse, a cabeça enterrada no ombro forte de Matt. — Sinto saudade dele todos os minutos do dia. Sinto falta da intimidade, do sexo. Sinto falta de conversar com ele. Meu Deus! A gente conversava tanto. Ele me contava os problemas dele, os problemas do trabalho, me perguntava se devia ou não comprar alguma coisa. E eu... eu vivia para ele. Ele era a minha vida inteira.

— Entendo — ele disse, abraçando-a, embalando-a. — Entendo.

— Casei com ele com dezessete anos, foi o único homem da minha vida. Ele me salvou. Eu era tão infeliz, tão mal-amada, e ele me tirou daquela vida. Se não o tivesse conhecido, não sei o que seria de mim.

Matt não fez nenhum comentário, só ficou lá, abraçando-a com força, fazendo carinho no cabelo dela, embalando-a.

— Por que ele morreu? Não entendo, *por quê*? Eu precisava tanto dele. Por que ele tinha que ir embora e me deixar assim, tão completamente *só*?

— Psiu — disse Matt, acalmando-a. — Você não está sozinha. Está comigo. Eu estou aqui.

Bailey não conseguia parar de chorar.

— Ele era o homem mais maravilhoso do mundo, tão cheio de vida. Jimmie era capaz de fazer *tudo*. Ele era capaz de realizar qualquer coisa — disse, as mãos fechando-se e agarrando o corpo de Matt. O peito dele já estava molhado, e ela continuava chorando.

Ele se virou, sentou no chão, puxou-a para o seu colo, ninando-a enquanto ela chorava.

— Eu sinto mais que saudade dele — Bailey sussurrou. — Sem o Jimmie, não sei o que *fazer* comigo. O Jimmie não teve um único momento de indecisão na vida. Mas eu... eu... — Sua voz foi se apagando e Matt por um tempo ficou abraçado com ela em silêncio.

— Psiu, mocinha — disse ele. — Quietinha.

O sol começava a levantar, e Bailey a sentir-se melhor. É, pensou, fungando, agora sentia que tinha se livrado de alguma coisa que a incomodava. Removera um peso de dentro de si.

Mas, de repente, ela se deu conta de que se encontrava sentada no colo de Matthew Longacre, e eles estavam sós. Não que achasse a sensação desagradável, isso não. Só temia a possível conseqüência disso — pelo menos por enquanto. Bailey ainda sentia o espírito de Jimmie muito próximo, como se ele estivesse pairando sobre ela. Ao mesmo tempo, porém, não lhe passava pela cabeça algum motivo por que devesse sair do conforto e do calor do colo de Matt.

— Talvez você precise aprender a... — começou Matt.

Ela se esquivou dos braços dele.

— Não vem me dizer que preciso aprender a viver para mim mesma — protestou. — Me mostra uma pessoa que viva para si mesma e eu te mostro um caso de narcisismo patológico.

Matt riu.

— Eu sei, você tem razão. Minha ex-mulher vivia para si mesma e para mais ninguém, e era narcisista até dizer chega.

Bailey olhou para ele, esperando que contasse o resto da história. Mas, no momento seguinte, uma gota de chuva caiu no seu nariz, e ela saiu do colo do Matt.

— Vamos entrar — ele disse, levantando-se — que eu te conto os detalhes mais íntimos do meu passado. Vou te distrair dos próprios problemas.

— Sei. Você não está com fome?

— Morrendo.

— E se dispõe a abrir a alma em troca de comida.

— É isso aí.

Bailey deu um passo em direção à casa, depois se virou e olhou para ele.

— Para quantas pessoas você já contou essa história?

— Para ninguém mais na face da Terra. E olha que a Patsy fez de tudo para que eu contasse para ela por que casei com a Cassandra.

Meneando a cabeça e sorrindo, Bailey se virou e caminhou na direção da casa, seguida por Matt. Vinte minutos mais tarde, ele se via sentado à mesa da cozinha. Diante dele, havia um bolinho de morango e queijo mascarpone, e Bailey estava misturando a massa para fazer uma panqueca alemã — uma panqueca grande e assada, que rechearia com amoras-pretas e fatias de nectarina e depois cobriria com açúcar de confeiteiro.

— Está na hora de arcar com as conseqüências — disse. Bailey imaginou que ficaria constrangida com o que tinha acabado de acontecer, mas não ficou. Ao contrário, desde a morte de Jimmie, nunca se sentira tão bem. Com efeito, as cores do cômodo, que sempre achara muito feias, agora lhe pareciam mais luminosas. O imenso fogão de aço parecia brilhar como uma estrela.

— A sua história — disse. — Me conta a sua história.

Matt não tentou esconder a sua satisfação diante do pedido dela.

— Já aconteceu de você desejar alguma coisa que sabe que não vai te fazer bem e, mesmo assim, não resistir a isso?

— Já — disse Bailey na mesma hora. — Chocolate.

Matt sorriu.

— Não, me refiro a uma coisa maior, mais...

— Que tal uma cesta do tamanho daquela em que Moisés flutuou, cheia de chocolates da Godiva? Com recheio de framboesa.

Caramelos. Trufas. E você está há quatro semanas e três dias fazendo uma dieta insossa de mil calorias por dia, e tão fraco que sua cabeça gira quando você se levanta. Aí, de repente, tem aquele chocolate todo, aquele mundo de chocolate divino, delicioso, cremoso. Chocolate suficiente para você se banhar nele e se cobrir por inteiro. Você tem vontade de dar uma mordida e ver o chocolate escorrendo pelo braço, depois se lamber. É desse tipo de desejo que você está falando?

Quando ela terminou, os olhos de Matt estavam arregalados, a boca aberta.

— Acho que não desejei a Cassandra tanto assim.

Sorrindo, Bailey levantou a colher do creme que estava preparando e estendeu para ele.

— Prova.

Quando Matt experimentou aquela pasta cremosa, fechou os olhos e perguntou, sussurrando:

— Como?

— Botei grãos de baunilha. Para acentuar o sabor. Agora chega desse assunto. Me conta a sua história.

— Ok, onde eu estava? — disse ele, e deu outra lambida na colher. — Eu tinha acabado de concluir o ensino médio e queria seguir a carreira de arquiteto. O melhor aluno da turma.

— Estou impressionada.

— E falei para impressionar mesmo, mas não fica, não — disse Matt. — Talvez se eu não tivesse ganhado tantos prêmios e conseguido tantos bons empregos, fosse mais modesto. E, se não tivesse tantas ofertas de emprego, não as teria desprezado tanto, e teria aceitado alguma coisa em St. Louis ou em Minneapolis. Teria trabalhado num escritório e aprendido alguma coisa. Mas não aceitei nenhum desses empregos e não aprendi nada — pelo menos nada de arquitetura. Não, eu queria arrasar com meus projetos de casas, de arquitetura residencial. Matthew Longacre não queria saber de prédios comerciais. No fim, aceitei ir trabalhar para um homem muito rico, de família riquíssima há várias gerações, em Long Island. Era para eu fazer uma casa nababesca para a única filha dele, Cassandra, que estava para se casar na primavera seguinte com Carter Haverford

Norcott Terceiro. Eu achava que, se fizesse uma casa deslumbrante para ele e ela fosse exibida na faustosa festa de casamento, eu receberia mais propostas daquelas.

— Mas, em vez disso, você fugiu com a noiva.

Matt levou um tempo para responder.

— A ironia é que eu não a queria de verdade. Para ser sincero, nunca a vi realmente. O que eu queria era aquela vida. Minha... — Ele hesitou. — Minha mãe tinha vindo de uma família como aquela. Quando ela fugiu com meu pai, a família tirou a herança dela. Anos mais tarde, mesmo depois de meu pai tê-la deixado e de ela estar trabalhando como garçonete e pegando outros serviços para sustentar os dois filhos, ela... — Matt desviou a vista, mas deu para ver a raiva no seu rosto.

— Ela era da classe alta — disse Bailey.

— É. Minha mãe era da classe alta.

Ele pegou a colher e pôs-se a girá-la entre as mãos. Bailey o observava.

— E você queria recuperar esse status.

— É, era isso.

Bailey sentou-se à mesa, de frente para ele, com uma caneca de chá na mão, e serviu-se de uma fatia de torrada integral que se encontrava em cima da mesa. Torrada pura, sem manteiga.

— E quando foi que você conheceu a filha dele, Cassandra?

— No terceiro dia depois que cheguei lá. Ela me atingiu com uma bola de tênis, e eu caí num tanque de peixes.

Bailey tomou três xícaras de chá enquanto ouvia a história, e encheu o copo dele quatro vezes. Fatiou morangos e bananas, derramou creme sobre as fatias e empurrou a tigela em sua direção enquanto ele falava.

Ela não só prestava atenção às suas palavras, como também à intensidade do seu tom. É um homem muito sensível, pensou. Estava tentando fazer pouco do que foram anos da sua vida, mas os nós brancos dos seus dedos segurando a asa da xícara de café e a linha clara e fina no canto esquerdo da sua boca o traíam.

Ele estava lhe contando como uma beldade aristocrática, alta, magra e loura, vestida de uniforme de tênis, o tratara mal. Ela estava tendo uma discussão com o noivo bem-nascido, Carter Haverford Norcott Terceiro, quando deu uma bolada na parte de trás da cabeça do arquiteto da casa nova deles, desequilibrando Matt e fazendo-o cair no tanque de peixes.

— Se ela não estivesse discutindo com o noivo — disse Matt —, duvido que tivesse acontecido o que aconteceu. Mas eu estava lá, sentado num tanque de peixes, com apenas vinte e cinco anos, vestindo uma camiseta molhada, e fiz aquele magricela do noivo dela sentir ciúmes de mim.

Matt disse que, naquele dia, viu uma coisa nos olhos de Cassandra que o tocou fundo.

— Anos mais tarde, cheguei à conclusão de que aquilo tinha sido pura imaginação minha, mas, por um momento, achei que vi um brilho no olhar dela que dizia...

— "Me salva" — disse Bailey.

— É! Como...

— Já vi esse filme. Então, ela ia se casar com um cara da mesma classe social, um fracote, baixo e magricela, e viu um pedação de mau caminho como você sentado num tanque de peixes, com uma camiseta molhada, e os olhos dela imploraram para que você a salvasse.

Sorrindo, Matt recostou-se na cadeira, o peito um tanto estufado pelo fato de ela tê-lo chamado de "pedação de mau caminho".

— Foi o que achei que ela queria. Mas, no minuto seguinte, ela empinou o nariz e disse: "Ele não tem importância alguma. Provavelmente, vai roubar o peixe para comer no almoço."

— Gente, que coisa mais antipática para se dizer.

— Depois que a conheci melhor, descobri que esse era o tipo de coisa que a Cassandra dizia quando achava que estava fazendo graça. Não entendo como ela conseguia se achar engraçada, já que ninguém ria do que ela dizia, e Deus sabe que *ela* nunca ria de nada, mas, se você fosse perguntar, ela te diria que tinha um senso de humor maravilhoso.

— E o que foi que você fez? — perguntou Bailey, pegando um morango para comer.

Matt passou a mão pelo rosto como que para clarear os pensamentos.

— Somos nosso pior inimigo, sabia disso? Nada que as pessoas nos fazem é tão ruim quanto o que fazemos a nós mesmos. Quando terminei os estudos, lutei com todas as minhas forças para conseguir o trabalho com o pai da Cassandra. Ele queria dar o serviço para um dos meus professores, mas eu o enchi com meus projetos e idéias e acabei convencendo-o a me dar o trabalho. E fiz o mesmo com a Cassandra. Lutei com unhas e dentes para conquistá-la.

Bailey comeu mais morangos enquanto Matt contava-lhe sua extraordinária história de como perseguira a senhorita Cassandra Beaumont. Bailey parou algumas vezes com o morango a meio caminho da boca ao ouvir as aventuras amorosas de Matt. Como num conto de fadas, ele escalara um caramanchão de rosas e entrara no quarto dela. Depois, como numa comédia televisiva de péssima qualidade, escondera-se debaixo da cama dela quando a empregada entrou.

— Ela deve ter ficado impressionada — disse Bailey. — Ela...

— Ela estava fascinada por mim. Ela olhava para mim como um antropólogo que acabou de descobrir uma tribo de indígenas, e achava estranho tudo o que eu fazia. Só ficava sentada me olhando e piscando friamente aqueles olhões azuis dela, fascinada, mas não apaixonada.

— Então, deixa eu adivinhar. Quanto mais fria ela se mostrava, mais você lutava.

— Não é possível, você *já* ouviu essa história — disse Matt, arrancando um sorriso de Bailey.

— E como você conseguiu convencê-la a se casar com você?

Por um momento, Matt abaixou a vista e olhou para as mãos e depois de novo para Bailey.

— Sinceramente, acho que ela fez isso para parecer mais interessante no seu meio social. Para mim, criado por uma mãe solteira, paupérrimo, Cassandra era uma criatura exótica, mas, para o meio dela, era uma pessoa comum, sem graça como leite desnatado. Acho que ela imaginava que um casamento de seis semanas faria dela o centro das atenções quando voltasse para a casa do papai e para o Clube de Caça.

— E você? O que aconteceu depois que vocês se casaram? — Bailey perguntou calmamente.

— Nada. A gente não tinha nada em comum. Eu pensava, equivocadamente, que quando ela ficasse sozinha comigo se soltaria mais. Sabe como é, águas paradas, águas profundas — Matt disse, e lançou um sorriso de um lado só para Bailey. — Mas, depois de duas semanas, até o tesão já tinha passado. A verdade é que eu vi a grandiosidade da minha burrice logo no dia seguinte ao nosso casamento. Acordei, rolei para cima dela e disse: "Bom-dia, Cassie." E ela disse: "Não me chame assim, é vulgar demais."

Matt respirou fundo algumas vezes antes de prosseguir:

— Ela não conseguia entender que eu não tinha condições de pagar aulas de equitação para ela, nem de comprar o título de sócio de um clube. E o pai dela viu o que eu fiz. Ele disse para mim: "Você não a quis tanto? Agora, ela é sua." — Matt desviou a vista por uns minutos, depois sorriu para Bailey. — Isso é difícil de admitir para uma mulher de que gosto tanto como você, mas a verdade é que acho que as minhas intenções com a Cassandra eram bastante mercenárias. Agora, revendo o passado, acho que eu tinha me preparado para fazer o papel do herói ultrajado que amava a filha dele e não o dinheiro dele. Mas eu também me via acabando por aceitar receber do pai dela uma casa — projeto meu, claro — e alguns hectares de terra como presente de casamento. E ele diria a seus amigos ricos: "Deixa o meu genro fazer o projeto da sua casa em Barbados. Ele é da minha família, e também o melhor arquiteto de todos." Mas... — Matt sorriu. — Mas aquele cara era um velho muito esperto, e tudo que ganhei dele foi um aperto de mão. Não me deu de presente nem uma torradeira.

Matt riu. Agora, depois dessa confissão, sentia-se mais aliviado.

— Para ser sincero, tenho a impressão de que os pais da Cassandra estavam loucos para se verem livres dela. Eles davam para ela tudo o que ela queria e, assim, criaram um monstro. Parece que, na cabeça dela, dinheiro e amor se confundiam. Em vez de darem tempo e atenção, os pais compravam coisas para ela. Por isso, quando nos casamos, ela esperava que eu fosse comprar coisas para ela também. Se eu realmente sentia amor por ela, tinha que comprar as coisas para ela, era o que eu vivia ouvindo, e não adiantava mostrar meu saldo no banco, pois ela não compreendia.

— Por que então você não se divorciou logo dela?

— Orgulho — disse Matt. — Eu tinha me gabado para todos os meus amigos e conhecidos de que iria conquistá-la. E vou levar para o túmulo a lembrança do sorriso afetado do pai dela quando a Cassandra contou para ele que a gente tinha se casado. Essa imagem foi meu estímulo para me dar bem, para ganhar cada vez mais dinheiro, porque o dinheiro era a única maneira de eu fazer frente ao meu sogro ilustre.

— Eu... — Matt fez uma pequena pausa. — Na época, eu não tinha consciência disso, mas, quando estava tentando conquistar a Cassandra, sempre me imaginava jantando na casa do pai dela. Sabe como é que é... — Olhou para Bailey e lançou-lhe um sorriso irônico. — Devido às origens da minha mãe, eu sabia certas coisas, como qual é o garfo para ostras e qual é a faca de peixe, essas coisas. Eu tinha a fantasia na minha cabeça de que o pai dela iria dizer... — Sorriu. — Não entendo como pude ser tão ingênuo, mas imaginava seu pai dizendo alguma coisa como "Eu achava que a minha filha tinha casado com uma pessoa abaixo do nível dela, e agora estou vendo que você é um de nós".

Bailey entendeu que ele esperava que ela sorrisse, mas ela não conseguia sorrir. Com muita freqüência, ela própria fora alvo de esnobação. Jimmie tratava os lixeiros e os reis da mesma maneira — e, como todo mundo vivia atrás do dinheiro dele, ninguém ousava esnobá-lo. Já Bailey, vira várias vezes torcerem o nariz para ela. Por que será que um homem como James Manville fora casar com uma baixotinha gorducha e feiosa como a Lillian?

— Mas sabe o que aconteceu? — perguntou Matt. — Na noite em que fomos à casa dele contar sobre nosso casamento às escondidos, eles estavam jantando — não foi um acaso, confesso que escolhi de propósito esse momento — e eu olhei por trás do velho, e quem estava sentado à mesa com ele? O Carter. Ele estava dentro; eu, fora; nada havia mudado.

— Mas eles não ficaram chateados de a filha única deles ter fugido para se casar?

Matt encolheu os ombros.

— Não me pareceu, não. Hoje, quando me lembro dessa história, tenho a impressão de que eles apostavam que a gente ia se divorciar em poucas semanas, e todo mundo ia poder fingir que nada daquilo tinha acontecido. Para eles, seria uma coisa temporária, uma sombra que vem e passa.

— Mas você queria provar que eles estavam enganados — disse Bailey.

— Mais ou menos. Acho que eu queria provar para mim mesmo que não tinha sido um perfeito idiota. E, se não podia superá-los em nível social, podia fazê-lo no trabalho. Comecei a procurar as empresas que tinham me oferecido emprego, que eu tinha rejeitado, para pedir trabalho. E, quando recusavam, eu implorava.

Matt contou em seguida que, durante anos, trabalhara sem parar só para ganhar dinheiro. Não tinha vida doméstica, vivia só para o trabalho. E assim conseguira dar para Cassandra o título do clube, uma casa enorme, uma vida de bem-bom, enquanto ele arcava com as contas e o estresse.

— E o que fez você recobrar o juízo e se divorciar dela?

— Tive um ataque cardíaco — disse Matt, sorrindo. — Acho que foi enfarte. No hospital me disseram que era só uma indigestão, para eu ir para casa e não desperdiçar mais o tempo deles. Mas, para mim, foi um susto grande o suficiente para me fazer desejar mais uma chance na vida. Fui para casa no início da tarde, coisa que *nunca* tinha feito antes, e...

— E o quê?

— A Cassandra estava na banheira quentinha, nua. Com o Carter. Fiquei olhando os dois lá, e só conseguia pensar, "Eu que paguei por essa banheira e nunca tive tempo de tomar banho nela". Aí comecei a rir. Ria porque me sentia muito aliviado. Agora podia me livrar dela sem culpa. Eu disse: "Ora, não foi assim que tudo começou?" O Carter ainda tentou se explicar: "Olha, Longacre..."

— Eu falei: "Não, por favor, não se levanta. Podem continuar a fazer o que estavam fazendo. Fiquem à vontade." Então me virei e saí, e ouvi a Cassandra dizer para ele: "Não se preocupa, ele vai voltar, ele me adora." Foi nessa hora que me senti absoluta e verdadeiramente *livre.*

Matt contou que saiu da empresa poderosa em que trabalhava, vendeu tudo o que possuía, pagou as dívidas consideráveis, deu à ex-mulher metade do que sobrou e depois voltou para Calburn.

— E agora, o que é que você quer da vida? — Bailey perguntou delicadamente.

— Quero descobrir quem sou. Tenho me analisado bastante, e já me dei conta de que, em parte, foi o sentido de família que me aproximou de Cassandra. Fui criado sem pai num tempo em que viver numa casa só com a mãe fazia de mim e do meu irmão objetos de piedade.

— E agora que você está aqui? — ela perguntou com ternura.

— Não sei bem, estou começando a ter umas idéias — disse ele, e seus olhos se fixaram nos dela.

Pela segunda vez naquele dia, Bailey não entendeu por que tirou o corpo fora. Mas foi justamente isso o que fez. De novo.

— Que tal mais um pedaço de panqueca? — disse, levantando-se da mesa. O que está acontecendo de errado comigo?, perguntou-se. O que está me impedindo de aceitar o que esse homem bonitão está me oferecendo? Será que é o Jimmie que não sai do meu caminho?

— E o que você quer fazer hoje? — Matt perguntou. — Hoje é domingo, dia livre, o que você está com vontade de fazer para se divertir?

— Voar para a Índia para visitar o Taj Mahal de novo — disse ela, com a intenção de fazer piada para Matt rir, mas ele não riu. Em vez disso, ficou olhando para ela, e Bailey virou o rosto. — Quero trabalhar mais na varanda — disse — e quero deixar essa cozinha decente.

— Combinado — disse Matt, os olhos ainda fixos nos dela.

Capítulo 11

Seis semanas mais tarde

Bailey revirou a salada na grande tigela de madeira e fez cara feia. Não porque tivesse achado a salada ruim. Ela tinha gomos de tangerina em conserva e amêndoas granuladas, mas a alface estava fresca. A bebida era chá gelado com suco de framboesa engarrafado. No geral, não era um mau almoço, mas não era isso que a interessava nesse momento.

Ela não tirava os olhos do folheto publicitário que estava na mesa do lado dela. "Foi vendida há dois dias", dissera-lhe o corretor de imóveis quando ela o inquirira uma hora antes.

Encontrava-se sozinha, sentada à mesa de um restaurantezinho muito charmoso de Welborn, para um almoço tardio, enquanto se perguntava o que havia de errado com ela. Lembrou-se de que, no passado, volta e meia Jimmie lhe dizia: "Você está ansiosa de novo, não está, Ferruginha?" E na mesma hora a carregava para algum lugar maravilhoso. Agora, porém, não existia mais Jimmie, tampouco dinheiro para fugir para onde quer que fosse.

Ela olhou de novo o folheto. Na verdade, não passava de um pedaço de papel, mas tinha uma ótima fotografia colorida da loja que ficava a três portas do restaurante. Não era uma loja grande, nem fora de série, mas ela, Janice e Patsy tinham gostado do lugar. Na verdade, tinham gostado muito. Então, o que aconteceu?, perguntou-se, pegando o papel e olhando para ele.

Cinco semanas e meia antes, Patsy ligara para ela dizendo que tinha de ir a Welborn. Será que ela não gostaria de fazer-lhe companhia? Como era dia útil e Matt estava fora, trabalhando, e, como Bailey já havia enchido toda a despensa com garrafas e vidros de compotas, picles e licores, não lhe restava mais nada para fazer. Até mesmo a pesquisa sobre o passado de Jimmie estacionara. Matt não conseguira descobrir nada sobre os antigos proprietários da fazenda. A transação fora realizada numa data anterior aos registros constantes dos bancos de dados disponíveis on-line.

Quando Patsy chegou de carro à entrada da casa de Bailey, não se surpreendeu ao ver Janice no banco de trás. Esteve a pique de Bailey perguntar como Patsy havia convidado Janice para acompanhá-la, mas se conteve e nada perguntou.

Nos trinta minutos de viagem até Welborn, Bailey foi conversando com Patsy e Janice, conseguindo saber mais coisas sobre a vida delas, e se esforçando o máximo possível para não revelar nada da sua.

Welborn correspondeu exatamente às expectativas de Bailey: uma cidade turística próspera, com as lojas de sempre, as lojas que atraem os ricos. Enquanto as três caminhavam pelas ruas e olhavam as vitrines, Bailey pensou: "Que bom que a auto-estrada não passou por Calburn". Embora abandonada, Calburn tinha um quê de autenticidade que faltava a Welborn.

— As pessoas deveriam trabalhar aqui e morar em Calburn — dissera Bailey, olhando a vitrine de uma loja que vendia cristais e livros da Nova Era.

— Aí elas poderiam reformar aquelas casas velhas — disse Patsy.

— Calburn precisa de um negócio qualquer, um lugar onde as mulheres possam trabalhar — disse Janice, com tanta amargura na voz que arrancou um olhar surpreso de Bailey.

Talvez tenham sido essas palavras que fizeram as mulheres refletirem e, dez minutos mais tarde, ao verem uma loja de presentes com um pequeno aviso — *À venda* — no canto da vitrine, ninguém comentou nada. No entanto, quando foram almoçar, no mesmo restaurante em que Bailey se encontrava agora, não conseguiram falar sobre outra coisa. Janice e Patsy sentaram no mesmo lado da mesa, de modo a não se encararem, e Bailey no lado oposto.

Foi Janice quem começou. Ela estava olhando para o cardápio grande, com capa de plástico, quando falou:

— Se a gente tivesse uma loja, poderia vender todos aqueles picles e geléias que você faz.

No instante seguinte, estavam as três falando quase ao mesmo tempo e, ainda que Janice e Patsy nunca se olhassem nos olhos, estavam todas participando da conversa.

— Artesanato — disse Patsy. — Sei costurar qualquer coisa.

— Cestas de presente! — disse Janice. — A gente montaria uma loja de cestas de presente. Cestas cheias de geléias e compotas caseiras.

— E as coisas que a Patsy costura — disse Bailey. — Uma vez conheci uma mulher rica que ganhou de presente do marido um dragãozinho com o nome dela impresso, e tenho certeza de que ela gostou mais dele do que de todos os diamantes que ele costumava dar para ela.

— Ele provavelmente dava os diamantes para ela por sentimento de culpa — disse Patsy.

— Na verdade, era isso mesmo — disse Bailey, e as três riram.

A idéia de elas comprarem aquela lojinha na cidade turística ganhava corpo a cada minuto. Eram três mulheres com muito tempo disponível. Janice tinha duas filhas pequenas, mas Bailey descobrira que a mãe do marido dela morava com eles, ou seja, em breve ela dividiria o cuidado das filhas com a sogra. Quando Janice lhe contou isso, Bailey viu alguma coisa nos seus olhos, algo que percebera vagamente no dia em que fora conhecer a casa de Patsy, mas Bailey não conseguira entender nada do que se tratava. Raiva, talvez. Ou, quem sabe, uma frustrante sensação de renúncia.

No final do almoço, as mulheres estavam falando de dinheiro. Caminharam de volta para a loja, entraram e começaram a decorá-la mentalmente. Era uma loja como muitas que havia em Welborn, que vendia um pouco de tudo, mas não era especializada em nada. Havia camisetas com os dizeres "Welborn, Virgínia", algumas prateleiras cheias de velas, brinquedos baratos para as crianças. A dona apareceu lá dos fundos e mostrou-lhes o lugar. Havia uma bela vitrininha na entrada e, atrás, uma área com três cômodos, que podia ser usada como depósito de mercadorias e escritório.

— Antigamente aqui funcionava uma floricultura — disse a mulher.

Quando ela abriu a porta dos fundos para saírem para o amplo estacionamento que lá havia, as três ficaram paradas, piscando debaixo da luz do sol, sem saber bem o que fazer. Só sabiam que esse era o momento decisivo. O que fazer: ir para casa e esquecer o assunto ou lutar para conseguir aquilo?

Foi Janice quem tomou a decisão.

— Primeiro, a gente precisa pesquisar a concorrência. Será que há outras lojas de cestas de presente em Welborn? Acho que esta região não comporta duas lojas do mesmo ramo. E alguém precisa conversar com o corretor sobre o preço. E a gente precisa que alguém pesquise o que é necessário fazer para abrir uma loja de cestas de presente — e precisa também saber se é isso mesmo que a gente quer.

Agora, pensando sobre aquela tarde, Bailey sorriu. Janice mais parecia um sargento passando as instruções para os soldados. Na mesma hora, Patsy e ela entenderam o que tinham de fazer. Patsy saiu para ver que outras lojas havia na região, Bailey foi até a biblioteca local ver o que conseguia descobrir, enquanto Janice foi à imobiliária conversar com o corretor sobre preço e condições de pagamento.

Quando se reencontraram, às seis da tarde, tinham um monte de coisas para conversar. Pegaram o carro para voltar para Calburn, Patsy ao volante, e no caminho deram uma parada para fazer compras, as mulheres empurrando seus três carrinhos pelos corredores do mercado, falando sem parar.

Ao chegarem em casa, falaram também sem parar com os homens com quem viviam. Janice contou para Scott que iria cuidar da contabilidade da nova empresa delas, Patsy contou para Rick que seria a diretora de criação, e Bailey contou para Matt que ia pesquisar como fazer para contratar uma cozinha comercial e começar a produzir seus produtos diferenciados em larga escala.

— Ainda não sabemos como chamar nosso negócio — todas as três disseram aos seus homens. — Você tem alguma idéia?

Agora, sentada à mesma mesa em que ela, Janice e Patsy haviam, pela primeira vez, tocado no assunto de abrir o negócio, Bailey olhou de novo para o folheto. No dia anterior, a loja fora vendida. Mas não para elas três.

O que acontecera, então?, perguntou-se. Quando voltaram para casa naquele dia, estavam no auge da felicidade. Bailey, rindo, rindo de verdade pela primeira vez depois de muito tempo, dissera:

— Somos três mulheres *muito* entediadas.

Aquela noite, passaram horas ao telefone, e Bailey recebeu o dobro de ligações que Patsy e Janice, porque uma não falava com a outra, e Bailey tinha de dizer para Janice o que Patsy dissera para ela, e vice-versa.

E, nesses primeiros dias, todos os três homens tinham sido ótimos com elas. Matt se prontificou a reformar a loja. Scott disse que doaria duas vans quase novas, com apenas dois anos de uso. Rick, que possuía dois postos de gasolina e, segundo Patsy, sabia consertar tudo o que existe no mundo, iria fornecer gasolina de graça para as vans, além de fazer os serviços de manutenção. Patsy disse que os filhos — nesse caso, a fala *se prontificaram* não foi mencionada — iriam trabalhar como motoristas, para fazer as entregas dos pedidos.

Durante toda uma semana, a vida de Bailey foi muito animada, com telefonemas constantes e muita coisa para resolver, livros para ler e sites para consultar. Com a ajuda de Matt, aprendeu a usar a internet em tempo recorde. Ela não sabia usar mais nada no computador, mas Matt disse para ela que nunca tinha visto alguém dominar a internet em tão pouco tempo.

No entanto, depois da primeira semana, as coisas começaram a mudar. Janice ligou para ela na manhã de segunda para dizer que Scott estava com problemas na Receita, e precisava desesperadamente da ajuda dela para resolver algumas questões. Ela sentia muito, mas Scott lhe dissera que ela era a única pessoa no mundo em quem ele realmente confiava, e por isso ela esperava que Bailey a entendesse. Dois dias depois, Rick deu uma festa de aniversário para Patsy e, de presente, uma máquina de costura que podia ser ligada ao computador e programada para bordar imagens. Patsy começou a dedicar muito tempo à nova máquina, e já não podia mais ligar tanto para ela para conversar sobre a loja.

Foi na manhã de sábado que Matt lhe deu a grande notícia. A empresa de arquitetura para a qual ele já trabalhara lhe pedira para fazer uns projetos de casas para venda on-line. No passado, a venda desses projetos por meio de catálogos era muito discreta, mas, com o advento da internet, era possível oferecer aos clientes muito mais opções.

— O que você acha disso? — Matt perguntou a Bailey.

Ela estava na cozinha, e com um humor péssimo. Patsy e Janice tinham dado bolo nela. Ela queria passar o dia conversando com elas, fazendo planos para o novo negócio, mas Patsy ficara em casa tentando copiar um tigre de um caderno de desenho para a camisa de um dos filhos, e Janice estava já por oito dias totalmente mergulhada nas finanças do marido.

Ela mal olhou o rascunho que ele lhe entregou.

— Odeio essa cozinha — disse, e em seguida deu uma mexida vigorosa na *soupe au pistou* que cozinhava em fogo baixo no fogão.

— É? O que tem de errado com ela? É o que chamam de "cozinha de gourmet". Achei que você iria gostar.

— Por que será que, quando se trata de cozinhas, vocês, homens, acham que "grande" quer dizer "de gourmet"?

— O que fiz para merecer esse tratamento, "vocês, homens"?

Bailey sabia que não estava sendo justa com ele, mas foram os homens que tiraram Patsy e Janice do projeto que as três queriam realizar.

Como Bailey não respondeu, Matt perguntou:

— Você acha que consegue desenhar uma cozinha melhor que esta?

— Com os olhos fechados — disse ela, a boca tensa, e na mesma hora Matt jogou à sua frente um bloco de papel milimetrado e, dez minutos depois, os dois estavam inclinados sobre a planta, Bailey desenhando a cozinha da casa que Matt estava projetando.

E era nesse ponto que se encontravam agora. Matt estava estudando a possibilidade de fazer um livro inteiro só de projetos de casas e de criar o próprio site. Se conseguisse se associar a uma grande empresa do ramo, poderia viver disso e permanecer em Calburn. Ele já convidara Bailey para trabalhar com ele no projeto das cozinhas.

— Lillian?

— O quê? — respondeu Bailey distraída, sem tirar os olhos do folheto.

— É você, não é? Logo que entrei, vi que já te conhecia de algum lugar, mas não sabia de onde. Levei um tempo para descobrir quem você era. Você está aqui como eu, para fazer tratamento num spa? Procura o André. Ele é maravilhoso.

Horrorizada, de boca aberta, Bailey viu uma mulher do seu passado, Arleen Browne-Thompson, também conhecida como Baronesa de Lindensale, sentar na cadeira do outro lado da mesa.

— Sinto muito — disse Bailey —, você deve estar me confundindo com outra pessoa. Eu não...

— Claro, claro — disse Arleen, encarando Bailey. — Você está ótima. Ótima mesmo. Quantos quilos você perdeu? Cinqüenta? Mais? E o nariz? Você deve ter feito umas doze cirurgias para remover aquele negócio.

Bailey limitou-se a olhar fixamente para a mulher, a cabeça girando, tentando imaginar as conseqüências daquele encontro. Arleen poderia vender sua descoberta a algum tablóide, e no dia seguinte seu quintal estaria repleto de jornalistas. Ou ela poderia...

— Você quer parar de me olhar desse jeito? — disse Arleen. — Não tenho nenhuma intenção de divulgar seu segredo. Se você quiser atravessar o país vestida como... desse jeito — pelo visto, ela não encontrara palavras para descrever a roupa de Bailey, calça de brim e camiseta —, não é da minha conta. Além do mais, você também conhece alguns dos meus segredos.

Nessa hora, Arleen deu uma risadinha assanhada, e Bailey sentiu-se tentada a dizer: "Mas não algum segredo que alguém pagaria para descobrir". Por duas vezes, Bailey surpreendera Arleen em situações comprometedoras com homens jovens que trabalhavam para Jimmie. Quando Bailey contou para Jimmie, ele caiu na gargalhada.

— Aquela vovozinha deve ter no mínimo uns cento e doze anos. Sorte dela!

Arleen jogou uma bolsa Gucci sobre a mesa e começou a vasculhar seu interior. Bailey sabia que ela procurava um cigarro; jamais vira essa mulher ficar tanto tempo sem fumar como agora. Costumavam se perguntar, de piada, se Arleen alguma vez na vida tinha comido alguma coisa, pois, ao que parecia, ela vivia à base de álcool e cigarro. Tinha a pele toda ressecada e o corpo, macilento.

— Vai, me conta tudo — disse, após acender seu cigarro.

— Aqui é área de não-fumante.

— Acabei de ir para a cama com o dono, ele não vai expulsar a gente daqui — tornou a outra, e riu da expressão de Bailey. — Querida, você sempre foi de se chocar à toa. Não, não fui para a cama com o dono. Mas são três da tarde, e você sabe como são os americanos. Eles terminam de almoçar à uma e voltam correndo para se enfiar naqueles escritoriozinhos chatos deles.

Por acaso, Bailey sabia que Arleen tinha sido criada no Texas, mas adorava fingir que era uma "cidadã do mundo", como dizia.

— Tudo — disse Arleen de novo. — Me conta tudinho.

— Não tenho nenhuma intenção de te contar coisa alguma — disse Bailey, e teve a satisfação de ver as finas sobrancelhas de Arleen se levantarem ligeiramente.

— Talvez então você queira me contar o que aconteceu com todos os seus amigos.

— Os que me ligaram depois que o Jimmie morreu para me dar os pêsames? Você está falando desses amigos?

— Meu Deus — disse Arleen, dando uma tragada funda no cigarro e olhando para Bailey em meio à fumaça. — Quando foi que você ganhou uma língua? Você costumava ficar sentada num canto sem dizer uma palavra sequer. Ficava lá, de cabeça baixa, só esperando pelo Jimmie.

Bailey pegou a bolsa e se levantou.

— Acho melhor eu ir embora.

— Aí vou ter que mandar meu motorista te seguir — disse Arleen calmamente. — Sabe como é que é, ele já trabalhou para o FBI.

Bailey sentou-se de novo.

— Tudo bem. O que você quer de mim?

— Me conta um pouco do que aconteceu para você ficar com a aparência tão boa e tão enfezada.

— Não estou enfezada! — disse Bailey, e depois olhou em volta para o restaurante quase vazio, e abaixou o tom da voz. — Não estou enfezada — disse serenamente —, nem sei de onde você tirou essa idéia.

— Deixa eu pensar. Você era casada com um homem que dormia com quem quer que usasse saia, depois ele morreu e não te deixou porra nenhuma. E agora...

Bailey pegou a bolsa de novo, mas Arleen agarrou seu pulso e a deteve.

— Ok, peço desculpas. A gente não precisa falar do que fizeram com você.

— Tem razão. Na verdade, a gente não precisa falar de coisa alguma — disse Bailey, ainda fazendo menção de se levantar, mas Arleen continuava segurando firme seu pulso. — O que é que você quer, Arleen?

— É verdade mesmo que o Jimmie não deixou nada para você?

— Entendi — disse Bailey. — Você quer dinheiro.

Arleen deu de ombros.

— Todo mundo tem suas necessidades.

Como Bailey não voltou a se sentar, Arleen abaixou o tom da voz.

— Por favor — disse —, senta e conversa comigo. Sinto saudade do James. E, prometo, não faço mais piadinhas.

Bailey sabia que devia ir embora, mas algo a mantinha lá. Arleen, no mínimo, lhe era uma figura familiar. De jeito nenhum podia dizer que alguma vez foram amigas, mas Arleen fora uma *habituée* da casa de Jimmie. Ele achava engraçado aquele jeito de vagabunda dela. "E ela conhece todo mundo", ele dizia.

Lentamente, Bailey sentou-se de novo.

— Está bem. Você quer conversar sobre o quê?

— Sobre você — disse Arleen. — Quero muito saber como conseguiu ficar com esse aspecto tão bom. Antes, quando estava com o Jimmie, você tinha sempre uma aparência horrível.

— Obrigada — agradeceu Bailey. — Digo o mesmo de você.

Arleen se recostou na cadeira, deu uma tragada no cigarro e olhou para Bailey, especulativamente.

— Você está enfezada mesmo. Sempre foi assim ou isso é novo?

— Não estou... — ia começando a dizer, mas recostou na cadeira.

— É o seu novo marido? — perguntou Arleen.

— O que faz você pensar que casei de novo?

Aquilo arrancou uma risada irônica de Arleen. Ela não podia rir muito porque seus pulmões estavam cheios de gás carbônico e, se começasse a tossir, não pararia nunca.

— Você? Você, minha querida Lillian, foi feita para ser esposa. E agora a sua aparência é de quem está prestes a aparecer grávida. A gente sempre se perguntava se você existia quando o James não estava por perto. Bandy — você se lembra dele? — costumava dizer que você era um fantasma, e o James tinha pagado a alguém para exorcizar você. Ele dizia que uma especialista em vodu praticou algum ritual antigo e de lá saiu essa mulher que era do jeito que todos os homens primitivos como o James acham que deve ser uma esposa.

Bailey estava olhando horrorizada para aquela mulher. Já ouvira mexericos, vira olhares, mas, com Jimmie por perto, ninguém jamais ousara dizer para ela nada parecido com o que essa mulher lhe dizia agora.

— Continua — ouviu a própria voz dizer. — O que mais o Bandy falava de mim?

— Ah, querida, era realmente muito engraçado. Você conhece aquele sem-vergonha do Bandy. Ele disse que só mesmo um fantasma de quem removeram o espírito podia ser esposa de um bilionário, continuar viajando pelo mundo e colocando frutas em potes como você. Ele dizia que você tinha tudo, mas tudo o que realmente queria era desaparecer dentro do James Manville — na verdade, era isso o que o James queria de você. Era por isso que ele te mandava todos aqueles chocolates sempre que você perdia algum quilinho.

— Os chocolates eram presentes que ele ganhava. Presentes de agradecimento. O Jimmie dizia... — a voz de Bailey foi sumindo, vendo Arleen olhar para ela como quem diz: "Como alguém pode ser tão ingênuo?"

— O Bandy estava com ele numa dessas vezes que ele encomendou os chocolates para você. Bandy falou: "A Lillian não estava de dieta?", e o James riu. Mas você sabe como o Bandy é teimoso. Quando ele quer alguma coisa, não desiste até conseguir. Ele chaleirou e chaleirou o James até conseguir que ele explicasse por que queria uma mulher gorda. James disse que nunca teria uma mulher bonita. Me lembro claramente dessa noite. A gente estava num iate do Jimmie, aquele grande que ele tinha. Qual era o nome dele, mesmo?

— *Lillian* — disse Bailey, entre os dentes. Não queria ouvir nada do que essa mulher pretendia contar, mas, ao mesmo tempo, não conseguia sair dali. — O que foi que o Jimmie disse de mim?

Arleen acendeu outro cigarro no primeiro.

— Foi numa dessas noites que você tinha ido para a cama cedo, se bem que você sempre ia para a cama cedo, não é, querida? Uma das coisas que fazia com que muita gente não gostasse de você era o fato de você não fazer esforço algum para esconder seu desprezo pelos outros.

— Vocês todos só estavam atrás do dinheiro do Jimmie — disse Bailey.

— É verdade, querida, a gente queria o dinheiro dele. E você queria a alma dele. Me diz, o que custa mais caro?

Bailey se recusou a responder a essa pergunta.

— Conta logo o que você está se roendo para me contar — disparou.

— Que hostilidade, meu Deus! Nunca soube dessa sua faceta. Se tivesse sabido, talvez tivéssemos nos tornado amigas — disse Arleen, e deu outra das suas risadinhas irônicas. — Bom, naquela noite, como sempre, todo mundo bebeu além da conta, e o Bandy pediu ao James que ele contasse qual era o segredo dele para um casamento feliz. Você com certeza sabe que, em geral, para nós, você era assunto proibido. Quando o James estava por perto, ninguém mencionava seu nome. Mas naquela noite o James abriu o bico. Talvez por causa da bebedeira, sei lá. E também porque estava de bom humor, por ter acabado de conhecer aquela estrelinha de cinema, aquela ruiva com uma tatuagem de coração no braço. Como atriz, não era ninguém, mas, de aparência, era divina. Como era mesmo o nome dela?

— Chloe — sussurrou Bailey.

— Ah, isso mesmo, Chloe — disse Arleen, apagando o cigarro e acendendo outro. — Bom, então o James estava falante aquela noite, e contou que o segredo era encontrar uma garota que não tinha nada, uma garota — ele disse garota, e não mulher, lembro muito bem disso — que não era amada por ninguém na face da Terra, e que não tinha ambição de ser coisa alguma. "Uma garrafa vazia esperando que eu aparecesse para enchê-la" foi o que o James disse. "E, se você encher a garrafa com amor, é isso o que importa para ela."

Arleen parou para dar uma tragada funda no cigarro.

— E você conhecia o James. Quando ele começava a falar, não parava mais. Ele nunca foi de falar muito de si mesmo, mas de vez em quando o Bandy conseguia arrancar umas coisas dele. O James disse, "Por exemplo, a..." Ah, qual era mesmo o nome dela? A garota italiana antes da Chloe.

— Senta — sussurrou Bailey.

— É, Senta. O James disse "Por exemplo, a Senta, a Senta seria uma péssima esposa. Bonita demais. Ambiciosa demais. Muito cheia de si. Não sobraria espaço para mim. As mulheres assim, você usa para o que foram feitas e depois, quando se cansa, se livra delas."

— "Mas não a Lillian", disse o Bandy, e todo mundo prendeu a respiração. Você sabe como era o temperamento do James. Ele era capaz de tolerar uma pessoa vivendo à custa dele durante anos, mas, se a pessoa pisasse na bola com ele alguma vez, o James nunca mais olhava para a cara dessa pessoa, nunca mais falava com ela e, o que me parece a pior coisa de todas, nunca mais pagava suas contas.

— O que foi que o Jimmie disse de mim? — Bailey perguntou, tão baixinho que mal conseguiu escutar a própria voz.

— Ele disse que tomava suas providências para ser a única pessoa no mundo a amar você. Disse que, sempre que você começava a ficar entediada, ele na mesma hora te levava para um lugar novo. "O problema da Lillian", ele contou para a gente, "é que ela é esperta. Pode parecer que não, porque ela tem aquele jeito calado, mas o que vocês não sabem é que, de manhã, quando vagabundos como vocês estão dormindo, ela está na cozinha com os *chefs*, arrancando o máximo possível de informações deles. Ou está lá fora com os jardineiros, ou com os mecânicos. Ela gosta de aprender as coisas". "Mas nunca usa o que aprende", disse o Bandy, e o James riu. Ele disse: "Essa é a chave. Se você casa com uma mulher burra, tem que conviver com ela. Se casa com uma mulher inteligente, nos dias de hoje, ela dá uma guinada e começa a competir com você." "Você está falando de negócios?", perguntou o Bandy. "Não acredito que você ache que em negócios a Lillian poderia competir logo com *você*." "Não acho que ela iria conseguir ganhar mais dinheiro do que eu e sim que o trabalho iria desviar a atenção dela de *mim*." "Foi por isso que você mandou embora o homem da Heinz?", o Bandy perguntou.

Arleen fez uma pausa e ficou uns minutos olhando para Bailey.

— Você se lembra de uma vez que um homem da Heinz, aquela fábrica famosíssima de conservas, estava trabalhando com o James? Acho que a gente estava passando uma temporada na Antígua, naquela época.

— Não — disse Bailey calmamente. — A gente estava no castelo da Escócia.

— Ah, é, isso mesmo — disse Arleen. — Foi lá que ele montou para você aquela cozinha de centenas de milhares de dólares e você vivia lá dentro. Ele dizia que você não tolerava o frio no resto da casa, mas a gente sabia que você não tolerava *a gente.*

— E qual foi a história do homem da Heinz? — Bailey perguntou, sem conseguir fixar os olhos de Arleen.

— Ele experimentou algumas das suas geléias, e queria fazer uma franquia com você, mas o James não concordou. Ele disse que você não tinha interesse em ter qualquer tipo de negócio, mas o Bandy falou pelas costas dele que ele, o James, era o único negócio que permitia que você tivesse. Você se lembra disso?

Bailey manteve os olhos baixos. Ela pedira a Jimmie para perguntar ao homem da Heinz se ele podia ajudá-la a abrir um negócio com as suas especialidades gastronômicas. Bailey passou aquele dia inteiro uma pilha de nervos, esperando a resposta do homem. Quando Jimmie chegou em casa carregando um buquê de rosas, ela entendeu tudo.

Naquela noite, Jimmie foi maravilhoso com ela, ficou abraçando-a e fazendo tudo para ela rir depois de informá-la da recusa do homem da Heinz.

— Não contei para ele quem tinha feito as geléias, porque queria uma resposta honesta, mas juro que me deu vontade de socar aquele cara quando ele falou que as geléias eram "ordinárias", "nada de especial" — dissera Jimmie.

Quando ouviu isso, Bailey teve de fazer o maior esforço da Terra para não cair em prantos. Ao longo dos anos, sempre ouvira as pessoas falarem que o que ela preparava era delicioso e novo, diferente de tudo o que já tinham experimentado. "Quer dizer que elas só estavam mentindo por educação?", pensou.

Jimmie, ao vê-la à beira das lágrimas, ficou furioso e disse que, se ela quisesse, ele compraria uma fábrica para ela vender suas geléias.

— Vamos chamar a fábrica de "As Geléias da Lillian". Ei! Já sei o que vou fazer. E se eu comprar a fábrica Heinz para você? — disse, com uma indignação tão sincera que a fez rir.

No entanto, essa rejeição doera fundo em Bailey, e por isso, depois desse dia, ela ficara meses sem fazer geléia alguma. E agora Arleen estava contando para ela que o homem da Heinz queria tanto os doces de Lillian que já tinha até preparado um contrato dando a Lillian o controle completo de todo aquele ramo da companhia.

— Você precisa ver como foi no café da manhã daquele dia — dizia Arleen. — O homem estava quase implorando ao Jimmie. Ele alegava que o mercado gastronômico ainda estava muito no começo, e seus produtos seriam perfeitos para ele entrar nesse mercado.

Bailey olhou para as mãos e viu suas unhas fincadas nas palmas. Naquela manhã, sentira vontade de ir tomar café com aquele homem da Heinz e dizer-lhe tudo o que pensava dele. Queria esfregar na sua cara todas as medalhas que havia conquistado nos campeonatos e nas quermesses. Mas Jimmie lhe dissera, cuspindo fogo, que iria "cuidar" daquele sujeito.

— Deixa essa comigo, Ferruginha — disse. — Em termos de vingança, sou melhor que você.

Por isso Bailey permaneceu no quarto até ver o homem entrar no carro que o levaria para o aeroporto. Depois pediu que Jimmie lhe contasse em detalhes a coisa horrível que fizera com o homem, mas ele se limitou a dizer:

— Pode ter certeza de que esse homem nunca mais vai aparecer por aqui.

E falou isso de uma maneira que fez Bailey acreditar que ele era seu herói.

— E como é que está a sua vida agora? — ela ouviu Arleen perguntar.

— Eu... — começou a responder, mas não lhe veio mais nenhuma palavra. O que diria? Que já estava vivendo com outro homem e cozinhando para ele enquanto ele pagava quase todas as contas? E que iria trabalhar para ele, fazer cerca de um por cento do planejamento da nova especulação comercial dele? Em outras palavras, que em poucas semanas se aproximara de uma vida quase igual à sua com Jimmie?

— Comprei essa loja — disse, mostrando o folheto para Arleen. — Vou abrir um negócio com duas sócias, a gente vai criar uma linha de especialidades gastronômicas.

— É mesmo? — perguntou Arleen, olhando Bailey através de uma nuvem de fumaça. — Abrindo um negócio, *você*?

— Nenhum de vocês jamais me conheceu de verdade — disse, respirando fundo. — Nem jamais soube o quanto eu estava envolvida nos negócios dele. Eu fazia bem mais do que só acompanhá-lo por toda parte, bem mais do que... — Não conseguiu falar mais nada, as palavras de Arleen ainda ecoando na sua cabeça. "Uma garota que não tinha nada", ele dissera. "Que não era amada por ninguém na face da Terra e que não tinha ambição de ser coisa alguma." "Uma garrafa vazia esperando que eu aparecesse para enchê-la." Eram palavras de Jimmie, ela sabia disso; conseguia escutar sua voz dizendo essas palavras.

— E quanto a um homem? — perguntou Arleen. — Ou será que o Jimmie te fez perder o interesse pelos homens?

— Tenho um cara — disse Bailey, o maxilar tenso. — Sangue azul por parte de mãe. Se eu disser o nome da família, provavelmente você conhece, mas prefiro manter meu anonimato.

— Entendo — disse Arleen. — Tudo o que o Jimmie queria na vida era sangue azul. Por isso ele agüentava gente como o Bandy e eu. O James podia conseguir todo o dinheiro do mundo, mas as origens, isso ninguém muda.

— Não, nunca — disse Bailey. E trocou um sorriso cúmplice com Arleen. Naquele momento, estavam perto de ser amigas.

— Sabe de uma coisa? — disse Arleen. — Fico contente de saber que você não entrou num relacionamento daquele tipo de novo. E fico contente de saber que o novo homem da sua vida não é controlador como o James era, que não é do tipo que impede você de ter sua lojinha. E espero que ele não te impeça de descobrir o que quer que seja que o James queria que você descobrisse.

— O que você está dizendo? — perguntou Bailey. Será que o Jimmie contara para as pessoas sobre o bilhete que deixara para a esposa no testamento? Pelo visto, ele havia tagarelado sobre muitas outras áreas da vida privada deles.

— Foi só uma coisa que o Jimmie falou uma vez. Tenho certeza de que não era nada importante. Ele só disse que, depois que morresse, ia te pedir para descobrir uma coisa que ele não tinha conseguido descobrir.

Como Arleen nada mais falou, Bailey a olhou fixamente e perguntou:

— E aí, o que é que você está querendo?

Arleen deu uma tragada tão funda no cigarro que Bailey apostou que a fumaça tinha ido parar no dedo do pé dela.

— Não existem mais muitos homens como o Jimmie — disse calmamente, e esperou até Bailey entender o que ela queria dizer.

— Ah, entendi — falou Bailey. Arleen estava querendo dizer que não havia muitos homens riquíssimos que sentiam necessidade de se cercar de pessoas cujo único grande mérito era "ter muitos bons conhecimentos".

— Hoje, os ricos — disse Arleen — são esses rapazes do mundo da informática. Qual a necessidade deles em relação a bons conhecimentos? Eles só querem saber de passar as noites em claro brincando no computador — completou, e apagou o cigarro no prato de salada de Bailey com tanta força que Bailey achou que, por pura sorte, ela não quebrou a unha.

Bailey ficou só olhando para a mulher, perguntando com os olhos: "O que é que você está querendo?"

— Se você se der bem no seu negócio, talvez se interesse por uns bons nomes no cadastro de clientes da empresa.

Bailey franziu os olhos e, sem querer, fez uma cara igualzinha à do seu falecido marido.

— Talvez eu queira que alguém fale para os outros como são maravilhosos meus produtos por, digamos... um por cento da receita bruta?

— Dez por cento da receita líquida — devolveu Arleen.

— Dois por cento da receita bruta vai garantir que você faça um bom trabalho — rebateu Bailey.

Arleen riu.

— Que pena que eu não te conheci quando o James era vivo. Tudo bem. Três por cento da receita líquida.

— Dois por cento — disse Bailey, sem sorrir. — Da receita bruta.

— E qual o nome dessa empresa da qual tenho... dois por cento das ações?

— Não faço a menor idéia — disse Bailey, e depois sorriu. — Ainda não abri o negócio.

Por um instante, Arleen ficou olhando para Bailey sem entender nada e, quando se deu conta de que ela lhe havia mentido, recostou-se e riu de verdade. Era aquele riso grosseiro da velha garota do Texas, o tipo de risada que a Baronesa de Lindensale jamais se permitia.

Bailey não conseguiu deixar de sorrir e, quando começou o acesso de tosse de Arleen, entregou a ela seu copo de água.

— É agora que você vai me contar o que o Jimmie te falou sobre o que ele queria que eu descobrisse?

— Claro — disse Arleen, enfiando a mão na bolsa para pegar o pó compacto e verificar a maquiagem. Ela usava muita maquiagem, muito preto nos olhos e, nas maçãs do rosto, escarlate. — James falou que nem todo o dinheiro dele podia corrigir uma injustiça que havia acontecido quando ele era criança. Como ele nunca falava na infância dele, você imagina como todos nós ficamos curiosos. "Assassinatos chamados de suicídios" foi o que ele falou. A gente disse para ele: "Jimmie, você tem tanto dinheiro que pode pôr tudo em pratos limpos. Expor os assassinos." Claro que todo mundo se propôs a ajudar, porque a gente queria descobrir a verdade sobre o passado misterioso dele. "Você acha que eles vão falar *comigo*?", James disse. "Eu estava lá. Eu estava envolvido. Aqueles seis rapazes brilhantes..."

— O quê? — perguntou Bailey, os olhos arregalados.

— Ele disse que estava envolvido, por isso "eles" iriam reconhecê-lo. Quem quer que sejam esses "eles". Nem o Bandy conseguiu arrancar mais nada dele.

— Não — disse Bailey. — Você disse "seis rapazes brilhantes". Ele disse isso *exatamente*? Ou ele falou "seis rapazes *de ouro*"?

— Tem muita diferença entre essas duas frases?

— Se você mora em Calburn, sim. Mas fala o que foi que o Jimmie falou desses "seis rapazes brilhantes".

Arleen levou um tempo enlouquecedoramente longo para acender outro cigarro e depois voltou a olhar para Bailey.

— Acho que o pai do James era um desses seis rapazes.

— Você acha que o pai do Jimmie foi assassinado? Ou cometeu suicídio? Ou foi acusado de assassinato? Ou assassinou alguém?

— Não tenho a mínima idéia. James falou de "assassinatos chamados de suicídios" e depois disse que seria reconhecido se voltasse ao lugar de onde estava falando, não sei que lugar é esse, e disse que esses "seis rapazes brilhantes" — Arleen olhou para Bailey — ou "seis rapazes de ouro", acho, eram como uma religião, intocáveis. Depois fez uma expressão de asco e disse que uma pessoa havia tentado tocar neles; "olha o que aconteceu com ela", ele disse. Alguma coisa dessa história está fazendo sentido para você?

— Alguma coisa, sim. E o pai do Jimmie?

— James disse, "Meu pai era um deles, mas ele...", e parou por aí, não contou mais nada. Bandy pediu que ele contasse mais, mas James disse, "Eu falo demais", e foi isso. Até onde sei, ele nunca mais falou nadinha do passado dele para quem quer que fosse. Cheguei a perguntar a uma das garotas, aquela sueca, a...

— Ingrid — disse Bailey, recostando-se no assento. — Não, Jimmie não confiaria em nenhuma delas.

— Querida, sua mão está sangrando — disse Arleen delicadamente.

Bailey olhou para as mãos e viu que duas unhas haviam cortado sua palma. Rapidamente, escondeu as mãos embaixo da mesa.

— Você vai tentar descobrir o que aconteceu com o pai do James? — perguntou Arleen. — Se conseguir descobrir, pode escrever um livro e ganhar um dinheirão.

Bailey lançou-lhe um olhar chocado.

— Não, não vou escrever nada revelando aspectos comprometedores da vida do meu falecido marido.

— Mas devia, querida. Você pode falar das festas fantásticas, das mulheres, das... — Ela se interrompeu. — É, entendo por que você não quer fazer isso. E aí, o que é que pretende fazer com essa informação?

— Nada — disse Bailey. — Ficar sentada aqui com você me fez ver que não devo nada a James Manville. Tenho certeza de que ele teve suas razões para deixar tudo para as pessoas que odiava e nada para mim além de... — prosseguiu, mas parou ao ver os olhos ávidos de Arleen. Não queria dar muitas pistas sobre si mesma, sobretudo pistas sobre onde morava. — O que quero fazer é recuperar o tempo perdido — disse, e se inclinou sobre a mesa de modo a ficar com o rosto bem próximo do de Arleen. — Queria um servicinho seu. Não vai ter contrato escrito, só a palavra de honra. Já ouviu falar nisso, Arleen?

— Uma ou duas vezes — disse Arleen, sorrindo ligeiramente. — Há tanto tempo que nem lembro quando.

— Se você não nos trouxer clientes, não pagamos nada. Entendido?

— Perfeitamente. Não vou ter que comer algum dos seus produtos, vou?

— Até onde me lembro, você gostava bastante das minhas cerejas no conhaque.

— Eu jogava todas aquelas coisinhas vermelhas horrorosas pela amurada do navio — disse Arleen — e depois bebia o conhaque.

Bailey não conseguiu evitar um sorriso.

— Me dá seu endereço e o número do seu celular, que eu te mantenho informada. E, quando a gente começar a ganhar dinheiro, te mando o cheque.

Arleen pegou o folheto e anotou uns números e um endereço em Londres, depois o jogou de volta em cima da mesa e perguntou:

— Quem é esse "a gente"? O homem da sua vida?

— Não — respondeu Bailey com firmeza. — Vai ser uma empresa administrada por mulheres e destinada às mulheres. Homem não entra. — Olhou para o relógio e, quando o fez, reparou que Arleen o olhava com desprezo. Não se tratava de um relógio caro. — Tenho que ir — falou, guardando o folheto na bolsa. — Te mando notícias.

— Obrigada — disse, delicadamente, Arleen. — Estou dependendo de você.

Quando Bailey saiu, evitou o olhar de Arleen. Havia naqueles olhos algo de vazio que ela preferia não ver. Arleen lhe trazia à memória a frase imortal de Tennessee Williams: "Sempre dependi da bondade de estranhos".

Com a cabeça erguida, Bailey saiu do restaurante e dirigiu-se ao estacionamento onde havia deixado o carro.

Capítulo 12

Essa bravata só durou até ela entrar na privacidade do seu carro. Enfiou a chave na ignição, mas não a girou. Em vez disso, debruçou a cabeça sobre o volante e fechou os olhos.

Enquanto era casada com Jimmie, quando ele estava lá, em carne e osso, podia fingir que aquelas mulheres não existiam. Podia dizer a si mesma que as "amigas" de Jimmie eram criaturas detestáveis, motivo pelo qual não lhes queria a companhia — e assim ouvia pouco e via menos ainda. Podia esconder-se na cozinha de todas as casas e fingir que ela e Jimmie eram um casal como outro qualquer, e que ele iria voltar para casa do trabalho para comer a comidinha caseira que ela havia lhe preparado. Com efeito, ao longo dos anos, se tornara brilhante na arte de se esconder da verdade.

E agora estava agindo com Matthew Longacre exatamente da mesma maneira como agira com Jimmie. Estava de novo se escondendo e deixando um homem tomar todas as suas decisões, deixando um homem decidir a sua vida.

Levantou a vista para ver pelo pára-brisa uma mulher de mãos dadas com um garotinho caminhando em direção às lojas. Ela desejara muito ter filhos, mas Jimmie havia feito vasectomia muito antes de eles se conhecerem. Ele nunca lhe dissera isso, mas Bailey desconfiava que ele se impusera a infertilidade com receio de que um filho seu lhe herdasse o lábio leporino.

Agora, porém, depois de viver algum tempo sem a companhia de Jimmie, ela começava a achar que ele não quisera filhos por saber que sentiria ciúmes. Não queria dividir Bailey com ninguém, ele a queria só para si.

— Você era um homem muito egoísta, James Manville — disse em voz alta ao dar partida no carro. — E, o que é pior, eu permiti que você fosse assim.

No caminho para casa, mal enxergou a estrada. Com a cabeça cheia de tudo o que ouvira aquela manhã e do que estava sendo obrigada a lembrar, era difícil ver alguma coisa.

Pior do que o que fizera a si mesma no passado, pensou, era o fato de estar fazendo tudo aquilo de novo. Tinha certeza de que, em breve, Matt a pediria em casamento, que eles fariam uma cerimônia simples e encantadora numa bela igrejinha, e ela provavelmente estaria grávida na semana seguinte. "Sua aparência é de quem está prestes a aparecer grávida", como a descrevera Arleen.

Mas o que Bailey iria dizer aos filhos quando eles lhe pedissem alguma opinião ou orientação? "Pergunte ao seu pai. Ele toma todas as decisões. Eu só obedeço." Seria isso o que ela diria?

E Bailey sabia por experiência própria que as coisas podem mudar de uma hora para outra. O que aconteceria se ela e Matt tivessem três filhos e depois ele caísse de um andaime e morresse? Como ela conseguiria sustentar os filhos? Trabalhando em dois turnos como garçonete e nunca podendo vê-los? Havia lido artigos relatando casos de adultos ressentidos com a ausência da mãe na infância; mães sozinhas que viviam estressadas e sobrecarregadas, e nunca tinham tempo para dedicar aos filhos.

E o que faria se o Matt tivesse um caso? O mesmo que fizera com Jimmie — mergulharia em toneladas de geléia de grapefruit e se fingiria de cega para o que acontecia? Se Matt quisesse dar uma festa para pessoas de quem ela não gostasse, o que faria? Diria estar morta de cansaço e iria para a cama? Uma coisa é você escapar de uma festa numa mansão de dois mil metros quadrados, outra coisa é tentar fazer o mesmo numa casa de duzentos metros quadrados. Não, dessa vez Bailey não estaria se escondendo; dessa vez estaria fritando queijo e cebola para os convidados.

E isso na sua própria casa!

Ao entrar com o carro no terreno da sua fazenda, lembrou-se do primeiro dia em que a vira com Phillip. Era tão feia! Em apenas seis semanas, porém, ela tinha mudado muito. Um fim de semana atrás do outro, os amigos e parentes de Matt — como nos filmes de faroeste, um mutirão para erguer uma estrebaria — os haviam ajudado a restaurar a casa à sua forma original.

No início, Bailey gostara daquilo. Cozinhar para pessoas que rasgavam elogios para sua comida era a realização de um sonho. Era o que sempre esperara da vida. Matt estava sempre lá, rindo, sorrindo para ela, em geral com o braço à sua volta. Ele se vangloriava de como ela cozinhava bem e do seu talento para desenhar as cozinhas das casas que ele projetava. A cada semana, ele conquistava mais clientes e, se conseguisse um emprego fixo numa empresa de Nova York que vendia projetos residenciais pela internet, poderia permanecer em Calburn e ter uma boa renda.

Durante a semana, ela e Matt haviam estabelecido uma convivência tranqüila e pacífica. Eles sabiam qual era o programa de televisão favorito um do outro; Matt aprendera a não incomodá-la quando ela estivesse lendo um dos seus adorados romances policiais. Ambos não gostavam de sair durante a semana, e por isso ficavam em casa e alugavam vídeos, ou jogavam o quebra-cabeça de mil peças armado num canto da sala, do lado da lareira, e ouviam Enya. Às vezes, um dos sobrinhos de Matt dormia lá, ou os dois, e Bailey preparava-lhes pipoca e enfrentava algum daqueles pavorosos filmes de terror que lhe causavam pesadelos.

No entanto, não havia sexo. Quando Matt e Bailey ficavam a sós, era como se fossem dois irmãos. Ele era educado, porém distante. E, como a experiência de Bailey com o único homem que tivera na vida lhe dizia que ele não gostava de mulheres atiradas, ela não fazia idéia de como se aproximar de Matt. E ela queria? Temia estragar uma coisa boa demais.

Por outro lado, quando havia gente por perto, Matt fazia um monte de piadinhas sobre sexo. Ele provocava Bailey, fazia-lhe mil insinuações, e todo mundo olhava satisfeito para eles; ela sabia que todos queriam que ela e Matt ficassem juntos.

Essa falta de atrevimento por parte de Matt fazia Bailey sentir-se... bem... um pouco indesejável, e por isso ela respondia às suas provocações em público. Tinha certeza de que as pessoas de fora imaginavam que eles levavam uma vida sexual fantástica. Em certas ocasiões, porém, Bailey sentia vontade de gritar: "Tudo bem, fui eu que disse que ainda não estava preparada para sexo, mas por que você não me pergunta *agora*?"

Mas Bailey não gritou coisa alguma. Em vez disso, cozinhou lautas e divinas refeições. Fez um panelão de *chili* com carne e pão caseiro quando Matt e quatro amigos seus do curso secundário passaram o dia retirando as colméias da lareira. Fez pizza para esses mesmos homens no dia em que eliminaram o banheiro verde.

E, quando Matt contou para ela que ouvira dizer que o diretor da empresa que ele queria que o contratasse era considerado um gourmet, olhou para ela com olhos de súplica. Será que você não faria um daqueles seus jantares de matar para dar uma forcinha para eu conseguir o emprego, por favor?, era o que, silenciosamente, ele lhe pedia. Claro que ela se ofereceu para convidá-los para jantar, e passou doze horas na cozinha preparando um banquete marroquino. Fez torta de massa folhada recheada de azeitonas e tomates, um peixe inteiro assado com especiarias, um *tajine* de frutos do mar perfumado com cardamomo e cominho, e galinha ao açafrão salpicada de damascos, passas e amêndoas. E, evidentemente, *pastilla*, aquela torta marroquina divina de frango e especiarias, envoltos em várias camadas de massa assada até atingir um marrom-dourado e cobertos com açúcar. De sobremesa, quando os seis homens, empanturrados, disseram que nada mais lhes cabia no estômago, Bailey serviu *sorbet* de ameixa e framboesa com pequeninos *cookies* açucarados no formato de casinhas. Todos os convivas riram da piada, e o chefão disse a Matt que seria um prazer tê-lo como funcionário de sua empresa.

— Se você entende de projetos a metade do que ela entende de cozinha, vai dobrar nossas vendas — disse o homem.

Durante essas semanas, Bailey encontrou-se com freqüência com Patsy e Janice. No entanto, quando Janice veio lhe contar que não "achara nada de errado" na contabilidade do marido, e mesmo tendo examinado tudo relativo aos últimos nove anos, Bailey nada disse. E, quando Patsy confessou que o marido e os filhos tinham lhe pedido pelo amor de Deus para não bordar mais nenhum animal, nenhuma planta nem nenhuma criatura fantástica em alguma peça de roupa deles, Bailey também nada disse. Não, Bailey não queria comprometer aquela deliciosa vida pacata com que sempre sonhara. Vivia com Matt como tentara viver com Jimmie. Mas o dinheiro de Jimmie e a sua... a sua necessidade de "atenção" se haviam interposto no caminho da felicidade perfeita.

Bailey saiu do carro e caminhou para a varanda da frente. Agora a casa era bonita, o tipo de lugar que sempre quisera ter. A varanda profunda circundava cerca de um terço da casa, e era mobiliada com duas cadeiras de balanço de madeira com assento de palhinha e três cadeiras de vime com almofadas floridas. E Matt ainda pendurara um balanço num dos cantos da varanda.

Bailey, no entanto, quase nunca se sentava na varanda. Simplesmente porque, desde que ela ficara pronta, quase nunca conseguira sair da cozinha. Patsy disse que Matt estava tentando recuperar o tempo perdido.

— O Rick disse que, quando eles eram pequenos, o Matt era muito orgulhoso, e não gostava de participar dos eventos sociais porque achava a família dele muito pobre para retribuir os convites. O Rick não tem esse orgulho ridículo do Matt, por isso ia a todas as festas; a gente se divertiu muito nos tempos de estudante. Mas o Matt não. O Matt ficava sozinho. Então, claro, casou com a Cassandra. — Patsy disse essa última frase como se não fosse preciso dar mais explicações.

Por conta dessas palavras da Patsy, nessas seis semanas Bailey se sentira na obrigação de receber metade de Calburn e boa parte das cidades vizinhas. Não podia negar a Matt uma coisa que lhe faltara na infância, não é mesmo? Além do mais, cumprindo sua promessa, ele pagava toda a comida. E sempre lhe perguntava se ela se importava de cozinhar para tanta gente e com tanta freqüência.

— Não, adoro fazer isso — era o que ela sempre lhe respondia.

Agora, ela olhou a varanda, mas o que realmente viu foi as cadeiras, o balanço e as duas mesinhas de tampo de azulejo que faziam parte do quinhão de Matt na divisão de bens do seu divórcio.

— Como foi a Cassandra que comprou, tenho certeza de que custaram os olhos da cara — ele lhe disse. — E elas estão lá, sem uso, talvez a gente pudesse aproveitá-las, isto é, se você não se importar — completou, e depois olhou para ela.

— Claro que a gente deve aproveitar esses móveis. É uma bobagem desperdiçar coisas assim.

Mas ela jamais gostara daquelas cadeiras. Eram muito lustrosas, muito "designer", e o estampado do chintz, muito espalhafatoso e moderno. Bailey preferiria viajar até a Carolina do Norte e encomendar móveis de algum artesão de lá. Mas não revelou isso a Matt.

Dentro da casa, olhou em volta. A sala estava totalmente diferente do que ela encontrara quando se mudara para lá. Agora, a cozinha ficava aberta para a sala, e tinha uma bancada de granito com tamboretes. Nos últimos três sábados, ela servira aos homens uma coisa chamada "queijo frito", enquanto eles assistiam a partidas de beisebol no telão que Matt trouxera numa noite de sexta-feira. Na noite anterior ao dia em que eles, ex-colegas seus do curso secundário, viriam ajudá-lo a consertar o chão inseguro do sótão, Matt disse:

— Eles não estão acostumados com comida estrangeira. Não me leve a mal, adoro a sua comida, mas esses caras cresceram em Calburn e, sabe...

Ele não precisou concluir, Bailey entendeu o que queria dizer com isso. No segundo sábado em que os homens vieram (e nesse dia veio mais gente), um deles trouxe um presente de agradecimento para Bailey. Era uma maquininha de cortar cebola em gomos, de modo que, depois de fritá-la em muito óleo, ela se transformaria numa "flor de cebola".

Os homens, sob a supervisão de Matt, tinham deixado a sala bonita. A cozinha era pequena e funcional, com uma enorme despensa, feito um closet, para as provisões. Não havia armários suspensos, só prateleiras onde ela guardava os itens mais usados. Matt tinha pedido a um amigo seu, marceneiro, para usar sua oficina, e fizera para Bailey armários de chão com o pinho-de-riga que arrancara da parede de uma garagem que havia reformado. Bailey e ele riram muito quando ele lhe contou que a dona da casa não gostava daquela bela madeira, e pediu para Matt botar no lugar dela chapas de gesso.

— E depois ela cobriu tudo com papel de parede imitando pinho-de-riga — contou, e os dois explodiram numa estrondosa gargalhada.

Matt preencheu os buracos dos pregos, lixou a madeira apenas o suficiente para retirar a gordura e a fuligem acumuladas ao longo dos anos e por fim aplicou verniz fosco como acabamento. Bailey sorria sempre que olhava para esses armários, de tão bonitos que eram.

No entanto, se a cozinha era toda dela, outras partes da casa pareciam não ter nenhuma relação com ela. O que Patsy dissera sobre Matt estar tentando recuperar o tempo perdido ficara ressoando nos seus ouvidos. Em certo sentido, Matt estava tentando reescrever a história. Ele havia sido um recluso, segundo Patsy, no tempo do segundo grau, e depois fora embora de Calburn "antes de secar a tinta do diploma". Agora, porém, estava toda hora procurando os ex-colegas de estudo e tentando renovar amizades que, na opinião de Rick e Patsy, nunca existiram.

— Você odiava esse cara — disse-lhe Rick um dia, quando soube por Matt que um "velho companheiro" iria lá no sábado. — Aquele babaca queria que todo mundo achasse que ele era o melhor jogador de futebol de todos os tempos de Calburn, mesmo sabendo que você podia dar um banho nele. Mas, como você tinha que trabalhar depois das aulas e nos fins de semana, não podia participar da equipe. Lembra do acerto de contas que vocês tiveram no estacionamento quando você trabalhava na leiteria? O gerente te demitiu naquela noite mesmo.

— Isso foi há muito tempo — murmurou Matt, e logo em seguida ligou a televisão e se recusou a voltar a tocar no assunto.

Agora havia fotos emolduradas da família de Matt por toda a casa de Bailey e dois óleos de paisagens. Não eram feios, mas Matt os tinha comprado com a ex-mulher.

— Foi um amigo do pai dela que pintou — disse Matt. — Hoje não vale muito, mas pode valer um dia.

— E por que é que a Cassandra não ficou com eles? — perguntou Bailey.

Matt encolheu os ombros.

— O Carter não gostava deles.

Bailey teve vontade de dizer "nem eu", mas não disse.

O armário do corredor estava abarrotado de equipamentos de esporte de Matt; ela mal conseguia enfiar uma vassoura ali. O terceiro quarto estava cheio de caixas não abertas desde o divórcio de Matt. Ele dizia que algum dia as abriria, mas, pelo visto, nunca encontrava tempo para fazê-lo.

Na parte de cima, o sótão "dela" agora estava todo tomado pelo material de trabalho dele. Ele comprara um negócio chamado sistema CAD para fazer seus desenhos. O chão do outro lado fora consertado, a balaustrada, retirada, e aquela área também estava ocupada com as coisas de Matt. Ele botara ali outra prancheta com uma máquina para desenho que deslizava para cima e para baixo na superfície.

— Penso melhor com um lápis na mão do que com o mouse — disse-lhe sorrindo.

No canto, havia uma opulenta bergère com uma luminária acima dela e uma grande otomana. Matt enchera as paredes de prateleiras, onde repousavam centenas de livros de consulta.

Bailey saiu pela porta de trás e, atravessando a varanda, agora aberta, foi para o jardim. Pelo menos a amoreira continuava a mesma, pensou. Deu uma parada e levantou a vista para contemplar os galhos grandes e antigos, as frutas quase maduras. Até então, parecia estar gostando do rumo que sua vida vinha tomando, mas aqueles dois golpes de hoje — saber que a loja fora vendida, e depois Arleen lhe trazendo de volta o passado —, ao que tudo indicava, haviam mudado o seu jeito de ver as coisas.

Quando olhou para cima e viu a amoreira, sentiu que havia chegado a um momento decisivo na vida. A morte de Jimmie desencadeara o processo que levara a esse ponto crítico. Precisava tomar decisões importantes. Podia deixar as coisas como estavam — e, ao pensar nisso, lembrou que sempre havia "deixado as coisas como estavam". É verdade que Jimmie já era rico e famoso quando eles se conheceram, mas essa fama se devia mais aos seus temerários golpes de publicidade do que a qualquer outra coisa. Depois que se casaram, ele abandonou essas atividades extravagantes e entrou no que a mídia costuma chamar de "o mundo dos cachorros grandes". Só depois de desposar a jovem, pacata e gorducha Lillian Bailey, ele se tornou candidato ao cobiçado título de homem mais rico do mundo.

Ela sabia que o que dera a Jimmie fora a consciência de que alguém na Terra o conhecia, de que alguém conhecia a pessoa que ele realmente era, e o amava assim mesmo. Ser amado de verdade, não é essa a droga mais poderosa do mundo? Jimmie costumava levantá-la, fazê-la rodopiar no ar e dizer:

— Você me dá força, Ferruginha. Não preciso de muita coisa neste mundo, mas preciso de *você*.

E agora, assim como tinha feito com Jimmie, ela começava a desaparecer dentro de Matt. Estava transferindo para ele a carga que depositara em Jimmie de ser tudo e todo mundo para ela. Ficava em casa, escondida na cozinha, esperando que Matt lhe trouxesse o mundo. Bailey não estava fazendo esforço algum para criar uma vida própria. E, lá no fundo, ela se consumia por móveis que não queria e visitas de que não gostava.

Bailey tapou o rosto com as mãos. Não queria lembrar, mas fora muito infeliz nos dois últimos anos com Jimmie.

Enquanto ainda estava na casa dos vinte, era tão apaixonada por ele que achava maravilhoso tudo o que ele fazia. No entanto, ao entrar na dos trinta, havia apenas dois anos, algo dentro dela mudou. Não fazia a mínima idéia do que causara isso; aparentemente, de uma hora para outra, passara a perder a paciência e a se irritar com tudo. Jimmie lhe perguntava qual era o problema, e ela respondia, irritada, "nada". Depois dizia que queria ir para algum lugar, qualquer lugar. Uma dessas vezes Jimmie, olhando sério para ela, falou:

— Mas você vai levar a si mesma junto.

Bailey se recostou na árvore e respirou fundo algumas vezes, para se acalmar. O que fazer agora que se dava conta dessas coisas? A verdade era que ela não fazia a mínima idéia de como proceder de acordo com o que se ensina nos livros de auto-ajuda sobre "como tornar-se você mesmo". Será que deveria dizer a Matt hoje à noite no jantar que "decidi me tornar eu mesma"? E depois? Iria levantar-se para pegar mais comida para ele?

Não, o problema não era Matt. Ele era um homem bom. Ela gostava dele. Não havia muito ardor entre eles, mas era confortável, ela vivia bem com aquilo.

O problema é que Bailey tinha passado a vida se acomodando aos outros, e não sabia como mudar isso. Crescera obedecendo à mãe e à irmã Dolores. E as duas eram...

Por um instante, Bailey fechou os olhos e lembrou-se do pai. Como ela, Herbert Bailey tinha tendência a deixar que os outros tomassem as decisões por ele e se responsabilizassem por tudo.

— Você e eu precisamos de gente como a sua mãe e a Dolores para nos ajudar na vida — ele lhe dissera certa vez. — Além disso, as pessoas como elas ficam furiosas quando são contrariadas. Por isso é melhor deixar que assumam o comando.

Ele vivera segundo essa ética. Todo dia, saía de casa para o trabalho e voltava à noitinha, exatamente na mesma hora, e, quando recebia o salário, entregava o cheque no mesmo dia para a esposa. Não se importava que ela fizesse o que quisesse com o dinheiro, com a casa e com as filhas, e se contentava em sentar na poltrona para ler seu jornalzinho diário.

Morreu numa tarde de sábado, nessa mesma poltrona. Lillian passara o dia na cozinha preparando suas geléias para uma competição juvenil promovida pelo governo, e da cozinha subiu direto para a cama pela escada dos fundos. Como viu as luzes apagadas na sala, imaginou que os pais e a irmã já tinham ido dormir. Não eram do tipo de família em que os parentes informam uns aos outros aonde vão e quando.

No dia seguinte, Bailey foi cedinho para a casa de uma vizinha fazer um baby-sitting e só voltou na hora do almoço. Quando entrou na sala e viu o pai sentado na poltrona exatamente na mesma posição do dia anterior, entendeu que ele se fora. Quando pressionou os lábios contra sua testa, sentiu-lhe o corpo rijo e frio. Já na noite anterior, a mãe e a irmã o haviam visto dormindo na poltrona, mas não tentaram acordá-lo. Em vez disso, apagaram as luzes e subiram. Bailey ainda lembrava o olhar virulento que os dois policiais lançaram para sua mãe quando um deles disse que, quando foram chamados, aquele homem já estava morto havia cerca de vinte e quatro horas.

Bailey também lembrou que sua mãe simplesmente dera de ombros. Havia cuidado de fazer um seguro para o marido, de modo que seu falecimento não lhe alterava muito a vida. Com efeito, parecia que Bailey era a única pessoa no mundo que sentia falta dele.

Agora, porém, Bailey sabia que não queria mais ser a criança convencida pelo pai de ser como ele, de que era uma pessoa que deixava os outros a controlarem — e era essa mudança que ela *tinha de* fazer. Será que o pai lhe dizia essas coisas para não se sentir só como ela? Será que precisava de um aliado na sua campanha de não-resistência para acreditar que o certo era agir assim?

Bailey tentou aclarar os pensamentos. Crescera recebendo amor de uma única pessoa, seu pai, mas, em troca, tinha de aceitar o que lhe era transmitido. Sempre que fazia menção de enfrentar a mãe, acabava voltando atrás ao olhar para o pai e ver uma expressão que parecia dizer que ele não a amaria mais se ela se tornasse um víbora como a mãe.

Apenas três anos depois da morte do pai, Bailey casou-se às escondidas com James Manville, um homem ainda mais controlador do que o pai.

E aí, pensou, o que estava fazendo agora? Era muito bom entender o passado, mas o que ela *estava fazendo* com esse conhecimento? Podia continuar como era e desaparecer dentro de Matthew Longacre, assim como se tornara a sombra do pai e de Jimmie. Ou deveria tomar alguma atitude radical — chutar Matt da sua casa e dizer que queria decidir a própria vida antes de se envolver com algum homem? E depois veria se conseguia se virar no mundo sozinha?

Pouco provável. Bailey já sabia o que existia neste mundo grande e mau. E ela não tinha esse sentimento típico da juventude rebelde de que a gente pode dispensar um homem bom na crença de que, mais tarde, quando estiver pronta para um relacionamento, vai encontrar outro. E sabia também que não era o tipo de mulher que se dispõe a viver sem homem. Eles podem ter muitos poréns, mas com certeza sabem fazer você rir! Não, ela precisava de um homem na sua vida, disso tinha certeza.

Mas não fora sua *necessidade* de Jimmie que a fizera tolerar muitas coisas nele?

Tolerar, pensou. Como era mesmo aquele ditado? *Aquilo que você tolera é o que vai receber.* Ela "tolerara" seus casos e... o chocolate, pensou, e de novo suas unhas se fincaram nas palmas ainda machucadas. Para falar a verdade, ouvir que fora Jimmie, e não os clientes dele, que lhe mandara os chocolates quando ela estava de dieta a enfurecera mais que as amantes dele.

E o cara da Heinz! Diante dessa lembrança, suas unhas cravaram-se nas palmas com tanta força que ela se sobressaltou.

Ok, disse, então o que quero fazer do resto da minha vida? Quero manter as coisas como estão ou quero fazer algumas mudanças? Quero me enterrar nesse homem, Matthew Longacre, ou quero descobrir o que *eu* posso fazer? Não o que posso realizar vivendo na sombra de um homem, mas por conta própria?

As mudanças venceram com facilidade. Então, que mudanças quero fazer?, perguntou-se. Quero provar a mim mesma que posso *fazer* alguma coisa, foi sua resposta. Não queria ser uma mulher de oitenta anos e dizer aos netos que, embora tivesse vivido num tempo em que as mulheres se candidatavam a Presidente da República, optara por ficar em casa e fritar queijo e cebolas para um bando de homens de quem nem sequer gostava muito.

Pois bem, com o que posso contar?, perguntou-se, e em seguida deu um sorrisinho. Dissera para Arleen que sempre participara dos negócios de Jimmie. Disse isso porque não queria que Arleen pensasse que ela era "um fantasma", como tinha falado aquele desgraçado do Bandy. O fato, porém, é que ela havia aprendido, *sim*, algumas coisas com Jimmie.

Então, em primeiro lugar, ela entendia um pouco de negócios. Segundo, conhecia algumas mulheres que queriam dar um jeito na vida tanto quanto ela.

"Tudo bem", pensou. Basta de lamentação. Sem mais essa de coitadinha da Bailey. Já sabia o que tinha de fazer; só precisava descobrir como. Se por acaso Jimmie estivesse numa situação como essa — não que fosse possível ele jamais se encontrar numa situação totalmente fora do seu controle —, o que faria?

Guerrilha, dava até para ouvir a voz dele dizendo essa palavra. "Pelas caladas. Faz primeiro, depois conta o que fez. Quando está feito, ninguém pode te dar 'conselhos'. E, não tenha dúvida disso, Ferruginha, conselho é uma forma de controle — e controle é poder."

— Faz um plano de batalha — Bailey disse em voz alta — e descobre quem são seus soldados.

Sorrindo, entrou na casa. Tinha de preparar o jantar de Matt.

Capítulo 13

Foi Patsy quem deu a idéia a Bailey.

Passados dois dias desde o encontro com Arleen, Bailey já estava quase enlouquecendo de tanto tentar descobrir o que queria fazer da vida.

Distraidamente, preparou as refeições de Matt e, quando ele lhe mostrou seu último projeto, ela mal olhou para ele.

— Uma merreca... — disse Matt, mas Bailey não respondeu. Sua cabeça estava totalmente ocupada com as perguntas "o quê?", "como?" e "quem?".

Finalmente, foi o que Patsy disse que a inspirou. Era a vez de Patsy recebê-los em casa, e Bailey apareceu carregada de comida. Já chegara ao ponto de não suportar mais aquelas pastinhas insossas de Patsy.

— Meu problema com comida — comentou Patsy — é não saber o que servir antes nem depois.

A cabeça de Bailey estava em outro lugar. Naqueles dias, lera tudo o que encontrara sobre o mercado daquilo que a indústria chamava de "especialidades gastronômicas", e pareceu-lhe que todos os canais desse mercado já haviam sido preenchidos. Havia, por toda parte, geléias finas, além de todo tipo imaginável de molho, temperos prontos e picles; e, pelo que pesquisou, todo país do mundo exportava uma ou duas linhas dos seus produtos. Pelo visto, nesse caso, tudo o que se podia fazer era repetir o que os outros já haviam feito. Mas o que ela realmente precisava era de um buraco para tapar.

— Antes? — perguntou Bailey, distraída.

— É, antes da refeição. O que é que você serve antes da refeição?

— Hors-d'oeuvre — disse Bailey, sem entender o que Patsy estava querendo dizer.

— Sei disso — Patsy falou com certa irritação. — Sei o nome do prato, mas não sei o que servir.

— Você pode... — Bailey começou, mas Patsy a interrompeu, sarcástica:

— Sei que posso preparar pastéis folhados e recheá-los com alguma mistura divina de lagosta. Não sou estúpida. Vejo na televisão esses programas de culinária como todo mundo. Mas não *quero* fazer isso. Parece que ninguém entende que existem pessoas que odeiam profundamente cozinhar. A gente quer entrar e sair da cozinha o mais rápido possível. Mas esperam que a gente banque a anfitriã perfeita.

Bailey estava com tanta dificuldade de entender o que Patsy estava querendo dizer que começou a sair dos seus devaneios para prestar mais atenção.

— Bancar a anfitriã perfeita? — perguntou. — Não estou entendendo.

— Todos esses cozinheiros da televisão dizem para a gente que é fácil preparar refeições fantásticas. Basta acrescentar um pouquinho disso e um pouquinho daquilo, e pronto! Temos um grande prato! O que eles não dizem, antes de tudo, é com o que a gente vai terminar a refeição, e aí a gente tem que ir ao supermercado e comprar todas aquelas coisas e depois preparar. Não tenho um cérebro que funciona assim. E não tenho *tempo* para fazer tudo isso! Compro uma galinha, jogo no forno, cozinho uns legumes e derramo um molho enlatado sobre eles, e posso também adicionar água a um purê de batatas instantâneo, e tenho uma refeição razoável. Mas, quando tenho visita, quero fazer um pouco mais, mas não sei o que fazer para servir antes e depois. Entende? Hors-d'oeuvre e alguma sobremesa que não seja sorvete.

Bailey ficou parada na frente dela, o olhar meio atônito.

— Antepastos e sobremesas... — disse baixinho, e sua cabeça parecia dar voltas. Cogumelos em conserva, de bandeja. Azeitonas picadas sobre rodelas de pão torrado. Bolinhos com cerejas ao licor derramadas por cima.

— Antepastos e sobremesas — disse de novo, e sorriu. Logo a seguir, abriu ainda mais o sorriso. Depois jogou os braços em volta de Patsy e deu-lhe um forte abraço.

— O que é que está acontecendo aí? — Scott gritou lá do jardim. — Será que a gente pode participar também?

— Coisa de mulher — gritou Patsy para ele, depois abaixou a voz. — Agora, me diz, o que é que está passando por essa sua cabecinha?

— Segredo de Estado — disse Bailey. — Você acabou de me dar a idéia para o meu novo negócio. Topa?

— Topo! — disse Patsy na mesma hora.

— Então, não fala nada para ninguém, principalmente se for alguém do sexo masculino — Bailey falou rapidamente ao ver Matt se aproximar.

Dez minutos mais tarde, Janice falou baixinho para Bailey:

— O que é que você está tramando?

— Vou abrir um negócio, mas vou fazer tudo em segredo. Não vou deixar nenhum homem saber, não quero correr o risco de ele de alguma forma tentar me dissuadir da idéia. Topa entrar nessa ou quer investigar a contabilidade do seu marido dos últimos *dez* anos?

Na hora, Bailey se arrependeu do que disse, achando que tinha pegado pesado, e imaginou Janice jogando a bebida na cara dela. No entanto, quando Janice falou, sua voz saiu tão baixa que Bailey mal a escutou.

— Descobri uma conta bancária — Janice disse, os olhos no marido, que estava rindo de alguma coisa que Rick dissera. — Ele não sabe que descobri isso e não sabe que sei para o que é — ou melhor, para *quem* é. Mas desviei os juros, e vou começar a desviar o principal. Quando ele descobrir, vou ter o suficiente para dar no pé.

Bailey prendeu a respiração. Tudo bem, não gostava do marido de Janice, e sempre pensara que detestaria que a sogra tomasse conta dos seus filhos, como acontecia na vida de Janice, mas nunca vira algum sinal de que ela queria sair daquela situação.

— Não posso garantir que a gente vai lucrar com isso — disse Bailey. — A gente pode perder tudo o que tem.

— Tudo o que *ele* tem — corrigiu Janice. — A gente pode perder tudo o que *ele* tem.

Em seguida, Janice virou-se e saiu. Bailey ficou vendo-a afastar-se, e achou seus ombros mais erguidos e sua cabeça mais alta.

No dia seguinte, Bailey já tinha concluído que o primeiro passo deveria ser tentar convencer Janice e Patsy a trabalharem juntas. Primeiro, recorreu ao bom senso.

— A gente não pode abrir um negócio se duas das sócias não falam uma com a outra — disse, depois de fazerem os pedidos do almoço. As duas mulheres olharam para ela com rostos de pedra. Estava claro que não tinham nenhuma intenção de tocar nesse assunto.

Bailey pensou em bancar a terapeuta e perguntar qual era a origem daquilo, para depois resolver a questão. Esse pensamento, porém, não durou mais do que trinta segundos. Ela não tinha tempo para começar *duas* carreiras.

Naquela noite, Bailey serviu de jantar para Matt camarões grelhados e legumes cozidos no vapor. Uma refeição ligeira; ela não tinha tempo para preparar nada mais elaborado.

— Quando a Patsy vai a algum lugar e quer que a Janice vá com ela, como ela faz?

— Escreve uma carta — respondeu Matt, mordendo um camarão.

— Uma carta? — perguntou Bailey, como quem nunca ouviu falar numa carta.

— Elas não se falam, mas se escrevem. Claro que não destinam a carta uma à outra, mas a Patsy usa papel de carta verde e a Janice, azul, e assim todo mundo sabe para quem é a carta. Na verdade, isso tudo começou por causa...

Bailey levantou a mão fazendo-o calar.

— Não me conta por que elas não se falam, só preciso saber como fazer uma se comunicar com a outra, e já.

— Ah — disse Matt. — Por falar nisso, sobre o que era a conversa tão séria que vocês três estavam tendo ontem?

— Sobre comida — Bailey respondeu prontamente.

— A Patsy estava falando de comida — ele falou com indiferença, e depois viu Bailey desviar o rosto para impedi-lo de ver seu rubor.

— É, a gente estava falando de comida — disse, de costas para ele.

— Sei.

Bailey virou-se de novo para ele.

— Carta demora muito. Você acha que elas se escreveriam por e-mail? E fax?

Matt olhava fixamente para Bailey.

— O que é que vocês estão tramando?

Bailey pensou em dizer que não era da conta dele, mas, em vez disso, sorriu.

— A gente está planejando uma festa surpresa para o Rick — disse. — E a Patsy quer que eu prepare um jantar magnífico para ele. Acho que ela está pretendendo convidar umas cem pessoas.

Por um instante, ela ficou olhando meio assustada para ele, a respiração presa. Será que ele iria engolir essa história? E quando mesmo era o aniversário do Rick?

Matt soltou um pequeno grunhido quando pegou outro camarão.

— É melhor vocês se apressarem então, porque o aniversário dele já é daqui a três semanas. Se eu puder ajudar de alguma forma, me fala.

Bailey nada disse, só saiu para refrescar a cabeça. Nunca fora boa para mentir, e era péssima para fazer as coisas em segredo. "O que você pensa está escrito na sua testa", mais de uma vez Jimmie lhe dissera. Agora, porém, ela podia sorrir. Acabara de contar uma baita mentira, e não só o teto não tinha desabado na sua cabeça, como, pelo visto, Matt havia acreditado nela. Olhou para a amoreira com um sorriso imenso no rosto. Dera o primeiro passo no caminho para tornar-se uma autêntica trapaceira — e não é que gostou?

Se Bailey conseguiu se livrar de Matt sem muitos problemas, quase destruiu sua incipiente empresa antes de abri-la ofendendo Janice sem querer. Foi na primeira reunião privada delas, realizada no quarto de costura de Patsy.

— Aqui nenhum homem vai importunar a gente — disse Patsy — depois do que eu fiz com o Rick.

— Tá bom, vamos lá, me conta — disse Bailey —, o que foi que você fez com o seu marido?

— Bordei coelhinhos cor-de-rosa em todas as cuecas dele. Ele não sabia até o dia em que estava na estação trocando de roupa, e uns caras viram. Imagino o quanto não curtiram com a cara dele.

— E ele não ficou uma fera? — perguntou Bailey.

— Ah, ficou. Mas eu chorei e disse que tinha me enganado, e isso porque toda hora vinha alguém me interromper no meu trabalho. Desse jeito, eu não conseguia me concentrar. E mostrei para ele um novo motivo que tinha bordado por engano numa camisa cara que ele tinha acabado de comprar. — Patsy levantou uma camisa jeans masculina. No bolso havia o bordado de uma mamãe pata com quatro patinhos atrás dela. Patsy largou a camisa. — Independentemente do que eles ouvirem vindo desse quarto ou do tempo que a gente passar aqui, nem meu marido, nem meus filhos vão perturbar a gente.

Bailey olhou para Patsy com admiração. Seus métodos eram cruéis, até desumanos, mas funcionavam.

Foi, no entanto, Bailey quem causou problema. Elas estavam procurando um nome para a empresa.

— Tem que ser uma "coisa" — disse Patsy. — Uma coisa concreta para que a gente possa fazer um logotipo para ela.

— Mamãe Pata não é um mau nome — Janice falou, olhando para Bailey como se só estivessem as duas ali naquele quarto.

— Estou pensando em Conservas Arco-Íris ou algo assim — disse Patsy, fria e cerimoniosa.

Bailey sentiu vontade de gritar. Como elas conseguiriam fazer alguma coisa *juntas* se não se falavam? E agora estavam dando alfinetadas uma na outra feito duas adolescentes. A tensão crescia no ambiente, e ela tentou aliviá-la.

— Por que não damos o nome de "Os Seis de Ouro"? Com esse nome, a gente vai vender tudo o que produzir aqui mesmo em Calburn — disse sorrindo.

Para sua consternação, as duas mulheres olharam para ela contrariadas. O lábio de Patsy se retorceu, e o olhar que Janice lhe lançava era frio e duro.

— O que foi que falei de errado? — sussurrou Bailey.

— Por que é que você não bota o nome de "Trinta de Agosto" e está encerrado o assunto? — disparou Janice, e depois se levantou e saiu do quarto.

A virulência do tom de Janice deixou Bailey sem respiração. No entanto, pior foi o que ela disse. Trinta de agosto era o aniversário de Jimmie. Será que essas duas mulheres tinham conseguido descobrir quem ela era?

Não, pensou, isso não seria possível. Com certeza, a data era uma coincidência. Mas o que enfurecera tanto Janice? Bailey olhou para Patsy, que estava com a cabeça baixa, concentrada na agenda que estava em seu colo.

— O que foi que eu disse de errado?

Quando Patsy levantou a vista, revelou olhos tão frios quanto os de Janice.

— Sei que você é uma forasteira, mas esses seis garotos significam muito para as pessoas desta cidade. Por isso te aconselho a não fazer piada deles. Te aconselho principalmente a não fazer nenhum comentário contra eles com o Matt.

— Com o Matt? — Bailey perguntou. — Por quê?

Patsy olhou para ela como se ela fosse uma tapada.

— O pai do Matt e do Rick era um dos Seis de Ouro.

Durante algum tempo, Bailey ficou olhando abismada para Patsy, tentando lembrar o que tinha falado dos garotos com Matt. Ele nunca dera a entender que tinha alguma relação com eles.

— E quanto à Janice? — perguntou Bailey, num tom que não deu margem para Patsy brincar que não sabia quem era aquela.

— O pai — murmurou Patsy, curvando a cabeça de novo. — Era um deles.

Uma hora mais tarde, Bailey entrou no carro e debruçou a cabeça no volante. A reunião fora um fiasco. Nessa manhã ela tinha acordado muito entusiasmada. Estava prestes a abrir um negócio fabuloso com duas mulheres que haviam se tornado suas amigas, e tudo isso em segredo — quer dizer, escondido dos homens com quem elas viviam.

Agora, porém, ela se sentia como se tivesse amputado as duas pernas. Suas duas "sócias" se recusavam a falar uma com a outra, e a reunião de "negócios" havia se transformado numa coisa de garotinhas, em que todo mundo sai ofendido.

— As mulheres nunca conseguem jogar — Jimmie costumava dizer, como sempre sem fazer qualquer esforço para esconder seu machismo. — Vocês, mulheres, se melindram fácil, e acabam caindo fora.

Bailey se recostou no banco e fechou os olhos. Parte dela queria desistir de tudo na mesma hora e dizia que devia ir à loja de lingerie mais próxima e comprar algo bem sexy para depois ficar desfilando na frente de Matt. Tinha a impressão de que ele era o tipo de homem que, na manhã seguinte, estaria lhe propondo casamento. Ter um casal de filhos, pensou. Preparar manteiga de amendoim e sanduíches de geléia. Levar as crianças para jogar futebol e para as aulas de balé.

No entanto, mesmo com esses pensamentos, pôs a chave na ignição e girou. Ok, era obrigada a reconhecer que o termo *forasteira* a ofendera. É, ela era uma forasteira. E, obviamente, era também bastante nativa, uma vez que seus comentários mordazes sobre a história da cidade eram capazes de ofender as pessoas.

Em casa, estava com três fôrmas de pão levedando. Devia voltar, sovar o pão e depois colocá-lo de novo no forno para uma segunda levedação. Mas não fez nada disso. Pegou de novo a estrada e dirigiu até a Ridgeway. Estacionou em frente à biblioteca.

Quando Bailey entregou a papeleta com o seu pedido à funcionária que estava atrás do balcão de periódicos, a moça não se espantou. Não é de Calburn, Bailey pensou, ou teria feito algum comentário sobre a data. Minutos mais tarde, o microfilme estava na máquina, e Bailey via a *Ridgeway Gazette* de 31 de agosto de 1968. Precisava descobrir o que Janice estava querendo dizer com a sua furiosa alusão àquela data.

"Tragédia em Calburn", dizia a manchete.

Em seguida, vinha a história do assassinato-suicídio de Frank McCallum e sua jovem mulher, Vonda. "Dos Seis de Ouro, Frank era o mais falante", dizia o artigo.

Ele era o que tinha voz, o que conseguia convencer todo mundo, e durante anos tudo o que tocava parecia de fato "de ouro". Partiu de Calburn logo depois de se formar no curso secundário, mas retornou poucos anos mais tarde, viúvo e com um filho pequeno para cuidar sozinho. Com seu talento para falar e para vender, arrumou facilmente um emprego na revendedora local de carros usados. Em um ano, foi promovido a gerente e, no ano seguinte, estava vendendo mais carros do que qualquer outro revendedor da região.

Mas, a partir daí, sua sorte mudou. Há quem diga que isso começou no dia em que usou a voz para seduzir uma estudante do secundário chamada Vonda Olesky. As pessoas da Igreja Batista de Calburn se enfureceram com esse ato de Frank, e muitas delas disseram que a impunidade dos Seis de Ouro estava indo longe demais. Então, Frank McCallum casou com Vonda, uma jovem com metade da sua idade.

Não muito tempo depois do casamento, Frank chegou ao trabalho bêbado. Ninguém sabe ao certo o que aconteceu nem como aconteceu, mas um carro foi deixado engrenado e, de alguma forma, bateu em Frank e o imprensou contra uma parede de concreto. Ele passou semanas no hospital e, quando saiu, era só a carcaça do homem que fora antes. Ficou com o braço esquerdo inválido, mas, pior que isso, perdeu a sorte. Um ano depois do acidente, Frank foi despedido do emprego na revendedora de automóveis. Sem dinheiro, sem emprego e alcoólatra, Frank pegou a mulher e o filho e mudou-se para a casa em que crescera, uma cabana na montanha sem água encanada e sem eletricidade. Mal se pode imaginar seu desespero pelo rumo que sua vida havia tomado.

Mas quem de nós esquece os feitos gloriosos dos Seis de Ouro? Anos atrás, em 1953, seis garotos tiveram de deixar sua amada terra natal para ir estudar na escola secundária de outra cidade. Tiveram de suportar crueldades, como só os que sobreviveram à escola secundária conhecem. Foram maltratados, importunados, ridicularizados. E esses garotos deram o troco? Não. Pelo contrário, quando houve perigo e necessidade de heroísmo, os garotos de Calburn estavam lá. Não há ninguém nessa metade do Estado que não tenha ouvido falar que os Seis de Ouro salvaram toda a escola quando ela correu risco.

Mas muitas águas passaram por baixo da ponte. Sabe-se lá como, Frank McCallum foi do topo ao fundo. Despencou. De herói, passou a uma vida de alcoolismo e pobreza desesperadora e, no fim, a assassinato e suicídio. Não sabemos ao certo que circunstâncias o levaram a esse ato; só sabemos os fatos.

No dia 30 de agosto de 1968, Frank McCallum atirou na sua jovem mulher e depois em si mesmo. As autoridades classificaram o caso como assassinato-suicídio.

O enterro será no cemitério Davis, em Calburn, no dia 2 de setembro. Tenho certeza de que todos nós conhecemos os nomes dos que vão carregar o féretro.

Embaixo, havia uma lista de nomes: Rodney Yates, Thaddeus Overlander, Frederick Burgess e Harper Kirkland. E, por último, vinha o nome Kyle Longacre. O pai de Matt.

Bailey mexeu na máquina do microfilme para botar no dia 2 de setembro. Nada havia na manchete da primeira página, mas, na página 6, se lia: "Toda a Calburn de Luto".

"Há três dias os corpos de Frank McCullam e de sua jovem esposa foram encontrados numa poça de sangue, ambos com o rosto estourado."

Bailey fez uma careta e pulou as duas frases seguintes. O primeiro artigo fora escrito num tom melancólico e elegíaco; já esse parecia inspirado pelo gosto por detalhes sórdidos. Foi olhar o nome dos jornalistas; de fato, os artigos haviam sido escritos por pessoas diferentes. Continuou a ler.

Mas o que ninguém sabia há três dias era que outras tragédias haviam acontecido em Calburn naquela noite fatídica. Gus Venters, um cidadão proeminente e muito querido em Calburn, se enforcou. A viúva, consternada, disse ao delegado que não fazia a mínima idéia da razão que levou seu amado esposo a querer morrer. Afirmou que ele tinha tudo de que precisava para viver: uma fazenda, um negócio e dois belos filhos adotivos que o amavam muito. "Não consigo compreender", a senhora Venters disse a este repórter.

Bailey fez uma careta ao ler isso. Não se mencionava que a mulher dele estava tendo um caso extraconjugal e que o mandara embora. Continuou a ler.

Também na noite da morte de Frank McCallum, um dos Seis de Ouro saiu da cidade e ninguém mais o viu. No enterro de McCallum, descobriu-se que a mulher de Kyle Longacre conseguira esconder por três dias o sumiço do marido. No entanto, a cidade soube que havia algo de errado quando ele não compareceu ao funeral, e assim não foi um dos que carregaram o féretro. Um homem como Kyle Longacre não teria faltado ao enterro de um amigo de longa data sem que houvesse algo de muito errado.

Este jornalista soube, por fonte anônima mas confiável, que a senhora Longacre é da família Winfield, uma proeminente família da Filadélfia. Mas ela não teve mais contato com sua família desde que abandonou a faculdade, poucos meses antes de se formar para casar com o carismático Kyle Longacre. A mesma fonte informou a este repórter: "Acho que eles não consideravam um filho de Stanley Longacre bom o suficiente para a família deles." Os habitantes mais antigos de Calburn lembram que o pai de Kyle Longacre era o homem mais rico de toda essa região até perder tudo em 1958, quando entrou no carro acompanhado da mulher de trinta anos e o fez despencar de um penhasco. Na sua lápide lia-se: "Juntos na morte como na vida".

Por conta dos reveses financeiros, Kyle viu-se obrigado a abandonar a universidade antes de se graduar. Retornou a Calburn, sua terra natal, e começou a ganhar a vida como caixeiro-viajante. Pouco depois de voltar para Calburn, a jovem dama da alta sociedade que ele conhecera na escola, contrariando a família, casou-se com ele, e foi viver em Calburn com o marido, cujo trabalho o mantinha fora a maior parte do tempo.

Mas o grande romance parece ter terminado só há três dias. Disseram a este repórter que Kyle Longacre deixou um bilhete para a esposa — cujo teor ela não revelou — e foi embora da cidade. Abandonou a mulher e dois filhos pequenos, Matthew, de cinco anos, e Richard, de três. Inquirida, a senhora Longacre disse estar planejando pegar os filhos e voltar para a casa da família, na Filadélfia.

Bailey se recostou na cadeira. A mãe de Matt não voltou para a Filadélfia, ou, se voltou, acabou retornando para Calburn. O que será que aconteceu?, Bailey perguntou-se. Será que a mãe de Matt bateu à porta da casa da família, com os dois filhinhos, e não os acolheram?

Coitada, pensou. Foi renegada pela família por ter se casado com o homem que amava; e a família não voltou atrás nem depois de ela ter sido abandonada.

E coitado do Matt, Bailey pensou. Passou a vida lutando para recuperar o que por direito seria seu.

Bailey vasculhou a bolsa em busca de um bloco e de uma caneta. No alto da página escreveu: "30 de agosto de 1968", e começou a fazer uma lista.

Gus Venters se enforcou
Frank e a esposa — assassinato-suicídio
O pai do Matt foi embora para sempre da cidade
Aniversário do Jimmie — 1959

Bailey largou a caneta. Mas essa era *mesmo* a data de aniversário de Jimmie?

Jimmie odiava videntes e tudo que tinha a ver com previsão do futuro; depois de conviver com ele muitos anos, Bailey entendeu que esse repúdio não se devia à descrença, mas ao medo do que poderia ser revelado. Numa daquelas festas habituais, uma mulher, da baixa aristocracia, por acaso era astróloga diletante. Ela perguntou o aniversário de Jimmie. Quando, porém, Bailey disse que era 30 de agosto, a mulher falou:

— Acho que não. Ele não é virginiano. Não, James Manville é tudo, menos virginiano. Será que você pode ver para mim a *verdadeira* hora e local do nascimento dele? — perguntou. — Vou fazer o mapa dele.

Bailey não contou a Jimmie o que a mulher dissera, e certamente não lhe perguntou onde e quando nascera — sabia que não poderia confiar na sua resposta. E, pior, ele iria conseguir arrancar dela quem tinha feito a pergunta. Aí, Bailey sabia, ela nunca mais veria a astróloga de novo, e até gostara daquela mulher.

— Não menciona para ninguém esse seu... hobby — Bailey lhe disse baixinho, e a mulher assentiu com a cabeça, mostrando que havia entendido.

Agora, Bailey lembrou-se de uma hora ter olhado para Jimmie e percebido que ele a estava observando, como se tentando entender o interesse da esposa por aquela velha mulher, que usava brilhantes falsos suficientes para derrubar uma pessoa menor. Naquela noite, Jimmie perguntou-lhe o que ela vira de tão interessante na mulher, e Bailey tagarelou sobre achá-la tão instigante pelo fato de ela já ter viajado pelo mundo inteiro. Jimmie olhou para ela com uma sobrancelha levantada, o que fez com que Bailey percebesse que ele sabia que ela estava mentindo. Mas ela se manteve firme e não lhe contou a verdade. Foi a última vez que viu a condessa.

O que Bailey lembrava mais nitidamente sobre a astróloga era ela ter dito que apostava a própria vida que James Manville não havia nascido no dia 30 de agosto.

Agora, Bailey olhou o relógio. Já passava das três e, se pretendia ir para casa preparar o jantar de Matt, era melhor ir embora. No entanto, quando foi mexer na máquina para rebobinar o filme, viu uma nota no fim do artigo: "Ver a reimpressão da história original a partir da página B2."

Não havia nada no mundo capaz de impedi-la de resistir à tentação de girar o filme para a segunda página da segunda seção do jornal.

A verdade é que, até hoje, toda a idéia de um grupo de secundaristas chamados de os Seis de Ouro lhe soara meio como piada, um evento local ocorrido havia muito tempo e muito longe. Ela nem sequer se interessara por ler o livro que Violet lhe dera. Até hoje, achava que não conhecia ninguém que tivesse alguma ligação com esses rapazes. Agora sabia que o pai de Janice era um deles, e também o de Matt. Por que o pai de Matt abandonou a mulher e os dois filhos? Será que Kyle Longacre ficou tão arrasado com o assassinato-suicídio do seu amigo de infância que não conseguiu mais suportar sua cidade natal?

Bailey leu a história do que aconteceu em 1953, do evento que dera aos garotos o título de os Seis de Ouro, e, quando terminou, teve de admitir que o que os garotos fizeram foi de fato bastante heróico.

A primeira parte do artigo recontava a história que Violet lhe contara, do incêndio na escola secundária e dos meninos sendo mandados para Wells Creek.

Mas a repórter não se limitou a noticiar. Passara um tempo pesquisando, entrevistando pessoas, de modo que conseguiu apresentar não só fatos, mas uma história completa. Ela contou que os pais quase enlouqueceram a diretoria da escola querendo escolher para onde mandar os filhos. Resolveu-se, então, que colocariam o nome de todos os alunos dentro de um chapéu e fariam um sorteio. Por conta dessa escolha aleatória, todas as meninas foram mandadas para uma escola, enquanto outra só recebeu duas alunas. E foi por causa desse sorteio que seis rapazes que, embora tendo crescido na mesma cidade, não se conheciam acabaram ficando juntos.

A jornalista contou um pouco sobre cada garoto e, embora tenha tido a delicadeza de jamais mencionar que se tratava de pessoas de diferentes classes sociais, esta informação, definitivamente, estava implícita. Ela disse que os garotos eram de origens tão distintas que nunca teriam se tornado amigos não fosse o fato de terem sido colocados juntos.

Havia Thaddeus Overlander, um menino aplicado, filho de cristãos-novos. "Tadd" não tinha autorização nem para assistir a uma partida de basquete, quanto mais para ter vida social. Frederick Burgess, que todos chamavam de "Burgess", era atleta, um brutamontes que achava os estudos "difíceis". Harper Kirkland vivia só com a mãe, a última da família que fundara Calburn e que, segundo a jornalista, já fora dona daquilo tudo. Mas o avô de Harper foi aos poucos vendendo a terra e gastando o dinheiro, de modo que só sobrou para a família Kirkland o pequeno jornal de Calburn.

Frank McCullam e Rodney Yates eram primos, criados nas montanhas da Virgínia numa vida marcada pela pobreza. Estudavam em

Calburn porque estavam morando com um dos sete irmãos de Rodney, um jovem que abandonara os estudos no sexto ano. Rodney e Frank, no entanto, queriam um futuro melhor e, portanto, decidiram terminar os estudos.

A repórter descreveu Frank como um orador persuasivo, que trabalhava em meio expediente vendendo anúncios para o jornal.

"E basta olhar para Rodney Yates para saber qual é o seu dom", dizia o artigo. Nesse ponto, Bailey girou todo o filme para ver se encontrava alguma foto, mas infelizmente não havia nenhuma. Voltou para o artigo. "Rodney é um rapaz extremamente bonito", escreveu a jornalista, "e é raro vê-lo sem um monte de garotas por perto.

E, por fim, há o Kyle."

Ao ler isso, Bailey prendeu a respiração. Como era o pai de Matt? Qual era a verdadeira natureza de um homem capaz de abandonar a mulher — uma mulher que abrira mão da herança e da família por sua causa — e os filhos pequenos?

"Kyle é o astro do grupo", escreveu a jornalista. "Todo mundo na Virgínia e provavelmente em muitos outros Estados ouviu falar de Stanley Longacre e do seu inacreditável sucesso. Viram a mansão onde Kyle vive, a mansão que seu pai construiu. Mas naquela época muita gente da Virgínia morava em casas construídas por Stanley Longacre. Parece natural que um homem que produziu tanto tenha gerado um filho como Kyle: bonito, atlético, aluno nota dez, participante da turma de debate, da equipe do anuário, e eleito presidente de classe todo ano desde a quarta série."

— Mas ele abandonou a mulher e os filhos — Bailey murmurou, chocada, e depois voltou a ler.

Naquele dia do outono de 1953, alguém, um homem com uma "voz agourenta", ligou para a escola dizendo que havia botado uma bomba lá dentro e que "eles jamais conseguiriam sair dali vivos". Menos de um minuto depois, uma fumaça negra começou a espalhar-se pelos corredores da escola. No caos que se formou, foram os seis garotos de Calburn que fizeram com que todos os alunos escapassem ilesos.

Quando a repórter chegou, todos os estudantes estavam do lado de fora, os bombeiros e a polícia estavam lá, e muitos dos alunos choravam. Ela escreveu que, a princípio, achou que os jovens estavam chorando de medo, mas algumas garotas disseram, "A gente foi tão má com eles", e a jornalista resolveu entrevistar mais pessoas. Contaram-lhe que os alunos de Wells Creek não queriam os alunos extras de Calburn, e por isso os transformaram em *personae non gratae*. "Ratos mortos nos *lockers*", escreveu. "Trotes, xingamentos, todo tipo de exclusão. Deve ter sido horrível para os garotos de Calburn, mas, no fim, eles passaram por cima do tratamento que receberam e arriscaram a vida para salvar os outros."

Bailey leu o relato do que aconteceu naquele dia. Taddy disse aos jornalistas que, depois da ordem de evacuar a escola, ele viu pela janela da sua sala uma fumaça saindo do ginásio. Viu alguns jogadores de futebol americano batendo à porta, e achou que podiam estar presos lá. Como a porta da sua sala estava bloqueada pelos alunos amontoados tentando sair, Taddy pulou a janela, desceu pela escada de incêndio e abriu a porta para que os jogadores pudessem sair.

Rodney disse ter ouvido gritos vindos do vestiário das meninas, e correu naquela direção. Encontrou a porta trancada, e por isso deu a volta pela janela. O vestiário ficava no subsolo, e as janelas também estavam trancadas, mas a oficina era perto dali, e Rodney, sem perda de tempo, foi lá, pegou um pé-de-cabra e arrombou as janelas. As garotas subiram no banco e pularam a janela, salvando-se.

Nesse ponto, a repórter registrou sua entrevista com Rodney, textualmente:

— Não é verdade que algumas garotas estavam nuas? — ela perguntou a Rodney.

— É verdade, senhora, estavam sim.

— E você deu para elas suas próprias roupas para elas se cobrirem, não é isso?

— Dei para elas minha jaqueta, minha camisa, minha camiseta e minha calça.

— E é por isso que agora você está só de cueca samba-canção, sapato e meia?

— É, é por isso.

Bailey não pôde deixar de sorrir ao ler a entrevista. Até podia imaginar o belo rapaz ali de pé, seminu, porque tinha dado suas roupas para cobrir o corpo das garotas assustadas.

O artigo prosseguia. "Mas foi Kyle Longacre o super-herói. Havia uma máscara de gás, suvenir da Primeira Guerra, num armário com porta de vidro. Kyle quebrou o vidro, pegou a máscara, colocou-a no rosto, pulou sobre uma mesa e subiu para o sótão do velho prédio. Ele contou a esta repórter que, quando viu a fumaça saindo do teto, concluiu que a bomba fora colocada lá. Disse que não pensou no que estava fazendo, simplesmente puxou as escadas e subiu.

— E você pegou a bomba? — perguntou a repórter.

— Peguei — respondeu Kyle, e a repórter disse que ele relutou em contar o que havia feito.

A jornalista disse em seguida que, enquanto Kyle estava sendo entrevistado, um bombeiro disse que o que Kyle tinha feito era a coisa mais estúpida que já ouvira falar na vida, e não sabia se deveriam dar uma medalha para aquele garoto ou trancafiá-lo para o seu próprio bem. Depois uma mulher veio, apertou a mão de Kyle e disse que ele tinha salvado a vida da sua filha. A mulher disse ainda que morava numa casa construída pelo pai de Kyle no Sessenta de Ouro, assim chamado porque, no local, um terreno de sessenta acres, plantaram-se sementes de brócolis, que germinaram e cobriram o campo de flores amarelas.

A repórter concluiu o artigo dizendo, "Não conheço esse tal de Sessenta de Ouro, mas esses garotos são, sem dúvida, os Seis de Ouro".

"E foi assim", acrescentou o editor do jornal no fim do artigo, "que eles receberam esse nome".

Capítulo 14

Bailey estava empurrando a comida de um lado para o outro no prato. Novamente, não tivera tempo de preparar nada de especial para o jantar. Por isso parou no mercado Boston e comprou dois empadões, na esperança de que Matt achasse que fora ela quem os fizera. Matt, porém, comia em silêncio e parecia absorto em algum pensamento — como ela.

Bailey estava com a cabeça cheia de tudo o que lera aquela tarde. Aqueles seis garotos maravilhosos! Eram apenas estudantes do curso secundário que, apesar de destratados pelos colegas, na hora do perigo, arriscaram a vida para salvar os outros alunos. Que tipo de garoto se importa tanto assim com os outros?

Dava para imaginar como devia ser aquele Taddy, livresco e antissocial. Ela não teve dúvida de que os jogadores de futebol americano da escola o atormentaram sem clemência. E, no entanto, o garoto pulou a janela, desceu se balançando por um escoadouro e os resgatou.

E Kyle pegou a máscara de gás e foi direto para a bomba. E se ela tivesse explodido? Ele teve tempo de fugir, por que não tentou salvar a própria vida? Que interesse tinha numa escola em que os outros estudantes lhe aplicavam trotes e o ridicularizavam?

Como um rapaz como esse pôde, mais tarde, abandonar a mulher e os filhos?

— Por que foi que você não me contou que seu pai era um dos Seis de Ouro? — Bailey perguntou serenamente, mas sem levantar o olhar para Matt. Como ele ficou calado, ela ergueu a cabeça e viu que ele tinha comido pouco e que estava brincando com um pedaço de galinha no prato.

— Não achei que era importante — ele respondeu depois de algum tempo, e em seguida recostou-se na cadeira e pôs o garfo no prato. — Eu poderia ter comprado esses empadões para você — falou, para ela saber que ele percebera que não haviam sido feitos por ela.

— Eu estava ocupada — disse — e não tive tempo... — Interrompeu-se, ao ver que ele mudara de assunto. — Por que foi que você não me contou?

— Desde quando você passou a se interessar pelos Seis de Ouro?

Seu tom era hostil, e ela percebeu que ele estava tentando livrar-se dela com evasivas, mas ela não desistiu.

— Se vou viver nesta cidade, acho que devo saber mais sobre as coisas daqui. Hoje, ofendi a Janice. Fiz uma piada sobre os Seis de Ouro, e ela ficou furiosa comigo. A Patsy me contou que seu pai e o pai dela eram do grupo. Achei que era uma coisa tão antiga que não tinha nenhuma ligação com o presente. Mas tem. — Olhou para ele e suavizou a voz. — Você sabe o que levou seu pai a ir embora?

Matt não respondeu, apenas se levantou e saiu.

Bailey suspirou. Parecia que hoje era o seu dia de ofender as pessoas. Levantou-se, tirou a louça da mesa e colocou-a na máquina de lavar. Quando terminou, virou-se e se deparou com Matt, ali de pé, segurando uma caixa de sapato.

— Quer ver umas fotos? — ele perguntou.

— Quero — respondeu Bailey, sorrindo de alívio por ver que ele não estava com raiva dela, enquanto os dois se encaminhavam para a sala.

Ele se sentou no sofá e fez um sinal para ela sentar-se do lado dele. Eles haviam estabelecido regras tácitas segundo as quais ela sentava no sofá e ele, na poltrona. Hoje, contudo, sentaram-se um do lado do outro, e Matt pôs a caixa de sapato sobre a mesinha de centro.

— Não tenho muita coisa dele — disse Matt, retirando a tampa da caixa. Era uma caixa velha e rasgada, de sapatos de criança, tamanho 25. — Minha mãe jogou essas fotografias fora mais ou menos um ano depois de o meu pai abandonar a gente. Foi por acaso que as achei no lixo e catei para mim.

Matt não disse isso, mas algo dizia a Bailey que ele nunca tinha mostrado o conteúdo dessa caixa a qualquer outra pessoa. Sua mão tremeu um pouco quando levantou a tampa.

— Eu era louco pelo meu pai. Ele quase nunca ficava em casa, mas, quando ficava, era o centro das atenções. Era... — Matt hesitou. — Era... não ri de mim, mas ele era fora de série. Sabia fazer tudo. Lia muito, na maior parte do tempo não-ficção, quando estava viajando, por isso entendia muito sobre como o mundo funciona. Eu só tinha cinco anos, mas talvez porque, na maior parte do tempo, eu fosse "o homem da casa", por assim dizer, eu era um menino maduro, e cheio de perguntas. Meu pai nunca me enxotava, como eu via o pai dos meus colegas fazerem.

Matt enfiou a mão na caixa e pegou uma foto. Era uma dessas fotos cinco por sete muito elaboradas que enchem os anuários das escolas secundárias.

Bailey pegou a foto e olhou nos olhos de um Matt mais jovem e magro.

— Vejo você nele. É um homem bonito.

— Era. Já morreu.

Bailey queria fazer mais perguntas, mas achou que, se ficasse calada, haveria mais chances de Matt falar de si mesmo. Ele lhe passou outra foto. Era de seis garotos na frente de um carro com os pára-lamas arredondados dos anos cinqüenta.

— Eles são... — ele começou a falar.

— Já imagino quem sejam, mas me deixa ver se adivinho quem é quem — disse Bailey, levando a foto para perto da lâmpada da luminária de pé. — Esse com o suéter com a letra é o seu pai, claro.

— Acertou — Matt disse, sorrindo.

— E esse deve ser o Rodney... Roddy. Nossa! Mas ele era bonito mesmo.

— É. Logo depois de terminar a escola secundária, foi para Hollywood e ficou uns anos lá, mas não conseguiu ter êxito como ator. Se não era bom ou se havia muita competição, o fato é que acabou voltando.

— Como o Frank — disse Bailey.

— Você acabou lendo aquele livro que está na sua mesinha-de-cabeceira? O que a Violet te deu?

— Como... — Ela levantou a mão. — Não me diga que você sabe o que há no meu quarto e quem me deu o quê. Mas, não, ainda não li o livro. Passei a tarde na biblioteca de Ridgeway, lendo as reportagens do jornal.

— Ah.

— O que você quer dizer com isso?

— Quero dizer que você não conhece a história toda, se só leu o que o jornal disse. — Ele meneou a cabeça na direção da foto. — Aí, continua, me diz quem é quem nessa foto.

— O Frank deve ser esse magrinho do canto. É um cigarro que ele está segurando?

— Sem filtro. Mas você tem certeza de que não é o Taddy?

— Não, o Taddy é o altão do outro canto, o que está com cara de assustado.

— Você não é ruim nisso, né?

— E o Burgess é o grandalhão agachado na frente.

Ela levantou mais a foto e examinou bem o rapaz de pé do lado do Kyle. Harper Kirkland era baixo, magro e gracioso como um querubim do teto da Capela Sistina. Ele lembrava alguém, mas ela não conseguia atinar com quem.

— O que aconteceu com eles?

Matt pegou a foto da mão dela e a colocou na mesa, do lado da outra. Dentro da caixa, havia folhas de papel dobradas; ele guardava cada foto dentro de um envelope para elas não se arranharem.

— Burgess administrou o negócio do pai, de madeira de construção, durante anos, até que faliu, e morreu quando o avião que estava pilotando caiu. Acho que foi em 1982 ou 1983. O Rodney casou algumas vezes e teve um monte de filhos. O Taddy deu aula de ciências na escola secundária de Calburn até ela fechar e, dois anos depois, morreu de enfarte. Nunca casou. Do Frank e do meu pai, você sabe.

— E o Harper?

Matt hesitou antes de responder.

— Foi uma das primeiras vítimas de Aids dos Estados Unidos.

— Hum-hum — disse ela, e se inclinou para a frente para olhar de novo a foto. — Sal Mineo. Lembra dele? O que trabalhou com o James Dean em *Juventude Transviada*? É com ele que ele se parece.

— Se aqueles garotos de Welborn tivessem sabido *disso*, ele teria comido o pão que o diabo amassou.

Matt entregou-lhe outra foto. Esta era de um jovem casal sorridente. Ele estava vestindo uma suéter com o nome da escola estampado e ela, uma grande saia rodada e um suéter apertado com uma golinha felpuda. Pareciam atores numa apresentação de *Nos Tempos da Brilhantina*.

— Seus pais?

— É — disse Matt. — São eles antes de meu avô falir e jogar o carro do penhasco, levando minha avó junto.

A amargura na sua voz fez Bailey tremer.

— Eles parecem tão apaixonados — ela disse, segurando a foto. — Olha os olhos dela! Está olhando para ele como se... — interrompeu-se.

— Como se, para onde ele fosse, ela fosse junto? — perguntou Matt em tom sarcástico. — E ela sempre ficou do lado dele mesmo. Mas, anos mais tarde, ele saiu da cidade e nunca mais voltou. Deixou a mulher que o amava acima de todas as coisas com dois filhos pequenos para sustentar, e ela era orgulhosa demais para pedir ajuda aos pais.

— Como foi que a sua família sobreviveu?

Matt se recostou no sofá e ficou um tempo calado.

— Lembro de uma infância de trabalho — disse baixinho. — Parece que era só isso, trabalho. Mamãe tomava conta do armazém da região para um velho patife e sovina, e deixava a gente com uma velha desmazelada que passava o tempo todo vendo novela e não dava a mínima para o meu irmão e para mim.

Matt respirou fundo para se acalmar.

— Fiz o que pude para cuidar do meu irmãozinho, para dar comida para ele, para que ele não corresse risco. Eu era um garoto grande, e por isso comecei a aparar grama para ganhar um dinheirinho quando tinha nove anos. No dia em que meu pai abandonou a gente, eu me transformei num homem. Ele pegou as medalhas da escola secundária, deixou um bilhete para minha mãe e foi embora.

Quando Matt olhou para Bailey, seus olhos estavam turvos de raiva.

— Sabe o que o bilhete dizia? — Ele não esperou a resposta. — "Desculpe". Foi tudo o que escreveu. Só uma palavrinha.

— Mas você não o perdoou, não é mesmo?

— Não. Quando um homem faz um trato, tem que cumprir a palavra.

— Como você fez com a Cassandra, não é?

— É. Enquanto ela agiu direito comigo, fiquei com ela. Se assumi o compromisso, era para cumprir.

— Sua mãe nunca procurou os pais dela?

— Não. Era muito orgulhosa. — Ele sorriu. — E não me olha desse jeito. Sei que herdei o orgulho dela. A Patsy já me disse isso várias vezes. Mas mamãe jamais aceitaria dinheiro dos pais, e nunca aceitou dinheiro meu. Trabalhei durante todo o tempo em que estudava, em todos os minutos que me sobravam, e guardei cada centavo do que ganhei. Mamãe dizia que queria que eu fizesse faculdade. Dizia que a única maneira de eu não terminar como ela era estudando, e dizer isso foi o que chegou mais perto de uma reclamação dela.

— Queria ter conhecido sua mãe — disse Bailey. — Mas, se *eu* tivesse passado pelo que ela passou, teria reclamado, e teria ido pedir ajuda para o meu pai de joelhos.

Matt olhou para ela com as sobrancelhas erguidas.

— Ah, é? E por que será que acho que isso não é verdade? Por que será que tenho a impressão de que você é, talvez, mais orgulhosa que a minha mãe e eu juntos?

Bailey desviou os olhos. Ele enxergava muito.

— Sua mãe viu você se formar na faculdade?

— Não. Ela morreu no ano em que o Rick estava terminando o curso secundário, e seis meses depois ele casou com a Patsy. O Rick dizia que não era como eu, que não tinha minha disposição, e que não conseguia viver sozinho. Dizia que a Patsy ia dar a ele uma razão de viver. Era mais esperto do que eu. Sabia o que era bom para ele, e correu atrás. Ele é muito feliz com a Pat e os garotos.

— Mas você não. Você não foi feliz.

— Não, eu não. Sempre senti que faltava alguma coisa na minha vida, e sempre tinha um vazio enorme dentro de mim.

— Você nunca descobriu para onde o seu pai foi, e por quê?

— Poucos anos atrás, recebi um embrulho. Quem mandou foi a dona de uma pensão em Baltimore, que escreveu dizendo que um freguês havia lhe pedido para mandar aquele embrulho para mim quando ele morresse.

— Deixa ver se eu adivinho. Era do seu pai.

— Era. Todas as medalhas da escola secundária que ele levou estavam lá dentro. Nenhum bilhete, só as medalhas. Naquela época, eu estava tão ocupado com as minhas coisas que só consegui murmurar "Filho-da-mãe!", e joguei a caixa na parte de cima do armário. Mas, algum tempo depois, na ocasião do divórcio, quando a gente estava separando as coisas, achei a caixa e a botei na minha mala.

— A mala que você fez para voltar para Calburn.

— É. Achava que precisava descobrir para onde ir depois daqui, e Calburn, a minha terra, era onde eu ia descobrir isso.

— E você já chegou a alguma conclusão? — perguntou Bailey, ternamente.

— A verdade é que eu gostaria de entender o que aconteceu com o meu pai. Cresci odiando esse homem e achando que nunca faria o que ele fez, mas agora estou mais velho, e aprendi que as pessoas não são só movidas pela razão.

— Concordo — disse Bailey. — As pessoas são movidas pelas emoções. As emoções podem levar a gente a fazer as coisas mais inacreditáveis do mundo.

— Você está falando por experiência própria? — perguntou Matt, os olhos faiscando, obviamente tentando aliviar a tensão. — O que é que você acha de a gente ir ao cinema? Que tal se a gente fizer alguma coisa normal para variar?

— Parece legal — Bailey disse, observando Matt recolocar as fotos na caixa. No entanto, quando ele levantou os papéis dobrados para ajeitá-los, uma foto caiu, e Bailey se abaixou para pegá-la. Ele não tinha mostrado todas as fotos para ela, e ela se perguntava por quê. Será que, como ela, também tinha seus segredos?

A foto que pegou era de dois adolescentes, um garoto e uma garota, os dois gordinhos e taciturnos. Estavam mal-ajambrados, e o menino tinha uma pele que, mesmo naquela foto preto-e-branco fora de foco, dava para ver que era manchada.

— Amigos dos seus pais? — Bailey perguntou, sem conseguir evitar um sorriso de ironia. Não conseguia imaginar o alinhado presidente de classe, Kyle Longacre, como amigo desses dois.

— Não. São... — Matt começou, mas interrompeu-se ao ver que Bailey não largava a foto.

Lentamente, com o rosto lívido como a madeira da parede atrás de si, ela levou a foto para mais perto da luz.

— Quem são esses dois? — perguntou com um sussurro rouco.

— Não sei — disse Matt. — Estava no lote de fotografias que achei no lixo. Por acaso *você* sabe quem eles são?

— Não — disse Bailey, e depois com mais ênfase: — Não, claro que não. Como é que eu ia saber quem são as pessoas das *suas* fotos?

Mas a maneira como Matt olhava para ela fez com que ela percebesse que ele não havia acreditado nela. Bailey soltou uma gargalhada, tentando parecer o mais despreocupada possível.

— Eles só me lembraram um casal medonho, realmente medonho que conheci — disse. — Chegou a me dar arrepios.

— Quer me falar deles? — Matt perguntou delicadamente.

— Eles não são interessantes — disse ela rapidamente e levantou-se. — Olha, se você não se importa, prefiro deixar o cinema para outro dia. Estou um pouco cansada, queria ir para a cama ler um pouco. Bom, boa-noite — disse, antes que ele pudesse responder, e foi praticamente correndo para a privacidade do seu quarto, onde fechou a porta e se apoiou nela.

Os adolescentes da foto eram Atlanta e Ray, e eles estavam na frente da casa que Jimmie deixara para ela, a casa em que ela se encontrava agora.

Capítulo 15

Uma vez na cama, Bailey pegou o caderno de telefones e procurou os números de Phillip. Talvez devesse ligar para ele e contar-lhe o que havia visto. Talvez fosse significativo o fato de ter visto a foto do irmão e da irmã de Jimmie em frente à casa que ele havia deixado para ela.

Bailey, todavia, largou o caderno. Sempre soubera que essa casa pertencera a Jimmie, não é verdade? E, se ele fora criado aqui, os irmãos também foram. E não seria estranho uma pessoa de uma cidade pequena ter fotos de outras pessoas dessa cidade, não é verdade?

Enquanto abria uma gaveta da cômoda para pegar uma camisola, disse a si mesma que seria melhor ficar fora desses assuntos enterrados havia muito tempo. Tinha visto a maneira como Janice reagira naquele dia, e também as mãos de Matt tremerem ao mostrar-lhe as fotos do pai. Todo mundo se sentiria pior se ela começasse a fazer perguntas sobre o passado. "Quem são esses adolescentes gordos de cara amarrada e o que é que uma foto deles está fazendo no meio das fotos dos Seis de Ouro?" não era algo que ela poderia perguntar. Se tinha conseguido enfurecer Janice com um comentário, que dirá com centenas de perguntas.

Colocou o caderno de telefones de volta na gaveta da mesinha-de-cabeceira e se dirigiu para o banheiro a fim de tomar uma chuveirada. Afinal, era melhor que se concentrasse no negócio que estava tentando abrir com Janice e Patsy.

Sentindo-se melhor com essa decisão, Bailey abriu a torneira, mas, em seguida, viu, pela janela do banheiro, luzes de farol refletidas nas árvores do jardim. Ao que tudo indicava, Matt tinha decidido ir ao cinema sozinho.

Sem pensar no que estava fazendo, Bailey fechou a torneira do chuveiro, vestiu o roupão felpudo e saiu do quarto. A casa passava aquela sensação de vazio que ela sentia quando Matt estava fora.

— Matt — chamou, mas não recebeu resposta.

Com o coração batendo na garganta, caminhou devagar pelo curto corredor que levava ao quarto dele. A porta estava entreaberta.

— Matt — chamou de novo, e pôs a mão na porta. Se ele aparecer, vou dizer a ele que... Pensou, mas não conseguiu encontrar uma desculpa para a sua bisbilhotice, nem para si mesma, quanto mais para ele.

Sobre a cama dele, perfeitamente arrumada, encontrava-se a caixa de sapatos cheia de fotografias. Bailey não pensou duas vezes; sentou num lado da cama, acendeu a luz e retirou a tampa.

Havia três fotos que Matt não lhe mostrara. Uma era dele bem novinho com o irmão menor, Rick, os dois de pijama, na frente de uma árvore de Natal e cercados de embrulhos abertos de presentes. Sentado no chão, olhando para o filho mais velho com olhos cheios de amor, estava o pai.

A foto fez com que Bailey, que sabia o que acontecera depois, sentisse vontade de chorar.

A segunda foto era de Matt mais velho, sentado no colo do pai e atrás do volante do carro. Bailey olhou o verso e viu a data, julho de 1968. Em menos de dois meses depois daquilo, esse homem iria abandonar a família para sempre.

Balançando a cabeça, Bailey largou a foto e pegou a dos dois adolescentes. Levantou a foto para a luz e ficou um bom tempo olhando para ela. Não havia dúvida de que se tratava de Atlanta e de Ray. E também não havia dúvida de que a casa atrás deles era a casa que Jimmie lhe deixara.

Descobre a verdade sobre o que aconteceu, tá, Ferruginha?, Jimmie lhe pedira. Mas a verdade sobre o quê? Sobre Atlanta e Ray?

Será que eles tinham alguma coisa a ver com os Seis de Ouro? Será que era por isso que a foto deles estava misturada com as da família de Matt? Matt dissera que não sabia quem eram nem por que as fotos estavam lá. Por isso talvez fosse só coincidência ou um acidente. Talvez a mãe de Matt tivesse jogado fora um monte de fotografias, mas Matt só recuperara as do pai. Talvez essa tivesse ficado presa por um bocado de ketchup no verso de uma das que interessavam ao Matt.

Bailey virou a foto. Não havia sinal de ketchup nem de qualquer outra mancha, mas havia, escrita a lápis, meio apagada, uma data. Por mais que revirasse a foto, só conseguia ler 196—. O último número da data estava ilegível.

Devagarinho, Bailey recolocou as fotos no lugar onde as encontrou, levantou e alisou a colcha da cama. Não queria que Matt descobrisse sua bisbilhotice.

Voltou para o quarto e foi tomar um banho, e, enquanto a água descia pelo seu corpo, renovou sua decisão de não fazer mais perguntas. Toda essa história acontecera havia muito tempo, e era melhor deixar o passado morto.

Capítulo 16

Depois de mais dois dias com Janice e Patsy, Bailey admitiu a derrota. Ficou claro para ela que as três teriam condições de tocar a empresa depois de aberta, mas abri-la estava fora da competência delas. Antes de tudo, porque nem mesmo sobre o nome elas conseguiam chegar a um acordo. E como obteriam o dinheiro se viessem a se organizar?

Bailey fez para si uma xícara de chá, levou para fora uma caneta e um bloco de desenho e começou a procurar idéias para um nome e um logotipo da empresa, mas ficou travada. Depois de uma hora, entrou para pegar mais chá e, num impulso, pegou o telefone sem fio e o caderno de telefones, levou-os para fora e digitou um número.

Quando o telefone tocou, prendeu a respiração. Qual seria a recepção dela?

Carol Waterman respondeu ao primeiro toque. Tudo o que Bailey teve de fazer foi dizer o seu nome, e as palavras saíram em torrente da boca da mulher.

— Pensei que fosse o Phillip. Agora, ele não fica nunca em casa, há um mês que as crianças e eu não o vemos. Ele quer parar de trabalhar para "eles", e já falou duas vezes para eles que vai parar, mas eles respondem oferecendo mais dinheiro — tanto dinheiro que o Phillip acaba concordando em trabalhar mais um tempo para eles. O Phillip não me conta o que aqueles dois estão aprontando, mas, pela cara dele, não é coisa boa.

Enquanto escutava, Bailey ficou rabiscando no bloco. A amoreira estava na sua frente, e, distraidamente, ela esboçou os galhos ondulados daquela velha giganta. Era-lhe humanamente impossível sentir compaixão por Carol. O que aqueles dois esperavam quando Phillip aceitara trabalhar com gente tão baixa quanto Atlanta e Ray? Será que eles realmente achavam que o fato de receber bilhões transformaria Atlanta e Ray em boas pessoas?

— Então, você está dizendo que tem tempo livre e acesso a um monte de dinheiro?

Carol hesitou.

— É, acho que sim — respondeu sem muita firmeza. — Por quê? No que é que você está pensando?

— Queria saber se você está interessada em ser sócia de um negócio que eu e duas amigas estamos pretendendo abrir.

— Que tipo de negócio? — perguntou cautelosamente Carol.

— É... — Bailey olhou o desenho no seu colo. — Antepastos e Sobremesas é o que a gente está estudando no momento. É um ramo da... da Fábrica de Conservas Amora.

— Eu não vou ter que cozinhar, vou?

— Não, isso é tarefa minha.

— Sei — disse Carol com a voz fria. — E o que mais você e suas amigas querem de mim além do dinheiro?

Bailey sabia muito bem como Carol se sentia. Quando era casada com Jimmie, um monte de gente vivia lhe propondo toda sorte de negócios, mas ela não tardava a descobrir que só estavam de olho no dinheiro dele.

— Que tal publicidade? — Bailey disse sem pensar. — Propaganda. Você acha que seria boa nisso?

Ninguém tinha dúvida de que ela, Janice e Patsy não eram boas nisso!

Carol ficou tanto tempo calada que Bailey pensou que ela iria desligar.

— Antes de casar com o Phillip, eu estava me dedicando aos estudos para ser uma atriz.

Bailey sentiu vontade de dizer: "E de que é que isso adianta para a gente?" Mas ficou calada. Não podia se dar ao luxo de ofender Carol, uma pessoa de dinheiro.

— Talvez você pudesse... você pudesse... ser a protagonista do nosso comercial.

— Ótimo! Qual é o enredo dele?

— A gente ainda está pensando, e claro que vamos precisar da sua opinião.

— Você ainda não escreveu nem uma palavra dele, não é mesmo?

Bailey riu e, ao fazer isso, sentiu a tensão deixar o seu corpo.

— Nem uma palavra sequer. Sei cozinhar; a Patsy sabe administrar uma fábrica e a Janice entende de contabilidade e finanças. Mas a gente não tem a mínima idéia de como levar ao conhecimento das pessoas que a gente tem um monte de geléias para vender. Você acha que pode nos ajudar?

— Talvez — respondeu Carol, a voz lenta. — Se encontrar tempo entre um e outro compromisso, sabe como é que é, unha, cabelo. Você entende bem disso, não entende?

— Muito bem — disse Bailey, esforçando-se para não deixar transparecer seu entusiasmo. Tinha ligado para Carol na esperança de conseguir dinheiro, mas talento como atriz era ainda melhor. — Talvez você pudesse...

— Pegar o próximo avião e ir me encontrar com você e suas novas amigas e usar a cabeça para algo mais do que decidir se devo vestir preto ou azul?

Bailey riu.

— Você sabe onde estou morando agora?

— Não faço a mínima idéia, mas estou com um lápis na mão.

Bailey deu o endereço para Carol, desligou o telefone e conseguiu ficar parada por meio minuto; depois, deu um pulo e começou a dançar.

— Yes! — disse, segurando um galho da amoreira e o beijando. — Minha queridíssima — acrescentou, e pegou o bloco, entrou em casa e subiu para usar o aparelho de fax de Matt. Agora tudo o que tinha de fazer era convencer Patsy e Janice de que esse era o nome perfeito para a empresa delas.

Bailey copiou o desenho e mandou sua idéia para Patsy e Janice. Para Patsy, disse que queria que ela bordasse uma etiqueta com aquele desenho. Janice mandou um fax de volta ponderando que todo mundo iria achar que elas só vendiam produtos de amora. Depois recebeu um fax da Patsy dizendo que a maioria dos americanos não fazia idéia do que era uma amora.

— Isso pode continuar eternamente — murmurou Bailey. Jimmie sempre dizia que detestava as decisões em que havia consenso geral.

— Ótimo! — mandou-lhes outro fax. — Se eles não sabem qual é o gosto da amora, não vão ter preconceito. E, se alguma de vocês tiver uma idéia melhor, vou adorar saber que idéia é essa.

Por uma hora, o aparelho de fax ficou em silêncio, e depois Bailey recebeu duas mensagens, ambas dizendo "Por mim está ok". Como eram exatamente as mesmas palavras, Bailey soube que as duas tinham, de algum modo, se comunicado e chegado a um acordo.

— Obrigada, Jimmie — disse Bailey, sorrindo para os faxes. Agora, precisava ir para a cozinha fazer alguns protótipos para a parte de Antepastos e Sobremesas da sua empresa novinha em folha.

Bailey estava testando uma mistura de morango e cereja que não levava álcool. Como poderia fazer o molho ficar tão saboroso como quando adicionava *kirsch*, mas sem usá-lo? Havia descoberto que a venda de comida temperada com álcool exigia licença especial, algo de que nenhuma delas poderia encarregar-se por enquanto.

— Vamos deixar isso como uma meta para daqui a uns anos — Janice propôs, e as outras concordaram.

Talvez, se ela retirasse o suco, o fervesse até se reduzir e depois acrescentasse um pouco de aromatizante de amêndoa, conseguiria criar o sabor desejado. Com essa idéia em mente, foi à despensa procurar seu *chinois*, o pequeno coador fino e cônico. Levou quase dez minutos até o encontrar na prateleira superior da despensa.

— Matt! — murmurou. Na noite anterior, ele havia guardado a louça, e por certo achara que o coador devia ficar na prateleira de cima, localizada a pelo menos uns oitenta centímetros acima da cabeça de Bailey.

Havia uma escada na estrebaria e ela precisava ir pegá-la, ou até mesmo uma cadeira, mas aquilo tomava muito tempo, e as frutas já estavam borbulhando. Bailey subiu na prateleira mais baixa e prendeu a respiração para ver se ela agüentava seu peso; depois se lembrou de que já não era mais pesada a ponto de quebrar prateleiras.

Apoiando-se nas prateleiras de cima, foi subindo até alcançar o coador. No entanto, ao pegá-lo, viu uma ponta espetada na madeira do fundo da prateleira. Esse era o único lugar da casa que não fora reformado. Bailey não permitiu que Matt e seus amigos bebedores de cerveja tocassem nesse cômodo perfeito. Limparam-no e só.

Curiosa, Bailey botou o *chinois* numa prateleira de baixo e depois subiu mais alto para pegar o pequeno pedaço de papel preso na tábua. Pendurada num braço, puxou-o devagarinho e saiu um retângulo branco. Na mesma hora, Bailey percebeu que se tratava do verso de uma fotografia.

Lentamente, virou a foto e o que viu fez com que prendesse a respiração. No primeiro plano da fotografia, havia duas pessoas. Uma era um homem gigantesco, louro, com olhos que não pareciam muito inteligentes. Mas o sorriso do seu rosto era tão doce que Bailey quase sorriu de volta para ele. Seu braço enlaçava de brincadeira o pescoço de um menino de catorze ou quinze anos.

O menino tinha o palato horrivelmente deformado.

Sem pressa, Bailey desceu das prateleiras e foi para perto da janela para examinar a foto na luz. O garoto da foto era Jimmie. Ela reconheceria aqueles ombros em qualquer lugar do mundo, e os olhos eram os mesmos. E ela teve certeza de que o gigante louro era o homem que tinha morado na sua casa, o homem que se enforcara na estrebaria.

Observou a foto à luz do sol. No fundo, havia três outras pessoas, uma mulher e dois homens. O rosto da mulher era perfeitamente visível. Era baixa e magra, e não particularmente bonita; o rosto era alongado, e ela estava com os olhos franzidos. Como olhava com um desprezo não disfarçado para as costas do grandalhão e de Jimmie, obviamente desaprovando os dois, Bailey não teve dúvidas de se tratar da mulher adúltera.

Os homens do fundo da foto estavam de perfil e um pouco fora de foco, e por isso Bailey não conseguiu identificá-los.

Quem será que sabe quem são essas pessoas?, perguntou-se. O Matt, será? Não, ele era muito jovem quando essa fotografia fora tirada. Não havia data no verso, mas, a julgar pelas roupas, ela apostava que era do final dos anos sessenta ou início dos setenta.

— Violet — disse em voz alta, e depois voltou para a cozinha, apagou o fogo da panela onde as frutas ferviam, botou um pano de prato na prateleira de vidro da geladeira e depositou a panela quente em cima. Ao correr para a porta da frente, pegou as chaves do carro e, quinze minutos mais tarde, encontrava-se na casa de Violet.

Violet estava sentada na varanda da frente, a cabeça para trás, tirando uma soneca.

Bailey não perdeu tempo com preâmbulos.

— Quem são essas pessoas? — perguntou, empurrando a foto para Violet.

— Ah, que bom te ver — Violet disse ao pegar a foto. — Pega os meus óculos para mim. Eles estão em algum lugar lá dentro — completou, apontando com a cabeça para a porta.

Bailey levou dez minutos para encontrar os óculos de leitura de Violet e outros cinco para lavá-los. Quando retornou à varanda, encontrou Violet dormindo de novo, com a foto no colo.

— E aí, me diz quem são — falou em voz alta ao lhe entregar os óculos.

Devagarinho, Violet colocou os óculos e olhou para a foto, e Bailey se sentou na frente dela.

— Não sei quem são esses dois da frente. Eles são...

— Eu sei quem eles são, quero saber quem são as pessoas de trás.

Violet fez cara de espanto.

— Você sabe quem eles são? Você andou pesquisando. Esse garoto da frente, o que tem esse lábio, é o cara que você estava procurando?

— Isso não importa. Quem são as pessoas de trás?

— O que é que eu ganho com isso?

Bailey franziu os olhos para Violet, que riu.

— Ok, deixa eu ver. Não sei quem é a mulher, mas esse é o Roddy, e o outro do fundo eu acho que é o Kyle.

— Os Seis de Ouro — disse Bailey à meia-voz. — Então, ele *tinha* alguma coisa a ver com eles.

Violet ficou olhando fixamente para Bailey, depois levantou a foto e voltou a examiná-la.

— Esse grandalhão deve ser o homem de quem minha amiga falou, o tal cara que se enforcou na estrebaria. Essa não é aquela árvore grande e antiga da sua casa?

— É — disse Bailey distraidamente. — É a minha amoreira.

— Se você quer saber sobre esse garoto da foto, por que não pergunta para ele?

— Ele morreu — Bailey disse sem pensar, depois olhou para Violet com os olhos arregalados.

— É melhor você tomar cuidado ou vai começar a dar informações em vez de receber — Violet falou, e riu ao ver Bailey esconder o rosto. — Eu estava querendo dizer, por que você não pergunta a *ele*? Violet apontou para a foto.

— Quem? — perguntou Bailey.

— Para o Rodney.

— Ele está vivo?

— Querida, 1968 pode parecer para você muito distante no tempo, mas não é. O Rodney ainda está vivo, ele casou com uma mulher que tem menos da metade da idade dele, e ela continua parindo filhos. A Janice não te disse que ela tem quase meia dúzia de meios-irmãos?

— Pelo visto, as pessoas aqui de Calburn costumam deixar de fora a parte mais interessante da história delas — Bailey disse baixinho.

— Não são como você, que é superaberta e honesta e conta tudo da sua vida para todo mundo — disse Violet.

Bailey levantou-se, tomou a foto da mão da Violet e, quando já estava indo embora, ouviu:

— O que é que vocês, mulheres, estão planejando fazer tão cheias de segredinhos?

Bailey prendeu a respiração. Será que todo mundo em Calburn sabia *tudo*?

— Não me olha desse jeito. Acho que na cidade seu segredo está a salvo. Acontece que escuto mais que o pessoal daqui e tenho um monte de amigos.

Por um instante, Bailey olhou para Violet especulativamente. Das peças que ela podia juntar do pouco que tinha ouvido, nos tempos da juventude, Violet fora a prostituta dali. E agora era a traficante de drogas daquela região — ou pelo menos a traficante de maconha. Bailey havia conhecido muita gente da geração da Violet para saber que a maioria dos velhos hippies não considera a maconha uma droga.

— Você, por acaso, entende alguma coisa de como fazer um filme?

Violet deu um sorrisinho.

— Antes de vir para cá, morei em Los Angeles e fui secretária de produção durante dezesseis anos.

— Isso quer dizer que você datilografava ou trabalhava no set de filmagem?

— Basta dizer que o diretor passava uma grande parte do tempo bêbado demais ou ocupado demais com sua vida amorosa para se dedicar ao trabalho, e eu tinha que assumir. Que tipo de filme você está querendo fazer? Pornô?

— Com você de estrela — Bailey devolveu.

Violet riu.

— Quando eu era mais jovem... Tudo bem, vou parar com as minhas piadinhas. Do que é que você está precisando?

— De um comercial de tevê. Uma coisa simples. A gente tem uma idéia do que quer vender, mas não sabe como vender.

— Então me diz o que você tem em mente. Já reescrevi tanto roteiro que acho que consigo fazer sozinha um roteiro de um minuto.

— Você acha que consegue se dar bem com a Patsy e com a Janice sem desencadear uma guerra?

— Talvez. Você está precisando muito de um roteiro?

Bailey não ia dizer que elas estavam desesperadas para encontrar quem soubesse alguma coisa sobre qualquer coisa. Encolheu os ombros como que dando a entender que para ela tanto fazia se Violet quisesse ajudá-las ou não.

— Você sabe desenhar um mapa?

Violet levou algum tempo para responder.

— Um mapa para te mostrar como chegar à casa do Rodney nas montanhas?

— É — disse Bailey.

— Você não vai gostar de lá. E a palavra "dinheiro" transpira por todos os seus poros. E você é bonita demais para ficar perto dele.

— Eu assumo os riscos. Quanto você cobra pela ajuda?

— O mato do meu jardim já está mais alto que as minhas plantas.

Bailey franziu os lábios.

— As verduras, sim, a maconha, não. Não quero saber de substâncias ilegais.

Violet riu tentando levantar aquele seu corpanzil da cadeira.

— Vem cá. Você bem que podia preparar uma limonada para a gente se refrescar enquanto conversa sobre o que está pensando em vender. E me diz como vai o Matt.

Bailey levantou a cabeça.

— Você e o Matt não... Vocês não....

— Ele não, nem o pai dele — disse Violet ao passar por Bailey quando entrava em casa. — Mas, com certeza, não foi porque *eu* não quisesse!

Capítulo 17

Enquanto Bailey dirigia pela estrada de cascalho que levava à casa de Rodney, sentia-se culpada em relação a Matt. Não era boa para mentir, nem boa atriz. Passara a noite anterior muito nervosa com os planos que havia feito para hoje, e sabia que estava escondendo coisa demais de Matt. Não que achasse que *tinha* de contar para ele o que fazia, apenas ele não merecia todas as respostas mentirosas e evasivas que ela estava lhe dando.

No jantar da noite anterior, procurara mostrar-se bastante despreocupada e feliz e conversar sobre coisas leves. No entanto, na verdade, estava era tentando o tempo todo arrancar informações dele. Queria que ele lhe contasse tudo o que sabia sobre Rodney Yates e a situação atual desse homem.

— Por que você nunca me contou que um dos Seis de Oura ainda está vivo? — perguntou, enquanto colocava purê de batatas no prato de Matt. — Para mim, foi um choque quando a Janice mencionou o pai. Fiquei muito sem graça porque não sabia que ele ainda estava vivo.

— Está bom, obrigado — Matt falou delicadamente.

— Ah, desculpe — ela disse ao olhar o monte de uns vinte centímetros de purê no prato. Virou-se para o fogão.

— A Janice não mencionou o pai para você nem para ninguém — Matt disse com convicção.

Bailey precisou fechar os olhos por uns instantes para se recuperar. Fora pega na mentira! Despejou feijão-verde e amêndoas numa vasilha. Agora enfrenta, pensou.

— Ok, hoje dei uma passada na casa da Violet, e ela me contou que o Rodney ainda está vivo.

— Pelo que me falaram, você atravessou Calburn a cem por hora e passou toda a tarde na casa da Violet.

Bailey viu que, se respondesse àquilo, seria com raiva e, se ficasse com raiva, revelaria mais do que gostaria. Sentou-se à mesa, pegou o garfo e olhou para ele.

— Agora eu moro nesta cidade, e quero conhecer a história dela. Eu já ofendi sem querer a Janice, não quero fazer isso de novo. Será que *você* pode me falar do pai dela, por favor?

Matt ficou com a cabeça baixa durante alguns minutos antes de voltar a encará-la.

— Você quer me contar o *verdadeiro* motivo de estar fazendo tantas perguntas para todo mundo na cidade?

Bailey não respondeu; não tinha nada para dizer.

— Tudo bem — Matt falou ao ver que ela não iria responder. — Você venceu. A Janice despreza o pai, não quer nada com ele. Ele é um velho devasso, um alcoólatra. Já teve dinheiro, mas perdeu tudo. As mães da Janice e da Patsy eram gêmeas idênticas, filhas do médico da cidade. A mãe da Patsy casou com um dentista, e a Patsy teve uma boa casa e boas roupas a vida inteira. Mas a mãe da Janice se apaixonou pelo bonitão do Rodney e casou com ele. O Rodney gastou todo o dinheiro que o pai dela deixou, vivia tendo mil casos e transformou a breve vida dela num inferno.

Bailey percebeu que havia rancor na sua voz.

— E o Scott?

Matt se recostou na cadeira e afastou o prato, ainda pela metade.

— Você está querendo saber mesmo todos os segredinhos imundos de Calburn?

Bailey queria e não queria, mas não pôde deixar de assentir.

— A Janice estava determinada a não repetir o erro da mãe. Por isso, assim que terminou o secundário, se mudou para Chicago e arrumou um emprego numa loja supergrã-fina de roupas masculinas, onde poderia conhecer homens ricos. Durante os dois anos em que trabalhou lá, ficou noiva duas vezes, mas acabou rompendo o noivado. Eles não eram o que a Janice estava procurando. Mas então um dia Scott Nesbitt entrou na loja. Ele era o filho caçula do homem mais rico de uma cidadezinha que fica a uns trinta quilômetros daqui. Era jovem, bonito, charmoso e, mais importante de tudo, maleável. O Scott não teve como fugir. Janice deu em cima dele, casou com ele depois de seis meses e o convenceu de que ele não devia nunca ter deixado a Virgínia. A verdade é que ela queria voltar para Calburn e esfregar sua recém-conquistada riqueza na cara das pessoas.

Matt respirou fundo e ficou um tempo olhando em volta da sala.

— A Janice fez do Scott o que ele é hoje. Ela trabalhava vinte horas por dia, pegou um rapaz preguiçoso e mimado e o transformou no... bom, no homem que você conhece. — Matt lançou um olhar feroz na direção de Bailey, do outro lado da mesa. — Era isso o que você queria saber?

Bailey ficou surpresa com a hostilidade dele.

— Era. Quer dizer, não. Só achei que...

Matt não a deixou terminar; levantou-se e saiu da mesa.

— Tenho uns trabalhos para fazer — murmurou ao subir a escada para o sótão, mas parou no meio do caminho. — Ah, já ia me esquecendo de dizer, o aniversário do meu irmão foi há seis meses.

Bailey afundou a cabeça nas mãos. Definitivamente, não estava desempenhando bem essa história de "relacionamento sem envolvimento".

Agora, no carro, deu uma olhada no mapa que Violet havia desenhado para ela e viu que, se o estava seguindo corretamente, logo chegaria à casa de Rodney. Mas não havia placa alguma nas estradas sujas que levavam às montanhas, e duas vezes ela entrou em lugares errados e teve de voltar atrás. Precisou atravessar com seu carro de tração nas quatro rodas um riacho rasinho e contornar um tronco caído. Suas aulas de direção não a tinham preparado para esse tipo de terreno.

Chegou à cabana com a sensação de ter participado de um safári. Estacionou o carro debaixo de uma árvore e olhou para cima a fim de observá-la.

— Vai preparada para não ficar chocada — Violet a havia prevenido. — É paupérrima e suja, e o Rodney quer assim.

Bailey deu uns goles na sua garrafa de água enquanto contemplava a cabana. Era difícil crer que um mesmo planeta abrigava essa cabana e as casas de Jimmie. Toda a estrutura parecia prestes a desabar, e um lado da varanda já tinha caído. Havia um buraco num dos cantos do telhado.

Na frente, amontoava-se sujeira pisada por muitos pés. Umas poucas galinhas raquíticas perambulavam por ali e, enquanto Bailey observava, saíram de baixo da varanda duas crianças bem sujinhas, uma correndo atrás da outra sobre o chão de terra batida.

Uma terceira criança, um menino mais velho, saiu aos tropeções do mesmo lugar e, ao ver o carro de Bailey, deteve-se. Ela se perguntou como eles não tinham ouvido o barulho do carro, mas, ao desligar o motor, escutou gritos vindos de dentro da casa.

— Talvez agora não seja a melhor hora — disse em voz alta. — Talvez seja melhor eu ir embora e pedir ao Matt...

Ela não falou nem pensou mais nada porque, de repente, apareceu um homem na varanda com uma espingarda — apontada para ela.

— Quer fazer o favor de dar o fora da minha propriedade? — gritou o homem.

— Claro, tudo bem — Bailey gritou pela janela do carro, e depois pegou as chaves que havia jogado no banco do carona. — Já estou indo — falou, botando a chave na ignição, mas deixou as chaves caírem no chão.

Não encontrou palavrões suficientemente horríveis para exprimir a raiva que sentiu enquanto, abaixada, procurava as chaves debaixo do painel.

Todavia, não as encontrou antes de abrirem impetuosamente a porta do seu carro.

Bailey se levantou tão rapidamente que bateu com a cabeça no painel.

— Eu não vim cobrar dívidas — disse nervosa. — Vim aqui fazer umas perguntas.

Com a sensação de estar num filme de bangue-bangue, falava com aos mãos para o alto, batendo no teto do carro. Fora do carro, havia, de pé, um homem com o rosto extremamente enrugado; parecia ter uns cem anos, embora seus movimentos fossem de um homem mais novo, e ele apontava a espingarda diretamente para a cabeça dela.

— Perguntas sobre o quê? — perguntou desconfiado.

— Sobre... — O que ela poderia dizer que tivesse *certeza* de que não o ofenderia? — Sobre os Seis de Ouro — disse rapidamente, e fechou os olhos com força esperando o tiro.

Como nada aconteceu, ela abriu um olho. Ele estava sorrindo largamente para ela!

— Ah, sim, você veio me conhecer e me fazer perguntas sobre os bons tempos.

— Vim conhecer... — Ela ia dizer que tinha vindo conhecer o belo Rodney Yates, mas pelo jeito que esse homem olhava para ela e pelo que ele dissera... Mas não era possível que esse homem feio fosse o... Ele estava olhando para ela, e havia abaixado a espingarda só uns dois centímetros.

— O senhor — disse Bailey. — É, vim conhecer o senhor. O senhor se chama Rodney, não é? O senhor parece... é... o senhor parece com o homem das fotos que eu vi.

Bailey teve certeza de que uma mentira dessa magnitude faria com que levasse um tiro. No entanto, em vez disso, o homem sorriu com mais vontade, passou o braço pelos ombros dela e a puxou para fora do carro. Bailey ficou nauseada. Sua respiração era fétida, e a mão no seu ombro tinha unhas compridíssimas recheadas de sujeira acumulada durante anos a fio.

Quis voltar para o carro e fugir desse lugar horrível e desse homem imundo o mais rápido possível.

— Você é muito bonita — ele disse, e sua mão começou a descer e a subir pelo braço de Bailey enquanto ele a trazia para mais perto de si.

— Ei! Espera um pouco. Você não veio aqui para fazer com a gente o que os outros fizeram, ou veio?

Bailey levou um tempo para entender.

— Ah, sim, o senhor está falando da Spangler, a congressista.

— Congresso, argh — disse Rodney, e deu uma cusparada no chão a poucos centímetros do pé de Bailey.

— Não, eu não — ela respondeu.

Ele sorriu de novo, exibindo dentes que havia anos não viam uma escova de dentes.

— Então entra que eu vou te contar daquela bruxa velha, vou te dizer o que ela fez.

Agora eles se encontravam ao pé da escada que dava para a varanda da cabana, e a casa era mais suja que qualquer lugar que ela já tinha visto na vida. Como alguém conseguia viver assim?, pensou.

Rodney apertou o abraço enquanto subiam as escadas, e Bailey sentia seu corpo ficar cada vez mais tenso.

— Aí, cuidado com esse degrau. Tá um pouco quebrado, tô querendo consertar, mas ando muito ocupado ultimamente.

Bailey olhou para baixo e viu uma tábua podre que provavelmente estava lá desde os anos trinta, e procurou evitá-la pulando para o degrau de cima. Quase perdeu o equilíbrio, e Rodney aproveitou para correr os dedos pela lateral do seu seio. Bailey achou que iria vomitar.

O interior da casa era pior que o exterior. Entraram num cômodo mobiliado com cadeiras velhas, quebradas e sujas e um sofá sem metade dos pés, de modo que um lado era uns dez centímetros mais alto do que o outro.

— Senta — ofereceu Rodney, com um toque de malícia na voz, apontando para o lado mais alto do sofá. Se ela sentasse desse lado, acabaria deslizando para o outro lado, onde decerto ele pretendia sentar-se.

— Eu... hã... — Ela olhou em volta. Havia do lado uma cadeirinha de madeira. — Prefiro sentar aqui — disse, virando a cadeira de frente para o sofá. — Problema na coluna. Preciso do recosto.

— Você sabe qual é a cura para problema de coluna, não sabe? — disse Rodney, aproximando o rosto do dela, e ela teve de se esforçar para não desviar a cara da respiração fétida dele. — Você precisa fazer mais exercício. Entende o que estou dizendo? Mais... — Ele fez um círculo com o polegar e o indicador de uma mão e enfiou o indicador da outra mão no círculo.

Você me paga, James Manville, Bailey pensou, enquanto lançava para Rodney um sorriso débil com o qual esperava esconder sua repugnância.

Rodney se inclinou sobre ela e correu a mão pelo seu braço. Quando ela começou a se desviar para o peito dela, ela girou o ombro.

Sorrindo, Rodney levantou-se.

— Você precisa é de uma bebidinha.

— Não, obrigada. Eu só...

— Você está recusando a minha hospitalidade? — ele perguntou, já sem nenhum humor na expressão.

— Não, eu só...

— Ok, tá bem, a gente vai tomar uma bebidinha e depois vai passar o resto do dia... conversando — ele disse, e meneou as sobrancelhas ao falar a última palavra como se soubesse que ela queria passar o dia fazendo outra coisa com ele.

Bailey tinha certeza de que ia vomitar e, se o homem não continuasse segurando a espingarda, ela teria dado o fora dali.

No instante seguinte, ela quase caiu da cadeira quando Rodney berrou:

— Mulher! Vem cá. Não tá vendo que a gente tem visita?

Havia duas portas no cômodo em que eles se encontravam, uma aberta e a outra fechada. Pela porta aberta, dava para ver uma cama suja e desfeita. A porta fechada abriu um pouquinho, e o rosto pálido de uma menina que parecia ter treze ou catorze anos espreitou pela fresta.

— Sai! — gritou Rodney, e a garota entrou na sala.

Bailey ficou chocada ao ver que ela estava grávida, em estado avançado. Não parecia com idade para já ter concluído o ensino básico, quanto mais para ter um bebê.

Bailey levantou a vista e viu que Rodney contemplava a menina com orgulho.

— Meu — disse, todo prosa. — Sou bom para fazer bebês. Você tem filhos?

Bailey mal conseguia tirar os olhos da menina, que olhava para o chão esperando ordens.

— Tem? — perguntou mais alto Rodney.

— O quê? Ah, sim, filhos. Não, não tenho filhos.

— Talvez eu possa ajudar — disse Rodney. — Talvez você e eu...

A porta atrás da menina grávida se abriu de supetão, e apareceu uma bela garota de uns quinze anos. Usava um vestido velho e puído, mas lavadinho, e seu cabelo louro era limpo e arrumado.

— Ela não quer nenhum filho seu e, se você tocar nela, a gente vai ter polícia aqui de novo — disse, entregando uma lata de cerveja para Rodney.

— Ninguém te perguntou nada — devolveu ele. — E cadê a bebida dela?

— Ela não quer uma lata de cerveja quente às dez da manhã. Não é, dona?

Bailey lançou para os dois um sorriso débil.

— Eu só queria fazer umas perguntinhas.

— Sobre os Seis de Ouro? — perguntou a mocinha, e o sarcasmo da sua voz surpreendeu Bailey. — Sobre os dias de glória, quando ele não era um mendigo inútil?

— Sai daqui! — gritou Rodney. — Me deixa a sós com minha visita.

A garota não piscou diante dessa ordem, nem mesmo do volume com que foi proferida. Ela virou-se para Bailey.

— Se ele te tocar, grita, tá?

Tudo o que Bailey fez foi consentir com a cabeça.

— Então, vai em frente e faz as perguntas que quer para ele. Ele sabe tudo sobre esses seis rapazes e vai passar o dia inteiro falando deles se você tiver paciência para ouvir. A vida dele parou no dia da morte do Frank McCallum.

Dito isso, ela passou carinhosamente os braços em volta dos ombros da menina grávida, conduziu-a para dentro do quarto e fechou a porta.

— Não liga para nada do que ela diz — Rodney falou tão logo a porta se fechou. — Nenhuma filha tem mais respeito pelo pai do que aquela garota tem por mim. A outra, a mais nova, é minha mulher. — Ele olhou para Bailey. — Agora pergunta tudo o que você quer — disse, e lançou-lhe um olhar ameaçador. — A menos que esteja escrevendo outro livro que fala mal da gente.

— Não, juro que não estou escrevendo livro algum. Eu... — Ela não conseguiu pensar rápido numa mentira que justificasse sua curiosidade por ele. E, para falar a verdade, nesse momento ela nem sequer lembrava o que estava fazendo ali.

— Aquela outra, a tal da Spangler, estava mordida de inveja, e a inveja é uma emoção poderosa. Nunca senti porque nunca tive motivo para invejar homem nenhum, se é que você me entende. Tive mais do que mereci, não precisava cobiçar o que os outros tinham.

Olhou para Bailey como que esperando que ela lhe dissesse que ele ainda era um homem bonito.

— Você conheceu algum menino com lábio leporino? — ela perguntou sem pensar.

— Alguns. Você quer ver uma foto dessa, T. L. Spangler?

Não, não queria, foi o que Bailey quis dizer, mas limitou-se a dar um sorrisinho bobo.

Rodney largou a espingarda — enfim — e caminhou até um velho armário no canto da sala. A parte superior do armário tinha portas prestes a se soltarem das dobradiças, mas as portas de baixo estavam trancadas com um grande cadeado. Rodney vasculhou o bolso e retirou uma corrente com um chaveiro na ponta e uma dúzia de chaves penduradas nele. Enfiou uma chave na tranca e depois se virou para Bailey.

— Aqui todo cuidado é pouco, com esse monte de crianças.

De novo, Bailey limitou-se a sorrir em resposta.

Dava para ver que o interior do armário estava limpo e em perfeito estado. Sobre a prateleira repousavam dois álbuns de fotografias com capa de couro, e Bailey entendia bastante de artigos finos para saber que esses álbuns tinham custado caríssimo. Uma onda de raiva a invadiu. Os filhos dele viviam na sujeira, mas ele tinha cerveja e álbuns de couro.

Como se estivesse manuseando um objeto inestimável, Rodney retirou o álbum de cima e depois o abriu numa página que ficava um pouco além da metade.

— Errei por uma página — disse, ao andar na direção dela. — Em geral, encontro o que quero na primeira tentativa, mas você está fazendo o meu coração bater tão forte que nem consigo pensar direito.

Por que, meu Deus, por que ela não trouxera o Matt com ela? Ou a Violet? Ou uma 45?

Pegou o álbum que ele reverentemente lhe entregava e olhou a foto para a qual ele apontava sua unha suja.

— Olha ela aqui. Essa é a T.L. Spangler quando estava na escola com a gente. Não é a coisa mais horrível que você já viu na vida?

Bailey olhou para a foto e teve de admitir que ela era o que às vezes se chama de "sem sorte". Tinha uma cabeleira crespa enorme, óculos fundo de garrafa, dentes tortos e salientes, faltava-lhe queixo e padecia de um grave problema de acne.

— Agora olha para essa — disse Rodney, mudando a página.

Era uma capa rasgada da revista *Time*. Sobre ela, os rostos de três mulheres e a manchete "O Futuro do Amanhã". Bailey precisou ler a letra miúda para descobrir que a mulher no primeiro plano era a senadora Spangler. Ela havia alisado o cabelo, não usava mais óculos, consertara os dentes, agora tinha queixo e a pele limpa de espinhas.

— Bom cirurgião — Bailey disse admirada. — Quem será que fez esse trabalho?

Rodney olhava para ela como se fosse estúpida e não estivesse entendendo nada. Voltou para a página anterior.

— Essa garota era louca pelo Kyle. Ela o queria muito. Fazia tudo na Terra para atrair a atenção dele quando a gente estava na escola, mas ele não quis nada com ela, e ela jurou que ele teria o troco. Foi por isso que escreveu aquele livro.

— Sei — disse Bailey, devolvendo o álbum para ele. — E aí, doutor Yates, o senhor não lembra de um menino com lábio leporino?

Rodney fechou o álbum e cuidadosamente o colocou no seu lugar dentro do armário.

— Que idade ele tinha em 1968?

— Nove — disse Bailey.

— Não, não lembro de nenhum menino com essas características. Tem certeza de que era de Calburn?

— Tenho. Eu... — Ela esteve a ponto de dizer que tinha uma foto dele na frente da amoreira da sua casa, mas algo a impedia de revelar isso para ele, e mais ainda de dizer que tinha uma cópia dessa foto no carro. — Sabe, acho melhor ir embora.

— Você ainda não pode ir — Rodney falou, avançando na direção dela. — Tenho três álbuns cheios de fotografias. Você e eu, a gente podia sentar e ver todas as fotos juntos.

Bailey se levantou.

— Quem sabe outro dia — disse, encaminhando-se para a porta. *Talvez quando eu trouxer comigo uma escolta armada.*

Rodney se colocou entre ela e a porta.

— Você não pode ir embora já, é cedo demais — disse, num tom que Bailey jurava que se pretendia sensual.

Ela botou a mão na maçaneta e abriu a porta. Nos dois segundos seguintes, estava do lado de fora, descendo as escadas e se dirigindo para o carro. Pelo amor de Deus, me deixa sair daqui, rezou.

— Peraí! — Rodney gritou da varanda.

Bailey parou de andar, mas não se virou.

— Tinha esquecido. Lucas McCallum tinha lábio leporino, mas naquele verão ele tinha catorze anos. Um garoto grande, pesadão.

Lentamente, Bailey virou-se para olhar para ele.

Rodney fez um movimento com os ombros que Bailey vira milhares de vezes em Jimmie.

— Era um menino feio. Na verdade, *muito* feio. Tinha uma fenda no lábio superior que ia até o nariz, dava para ver a gengiva em cima do dente. E ainda tinha orelha de abano. É *esse* o garoto que você está procurando?

— McCallum? — perguntou Bailey.

— É. O menino do Frank. Você ouviu falar do Frank, não ouviu?

— Ouvi — disse Bailey baixinho. — Era um dos Seis de Ouro, o tal do assassinato-suicídio.

— É, esse mesmo. O Luke era filho dele, e foi embora da cidade depois que o Frank morreu. Nunca mais ouvi falar dele... Não que alguém ligasse para ele. Era briguento pra cacete. Lutava com todo mundo. Uma fera, aquele menino.

Bailey não teve nenhuma dúvida de que Lucas McCallum e James Manville eram a mesma pessoa. Apesar do que seu cérebro lhe aconselhava a fazer, viu seus pés a levarem de volta para dentro da casa.

— Isso — disse Rodney —, volta que eu te conto tudo sobre o Frank. Era um cara sensacional.

— Lucas — disse Bailey ao chegar à escada. — Me fala do Lucas.

— Claro, o que você quiser — disse Rodney, abrindo bem os braços para ela entrar no círculo. — Volta aqui que eu te conto tudo o que você quiser.

Dessa vez, Bailey teve de sentar-se na parte alta do sofá. Ali pendurada, ficou visualizando o filme *Titanic* e as pessoas se segurando na amurada enquanto o navio afundava. No caso deles, o mar os esperava; no dela, as mãos de Rodney. Era difícil dizer o que era pior.

Ela teve de ouvir Rodney contar toda a história gloriosa sobre como os seis divinos rapazes salvaram toda uma escola. Bailey se agarrou no braço do sofá a fim de não deslizar para o colo de Rodney e se esforçou o que pôde para fazê-lo entrar no assunto de Lucas.

Provavelmente só precisou esperar cerca de quarenta e cinco minutos, que, no entanto, lhe pareceram horas.

— E o Lucas? — perguntou pela vigésima vez.

Rodney franziu o cenho, aborrecido com a interrupção.

— Não era grande coisa, e não estava aqui quando todo o negócio, o negócio importante, aconteceu. Foi mais tarde que o Frank foi embora e voltou com aquele... aquele... — Rodney meneou a mão como quem diz: “Deixa pra lá”.

— E a mãe do Luke?

— Nunca conheci. Nunca quis. Se tinha a cara parecida com a do filho, provavelmente dopou o Frank para ele ir para a cama com ela, e depois inventou que o menino era filho dele. O Frank sempre foi um cara muito generoso. Ele dava tudo o que tinha. Provavelmente assumiu o guri só por bondade. O Frank era assim.

— Santo Frank — murmurou Bailey, e o Rodney olhou para ela inquisitivamente.

— Por que é que você está fazendo tanta pergunta sobre esse garoto? Você o conhece? Ele ainda tá vivo?

— Acho que não — Bailey disse, e não gostou do jeito como Rodney estava olhando para ela.

— Aquele menino era mais feio que a Spangler e mais malvado. Você está escrevendo um livro para ele?

— Não — disse Bailey —, claro que não.

A maneira como ele estava olhando para ela agora começava a deixá-la nervosa de um modo diferente.

Rodney fitou-a por um bom tempo, como que tentando descobrir se ela estava mentindo ou não.

— Então por que é que você quer saber daquele menino feio, e não de nós, heróis?

— Eu... é.... eu...

O olhar dele endurecia a cada minuto. Ela precisava pensar em alguma coisa rapidamente.

Bailey respirou fundo.

— Quero abrir um negócio de conservas, e me disseram que o homem que era dono da minha fazenda costumava fazer conservas; por isso queria saber sobre ele. Nós, quero dizer, *eu* olhei na internet, mas não achei nada sobre o ex-dono da minha fazenda.

Ele olhava para ela com a cara tão feia que ela já estava toda arrepiada. Tentando parecer o mais natural possível, Bailey se levantou do sofá e começou a andar de costas em direção à porta.

— É só isso. Só estava curiosa sobre a fazenda que comprei e queria saber mais dela. Sabe, ela tem uma amoreira enorme, e...

Os olhos do Rodney se arregalaram.

— Amoreira? — disse calmamente. — Meu Deus! Você é a tal viúva que está morando na casa do Gus?

Na mesma hora, Bailey se sentiu aliviada.

— É! Sou eu. Me disseram que o nome dele era Guthrie, mas provavelmente você está certo, era Gus. Você sabe que ele se enforcou?

Num minuto Rodney estava sentado no canto do sofá e Bailey a uns trinta centímetros da porta, e no minuto seguinte ele estava segurando-a pelo pescoço, tentando estrangulá-la.

— Gus Venters era um homem mau! Mau, estou te dizendo, ele merecia morrer! Merecia!

Ele a empurrou contra uma janela, e Bailey se segurava pelos lados para a sua cabeça não atravessar o vidro, enquanto, ao mesmo tempo, tentava tirar as mãos de Rodney da sua garganta.

De repente, a janela abriu e Bailey caiu para trás — nos braços de um homem jovem. Ele cambaleou uns passos para trás abafando um "Humm!". Quando Bailey se recuperou o suficiente para abrir os olhos, olhou nos olhos azuis de um homem que tinha visto em muitas fotografias: Rodney Yates. Viagem no tempo?, pensou. Será que caí de uma janela e fui parar nos anos cinqüenta?

Mas no segundo seguinte o rapaz a colocou de pé, segurou sua mão e começou a correr.

— Você tem a chave? — ele gritou por cima do ombro.

Ela levou um tempo para entender a que ele se referia, depois viu seu Toyota no sopé do morro e ouviu, vindo de trás dela, os gritos furibundos de Rodney. Quando chegaram ao carro, ouviu barulho de tiro e do motor de um carro.

— Vamos *embora*, dona — gritou o rapaz enquanto pulava no banco do motorista. — Onde está a porra da chave?

Bailey ainda estava tonta com o que havia acontecido nos últimos minutos. O que fizera o Rodney devasso se transformar num assassino? Seu pescoço doía tanto, que ela achava que não conseguiria engolir mais nada.

— No chão — conseguiu sussurrar.

Ele passou para o lado do carona, enfiou a cara debaixo do painel e em segundos pegou as chaves. Virando-se para o lado de onde vinha barulho de carro, Bailey viu um imenso caminhão preto com rodas gigantes vindo na direção deles. Ela não pensou, simplesmente reagiu. Pegou as chaves da mão do rapaz, pulou no banco do motorista e enfiou a chave na ignição.

Enquanto procuravam as chaves, Rodney tinha conduzido seu caminhão preto morro abaixo e agora estava prestes a bloquear o único caminho que Bailey conhecia para sair da montanha. Quando viu o caminhão vindo na sua direção, entendeu que só tinha uma direção a seguir: a dele. Se perdesse tempo dando uma volta para tentar encontrar outro caminho por onde sair da montanha, em um segundo ele estaria em cima dela. Em vez disso, pôs o carro em movimento e acelerou.

— Não — gritou o rapaz. — *Desce* a montanha. Lá! Aquele caminho! Cai fora daqui! Quando ele está louco assim, primeiro mata e depois faz as perguntas.

Bailey olhou para o caminho estreito entre as árvores para onde o rapaz estava apontando, mas teria de parar e fazer a volta para pegá-lo. Rodney conseguiria facilmente bater na traseira dela. Continuou indo na direção do caminhão, ganhando velocidade a cada segundo. Um dos dois teria de desviar, senão bateriam de frente, e bateriam feio.

— Vira! Vira! Vira! — o garoto não parava de gritar.

Mas Bailey não virou. Quem virou foi Rodney. No último segundo, girou o volante para a direita e, por milímetros, não bateu no carro dela.

— A senhora é doida, sabia disso? — o rapaz gritou para ela.

Bailey reduziu a velocidade e deu marcha a ré ainda em movimento.

— Não. Eu só passei um tempão da vida com um homem que sabia jogar duro — disse, e olhou para o rapaz. — Você colocou o cinto?

O rapaz apanhou o cinto e o afivelou ao redor da cintura.

— Agora você vai descer — disse Bailey, ao olhar para a frente e ver que Rodney ainda estava dando a volta. Sabia que ele iria voltar e, dessa vez, mesmo que lhe custasse a vida, não desviaria. Jimmie lhe dissera uma vez que a gente só pode usar o elemento surpresa uma vez, depois é preciso usar a cabeça e a astúcia.

— Ok — disse em voz alta. — Agora é hora de usar a cabeça.

— Com quem você está falando?

Bailey deu um solavanco que fez com que os dois batessem com a cabeça no teto.

— Com uma pessoa que conheci. Qual é o seu nome?

— Alex — ele disse. — E onde foi que a senhora aprendeu a dirigir?

— Acho que foi nas Bermudas. — Até então, ela vinha descendo um prado, mas havia uma cerca na frente deles e um pedregulho no meio do caminho. Ela deu uma guinada tão grande que ficaram sobre duas rodas. — Não — disse —, foi na África do Sul, em Joanesburgo. — À sua esquerda havia uma velha estradinha, e ela deu uma nova guinada. — Não, também não era. A gente estava em... — Na frente dela havia um riacho com umas pedras imensas. Se alguma delas atingisse a parte de baixo do carro, poderia arrancar fora o chão, e eles iriam encalhar.

Bailey virou à direita, depois à esquerda, cruzou o riacho e evitou as duas pedras enormes. Quando chegou do outro lado, disse:

— Na verdade, acho que foi...

— Depois a senhora me conta — Alex disse, agarrado no painel com as duas mãos e lançando-lhe olhares de esguelha.

— Por acaso você sabe como chegar à estrada?

— Pensei que a senhora soubesse... — começou Alex, mas parou. — Ok, reduz a velocidade. Tem uma velha estrada por aqui, mas há anos ninguém passa por ela. Provavelmente está coberta de troncos. Além disso, acho que a senhora deixou papai bem para trás.

— Seu pai? — perguntou Bailey, olhando no retrovisor.

— É, ele — Alex arregalou os olhos quando avistou o caminhão do pai através das árvores. — Ele sabe o caminho que a senhora vai pegar e vai interceptar a gente. Ele vai emboscar a gente.

De repente, Bailey parou o carro, e depois retrocedeu.

— O que é que a senhora está fazendo agora? — gritou Alex.

— Vou voltar pelo caminho que vim. Se ele estiver lá, aí pego outro caminho.

— Mas a senhora não pode. A senhora atravessou aquele riacho uma vez por milagre, não vai conseguir de novo.

Quando o carro estava reto e voltado para a encosta, Bailey olhou para o rapaz.

— Quer ficar ou quer sair?

— Ficar — disse Alex, depois de respirar fundo, e se preparou.

No segundo seguinte, Bailey pisou no acelerador e atingiu o riacho a toda velocidade. E, no segundo seguinte, conseguiu desviar-se das pedras.

Quando chegaram do outro lado, Alex falou:

— Preciso beber alguma coisa.

— Você é muito novo para beber — disparou Bailey.

— Sou muito novo para morrer, mas isso não vai me manter vivo.

Bailey virou o volante rapidamente e pegou a estrada por onde tinha vindo. Por um instante quase relaxou, mas logo ouviu o caminhão de Rodney entre as árvores, e desceu a trilha a oitenta quilômetros por hora.

— Que diabo a senhora fez com ele? — gritou Alex.

— Não sei — ela gritou de volta. — Mencionei o Gus, o Luke e a amoreira e ele ficou louco.

Ela deu uma guinada que quase fez Alex voar pelo pára-brisa.

— Ele está chegando mais perto — ela disse, olhando no retrovisor.

— Um quilômetro. Se a senhora conseguir ficar na frente dele por mais um quilômetro, consegue escapar. Ele não pode dirigir na estrada. Já foi pego muitas vezes dirigindo bêbado, entre outras coisas. Se sair das montanhas, a polícia vai prendê-lo pelo resto da vida.

— Tem um caminho mais curto para sair daqui?

Como Alex não respondeu, ela o fitou.

— Onde? — gritou.

— É uma estrada velha coberta de troncos. Intransitável. A senhora não pode ir por lá!

— Onde? — ela gritou de novo.

Alex levantou a mão e apontou, e ela viu uma abertura nas árvores bem na frente deles.

— Se segura — gritou, e depois virou o carro, levantando uma nuvem de cascalhos, e se dirigiu para a velha estrada.

Alex olhou para trás.

— Ele não vai seguir a gente por esse caminho. Ele sabe que não consegue. Ele sabe... Merda! Ele está bem atrás da gente.

— Olha o linguajar — disse Bailey enquanto passava por cima de uma tora de uns dez centímetros, fazendo a cabeça deles bater no teto.

— A gente vai morrer a qualquer segundo, e a senhora ainda vem me dizer para não falar palavrão?

— O Senhor é meu pastor — disse Bailey —, nada me faltará. Em verdes paisagens...

Alex se virou para ver o que ela estava vendo. Havia uma ponte que estava inteira da última vez que a vira, mas agora metade dela se encontrava dentro do rio. O rio fundo e caudaloso.

— ... me faz repousar. Para as águas tranqüilas me conduz. Ainda que eu...

— ... caminhe por um vale tenebroso...

O som que se seguiu foram os gritos uníssonos deles quando o carro voou para fora da ponte e por cima do rio.

Quando chegou do outro lado, a aterrissagem foi dura, e os dois estavam muito atordoados para compreender que tinham conseguido, que estavam vivos.

Alex se recuperou primeiro. Olhou pelo vidro traseiro e viu o pai do outro lado do rio, saindo do caminhão — com a espingarda.

Alex olhou para Bailey, que, por sua vez, devolveu o olhar.

— ... nenhum mal temerei... — disseram juntos, e Bailey pisou no acelerador. O carro, no entanto, parou. Ela virava a chave, mas ele não pegava. Alex se inclinou na frente dela e olhou o painel.

— Dona, acabou a gasolina.

Antes que Bailey pudesse responder, ele pegou a mão dela e a puxou pelo banco. Curvados, correram para a frente do Toyota e ficaram lá até ouvir dois disparos da espingarda de Rodney.

— Agora! Enquanto ele recarrega — gritou Alex, e saíram correndo.

Não pararam até chegar à estrada.

— Agora estamos salvos — disse Alex —, pode parar de correr. Aliás, qual é o seu nome?

— Bailey James — ela disse, e estendeu a mão para ele.

Quando se encontravam na beira da estrada, com as jamantas zunindo do lado deles, sorriram um para o outro. Depois começaram a rir.

— Nunca senti tanto medo na minha vida — Alex falou.

— Nem eu.

— A senhora! A senhora foi genial. Cabeça fria, tranqüila. A senhora podia ganhar a vida dirigindo assim.

— Sou dona de casa — ela disse, e os dois caíram de novo na gargalhada. — Provavelmente, não dirigi nem um total de trezentos quilômetros a vida inteira.

— Agora está explicado — disse Alex. — Qualquer pessoa com experiência de direção iria saber que aquilo não era possível.

Caminharam rindo pela beira da estrada por mais de um quilômetro, até que o velho Shelby apareceu e lhes deu uma carona para a casa de Bailey.

Capítulo 18

Naquela noite, quando Matt chegou em casa, encontrou Bailey dormindo numa cadeira da sala. Estava de camisola e robe, os cabelos ainda úmidos do banho, e parecia uma menina de cerca de doze anos. Ultimamente, as coisas entre eles não andavam do jeito que ele queria. Pelo visto, por mais que se esforçasse para se aproximar dela, ela sempre acabava se distanciando dele.

Ela estava envolvida em alguma coisa sigilosa com Janice e Patsy e, sinceramente, ele não a censurava por isso. Vira Scott e Rick se vangloriarem, às gargalhadas, de terem conseguido desviar as esposas dessas "idéias tolas" de abrir um negócio.

— Minha esposa é *minha* — dissera o Scott. — Não quero que a cidade fique dizendo por aí que não tenho condições de sustentar a minha família.

E meia dúzia de amantes, Matt sentiu vontade de dizer, mas não disse.

Rick foi mais brando, mas igualmente inflexível:

— A Patsy, pelo visto, esqueceu como ficava cansada quando tinha que acordar todo dia para ir trabalhar.

— E quando ela saía todo dia para trabalhar, você ficava atolado com metade do trabalho doméstico — disse Matt, sem fazer nenhum esforço para se controlar e não dizer ao irmão mais novo o que pensava.

— Isso não tem nada a ver — Rick falou. — Só acho que é melhor a Patsy ficar em casa com os meninos.

Matt tivera de observar, de mãos atadas, os homens impedirem as esposas de abrirem o próprio negócio e, por fidelidade ao código masculino tácito, não pôde contar à Bailey o que se passava. Mas ela entendeu. E, pior que isso, quando Matt lhe pediu ajuda nos seus projetos, não teve dúvidas de que ela acharia que ele estava procedendo com ela do mesmo modo que Scott e Rick haviam procedido com as esposas.

Matt sabia que vinha perdendo terreno com Bailey, só não sabia como mostrar-lhe que ela podia confiar nele, que ele não revelaria nenhum dos seus segredos — nem tentaria atrapalhar o que quer que ela escolhesse fazer da própria vida.

Caminhou devagarinho pela sala e tocou no cabelo dela. Queria declarar seu amor por ela, queria fazer amor com ela; no entanto, a julgar pela maneira como ela se sentia ultimamente, tinha certeza de que ela não aceitaria. E ele achava que seu orgulho não suportaria aquilo.

Silenciosamente, curvou-se e pegou-a nos braços.

— Psssiu — disse, quando ela começou a acordar. — Sou eu.

Ela se aninhou no peito dele e voltou a dormir, mas, quando ele a aconchegou na cama, ela despertou o suficiente para segurar-lhe o braço.

— Fiz uma coisa hoje — ela disse.

— É? E o que foi? — ele perguntou, sentando-se na beira da cama e pondo-se a alisar para trás o cabelo dela.

— Conheci Rodney Yates.

Ele parou de alisar o cabelo dela.

— Você devia ter me dito que queria conhecê-lo, e eu ia lá com você.

Ela deu um grande bocejo.

— Humm. Desculpe. Devia mesmo. Ele é bem doido.

— Muito doido. Agora vai dormir, amanhã de manhã você me conta tudinho.

Quando ele já estava na porta, Bailey falou:

— Matt?

— Oi?

— Eu trouxe comigo um dos filhos do Rodney. Só por um tempo. Tudo bem?

— A casa é sua — ele disse, mas, quando ela ia começando a dizer outra coisa, ele sorriu. — Claro que está tudo bem. E, na verdade, eu acho que já era hora de alguém fazer alguma coisa por aqueles meninos. Talvez a gente consiga para eles um lar adotivo. Nós dois juntos. É algo que podemos fazer juntos.

— É — ela disse baixinho, os olhos fechando. — Juntos. Nós três.

A idéia de ele, Bailey e uma criança fez Matt sorrir, e, ao fechar a porta do quarto dela, pensou que talvez tudo acabasse dando certo.

Na manhã seguinte, Matt acordou e se deparou com um pesadelo. Foi como se tivesse sido transportado de volta para a casa de Patsy. O banheiro parecia um verdadeiro chiqueiro. Todas as toalhas do armário estavam molhadas e espalhadas por toda parte. A banheira cobria-se de uma espuma oleosa e cinzenta. Havia cabelo na pia e, no espelho, um monte de manchas do que ele julgava ser creme de barbear.

Quando saiu do banheiro, quase tropeçou num caixote no corredor. Desconfiado, foi ver do que se tratava e descobriu que todos os caixotes onde estavam guardadas as suas coisas, ou pelo menos uns cinqüenta deles, tinham sido retirados do quarto sobressalente e colocados no seu escritório, no sótão. Ele não conseguia chegar até o seu computador, nem à sua prancheta.

De novo no andar de baixo, abriu com violência a porta do quarto extra e viu que todos os seus pertences haviam sido completamente removidos, de modo que só restavam a cama e... bem, toda a mobília que Bailey pusera lá originalmente.

Calma, disse a si mesmo. Ela contou que trouxe um dos filhos do Rodney, e você não pode esperar que um garoto criado como ele vá deixar o banheiro em ordem. Aquele pobre garoto provavelmente nunca viu um banheiro dentro de casa.

Na cozinha, Matt foi até o pote que Bailey mantinha cheio de granola caseira e o encontrou vazio. Procurou no forno. Não havia nenhuma omelete deliciosa esperando por ele. Na verdade, quando olhou na geladeira, constatou que não havia sequer ovos, nem leite.

Bailey entrou na cozinha; ele nunca a vira com a aparência tão boa. Seus olhos brilhavam de um jeito jamais visto.

— Bom-dia! — ela o saudou com animação. — Você chegou tarde ontem à noite.

— É, eu...

— Botei para lavar — ela gritou por cima do ombro, não o deixando completar o que pretendia dizer. Ela voltou a olhar para Matt. — Desculpe. O Alex estava procurando a camisa dele, mas eu disse para ele... bom, você ouviu o que eu disse para ele. Está tudo bem com você? Precisa de alguma coisa?

Matt deu um sorrisinho de garoto perdido e indefeso que já tinha feito algumas mulheres perderem a pose.

— Café da manhã, pode ser?

— Claro, mas você vai ter que preparar sozinho. Alex e eu temos que sair. A gente tem que... hã... tem que fazer uma coisa.

— Hã — disse Matt, mantendo o sorriso estampado na cara. — Mas não encontrei o cereal.

Bailey abriu um armário e pegou uma caixa de cereais.

— De caixa? — Matt perguntou, chocado.

— Desculpe, mas o Alex comeu toda a granola que eu preparei. Come ovo.

— Não tem nenhum ovo — ele disse, fazendo um esforço fenomenal para manter o sorriso.

— Ah, é verdade. Na noite passada fiz uma omelete para o Alex e para mim.

— Ontem tinha uma dúzia de ovos aqui.

Bailey encolheu os ombros.

— Tinha? É, talvez, mas ontem à noite o Alex e eu estávamos mortos de fome, acho que a gente comeu tudo.

— Como é que um garoto pode comer um dúzia inteira... — começou Matt, mas parou quando Alexander Yates entrou na cozinha. Matt estava esperando um garoto de nove ou dez anos, mas entrou ali um homem feito — e seu olhar dizia que ele sabia muito bem o que Matt estava pensando... e sentindo.

Matt quis manter a calma, mas não conseguiu.

— O que é que você está fazendo aqui? — perguntou rispidamente.

— Somos parceiros de crime — disse Alex, e ele e Bailey riram juntos. Na verdade, Bailey riu tanto que teve de se sentar.

— Você viu... — ela disse.

— Quando você correu na direção dele, achei que era o meu último minuto de vida — Alex falou às gargalhadas, caindo no banco do lado dela. — E eu nem sabia que sabia aquele salmo.

— Você o recitou perfeitamente.

Eles se entreolharam e falaram em uníssono:

— Nenhum mal temerei.

— Quando aquela janela abriu, achei que tinha caído... Ah, Alex — Bailey agarrou o braço dele, chorando de tanto rir.

Alex, ao levantar os olhos e perceber o mau humor com que Matt o fitava, encolheu os ombros como quem diz: "O que é que eu posso fazer se as mulheres me adoram?"

Bailey limpou os olhos e levantou para ir até o quarto pegar um lenço-de-papel.

Matt veio atrás dela.

— Você sabe quem é esse garoto?

Bailey não conseguia se recuperar do acesso de riso.

— Ele é um dos garotos do Rodney Yates. Eu falei dele para você ontem à noite. A propósito, foi muito gentil da sua parte me levar para...

— Ele *não* é uma criança; é um *homem*. Você trouxe um estranho, um *homem*, não uma criança, para esta casa, um homem de quem você não conhece coisa alguma — e você o deixou passar a noite aqui. Você está inclusive *alimentando* esse homem. Será que você não vê que ele pode ser perigoso?

Bailey olhou surpresa para Matt.

— Gente, você tem razão! Mas eu não te conhecia e deixei você dormir aqui, não foi? E eu alimento você e, puxa, acho que você parece ser mais perigoso que ele. Não há o menor risco de ele triplicar o aluguel *dele*, há? Agora, se você me dá licença, tenho umas coisas para fazer.

Dito isto, Bailey fechou a porta do quarto na cara dele.

Matt chutou uma toalha suja jogada no meio do corredor.

Capítulo 19

O mês seguinte voou e, durante esse tempo, Bailey esteve tão ocupada que os Seis de Ouro não passaram um minuto pela sua cabeça. E a verdade era que ela estava farta deles. Alex perguntou-lhe um monte de vezes o que ela tinha dito a seu pai para deixá-lo tão furioso, mas o que Bailey lhe contou não fazia sentido.

— Ele só fica assim quando suas mulheres dizem que vão se divorciar dele — disse Alex pensativamente. — Por isso fico me perguntando o que foi que você falou para tirá-lo do sério.

Bailey olhou para Matt, do outro lado da mesa do café da manhã, e viu que ele não estava falando com nenhum dos dois. Ela tinha de admitir que lhe agradava esse ciúme de Matt em relação a Alex.

Ela descobrira que Alex estava morando com uma das irmãs de Rodney em Calburn, e só fora passar uns dias na cabana para visitar seus meios-irmãos. Bailey não sabia bem como tinha acontecido de Alex ir morar lá com Matt e ela, mas ele sabia. Depois, quando contaram a ela que a irmã de Rodney estava tomando conta de seis netos e que todos moravam numa casa de dois quartos e um só banheiro, ela não culpou Alex por tirar proveito da situação. Para ela, estava tudo bem, gostava da companhia dele.

— É um bom garoto — disse para Matt. — Ele trabalha depois da aula em Wells Creek e guarda o dinheiro para dar à família. Se não fosse pelo Alex, eles não teriam nada.

Matt murmurou alguma coisa em resposta.

Mesmo tendo um emprego e tirando boas notas na escola, Alex ainda arrumava tempo para ensaiar num curso de teatro. A professora tinha dito para Bailey, cheia de admiração:

— Alex é um ator inato. Basta ele ler uma vez a cena, e já decora tudo. Não precisa ensaiar muito. Pode simplesmente aparecer na noite da peça e representar tudo perfeitamente.

Certa vez Matt foi com Bailey ver Alex representar.

Depois da peça, ela e Matt voltavam para casa na picape dele.

— O Alex é um ótimo ator — ela disse. — Durante toda a peça fiquei pensando que devia ligar para um homem que conheço para ver se ele consegue um teste para o Alex em Hollywood.

— Que grande idéia! — Matt falou, cheio de entusiasmo. — Que tal ligar para ele hoje à noite mesmo? Você bem que podia conseguir um teste para o garoto amanhã. Eu pago a passagem dele para Hollywood.

Bailey riu.

— Não, pensando bem, não. Vou fretar um jato para ele — disse Matt, fazendo Bailey rir mais ainda.

Carol tinha chegado no dia seguinte ao telefonema dela, e estava ansiosa para trabalhar. Por incrível que pareça, ela e Violet se deram muito bem, e Carol se mudou para a casa de Violet. Dois dias depois, havia oito caminhões na frente da casa: marceneiros, bombeiros, eletricistas, paisagistas, entregadores de eletrodomésticos, mobília e equipe de limpeza. Três dias depois disso, as filhas de Carol, de oito e doze anos, chegaram com a babá para passar o fim de semana com a mãe, mas não retornaram na segunda-feira. Em vez disso, resolveram ficar com a mãe, e Carol as matriculou na escola local.

E, como se soubesse que só o trabalho seria capaz de preservar-lhe a razão, Carol escreveu um comercial de um minuto para promover a Fábrica de Conservas Amora. Usou o dinheiro de Phillip para comprar um tempo na televisão no intervalo de uma partida entre times universitários de futebol americano, que seria exibida em três Estados. Depois de escrito o roteiro, mergulhou freneticamente no desenho de produção, que deixou a máquina de costura de Patsy ocupada vinte e quatro horas por dia. E Carol recrutou quase todo mundo que Bailey lhe apresentou de Calburn para trabalhar no comercial.

No início da segunda semana, Arleen apareceu na porta da casa de Bailey com vinte e oito malas.

— Como foi que você me encontrou? — Bailey perguntou sem fôlego.

— Você pode se esconder do mundo, mas todos nesta cidade sabem onde você está. Não me olha desse jeito. Eles não sabem *quem*, só onde. E aí, querida, onde fica o quarto de visitas?

— Tenho três quartos, e dois homens estão morando comigo, por isso...

— Meu Deus, como você mudou — Arleen falou arrastando as palavras.

Bailey estava com seis panelas de geléia no fogão e quatro caixas de morangos precisando ser acondicionados. Portanto, não tinha tempo para ficar trocando farpas com Arleen.

— Você vai ter que ficar num hotel.

— Não posso, querida. Estou dura. Sem um tostão.

Bailey começou a dizer que isso não era problema dela, até que teve uma idéia. Era uma tentativa com pouca possibilidade de sucesso, mas pensou, Quem sabe Arleen e Janice não se dão bem? Afinal, Janice passava a vida tentando superar suas origens, talvez apreciasse uma hóspede com o berço de Arleen. Alguns anos antes, ela pressionara o marido para comprar a casa dos Longacre, a mansão enorme que o avô de Matt construíra para mostrar à cidade como era rico. "A casa que levou meu avô à falência", nas palavras de Matt. O Scott comprou a casa totalmente arruinada por quase nada e a reformou. "Uma reforma sem fim", segundo Janice.

— Espera aí que eu vou dar um telefonema — disse Bailey, e dez minutos mais tarde apareceu uma Janice com os olhos arregalados no seu Mercedes e levou Arleen consigo, junto com o tanto da sua bagagem que conseguiram enfiar no carro.

Quando Arleen chegou, e Carol imediatamente arrumou um papel para ela no seu comercial, não houve como manter segredo do que as mulheres estavam fazendo. Entretanto, nesse ponto, elas estavam tão profundamente envolvidas com a abertura do negócio que não tinham tempo para ouvir o que fosse que um homem dissesse para dissuadi-las.

Além do mais, os números têm força, e elas eram seis.

As mulheres passaram muitas noites juntas, calculando o quanto de dinheiro poderiam levantar. Patsy fez uma imensa liquidação de garagem, e Arleen vendeu dois vestidos de baile de Paris para um brechó. Cada mulher fez o que pôde a fim de contribuir para a conta bancária conjunta; depois, supernervosas, prepararam-se para fazer uma oferta de compra por uma fábrica em Ridgeway. Todavia, antes de formalizada a proposta, o relator lhes deu a incrível notícia de que o dono havia reduzido o preço a um terço. Bailey teve certeza de que esse novo preço tinha a ver com um encontro que Violet tivera com o dono, mas ela achou melhor não saber mais detalhes.

Janice estava até o pescoço fazendo a contabilidade, conseguindo licenças e estudando a legislação para fábricas de conservas.

— Para uma mulher da aristocracia, Arleen com certeza sabe lidar com dinheiro — Janice disse com admiração. — Ela é melhor que uma calculadora para de cabeça somar e diminuir. E, gente, como sabe barganhar! Nunca vi nada igual. Ela conseguiu que o decorador colocasse cortinas de seda na minha sala de jantar pela metade do preço que me disseram que custavam as cortinas de algodão. E não sei onde ela arrumou aqueles tapetes, mas... — Janice levantou as mãos em sinal de espanto. — E o que ela diz para a minha sogra, só ouvindo para acreditar. Achei que aquela velha megera ia correndo dizer para o Scott que aquela senhora teria que ir embora, mas a bruxa velha engole tudo. Quanto mais Arleen a trata mal, mais a minha sogra se esforça para agradá-la.

Patsy estava se divertindo muito contratando todas as mulheres que, anos antes, haviam trabalhado para ela, mulheres que teve de dispensar temporariamente porque a fábrica de conservas estava fechando. E adorava o fato de agora ter uma desculpa para deixar a maior parte do trabalho doméstico por conta do marido e dos filhos.

— Como nos velhos tempos — disse sonhadora. — Quando eu tinha um emprego.

Numa das reuniões de degustação na casa de Bailey, conversaram sobre a necessidade de elaborar um folheto para distribuir entre pequenos armazéns e atacadistas, mas nesse ponto ficaram frustradas. Nenhuma das seis era artista, nenhuma das seis entendia patavina de desenho gráfico por computador, tampouco de websites.

— Sabe quem você pode procurar? — Alex falou numa manhã, enquanto tomavam café. — A Carla.

Bailey ficou pensando onde ouvira esse nome.

— A filha da Opal — esclareceu Matt.

— Você está falando daquela garota de cabelo multicolorido e com um monte de piercings no corpo?

— Pois é — disse Alex. — Dá para ver que é artista.

— É verdade... — disse Bailey.

Matt olhou para ela.

— Se você botar a Carla nessa história, a mãe dela vai descobrir, e a Opal é a maior fofoqueira de Calburn.

— Tudo bem — Bailey falou. — A gente só queria guardar segredo do Scott, do Rick e de você.

Ela pensou que, com isso, faria Matt rir. No entanto, em vez disso, viu uma onda de rubor subir pelo pescoço dele.

— Não sou seu inimigo — ele falou, depois se levantou e saiu da mesa.

No dia seguinte, na escola, Alex pediu a Carla para ir para casa com ele. Bailey se divertiu vendo que Alex não tirava o olho da menina. Bailey estava esperando, temerosa, uma Carla tão rabugenta quanto no dia em que fora ao salão da sua mãe, mas encontrou outra coisa. Carla mostrou-se entusiasmada e tinha umas idéias boas — e parecia entender tudo sobre como desenvolver websites. Rapidamente, projetou um folheto bem bonito e recrutou os gêmeos de Patsy para sobrescritá-los.

— Como ela consegue isso? — Bailey perguntou a Matt. Ela tinha três homens lindos sob seu comando, mas, pelo visto, não estava interessada em nenhum deles.

— Da mesma maneira que você — disse Matt ao sair da sala e subir para o sótão. Ele havia removido os caixotes e agora passava a maior parte do tempo lá. Mas, naquele momento, como a casa vivia cheia de gente que trabalhava para a Fábrica de Conservas Amora, não sobrava muito espaço para ele no primeiro andar.

Por alguma razão, elas começaram a receber pedidos antes mesmo de enviarem os folhetos pelo correio.

— Você reparou que esses pedidos vêm de homens? — Patsy perguntou. — *Diretamente* de homens. Sou muito antiquada ou a maioria dos presidentes de empresa têm secretárias?

— Violet — disse Carol enquanto lambia um envelope. — Ela pediu uns pequenos favores.

Bailey ia começando a fazer uma pergunta, mas, diante do olhar duro de Janice e Patsy, calou a boca.

— E aí, qual vocês preferem: a cereja ou o mirtilo?

Três dias antes de o comercial ir ao ar, o telefone tocou às três da manhã, acordando Bailey.

Era Phillip, e estava ligando de um bar barulhento; ela mal conseguia escutar o que ele dizia.

— Bailey, não tenho muito tempo — ele falou. — Acabei de pagar cinqüenta paus a um cara para usar o celular dele para ninguém descobrir que eu é que estou ligando. Preciso te prevenir — mas não sei bem do quê. Atlanta e Ray estão com medo de alguma coisa. Estão liquidando tudo, botando tudo em dinheiro vivo e mandando o dinheiro para fora do país. Provavelmente você vai ver alguma coisa sobre isso nos jornais.

— Phillip — disse Bailey —, não quero ser negativa, mas o que é que isso tem a ver comigo? É o dinheiro deles, e eles podem fazer o que quiserem com ele.

— Bailey, você tem *certeza* de que James não conseguiu permissão da sua mãe para vocês se casarem?

— Ele não pode ter feito isso. Ele só conheceu minha mãe *depois* de a gente se casar. Você sabe que nos casamos às escondidas.

— Sei. Claro. Mas você tem *certeza*?

— Por que é que você está me perguntando isso?

— Porque a Atlanta e o Ray andam me fazendo perguntas sobre você — *muitas* perguntas. Eu disse que, quando te contei que ia trabalhar com eles, você foi embora, e não sei para onde foi.

— Phillip, nada disso faz sentido; a única coisa que faz sentido é que a Atlanta e o Ray estão loucos e sempre foram. Meu casamento com o Jimmie não era legal. Além do mais, segundo o testamento, não ficou nada para mim, e a Atlanta e o Ray são os únicos parentes vivos dele.

— São?

— O quê? Não estou escutando.

Durante algum tempo, ele ficou sem falar nada, mas o barulho diminuiu, levando-a a pensar que ele fora para um lugar mais tranqüilo.

— Eles são *mesmo* parentes dele?

— Claro que são! O Jimmie os odiava. Por que então ele ia agüentar aqueles dois se não fossem parentes dele? Ninguém ia *tolerar* amigos tão repulsivos como a Atlanta e o Ray.

— Eu não tenho certeza de nada, mas fico me perguntando se eles talvez não soubessem alguma coisa do James que ele não queria que outras pessoas soubessem. Você sabe como ele fazia segredo do passado. E se eles soubessem de alguma coisa horrível? Alguma coisa que o James fez? E, Bailey, tenho pensado em muitas coisas. O James não era do tipo de pessoa de negligenciar detalhes. Acho difícil acreditar que ele não sabia que você tinha só dezessete anos quando casou. Se ele sabia, deu um jeito de conseguir a permissão da sua mãe.

— Mas ele sabia, e não conseguiu a permissão dela. Senão, teria me contado.

— Mas você não contou para *ele*. Talvez ele estivesse esperando que você confessasse para ele. Mas você não confessou, não é?

— Não, não confessei. Se tivesse confessado, a gente teria casado legalmente. Mas tudo bem, Phillip, pára de se preocupar comigo. Estou bem. *Muito* bem.

— Bailey, escuta... — Ela ouviu um apito no telefone. — Ah, não, está acabando a bateria. Escuta, Bailey. E se existir em algum lugar uma permissão da sua mãe? E se você e o James *fossem* legalmente casados? E se a Atlanta e o Ray não são parentes consangüíneos dele? Isto significa que todos aqueles bilhões são seus, e não deles. E se a pessoa que sabe que vocês eram legalmente casados passou adiante essa informação? Talvez tenha sido isso que mexeu com a Atlanta e o Ray.

— Mas o testamento do Jimmie...

— O testamento dele diz que o dinheiro dele vai para os irmãos dele. Se se provasse no tribunal que eles não são parentes dele... Bailey, desde que você está aí viu alguma coisa que ligue a Atlanta e o Ray ao James?

Bailey não queria contar a Phillip da foto que vira na caixa de sapato de Matt. Não queria se envolver nisso. Era melhor deixar para trás Atlanta e Ray, e até mesmo Jimmie.

— Você ouviu alguma coisa, não foi? — insistiu Phillip. — O que foi?

Ela suspirou. Mesmo ao telefone, não conseguia se esquivar com uma mentira.

— Nada. Só vi uma foto de dois garotos, que acho que podem ser a Atlanta e o Ray.

— Meu Deus! — exclamou Phillip. — Bailey, você não sabe como isso é importante. Você *precisa* descobrir tudo o que conseguir sobre eles. Se eu pudesse provar que eles não são parentes consangüíneos do James, talvez conseguisse acabar com essa loucura. E se você sabe de alguém que pode saber se você era casada ou não...

— Eu não quero aquele dinheiro todo! — Bailey falou, e sua voz saiu como um guincho. Já podia sentir os milhões de flashes, os repórteres sempre atrás dela perguntando o que ela achava de todas as coisas do mundo.

— Isso não diz só respeito a *você*! — Phillip gritou no telefone. — Aqueles dois estão fechando e vendendo todos os negócios do Jimmie. Milhares, talvez milhões de pessoas vão ser afetadas por isso. Você pode descobrir alguma coisa? — Ouviu-se outro sinal no telefone. — Promete que vai tentar descobrir o que puder. Jura para mim. Isso é muito, muito importante.

— Tudo bem — Bailey falou, relutante. — Vou... — Ela parou; o telefone ficara mudo nas suas mãos. — Vou fazer o que posso — disse, e fez uma careta.

Pôs o fone no gancho e ouviu alguém bater discretamente à porta.

— Pois não?

Era Matt.

— Está tudo bem? — ele perguntou. — Ouvi o telefone.

— Está — ela respondeu, mas Phillip a havia aborrecido. Ultimamente ela quase não lembrava mais que um dia fora a esposa gorda de James Manville. Já passara o tempo em que ficava pensando o tempo todo no que "o Jimmie falara" e no que "o Jimmie fizera". Tinha ficado preocupada com o fato de Arleen ou Carol deixarem escapar alguma coisa, mas elas estavam acostumadas a guardar segredos. Uma tarde, Carol disse:

— Você acha que eu quero que elas saibam que meu marido trabalha para bilionários?

A maneira como ela falou isso fez Bailey rir — como se "bilionário" fosse uma doença.

— Não aconteceu nada — Bailey disse para Matt, mas sem olhar para ele. — Era só um velho amigo. Está comemorando. Hoje é aniversário dele.

Como Matt não se mexeu, ela percebeu que ele sabia que ela estava mentindo.

— Claro — ele disse friamente. — Ou talvez tenha sido engano.

Ele não deu chance de Bailey dizer mais nada; fechou a porta e ela o ouviu subindo para o sótão. Em vez de voltar para a cama, ele foi para o escritório trabalhar.

Bailey tentou voltar a dormir, mas a ligação de Phillip a tinha chateado demais. Por que será que ele não perguntou sobre a Carol?, pensou. Nem pelas filhas? Com certeza ele sabia que toda a sua família estava na Virgínia com Bailey. Será que sabia mesmo?

Uma hora mais tarde, Bailey se levantou, vestiu-se e foi para a cozinha. Quando Alex acordou, já tinha feito uma pilha de quinze centímetros de crepes, com quatro molhos diferentes. Matt veio para a mesa, mas não comeu nem falou muito.

Mesmo quando Alex falou, "É uma boa você ter perdido o apetite, meu velho. Os homens da sua idade engordam com muita facilidade", Matt não respondeu.

— O que é que tem de errado com ele? — Alex perguntou quando Matt saiu para o trabalho.

— Coisa... de gente grande — ela respondeu, como se Alex tivesse cinco anos.

— Ah, sei, sexo — ele disse, sorrindo para ela. — Você tem razão. Tenho um pai como o meu, e não entendo nada de sexo.

— Não é nada de sexo — Bailey falou com sarcasmo. — Não entre Matthew Longacre e mim. *Isso* eu posso garantir.

— É — disse Alex, enrolando outro crepe com ricota e molho à base de laranja. — Qual é o problema? O velho Matt não consegue? Porque só pode ser por isso, senão está rolando.

— Do que é que você está falando?

— De luxúria, Srta. B. Da velha luxúria. Do tipo que causa guerras. Aquele homem sente tanto tesão por você que é capaz de explodir.

— Você está doido, e assim vai se atrasar. Larga essa comida e vai embora.

— Se não acredita em mim, vai até lá e põe a mão na calça...

— Fora! Dá o fora daqui! E se cuida para não acabar como o seu pai.

Quando ela ouviu o ônibus escolar parar na frente da sua casa, ele pegou os livros e correu para a porta.

— Sou bonito demais para acabar como ele — Alex falou da porta, depois sorriu de orelha a orelha ao ver Bailey rir.

Capítulo 20

O comercial foi um grande sucesso. Todo mundo se reuniu na casa de Bailey para assistir, e ela teve de admitir que os homens, quando viram que as mulheres abririam o negócio independentemente do que eles fizessem, tiraram o time de campo com elegância.

— Isso tudo me deixou tão excitada que o Rick e eu tivemos a melhor fase sexual da nossa vida — Patsy confidenciou a Bailey. — Ele quer que eu abra *dois* negócios. E você e o Matt?

— Três — Bailey respondeu prontamente, depois sorriu com a risadinha de Patsy.

Bailey tinha servido a comida ao ar livre, mas nenhuma das mulheres conseguiu comer antes de ver o comercial. Por alguns instantes, Bailey ficou no fundo observando todo mundo. Madre Teresa dissera uma vez que o que mais doía nas pessoas não era a pobreza nem a doença, mas sentir que não eram necessárias. E agora, vendo as pessoas reunidas debaixo da amoreira, não lhe restava dúvida de que Madre Teresa tinha razão. Todas as mulheres dali, inclusive ela, haviam mudado nas últimas semanas, e isso porque sentiam que agora tinham um propósito na vida.

A maior mudança fora a de Arleen. Durante todos os anos em que vivera pendurada em Jimmie, Bailey nunca conseguira suportá-la.

Era uma parasita. Mas Arleen acabou por revelar-se muito útil para elas, e nas últimas semanas havia engordado de tanto experimentar as receitas de Bailey. Ela vetou metade dos desenhos propostos por Carla, alegando que pareciam dirigidos para "gentinha".

— Cuidado — Bailey disse —, assim você expõe suas origens.

No fim, foi graças à Arleen que chegaram a um rótulo simples, que indicava que o produto era de classe e elegante, mas viável para o bolso.

Carol fora uma boa influência para Violet; a velha perdera dez quilos, e durante vários dias seguidos Bailey não viu um baseado na sua mão.

— Está na hora — disse Carol, e todo mundo ficou paralisado por uma fração de segundo antes de sair correndo na direção da porta dos fundos de Bailey. Alex e os gêmeos de Patsy ficaram entalados no vão da porta — com Carla no meio.

— Querem parar com isso? — gritou Patsy, batendo no filho mais próximo com um catálogo enrolado.

Rindo, os garotos recuaram e deixaram Carla passar na frente.

Bailey sentou no sofá do lado de Matt, e todos prenderam a respiração quando o jogo de futebol americano teve um intervalo comercial. Sem pensar, Bailey pegou a mão de Matt e ficou segurando-a.

No comercial, uma mulher e suas duas filhas (Carol, sua filha mais nova e Carla) estavam sentadas na sala vendo televisão. A sala estava a maior bagunça, e as três vestiam roupas do dia-a-dia, bem desleixadas. De repente, o marido (Alex, com um bigode) entra correndo na sala e diz que o patrão dele e a mulher vieram para casa com ele para jantar.

— Desculpe, querida — diz Alex —, mas é que falei para eles que você cozinha maravilhosamente bem.

Carol diz ter preparado um assado para o jantar.

— Mas o que eu sirvo de entrada e sobremesa? — lamenta-se.

A câmara focaliza Carla.

— Eu sei, mãe. Que tal servir aquelas conservas que a senhora comprou no mercado?

A cena seguinte é acelerada, com Carla na cozinha vestindo a mãe (hilariante o momento em que põe as meias-calças), enquanto

Carol abre os potes da Fábrica de Conservas Amora e compõe um belo prato de hors-d'oeuvre. A filha menor pega um bolo congelado no freezer e derrama um pote de cerejas marinadas sobre ele.

A câmera desacelera para mostrar uma Carol belamente vestida e penteada (três horas com Opal, sob a direção de Arleen) servindo hors-d'oeuvre ao patrão do marido e à sua esposa (o velho Shelby e Arleen, vestida de Chanel). A última cena mostra os dois casais sentados à mesa terminando o bolo. O patrão se vira para Alex e diz:

— Vou te dar a promoção e o aumento.

Quando o comercial terminou, Patsy pegou o controle remoto, desligou a televisão e olhou para todo mundo.

— Que tal? — perguntou.

Rick começou a bater palmas, e todos o acompanharam. Matt pegou as garrafas de champanhe na geladeira e encheu as taças.

— À Fábrica de Conservas Amora — falou, e todos beberam.

Rindo, saíram para comer, analisando os mínimos aspectos do comercial. Mas Bailey voltou e encontrou Matt sozinho na cozinha.

— Você gostou? — perguntou. — Gostou de verdade?

— Gostei — ele disse com delicadeza. — Achei ótimo. Você conseguiu passar a mensagem, e é engraçado. O que você pode querer mais?

— O que é que você mudaria?

— Nada — ele respondeu. — Não mudaria nada.

Eles estavam sozinhos dentro de casa.

— Matt, me desculpe por ultimamente. Parece que...

Curvando-se, ele a beijou no nariz.

— Tudo bem, você não tem que me explicar nada.

Ele voltou para a sala e pegou o controle remoto, Bailey atrás dele.

— Você se importa se eu vir o noticiário?

— Você quer saber o resultado do jogo, não é isso?

Matt sorriu.

— Você está começando a me conhecer bem demais.

— Talvez não o suficiente — ela disse, e o olhou no fundo dos olhos.

O sorriso de Matt se tornou mais caloroso.

— Que tal outra taça daquele vinho, e talvez a gente pudesse...

— Se aconchegar e ver um filme antigo? — ela perguntou.

— Se aconchegar, com certeza — ele disse, sorrindo para ela.

— Duas taças de champanhe a caminho — Bailey falou, e depois desapareceu na cozinha.

Quando retornou, estava passando o noticiário na televisão. Ao ouvir o nome *Manville*, Bailey estacou, e ficou ali parada atrás do sofá, uma taça de champanhe em cada mão.

A tela exibia uma mulher chorando. "Eles fecharam a usina", dizia. "Tenho três filhos para sustentar e estou desempregada."

O locutor voltou-se para a câmara e falou: "Essa é apenas uma das muitas usinas e fábricas que Atlanta e Ray Manville fecharam nas últimas semanas."

Bailey respirou ofegante, e Matt se virou para olhar para ela, mas seus olhos estavam grudados na televisão.

"Os Manville causaram alvoroço em toda a Wall Street queimando estoques, vendendo tudo o que um dia constituiu o império do multimilionário James Manville, e estão transformando tudo em dinheiro vivo."

Apareceu então Ray, cercado de repórteres e pessoas furiosas por terem perdido o emprego. Vinha protegido por três guarda-costas e quatro advogados, enquanto tentava atravessar a multidão. Ray parou na frente de um microfone. "Meu irmão caçula sabia administrar todos esses negócios, mas minha irmã e eu não sabemos. Somos apenas pessoas simples do interior. Por isso estamos vendendo tudo e caindo fora", disse Ray, e voltou a forçar passagem.

"E o que o senhor me diz das pessoas que vocês estão retirando do mercado de trabalho?", perguntou o repórter.

"Eles iriam perder seus empregos de qualquer jeito quando a gente falisse, não é mesmo?", disparou Ray para o homem.

Quando Ray entrou na limusine que o esperava, a câmera voltou para o repórter. "Estima-se que Atlanta e Ray Manville já recolheram até agora 1,4 bilhão — eu disse *bilhão* — de dólares em dinheiro vivo. E onde será que estão colocando esses dólares? Em banco americano é que não é. Desde o acidente de ontem, em que o advogado de James Manville, Phillip Waterman, morreu afogado..."

Foi nessa hora que Bailey deixou as taças caírem no chão. E, ao vê-la em pé em absoluto silêncio, os olhos arregalados e fixos na tela,

Matt deu a volta ao sofá e a fez sentar. Ele estava ouvindo o noticiário, mas olhando para ela.

"... as liquidações de negócios dobraram", continuava o repórter. "Ninguém sabe a razão por trás dessas vendas, e muito menos o motivo dessa pressa. Com você de novo, Nancy."

Na sala da imprensa, sob a cabeça de dois âncoras, havia a foto do falecido James Manville acompanhado da esposa, e a repórter especulava onde estaria a viúva. "Será que ela teria conseguido impedir isso, Chuck?", dizia a mulher. "Se a mulher que ficou casada com ele durante dezesseis anos tivesse permanecido e lutado, será que isso estaria acontecendo agora?"

De repente, tudo começou a girar na cabeça de Bailey, e as paredes pareciam se fechar à sua volta. Ela caiu para a frente, e só não bateu no chão porque Matt a pegou a tempo. Ele a levantou e a carregou no colo pelo corredor que dava para o quarto dela.

— Ela está bem? — Carol perguntou por detrás dele.

— Está — respondeu Matt, tentando soar o mais calmo possível. — Ela deixou cair os copos e cortou a mão, e está um pouco tonta. Já, já, a gente volta lá para fora.

— Vou limpar o vinho e, se você precisarem de alguma coisa, é só falar — Carol disse através da porta.

Matt colocou Bailey na cama, depois foi ao banheiro pegar uma toalha encharcada de água. Sentado do seu lado na cama, botou o pano frio na testa dela.

Na mesma hora, Bailey tentou se sentar, mas Matt a empurrou de volta.

— Se controla. Se acalma. Não deixa que eles vejam seu estado, senão vão te encher de perguntas.

— Eu... eu não sei do que você está falando. Eu...

Matt passou o pano frio no rosto dela.

— James Manville é o seu Jimmie, não é? Reconheci você na foto. Seu rosto está mais fino, e o nariz, diferente, mas era você.

Ao ver Bailey hesitar, Matt disse.

— Nem *pense* em mentir para mim! Você tem um monte de coisas estranhas, como, por exemplo, não saber fazer coisas simples como comprar através de um catálogo, mas já viajou o mundo inteiro. E você... Bom, eu sabia que você tinha sido isolada em alguma prisão rica ou... para ser sincero, não conseguia encontrar uma resposta que explicasse seu jeito de ser. Tudo o que sabia era que você tinha um grande segredo.

— E agora o que você pensa fazer com isso? — ela perguntou, desconfiada.

— Te pedir um empréstimo — ele disse.

— Eu não... Ah, entendi. Foi uma piada.

— Uma péssima piada. Esse Phillip que se afogou era o cara que pagou pela limpeza desta casa?

Quando recuperou a memória, Bailey pousou as costas da mão na boca.

— Phillip. É o marido da Carol. O pai das meninas. Ah, Matt, ela ainda não sabe. Ela tem andado com raiva dele porque ele trabalha demais. Por isso acho que ele nem sabe que ela está aqui. Sabia — disse Bailey, e as lágrimas lhe vieram aos olhos.

— Pára com isso! — disse Matt, as mãos nos ombros dela. — Você não pode ficar assim. De quem era a ligação, aquela ligação no meio da noite?

— Do Phillip — disse Bailey, sufocando as lágrimas. — Ele estava me prevenindo de... Não consigo pensar. Ele estava me prevenindo de alguma coisa, mas não lembro do quê.

— Desde que você chegou, vem fazendo um monte de perguntas às pessoas. Por quê?

— O Jimmie me pediu — quer dizer, ele me deixou um bilhete junto com o testamento pedindo que eu descobrisse o que aconteceu.

— O que aconteceu com o quê?

— Não sei. É só... — Ela parou de repente enquanto abria a gaveta da mesinha-de-cabeceira e pegava o caderno de telefone. Preso entre as páginas estava o bilhete que Phillip lhe dera.

Matt pegou o bilhete e leu.

— O que ele quer dizer com isso? Ele quer que você descubra a verdade sobre o quê?

— Não sei — Bailey falou quase gritando. — Não sei — repetiu, e voltou a deitar-se sobre os travesseiros. — O que é que vou dizer para a Carol? Não sei por quê, mas a morte do Phillip é culpa minha. Talvez, se eu tivesse descoberto a verdade, talvez, se eu tivesse ouvido o Phillip, talvez...

— Sua única culpa foi não ter confiado em mim — disse Matt. — Agora, presta atenção, quero que você faça o seguinte. Quero que a gente volte lá para fora e finja que você não recebeu essas notícias terríveis. Vou dizer para a Violet manter Carol longe da mídia até que você e eu possamos conversar com ela. E vou pensar em alguma coisa para a gente se livrar deles o mais rápido possível. Aí a gente vai sentar e conversar. Combinado?

Uma parte de Bailey dizia que ela queria assumir o controle da situação, a outra parte queria botar a cabeça nos ombrões de Matt e deixá-lo cuidar de tudo. A parte covarde venceu.

— Obrigado — Matt falou, ao ver o rosto dela relaxar. Segurando-lhe as mãos, ele a puxou para fora da cama, alisou seu cabelo e olhou para ela. — Nada mau — disse —, você parece estar saindo de um amasso.

— Não tive essa sorte — ela disse, fungando.

— Só agora ela me diz — Matt falou, com tanta sinceridade que Bailey chegou a esboçar um sorriso. Ele segurou-lhe a mão. — Agora vem, força, a gente vai se livrar deles logo.

Matt agiu conforme combinado. Saíram, e todo mundo olhou para eles com curiosidade. Matt foi direto até Violet e sussurrou algo no seu ouvido, mas ninguém notou, porque estavam todos olhando para Bailey. Como ela não conseguia olhá-los nos olhos, eles sorriram, certos de que ela e Matt estavam vindo da cama. Tudo que Matt precisou dizer para fazê-los ir embora foi:

— Uau, hoje foi um longo dia.

Todos, à exceção de Alex, disseram que precisavam ir. Patsy disse alguma coisa para Rick, Rick disse alguma coisa para os filhos, e eles sussurraram alguma coisa para Alex. Alex disse:

— Mas eu detesto videogames.

Então, Carla foi para perto dele e deu-lhe uma cotovelada nas costelas.

— Ei! Por que é que... Ah, tá, acho que vou embora também — disse, e depois piscou para Bailey.

Trinta minutos mais tarde, Bailey e Matt encontravam-se a sós na casa. Ele preparou para ela uma xícara de chá forte e a acomodou no sofá.

— Agora fala — disse.

Não levou muito tempo para Bailey contar a Matt tudo o que sabia. Que seu marido bilionário havia morrido subitamente e deixado sua gorda viúva sem nada. Matt tinha visto o bilhete, e tudo o que Bailey conseguira descobrir na sua estada em Calburn fora que Jimmie, talvez, fosse o filho de Frank McCallum.

— E quem são esses tais de Atlanta e Ray? — Matt perguntou.

Os olhos de Bailey se arregalaram.

— Como vou saber? Ao mesmo tempo que esta cidade é o paraíso da fofoca, também é cheia de grandes segredos. Se o Jimmie é um dos filhos do Frank, acho que a Atlanta e o Ray são os outros filhos dele — disse, e tapou o rosto com as mãos. — Tudo aconteceu tão rápido. Quando eu os vi na sua foto...

Matt abaixou-lhe as mãos.

— Na minha foto? Do que é que você está falando?

— Você tem uma foto da Atlanta e do Ray na sua caixa de sapato — ela respondeu.

— Aqueles adolescentes feios? — perguntou Matt, franzindo os olhos para Bailey. — E você mentiu descaradamente para mim dizendo que não os conhecia.

— Eu... — ela começou, mas ele a interrompeu com um aceno de mão.

— Vou pegar a caixa.

Saiu e voltou minutos mais tarde com a caixa de sapato, depois pegou a foto.

— Nunca prestei muita atenção nessa foto e várias vezes achei que devia jogá-la fora, mas acabei não jogando — disse, e colocou a caixa na mesinha de centro. — Quero que você me conte tudo o que o Phillip falou para você quanto te ligou, tintim por tintim.

Bailey teve de admitir que sua cabeça andara tão ocupada com a abertura do negócio que não prestou muita atenção a Phillip. Por isso era-lhe difícil lembrar detalhes. E o que ela lembrava tinha de ser explicado para que Matt pudesse entender.

Depois de algum tempo, Matt levantou para pegar outra xícara de chá para ela. Quando voltou, disse:

— Talvez Manville tenha conseguido a permissão da sua mãe, mas nunca te contou.

— Foi o que o Phillip disse, mas isso não faz sentido. Eu disse ao Jimmie que ia fazer dezenove anos no meu aniversário seguinte. Não tinha por que ele achar que precisava da permissão da minha mãe. Eu disse para ele...

De repente, os olhos de Bailey se arregalaram.

— Ai, meu Deus!

— O quê?

— Eu não... não acredito nisso.

— O quê!?

— Conheci Jimmie num concurso de que participei e ganhei, e foi ele quem me entregou o prêmio. Eu estava na... — por um instante, o atordoamento de Bailey a impediu de falar. — Eu estava na divisão dos menores de dezoito anos.

Matt recostou-se no sofá.

— Quero que você me conte sem omitir nada sobre o dia em que conheceu Jimmie.

Capítulo 21

— Queria saber quem foi o desgraçado que disse que eu tinha que fazer isso — disse James Manville, zombando do homenzinho com o crachá no peito. Jimmie era alto e grande, e estava vestindo roupas de corrida de couro preto. A juba de leão e o bigode espesso faziam-no parecer ainda maior.

— Era, hã, parte do seu contrato, doutor — disse o homenzinho. — A feira garantiu um lugar para o seu carro na...

— Ok — Jimmie o cortou rispidamente. — O que é que vou ter que julgar? Arranjos de flores? — Olhou por cima da cabeça do homenzinho para seus dois empregados, que riam disfarçadamente da piada do patrão.

O homenzinho não sabia que Jimmie estava fazendo piada.

— Não — respondeu, depois de consultar sua prancheta. — São conservas. Geléias e gelatinas — acrescentou, e depois levantou o olhar para Jimmie. — Peço desculpas, doutor. Pedir a alguém da sua estatura para julgar uma coisa tão prosaica assim é absurdo, e claro que vou tomar providências para que a pessoa que fez isso seja demitida. Ele...

— Onde?

— Por acaso o senhor não quis dizer quem?

— Não — Jimmie falou asperamente. — Eu sempre quero dizer exatamente o que digo. Onde é que fica essa exposição de conservas?

— É... bem, é por aqui — disse o homem, tentando acompanhar o passo de Jimmie e sua comitiva.

— *Lillian, ele gostou de você!* — Ellen Sue disse.

— Não, não gostou — respondeu Lillian Bailey, agarrando as fitas das quatro medalhas que ganhara. — Ele só estava sendo educado.

— Ah, você só pode estar de brincadeira. Quantos juízes beijam o rosto das vencedoras?

— Por que ele... — ia começando Lillian, sem, no entanto, conseguir prosseguir, porque, da quarta vez que James Manville a beijou, ele sussurrou-lhe ao ouvido:

— Me encontra na roda-gigante às três.

E Lillian assentiu com a cabeça.

— Tenho que ir — disse Lillian, e correu para a arena principal, onde sabia que encontraria sua mãe e sua irmã. Dolores iria cantar nesse dia logo em seguida à corrida de carros. A corrida de que *ele* participaria, pensou Lillian, e sentiu uma onda de emoção atravessar-lhe o corpo.

Um pequena área nos fundos da arena fora designada para sua mãe e sua irmã. Era aberta na frente, com lona nas laterais. Uma placa de compensado fora colocada sobre um cavalete de serrador no fundo, e Dolores se acomodara diante do espelho para aplicar o rímel. Vestia sua menor fantasia de vaqueira, aquela cheia de franjas.

— Ah, você chegou — disse Freida Bailey ao ver a segunda filha. — Não fica aí parada, ajuda em alguma coisa. Vê se consegue dar um jeito no cabelo da sua irmã.

Lillian pegou a escova e começou a pentear o cabelo da irmã.

— Quer parar? — Dolores falou rispidamente. — Vou borrar a cara toda de rímel se você continuar me sacudindo assim.

— Desculpe — disse Lillian, e prendeu a respiração. Como iria contar a elas que James Manville — *o* James Manville — havia lhe pedido para encontrar-se com ele? Iriam agarrá-la e guinchar de felicidade, como tinham feito quando Dolores ganhara o concurso de canto? — Eu ganhei — disse Lillian.

Freida estava olhando dentro do velho baú que elas carregavam de um show para outro.

— Não estou conseguindo encontrar sua pistolinha — disse.

— Está aí, em algum lugar — falou Dolores. — Procura direito.

— Eu ganhei — disse Lillian mais alto, e em seguida prendeu a escova no cabelo da irmã. Dolores ganiu de dor.

— Lillian, tem paciência! — censurou Freida. — É ótimo que você tenha conquistado outra medalha, mas suas geléias sempre ganham mesmo, não é? Será que você não pode dar uma mãozinha? Sua irmã vai subir no palco daqui a dez minutos, e estão dizendo que o James Manville vai estar na platéia. Ele não é casado, e é rico.

Dito isso, Freida e a filha mais velha se entreolharam e riram.

De repente, Lillian não agüentou mais ficar lá.

— Ah, não!... — disse. — Esqueci. Tenho que... — Foi-lhe humanamente impossível pensar rapidamente numa boa mentira. Em vez disso, limitou-se a dar meia-volta e sair correndo da arena. Ouviu sua mãe chamá-la, mas continuou correndo. Ainda faltavam algumas horas para ela se encontrar com "ele", e ela queria passar aquele tempo sozinha saboreando a expectativa.

— *Não acredito!* — disse Matt. — Você tinha dezessete anos, e o Manville tinha quantos?

— Vinte e seis — respondeu Bailey.

— Bom, e aí você foi se encontrar com ele na roda-gigante.

— Fui — ela disse, e fechou os olhos para lembrar. Quando conseguia bloquear tudo o que acontecera a partir de então e só pensava naquele dia maravilhoso, era a lembrança mais doce da sua vida. — É, fui me encontrar com ele, e foi um dia divino. O Jimmie era como um menino. Era como se ele nunca tivesse sido criança. A gente andou em mil brinquedos, e ele me levou para ver o carro de corrida dele. Naquele tempo, ele era mais conhecido por suas corridas temerárias do que pelo dinheiro que ganhava. Eles abriram a pista de corrida só para ele, e ele me levou para dar umas voltas. Ele até me deixou dirigir.

— Ele fez você saber que ele *gostava* de você — Matt falou com delicadeza.

— É — concordou Bailey. — Ele me fazia rir, e gostava mesmo de mim, daquele jeito antigo de gostar. Ele gostava do que eu dizia e do que eu fazia. Ele gostava da minha aparência e, considerando que eu era gorda e tinha um nariz do tamanho de...

Matt pôs um dedo sobre os lábios dela.

— Manville viu o que você realmente é. Ele viu dentro de você, e aprovou.

— É — disse Bailey. — Às vezes, acho que a aprovação é o maior afrodisíaco do mundo.

— Isso foi quando você recebia pouca aprovação na vida — Matt disse serenamente. Estava segurando a mão de Bailey e fazendo carinho nela.

— É verdade — ela falou. — Mas isso não era unilateral. Eu sentia uma certa carência dentro dele. Se eu fosse mais velha, teria sido cínica, acharia que era só um velho nojento de olho na virgindade de uma menininha. Mas eu já tinha caído na conversa de um homem mais velho antes, e foi horrível. O Jimmie me fazia sentir maravilhosa. E, apesar da diferença de idade, eu não sentia que a gente era diferente. — Bailey desviou o olhar por um instante. — Talvez seja porque eu era uma mulher madura quando o conheci, ou pelo menos era assim que eu me via, e ele era um homem que aparentemente não teve infância.

— Quanto tempo você ficou com ele naquele dia? — Matt perguntou.

— Horas... Toda a tarde e uma parte da noite.

— A sua mãe não ficou preocupada de a filha dela de dezessete anos ficar fora sozinha todo aquele tempo?

— Acho que não — respondeu Bailey. — Ela e a Dolores estavam muito ocupadas.

— Mas com certeza alguém deve ter contado para ela que a filha dela e o infame James Manville estavam se divertindo juntos.

— A gente não conhecia ninguém naquela feira. Era em Illinois, e a gente morava no Kentucky.

— Hummm — disse Matt. — E aí, continua, o que aconteceu depois?

— Foi tudo. O Jimmie e eu estávamos subindo na montanha-russa e ele me perguntou "Quer casar comigo?", e eu gritei "Queeeeero" durante toda a descida.

Bailey se levantou do sofá, foi para o lado da ladeira, e ali ficou parada. Aquelas lembranças a entristeciam. Em que ponto ela e o Jimmie começaram a errar? Quando a parte ruim começara?

Na saída da montanha-russa, ele segurou minha mão e começou a me puxar e a me perguntar: "Onde é que está a sua mãe?"

— Foi aí que entrei em pânico. Fiquei paralisada, porque sabia que, se ele pedisse permissão à minha mãe para a gente casar, isso não ocorreria. Uma das duas ia acabar fazendo com que ele mudasse de idéia. Ou, quem sabe, uma delas ia roubá-lo de mim, porque as duas eram bonitas. Na melhor das hipóteses, os preparativos para o casamento iam durar meses, e não imagino o Jimmie resistindo à teia de atenções que elas teriam tempo de tecer em volta dele. E, antes que você pergunte, não, eu não estava disposta a perder minha *única* chance com um homem como o James Manville dizendo para ele que tinha só dezessete anos. E, como era de costume, o Jimmie compreendeu perfeitamente minha hesitação.

Bailey respirou fundo.

— "Tem certeza?", o Jimmie perguntou. "Tenho, tenho certeza", respondi. "Certeza absoluta?" "Absoluta." "Vou cuidar de você", ele disse. "Sei que vai", respondi. Depois nos demos as mãos e fomos para o carro dele. Três horas mais tarde estávamos casados. E não vi minha mãe e minha irmã durante três meses. Depois de três meses elas já teriam se conformado com a idéia de eu estar casada com James Manville.

Matt lançou-lhe um olhar de esguelha.

— Aí elas te receberam de braços abertos, não foi?

— Seria mais certo dizer, de carteiras abertas.

— Não sou advogado, mas acho que, para ser legal, o Manville teria que ter pedido a autorização da sua mãe *antes* do casamento. Deu tempo? Será que deu tempo para ele fazer isso? Elas não te deram nenhuma pista de saberem que você ia casar com o Manville *antes* da cerimônia?

Bailey tentou se lembrar de todos os detalhes daquela primeira visita.

— O Jimmie disse que eu tinha que ficar bem com a minha família. Por isso voltei ao Kentucky para visitar o pessoal. Talvez outra mulher no meu lugar se sentisse vitoriosa, mas eu me sentia constrangida. Achava que tinha agido mal por ter casado às escondidas. E eu queria muito a aprovação delas.

— Tenta lembrar — disse Matt. — Tenta lembrar de tudo que foi dito naquele dia.

Bailey fechou os olhos e tentou se concentrar.

— Lembro que havia muitas coisas novas na casa, uns móveis novos, uma máquina de lavar louça. E elas tinham feito alguns consertos na casa. Tenho quase certeza de que o telhado parecia novo. Nunca toquei nesse assunto com elas, mas vi que tinham aceitado dinheiro do Jimmie, se bem que ele costumava ser generoso assim mesmo.

— E como a sua mãe e a sua irmã trataram você?

Bailey engoliu em seco. Algumas feridas nunca fecham.

— Foram frias e distantes, como estranhas. Queria que minha mãe e minha irmã me enchessem de abraços e dissessem que estavam muito felizes por mim. Mas, em vez disso, elas...

Bailey se virou por um instante, depois voltou a olhar para eles.

— Não gosto desse negócio de ficar cavucando o passado. É feio. *Dói.*

— Lembra daquela mulher na televisão chorando porque tinha perdido o emprego e tinha três filhos para criar? — Matt falou ternamente. — Imagino que ela e muito mais gente devem estar sofrendo agora.

Bailey fechou os olhos de novo.

— Era como se elas não se lembrassem de mim, como se eu nunca tivesse feito parte da vida delas; eu era uma estranha para elas. Em vez de me oferecer uma Coca-Cola, como ela e minha irmã estavam tomando, minha mãe havia comprado um aparelho de chá de porcelana. Ela me serviu uma xícara de chá e perguntou se eu queria um ou dois torrões de açúcar. Eu nunca tinha tomado chá na vida, nunca tinha ouvido falar de torrão de açúcar. Aquilo tudo era muito estranho.

— Alguma das duas falou alguma coisa?

— Não muito. Só me lembro de conversa fiada. Do tempo chuvoso, coisas assim. O Jimmie só ficou sentado lá, recostado na cadeira, parte do tempo se divertindo, mas às vezes tão entediado que parecia que a qualquer hora ia cair no sono. Eu tinha desejado tanto que a gente passasse bons momentos... Queria que minha mãe tirasse do baú as fotos de quando eu era bebê e contasse da minha infância para o Jimmie. Em vez disso, a certa altura, minha mãe me chamou de sra. Manville. "Graças a *você*", minha irmã disse furiosa, e minha mãe deu uma olhada para ela mandando-a calar a boca. Fiquei cheia de ciúme daquele olhar. Era tão íntimo. Era...

— Volta — disse Matt. — O que foi que a sua irmã quis dizer com "Graças a você"?

Bailey deu de ombros.

— Não sei. Algum assunto de família. Não tinha a ver comigo.

— Me diz de novo o que foi que a sua mãe falou.

— Ela disse: "Mais um pouquinho de chá, Sra. Manville?" E então minha irmã disse: "Graças a *você*."

— A sua irmã disse isso para sua mãe ou para você?

— Acho que ela estava falando comigo, mas eu estava olhando para o Jimmie e... — Bailey arregalou os olhos. — Você acha que a minha irmã disse que eu era a Sra. Mansville graças à minha mãe?

— Talvez. Pensa na questão do tempo. Quando Manville poderia ter conseguido a permissão da sua mãe?

— Não poderia. A gente saiu direto da montanha-russa para encontrar o padre que estava nos esperando. Não dava tempo para... — Bailey olhou para Matt.

— O padre estava esperando — ele disse. — Já estava esperando. Ele sabia que você era menor de idade porque ganhou na divisão de menores. Ele pode ter resolvido casar-se com você quando deu a você as medalhas. Quando você se encontrou com ele na roda-gigante, ele já tinha arrumado tudo, senão ela teria ido atrás de você. Não posso imaginar que numa feira de cidade pequena não estivesse correndo a maior fofoca sobre uma celebridade que estava passando a tarde com uma adolescente. Alguma pessoa intrometida deve ter se achado no dever de descobrir quem era a mãe dela para dedurar.

— Ele preparou o casamento com antecedência — sussurrou Bailey.

— Pode ser que ele tenha tomado a decisão de se casar com você e, por estar seguro de que você aceitaria, partiu direto para as providências. Esse não era o jeito dele?

— Ah, era. Era exatamente assim que o Jimmie *sempre* fazia. Era sua filosofia de vida. Ele dizia que a maioria das pessoas era um bando de idiotas indecisos e que, mesmo que você passasse anos tentando levá-las à razão — quer dizer, do ponto de vista dele —, elas eram capazes de recuar de uma hora para outra. Por isso, ele já ia para as reuniões com os contratos prontos. No segundo em que concordavam, ele apresentava os documentos.

— Acho então que pode ter acontecido de ele ter visto você, ter desejado você e, sabendo que era menor, começado a tomar as providências para conseguir você.

— Então, você acha que ele *conseguiu* a permissão da minha mãe?

— Acho. E acho mais, acho que recentemente Atlanta e Ray tomaram conhecimento da existência desse papel, e sabem que, se for descoberto, vão perder tudo. Por isso estão liquidando tudo o mais rápido possível para conseguir levar o máximo de dinheiro para fora do país.

— E onde está esse papel? — Bailey perguntou. — Onde foi parar essa permissão? Ela não apareceu quando os contadores examinaram os documentos do Jimmie.

— Alguém sabe.

— Quem?

— Sua irmã. Aposto que ela tem esse documento ou sabe onde ele está.

Bailey deu um pequeno sorriso.

— É uma boa idéia. Por que simplesmente não ligo para ela e pergunto? Tenho certeza de que ela adoraria me contar. Só falei com ela pela última vez há quanto tempo mesmo?, cerca de três anos. Ela falou comigo aos gritos, me culpando por eu ter arruinado a vida dela. Disse que por culpa *minha* o primeiro marido dela tinha pedido divórcio. Nunca soube se foi o Jimmie que tramou para que o marido dela recebesse aquela oferta de emprego no Oriente Médio, e na verdade nunca quis saber. Mas Dolores tinha certeza de que fora coisa dele. O fato de que o Jimmie dava mesada para ela e para a filha, de ter comprado para ela uma casa imensa num condomínio na Flórida e de ter continuado a sustentá-la ao longo do segundo e do terceiro casamento, isso não significava nada para ela. Na cabeça dela, *eu* tinha arrasado a vida dela.

Bailey respirou fundo para se acalmar.

— Tudo bem, talvez *você* não possa perguntar para ela, mas deve ter alguém que possa, alguém que possa arrancar essa informação dela.

— Não sei quem — disse Bailey.

— Ok, vamos botar a cabeça para funcionar.

No entanto, por mais que tentassem, não conseguiram chegar a nenhuma solução.

Depois de algum tempo, Matt se levantou e olhou no relógio. Como se pudesse ler a mente dele, Bailey soube o que ele estava pensando. Eles já haviam adiado demais: precisavam contar para Carol que o marido dela morrera.

Capítulo 22

Matt não permitiu que Bailey fosse sozinha à casa de Violet. Levou-a de carro até lá, e disse que a esperaria o tempo que fosse necessário. Quando Violet viu os dois de pé na porta, pegou as filhas de Carol e as levou para o quintal. Matt apertou o ombro de Bailey como quem diz "Coragem" e, em seguida, saiu para deixá-la a sós com Carol.

Duas horas depois, Bailey saiu para o quintal, onde encontrou Matt brincando com as meninas; Violet, sentada numa cadeira, os observava.

— Como ela está? — Matt perguntou.

— Bem, na medida do possível. A Carol disse que resolveu ir embora de casa e nem avisou ao Phillip aonde estava indo. Queria dar um susto nele e ver se assim ele desistia de trabalhar para a Atlanta e o Ray. Mas aqueles dois estavam oferecendo muito dinheiro para ele, e o Phillip não conseguiu abrir mão disso.

Bailey olhou para Matt.

— Sabe de uma coisa? Tenho a impressão de que o Phillip estava mentindo para a mulher. Desconfio que ele não largava a Atlanta e o Ray por alguma outra razão. Certa vez, o Jimmie me disse que o Phillip tinha muito dinheiro guardado em algum lugar secreto, e ele nunca me pareceu um cara ganancioso. O Phillip me disse que o que fazia com que ele gostasse de trabalhar para o Jimmie era que assim não tinha jeito de ele se sentir entediado.

— E o que vai ser delas agora? — perguntou Matt, olhando para a casa.

Bailey olhou para as filhas de Carol no balanço. Violet as empurrava, e elas gritavam dizendo que queriam ir mais alto. Apesar de a mais velha ter doze anos, em Calburn ainda a consideravam uma menininha.

— A Carol vai ter que contar para as filhas que o pai delas morreu. Ela vai ter que...

Bailey começou a chorar. Matt a pegou nos braços e depois fez um sinal para Violet, mostrando que estavam de saída. Nada disseram no caminho para casa.

Em casa, Matt cuidou de Bailey como quem cuida de um inválido; acomodou-a no sofá, enrolou-a numa colcha e, em seguida, preparou-lhe ovos mexidos com muita manteiga.

— Foi muito duro para você — disse delicadamente, quando se sentou a seu lado e pôs-se a alisar-lhe os cabelos.

— Sabe de uma coisa? — ela disse, colocando o prato vazio na mesinha de centro. — Perdi meu marido e, por causa do dinheiro, não me permitiram viver o meu luto por ele. Você ouviu o que disseram de mim nos noticiários de hoje? Que o que a Atlanta e o Ray estavam fazendo devia ser culpa *minha*. E, no entanto, depois que o Jimmie morreu, eles falaram que eu era uma "baita controladora". Vi programas em que terapeutas debatiam sobre "mulheres que manipulam". E agora...

Matt estava sorrindo para ela.

— O que é que tem de tão engraçado?

— Você — ele respondeu. — Quando te vi pela primeira vez, você parecia uma pessoa que tinha medo de tudo na vida. Você parecia ter medo de botar o pé fora de casa, mas olha para você agora. Está pronta para lutar contra o mundo inteiro.

— Talvez... — ela começou, mas depois disse: — Tem uma coisa no seu queixo.

Matt passou a mão no queixo.

— Saiu?

— Não, vem cá, deixa que eu tiro — disse; e depois, quando Matt se inclinou na sua direção, ela o segurou pelo colarinho da camisa e trouxe os lábios dele aos seus.

Havia algo na proximidade da morte que a fazia desejar viver. Hoje Carol havia chorado e dito todas as coisas que Bailey pensara depois da morte de Jimmie, que nunca mais o abraçaria, que nunca mais riria com ele.

Bailey sentiu vontade de dizer: "Mas pelo menos você tem amigos que vão chorar a morte dele com você." Bailey não tivera esse luxo quando Jimmie se fora. Muito pelo contrário, o mundo a rotulara como uma pessoa que, de tão horrível, acabara deserdada pelo marido.

Matt retribuiu o beijo, mas se afastou rapidamente e olhou nos olhos dela.

— Não sou um cara fácil — disse com ternura. — Jogo pra valer. Comigo, é para sempre.

Bailey o fitou de volta.

— Eu não vou embora daqui.

Diante disso, Matt sorriu e, depois de pegá-la no colo, levou-a para o quarto, onde a colocou na cama. Quando fez um movimento dando a entender que iria sair do quarto, Bailey segurou seu braço.

— Está indo aonde?... — ela disse.

— Pegar uma proteção — ele disse, o olhar em brasa.

Bailey não lhe soltou o braço. Não disse nada, só olhou para ele, os olhos pedindo-lhe que ficasse.

— Tem certeza? — ele perguntou, com a voz rouca.

— Tenho — ela sussurrou.

Matt sorriu para ela de um jeito tal que pareceu a Bailey que ele talvez tivesse lágrimas nos olhos.

E então, no minuto seguinte, ele se encontrava em cima dela. Semanas de desejo reprimido fizeram-nos se atirar um para o outro. Roupas voaram pelo quarto. Foram momentos muito felizes, muito agradáveis, com os dois tentando tirar da cabeça as últimas horas terríveis.

Bailey queria esquecer as várias semanas de solidão. O prazer de sentir um corpo humano tocando no seu — era disso que ela andava precisando.

— Lindo — disse ao ver o corpo nu de Matt, os lábios na pele dele.

— Mesmo? — ele disse. — Fiquei achando que aquela brincadeira da água tinha te feito perder o interesse.

Bailey só conseguiu soltar uma risada baixa e gutural. Enquanto isso, seus lábios e suas mãos corriam pela pele dele, e ela sentia seus músculos, os lábios dele nas suas coxas, o peso dele. Meu Deus, como era bom ter um homem pesado em cima dela!

— Eu te amo, você sabe disso, não sabe? — Matt falou no ouvido dela, antes de sugar-lhe o lóbulo.

Bailey só fez que sim com a cabeça porque, nesse momento, ele havia acabado de entrar nela, e todos os seus pensamentos voaram. Agora ela era um ser primal, e chegara à base do sentido da vida.

Matt ficou enfiando nela até a cabeça de Bailey bater na cabeceira da cama; logo em seguida, sabe-se lá como, o corpo dela já pendia para fora da cama, a cabeça quase encostando no chão. Bailey pôs as mãos na parede para se amparar, e Matt seguiu em frente.

Quando ele gozou, Bailey gritou, e seu corpo ficou tão lasso que, não fosse Matt segurá-la, ela teria caído de cabeça no chão.

Com um braço, ele a puxou para cima da cama e a aninhou sobre si, e os dois ficaram deitados por uns instantes, imersos numa poça de suor.

Depois de algum tempo, Bailey sentiu o corpo dele enrijecer, e entendeu que ele tinha alguma coisa séria para dizer-lhe.

— Você sabe, não sabe, que pode... — ele interrompeu.

— Estar esperando neném? — ela disse, e Matt assentiu com a cabeça, sorrindo por ela ter usado aquela expressão antiga.

Ela se apoiou sobre um braço e o encarou. Vinte e quatro horas depois de conhecer Jimmie, já estava casada com ele; agora, porém, havia conhecido Matt bem antes de ir para a cama com ele. Sabia que se tratava de um homem bom e carinhoso. Sabia que o orgulho era seu ponto fraco, e havia momentos em que dava até para ver o garotinho que tanto ansiava pelas coisas que perdera na vida.

— Não — ela disse. — Não posso estar esperando neném.

— É? — ele disse, superdecepcionado. — Entendi. Você está usando algum anticoncepcional.

Ela afagou a testa suada dele, puxando seus cabelos escuros para trás.

— Pelo que sei, a gente só consegue engravidar fazendo sexo oral.

— É mesmo? — ele disse, os olhos faiscando. — Sério?

— É. Minha melhor amiga da escola me contou isso. Ela disse que, enquanto o homem e a mulher não põem a boca na "coisa" um do outro, a mulher não engravida.

— Entendo — ele falou. — Então é melhor a gente nem tentar isso.

— Com certeza, não sujos desse jeito — Bailey disse.

— Tem razão — disse Matt, e depois deu um tapa na testa. — Sabe o que foi que eu esqueci de fazer? O bombeiro, lembra dele?

— Como eu ia esquecer? Foi o que me deu o cortador da flor de cebola.

Matt riu.

— Ele disse para eu testar aquela banheirona do seu banheiro para ver se ela funciona. E eu nunca fui lá verificar.

— Que coisa horrível! — disse Bailey. — Um absurdo. Que tipo de amigo você é?

— Sem comentários — ele disse, passando a boca pelo ombro nu dela. — Como é que eu posso me redimir?

— Que tal experimentar a banheira agora? — sugeriu Bailey.

— Hummm — Matt disse, beijando o pescoço dela. — Mas é melhor você vir comigo para ver se estou fazendo tudo direitinho.

— Com uma condição — ela disse.

— É? Que condição?

— Nada de sexo oral. Tudo no mundo, menos sexo oral.

— Palavra de escoteiro — ele falou, e depois a pegou no colo e a levou para o banheiro.

— Matt — ela disse —, algum dia na vida você já foi escoteiro?

Matt limitou-se a rir.

Capítulo 23

Quando, na manhã seguinte, Bailey entrou caminhando relaxada na cozinha, encontrou Alex diante de uma mesa abarrotada de comida. Ficou olhando para aquilo sem conseguir compreender o que via. Havia rocamboles de canela quentes fora do forno, panquecas, ovos cozidos e salsichas.

— Achei que você e o coroa precisavam de umas comidinhas hoje de manhã — Alex falou, de um jeito que fez Bailey enrubescer e virar o rosto para a chaleira de chá. — Passaram bem a noite?

— Olha como fala, e a que horas você chegou ontem à noite? — Matt falou da porta.

— Dez — Alex respondeu.

— Eram duas da manhã — disse Matt. — Se você quiser morar debaixo deste teto, rapaz, vai ter que obedecer a certas regras.

— Já tenho um pai — Alex disse, fuzilando Matt com os olhos.

Bailey interveio.

— Vocês dois têm cinco anos de idade. Onde você estava na noite passada, Alex?

— Com a Carol — ele disse; e depois, quando Bailey e Matt olharam surpresos para ele, ele deu de ombros. — As mulheres mais velhas gostam de mim. Elas confiam em mim. Me bota uma senhora na frente, e ela vai logo querendo abrir a alma para mim. E, às vezes, abrir outras coisas também. Não que a Carol... coitadinha.

— Como é que ela está? — Bailey perguntou.

— Tá bem. Mas ela estava muito furiosa com o marido. Ela se arrepende de não ter feito as pazes com ele antes de ele morrer.

Matt sentou-se à mesa, e Bailey foi colocar água quente na xícara. Quando parou diante da janela e olhou a amoreira, caiu a ficha do que Alex dissera. Ele estava querendo se exibir, mas...

Ela se virou para o Matt; ele estava olhando, esperando para ver se ela tinha pensado o mesmo que ele. Por um instante, ficaram os dois olhando um para a cara do outro, os olhos espantados.

— Perdi alguma coisa? — perguntou Alex.

— Acho que a gente tem um servicinho para você — Matt falou calmamente.

— Serviço de ator.

— É para fazer o quê? — Alex perguntou desconfiado.

— A gente precisa de alguém que consiga que uma mulher de... — Matt olhou para Bailey. — Quantos anos sua irmã tem?

— Quarenta e um.

— Ela é tão mais velha assim que você?

Bailey fez que sim com a cabeça, e Matt virou-se para Alex.

— A gente precisa de alguém para se encontrar com uma mulher de quarenta e um anos e descobrir se um determinado documento existe e, se existir, onde está.

Os olhos de Alex ficaram se alternando entre Bailey e Matt.

— Vou precisar de mais informações do que isso — disse.

Matt olhou para Bailey como quem pergunta silenciosamente: "Tudo bem revelar para o Alex sobre o Jimmie?" Depois de uns minutos de hesitação, ela assentiu com a cabeça, e Matt se pôs a contar para Alex tudo o que ele precisava saber. Ele tinha, claro, visto Bailey na televisão de braços dados com aquele marido extravagante dela.

Quando chegou à parte de Dolores, a irmã de Bailey, Matt virou-se para ela.

— Se hoje a sua irmã está com quarenta e um, quando você tinha dezessete, ela tinha vinte e quatro.

— É — disse Bailey, sem entender aonde ele estava querendo chegar.

Matt e Alex trocaram um daqueles olhares masculinos sugestivos da inferioridade intelectual das mulheres.

— E daí? — Bailey perguntou.

— Você não me disse que ela era bonita?

— Era — disse Bailey. — Parecia uma miss de concurso de beleza. E, de fato, ganhou vários.

Matt sorriu.

— Vamos ver se eu entendi. Dolores tinha vinte e quatro anos, era linda e solteira.

Alex olhou para Bailey e disse:

— E você tinha dezessete anos, era gorda e tinha um nariz grande o suficiente para proteger um bando de gansos da chuva.

— E o que é que isso tem a ver? — Bailey falou, franzindo os olhos para os dois.

Matt e Alex sorriram um para o outro, e Alex fez um gesto para Matt, como quem diz: "Tenha a honra."

— Mas, apesar dessas diferenças entre vocês, foi você quem conquistou o homem cobiçado pela metade das mulheres do país. Não foi? — Matt perguntou.

— Nunca tinha pensado nisso sob esse ângulo — disse Bailey —, mas acho que você tem razão. Foi isso que aconteceu.

— E, de vingança, sua irmã só te fez uma coisa: negou uma informação que poderia te render bilhões? — perguntou Matt, em tom de especulação.

— Eu acho incrível é que ela não tenha te matado — disse, zombeteiro, Alex, enquanto mordia seu terceiro docinho de canela. — Matado aos poucos, bem devagarinho.

— Gente! — Bailey exclamou, ao refletir sobre o que os dois haviam dito. — Eu vivi *de verdade* a história da Cinderela, com a irmã perversa e tudo.

Matt e Alex riram, depois Matt virou-se para Alex e disse:

— E aí? Você acha que consegue descobrir onde está esse documento?

— Claro — Alex respondeu. — Tranqüilo. Mas vou precisar de uma motocicleta e de umas roupas de couro. Os brotos adoram motocicletas, e também adoram roupas de couro. Você tem grana para isso, coroa?

Bailey se virou para olhar a janela enquanto ouvia, ao fundo, os dois homens conversando, e sorriu. Um lar, pensou. Ela agora vivia num lar.

Capítulo 24

Bailey não pôde comparecer ao enterro de Phillip com receio de ser reconhecida, mas Violet e Arleen foram. Bailey e Matt se aconchegaram no sofá e ficaram vendo o noticiário, sem perder um segundo sequer. A cobertura do enterro, porém, foi modesta, salvo para dizer que a viúva de James Manville "não tinha saído do seu esconderijo para assistir ao funeral de um homem que fora seu amigo durante mais da metade da sua vida", segundo as palavras de um repórter.

— Mais um ataque contra mim — Bailey comentou. — Não importa o que eu faço, está sempre errado.

Matt nada disse. Ele concordava com ela, apenas achava que demonstrar raiva não ajudaria em nada.

Atlanta e Ray compareceram ao enterro, e Atlanta foi filmada com um lenço na mão, chorando.

— Não consigo acreditar que isso tenha acontecido — disse aos jornalistas. — Ele não era só nosso advogado, era um amigo.

A cobertura tinha como pano de fundo um vídeo com cenas da vida de James Manville.

— Para mim, é difícil acreditar que Manville e esses dois sejam irmãos — Matt comentou. — Eles não se parecem nada. E nenhum deles se parece com Frank McCallum. Você tem *certeza* de que eles são irmãos consangüíneos?

— Phillip me perguntou a mesma coisa — Bailey falou, os olhos fixos na tela. Depois de algum tempo, sentiu que Matt estava olhando para ela. Quando se virou, viu-o encarando-a, e parecia com raiva. — O que foi!? — perguntou.

— O Phillip disse que achava que o Manville e esses dois não eram parentes? Ele disse isso quando? Naquela última ligação que ele fez para você? A que eu pedi que você me repetisse *palavra por palavra*? *Essa* ligação?

Bailey deu um sorrisinho sem graça.

— É. Será que esqueci de mencionar que ele falou que desconfiava de que a Atlanta e o Ray não eram irmãos do Jimmie?

— É, esqueceu — Matt respondeu brandamente. — O que mais você "esqueceu" de me contar?

Bailey respirou fundo.

— Te falei que encontrei uma foto do Jimmie com o homem que se enforcou na estrebaria?

— Um, dois, três, quatro... — começou Matt, os olhos franzidos para Bailey. — É melhor que essa foto esteja na minha mão antes de eu chegar a dez.

— Senão acontece o quê? — perguntou Bailey, desafiadora.

— Senão não vai ter mais sexo oral — ele respondeu.

Bailey pulou do sofá e voltou com a foto antes de ele chegar a oito. No entanto, não entregou a foto a Matt.

— Olha, antes de você ver isso, tenho que te contar uma coisa. Na época em que conheci o Jimmie... Na verdade, na época em que o mundo conheceu o Jimmie, ele tinha feito plástica no rosto. Acho que fez muitas plásticas no rosto.

— Que tipo de... — Matt ia começando, mas parou e estendeu a mão para pegar a foto.

Sem pressa, Bailey a entregou a ele.

— Entendo — disse Matt depois de um bom tempo. — E você tem certeza de que esse garoto é o cara com quem você foi casada?

— Tenho, sim. Quando você vive tanto tempo assim com um homem, e o conhece tão intimamente... — Ela se interrompeu porque o olhar que Matt lhe lançava dizia que ele não queria ouvir coisa alguma sobre a "intimidade" dela com outro homem.

— Onde você conseguiu essa foto? — ele perguntou.

— Eu estava procurando meu *chinois*, sabe aquele meu coador em forma de cone que você colocou na prateleira de cima da despensa? Você botou num lugar tão alto que tive que subir numa das prateleiras para conseguir chegar lá, e vi o canto dessa foto saindo de uma das frestas da estante.

— O único cômodo da casa que não pusemos abaixo para reformar foi essa despensa — ele falou, pensativo. — Espera aqui que eu vou pegar meu pé-de-cabra.

— Ah, não vai, não — Bailey protestou. — A despensa é também o único cômodo da casa que estava bom desde o início, e eu *não vou* deixar você destruí-la.

— Não te passou pela cabeça que a morte de Phillip Waterman provavelmente não foi acidental? Que ele descobriu alguma coisa que custou a vida dele? E como ele avisou você dois dias antes de morrer que aqueles dois canalhas estavam tentando descobrir onde *você* estava, talvez você seja a próxima da lista a sofrer um "acidente".

— Não — disse Bailey, engolindo em seco. — Não posso dizer que não pensei nisso. Depois você conserta a minha despensa e coloca tudo direitinho de novo?

— Vai ser bem mais fácil do que tentar botar o seu *corpo* direitinho de novo — ele disse, enquanto atravessava a porta.

— Vou tirar tudo de lá — ela falou já de costas, correndo para a despensa.

— *Nada — Matt falou*, olhando para as paredes nuas. Havia removido todas as prateleiras e todas as tábuas presas na parede, mas não encontrou nada lá dentro, exceto sujeira de anos, insetos mortos e roedores desidratados.

Bailey tentou não chorar ao ver as paredes nuas e feias da sua despensa que um dia fora bonita. As tábuas estavam empilhadas no chão do lado de fora da porta da cozinha.

Matt encostou-se no batente da porta.

— Vamos raciocinar. Em primeiro lugar, não podia ter mais nada aqui. Aquela foto presa nas tábuas pode ter sido um mero acaso. Por outro lado, se alguém sentiu necessidade de esconder alguma coisa, não deve ser só isso, deve ter mais coisas escondidas, provavelmente tem uma mina de ouro em algum lugar desta fazenda. E, se esse tesouro realmente existe, ele está aqui neste chão ou na estrebaria. Onde é que você acha que a gente deve procurar primeiro?

Bailey nem sequer olhou para aquele chão antigo, maravilhoso, com suas largas tábuas desgastadas por anos de uso.

— Na estrebaria — disse. — Estou com uma intuição muito forte de que, se existe alguma coisa escondida, está na estrebaria. Afinal, o homem... bom, o homem se enforcou lá, por isso tenho certeza de que, se quisesse esconder alguma coisa, seria lá.

— Certo — Matt disse —, vai ser no chão da despensa.

— Odeio os homens — Bailey murmurou, enquanto Matt enfiava o pé-de-cabra debaixo da primeira tábua.

— O que foi que você disse? — perguntou Matt, levantando a tábua.

— Eu disse que eu... O que é isso? — perguntou ela, espiando por cima do ombro de Matt. No buraco que a tábua revelou, ela viu o canto de uma caixa de metal.

— Você não está curiosa, está? Pensando bem, acho melhor a gente esperar, deixar isso para depois — Matt falou, afastando-se de buraco. — Pensando bem, acho que estou com vontade de comer alguma coisa.

— Então vai lá e se vira — Bailey disse asperamente, e depois pegou o pé-de-cabra dele e arrancou a segunda tábua. Quando removeu a quarta tábua, de modo a deixar a caixa totalmente exposta, olhou para Matt e o viu preguiçosamente reclinado no batente da porta, com um sorriso de superioridade no rosto.

Com o nariz empinado, Bailey tirou a caixa do buraco e passou por Matt para levá-la para fora.

— Se você quer voltar a comer da comida que eu preparo e dormir na minha cama, vê se tira esse olhar do rosto.

O semblante de Matt mudou e se tornou sério com uma rapidez tal, que fez Bailey rir.

— Vai, leva essa coisa suja lá para fora que eu vou pegar alguma coisa para a gente beber. E se você abrir essa caixa antes de eu chegar lá...

Ela deixou que ele imaginasse qual seria seu castigo.

Poucos minutos depois, encontrou-se com ele lá fora. Matt tinha limpado a sujeira da parte externa da caixa e estava sentado numa cadeira, olhando para a amoreira e esperando pacientemente por ela.

— Tenha a honra — Matt falou, enquanto pegava o copo de limonada da mão dela.

Era uma velha caixa de metal, com os dizeres impressos do lado de fora: "Bolachas Earnest. Boas para a digestão."

Bailey respirou fundo antes de levantar a tampa. O que iria encontrar ali dentro?

O que viu era-lhe a coisa mais chocante e mais familiar do mundo. Por cima de tudo, repousavam quatro medalhas de primeiro lugar, todas elas de conservas. Ela as levantou e observou, depois se sentou numa cadeira e ficou passando a mão pela superfície delas. Nunca vira essas medalhas especificamente, mas elas evocavam lembranças.

— O que foi? — Matt perguntou, de olho nela.

— Nunca tinha juntado as coisas antes, só isso. Me contaram que o homem que se enforcou fazia geléias e picles para vender na cidade. Quando vi a foto do Jimmie, tanta coisa tinha acontecido que esqueci essas conservas. Mas, na foto, vi que ele e o Jimmie eram amigos.

Matt estava concentrado, a testa franzida, tentando entender aonde ela queria chegar.

Bailey olhou para ele.

— A primeira vez que vi o Jimmie, ele tinha acabado de ganhar uma medalha pela minha geléia de framboesa. — Ela abaixou a vista para as medalhas. — Uma medalha quase igual a essa.

— Você acha que há alguma ligação?

— Acho que talvez o que eu fiz, preparar a conserva de framboesa, entrar na competição e ganhar, era uma coisa que lembrava o Jimmie, de modo muito intenso, de alguém que ele conhecia... e provavelmente amava.

Matt se inclinou para a mesa, olhou dentro da caixa e retirou uma pilha de fichas de arquivo rasgadas nos cantos, presas com um elástico apodrecido que se desfez assim que ele o tocou.

— Hummm — ele disse em voz alta, e se pôs a ler os cabeçalhos das fichas. — Gelatina de Gengibre. Doce de Mirtilo Selvagem. Pasta de Maçã Caramelada.

— Me dá isso — Bailey falou rispidamente, arrancando as fichas da mão dele. — Você não sabe que as receitas de conservas são segredo? — disse, olhando para baixo. — Ah, meu Deus. Duas colheres de chá de limão. Claro. Como eu não tinha pensado nisso?!

— Se é segredo, então a gente deve respeitar o morto e queimar tudo isso.

Bailey abriu a boca para dizer alguma coisa, e depois sorriu.

— Claro. Quem é que vai precisar de Doce de Pêssego com Conhaque? — Entregou as fichas para ele. — Toma, *você* queima.

— Odeio as mulheres — ele falou, sorrindo, enquanto retirava o envelope do fundo da caixa.

Matt e Bailey olharam um para o outro, e um sentimento — *é isso* — atravessou os dois. Matt estendeu o envelope para Bailey, mas ela balançou a cabeça. Por isso ele aproximou as cadeiras deles e, com os ombros colados, abriram o envelope.

Dentro, havia duas fotografias. A primeira era uma cópia da mesma foto que Matt tinha achado. Atlanta e Ray eram adolescentes, e apareciam de pé em frente à amoreira, onde agora Bailey e Matt estavam sentados, e olhavam para a câmara de cara feia. No verso da foto, estava escrito a lápis, "Eva e Ralph Turnbull, 1966".

A seguinte era uma foto de estúdio do homem que havia se enforcado e de uma mulher mais velha, que não parecia muito feliz. Não era bonita, e os lábios caídos transmitiam sofrimento. O homem, contudo, parecia extremamente feliz. Os olhos claros — a foto era em preto-e-branco — costumam passar um certo ar de distância, de distração, mas nessa foto sugeriam enlevo.

O homem vestia terno, e a mulher, tailleur, e ambos traziam flores na lapela.

— Casamento — Bailey falou. — É uma foto de casamento, e ela *não* queria casar com ele.

Matt virou a foto. No verso, escrito em letra de forma, aparentemente de criança, lia-se: "Hilda Turnbull e Gus Venters. Casados em 12 de maio de 1966."

— Parece que aqueles dois não eram filhos dele — Bailey disse.

— Ou aqueles três. Onde é que o Manville entra nisso?

— Você não acha que essa mulher foi casada antes com o Frank McCallum, acha? Eu não li que o Frank foi embora de Calburn depois de terminar o curso secundário e voltou poucos anos mais tarde com um filho pequeno?

— É — Matt disse.

— E se o Frank foi embora, casou com essa tal de Hilda Turnbull, teve logo três filhos e depois se divorciou dela? E se ela disse que não queria o mais novo, o que tinha o lábio leporino?

— Aí o Frank voltou para Calburn com o caçula, e depois, dez anos mais tarde, Hilda apareceu com os outros dois filhos, é isso que você está pensando? — Matt olhou para ela com admiração. — Nada mau o raciocínio. Para uma mulher — acrescentou.

Bailey jogou uma almofada nele, ele a pegou e puxou Bailey para si, aninhando-a em seus braços, e pôs-se a beijá-la.

— Quem é que pode saber isso? — ela perguntou, com a boca na orelha de Matt.

— Saber o quê? — Os lábios dele estavam descendo pelo pescoço dela.

— Quem é que pode saber mais coisas sobre essas pessoas? A gente não pode recorrer de novo ao Rodney. Ele ficou louco quando mencionei o nome do Gus.

— Hummm — disse Matt, os lábios descendo cada vez mais pelo pescoço dela. — A gente pode perguntar à Violet quando ela voltar do enterro.

— Boa idéia. Ela, hã, conhece todos os homens da cidade.

— Não — Matt disse. — A gente pode perguntar a ela o que o Burgess contou para ela.

Ele tinha aberto quatro botões da blusa dela. Bailey se afastou para olhar para ele.

— Burgess? O ídolo de futebol americano? Ele e a Violet foram amantes?

— Tenho a impressão de que sim, já que foram casados.

Bailey se retesou nos braços dele.

— A Violet foi *casada* com um dos Seis de Ouro? E ninguém me contou isso?

Pelo tom dela, Matt se afastou com um suspiro. Percebeu que não fariam amor até que isso se esclarecesse. Passou os dedos pelos olhos.

— Foi por isso que ela veio para Calburn. O Burgess foi para a Califórnia a trabalho nos anos sessenta e, quando voltou, trouxe uma mulher. Eu ainda era criança naquela época, mas ainda lembro de ouvir falar que ela chocava todo mundo.

— Enquanto era casada?! — Bailey perguntou, os olhos arregalados.

— Não — ele disse chocado. — Não nesse sentido. Era pelas roupas que vestia e pela maneira de agir.

— Entendi. Minissaia e bota de cano longo.

Matt sorriu.

— Minha mãe me disse um dia que a Violet chocava as pessoas porque não usava chapéu nem luva.

— Isso é realmente muito chocante — Bailey disse sorrindo. — Sua mãe também ficava chocada com ela?

— Acho que mamãe gostava da Violet, ainda que nunca tenha dito isso expressamente, nem que não gostava, mas, quando eu era pequeno, vi o filme *Bonnie and Clyde* na televisão e, quando minha mãe me viu assistindo ao filme, falou: "Era assim que a Violet estava vestida quando eu a vi pela primeira vez."

— É — disse Bailey. — Um desses filmes que varrem o país com suas modas. Então a Violet veio da Califórnia, vestindo a última moda, e era casada com um dos Seis de Ouro.

— É. O Burgess tinha comprado anos antes a casa em que a Violet mora agora, e eles viveram lá até que o depósito de madeira faliu e ele morreu num acidente de avião. — Matt fez uma careta. — Um monte de gente disse que ele caiu de propósito. Ouvi dizer que ele nunca mais foi o mesmo depois da morte do Frank.

— Foi o que as pessoas disseram sobre o Jimmie — Bailey falou à meia-voz, e depois levantou a cabeça. — "Assassinatos chamados de suicídios" — completou.

— O que é que isso quer dizer?

— A Arleen...

— Aquela mulher que você empurrou para a Janice? Aquela mulher que, sempre que eu perguntava a você onde você tinha conhecido, você mudava de assunto e não me respondia? *Essa* Arleen?

Bailey fez um gesto com a mão pedindo-lhe que parasse.

— Você está a fim de brigar ou quer ouvir? — perguntou e, antes que ele respondesse, prosseguiu. — A Arleen me contou que numa noite, anos atrás, o Jimmie falou alguma coisa sobre "assassinatos chamados de suicídios".

— O que foi que ela disse, exatamente?

Bailey apertou as têmporas.

— Ela contou que o Jimmie disse que nem todo o dinheiro dele era capaz de corrigir um erro que aconteceu quando ele era pequeno. A Arleen disse que ele mencionou alguma coisa sobre "assassinatos chamados de suicídios"

Matt ficou olhando para ela por um tempo.

— E quantos suicídios a gente tem agora? — disse, e começou a contar nos dedos. — Frank McCallum. Gus Venters. E Frederick Burgess.

— Você acha que algum deles foi assassinato?

— Acho — Matt respondeu. — E acho que um desses assassinatos tem a ver com James Manville e aqueles dois pilantras que estão vendendo tudo e convertendo em dinheiro vivo.

Bailey respirou fundo.

— E você não acredita que a morte do Phillip Waterman foi acidental, e acha que a minha vida pode estar correndo perigo.

— É — Matt falou em voz baixa.

Capítulo 25

Só três dias depois, Alex retornou.

Durante esses três dias, Matt deixou de lado seus projetos arquitetônicos para procurar na internet informações sobre Hilda Turnbull, Gus Venters, Lucas McCallum, Eva e Ralph Turnbull. Não conseguiu encontrar nada.

Bailey tentou dedicar sua atenção à Fábrica de Conservas Amora, mas foi difícil. Violet e Arleen continuavam com Carol e as filhas. Violet tinha ligado uma vez para Janice, para dizer que estavam fazendo o levantamento dos bens de Phillip, e que Carol estava cortando um dobrado com isso.

— Assim que der, a gente volta — dissera Violet antes de desligar.

Na hora do jantar, Matt contou para Bailey que não havia conseguido descobrir nada sobre nenhum deles, nem na internet, nem nos registros da cidade.

— É como se eles nunca tivessem existido.

— Mais precisamente, como se tivessem sido apagados — disse Bailey, enquanto lhe servia peixe-espada com molho agridoce. — Tenho certeza de que o Jimmie fez isso. Sei que os biógrafos dele fizeram o possível e o impossível para descobrir sobre o passado dele, mas não descobriram nadinha.

— Mas ele não pode ter conseguido apagar tudo em toda parte — disse Matt, exasperado.

Bailey limitou-se a lançar-lhe um olhar com as sobrancelhas erguidas, como quem diz: "Acha que não?"

A cada dia que passava, Matt ficava mais nervoso, mas tentava esconder de Bailey sua preocupação. E se ela fosse reconhecida? E se Arleen ou Carol cometessem um deslize e falassem alguma coisa sobre Lillian Manville? Alex sabia quem Bailey era, e ele estava com a irmã dela. E se Alex contasse para a irmã de Bailey onde ela estava? E se Alex fosse um patife como o pai, e os dois estivessem tramando alguma coisa contra Bailey?

Quando Alex regressou, Matt já estava achando que sua cabeça iria explodir a qualquer momento de tanta preocupação.

Matt encontrava-se na cama do lado de Bailey, mas sem conseguir pegar no sono. Tivera outro daqueles dias frustrantes, em que nada descobrira. Ao ouvir o ruído baixo da motocicleta, olhou para Bailey para se certificar de que ela dormia profundamente, pulou fora da cama e saiu de casa.

Alex havia desligado o motor e estava retirando o capacete.

— Porra, por onde é que você andou? — Matt perguntou rispidamente.

— É um prazer te ver também — respondeu Alex, afável.

Matt se acalmou.

— Desculpe. Você encontrou a mulher? Você não deu notícia *nenhuma* esse tempo todo — disse, sem conseguir evitar a bronca.

Quando Alex olhou para a casa escura, Matt viu, à luz pálida da varanda, que o garoto estava exausto, e sua raiva passou.

— Ela está dormindo? — Alex perguntou.

— Está — Matt respondeu. — Você parece cansado. Quer comer alguma coisa?

— Eu seria capaz de comer os pneus da motocicleta — disse —, mas preciso ter uma conversa em particular com você. Acho que a gente tem que decidir o que vai contar para ela.

Matt sabia que "ela" era Bailey. Fez que sim com a cabeça.

— Vou pegar alguma coisa para você comer e te encontro na estrebaria. Tem um chuveiro no escritório, se você precisar.

Alex soltou um grunhido em resposta, virou-se e pôs-se a caminhar na direção da estrebaria.

Vinte minutos mais tarde, Alex estava sentado num fardo de feno, o cabelo molhado do banho, vestindo roupas limpas que Matt lhe havia trazido e pronto para falar.

— Eu bati — Alex contou, com a boca cheia.

— Bateu o quê?

— Com a moto. Não queria perder tempo, e por isso fiz umas perguntas nas lojas perto de onde ela mora, descobri que mora sozinha e entrei com a moto na vidraça da frente da casa dela. Quando ela disse que ia chamar uma ambulância para mim, tentei fugir, como se estivesse com medo de ser encontrado pela polícia. Ela adorou e me convidou para ficar na casa dela para poder cuidar pessoalmente de mim até eu ficar bom de novo.

Matt ficou olhando espantado para o rapaz. Palavras como *audacioso*, *destemido* e... *estúpido* vieram-lhe à mente. Encheu de novo o copo de Alex de chá gelado.

— Se você bateu com a moto, como... — disse, e apontou com a cabeça para a porta da estrebaria. Do lado de fora estava a motocicleta em que Alex viajara.

— Essa é nova. Ela comprou para mim.

Os olhos de Matt se arregalaram.

— Onde foi que ela arrumou dinheiro para isso? Achei que, com a morte do Manville, ela tinha perdido a renda.

— Não sei de onde vem — disse Alex —, mas ela tem dinheiro pra burro. Não consegui descobrir nada sobre o dinheiro dela no pouco tempo em que estivemos juntos, mas sei que não é de fonte lícita. Gente, mas aquela mulher é enfezada que é o seguinte! Ela diz que tem que guardar o dinheiro em contas diferentes para ninguém saber quanto é que tem. E vive se lamentando porque tem que viver numa "pocilga" como a dela, quando pode pagar por coisa muito melhor. Mas "eles" não deixam que ela exiba a riqueza dela. — Alex balançou a cabeça por um instante. — Ela tem uma mansão de seis quartos num terreno de dezesseis quilômetros quadrados que parece coisa de revista. A piscina dela pode ser usada para as Olimpíadas.

— Você descobriu alguma coisa sobre Bailey e o casamento dela?

— Descobri. O Manville conseguiu a permissão da mãe dela — disse e, quando Matt abriu a boca para falar, ele levantou a mão. — Mas a Dolores não sabe onde está esse documento. Quando ela me contou isso, riu e disse: "Mas *eles* não sabem que eu não sei." Depois riu como uma criança.

Matt esperou Alex dar um longo gole no seu chá e depois voltar à comida.

— Quero saber todos os detalhes — Matt falou.

Alex botou o prato de comida no chão, levantou a camisa e virou-se. Suas costas estavam cheias de arranhões profundos, o tipo de arranhão que só pode vir de uma mulher nos estertores da paixão.

Matt assobiou baixinho.

Alex pegou o prato de novo.

— Não é de espantar que ela tenha perdido três maridos. Nunca vi uma mulher tão cheia de ódio — disse e, em seguida, olhou para a porta da estrebaria. — E todo esse ódio é dirigido contra a Bailey... a Lillian. A Dolores odeia a irmã com todas as forças da alma. Ela acha que a Lillian, quer dizer, a Bailey, *roubou* o Manville dela. Mas a Dolores só conheceu o cara *depois* que ele já estava casado com a irmã dela. Isso faz sentido para você?

— É, algum. Continua.

— A Dolores disse que não estava lá quando isso aconteceu, quero dizer, quando a mãe dela assinou o papel. Disse que, se estivesse, não teria deixado a mãe fazer aquilo. A Dolores estava no palco, cantando. Disse que estava cantando para o Manville, mas ele estava...

— Continua — disse Matt, impacientemente. — Me fala do papel.

Matt temeu que Bailey acordasse e, ao se dar conta da ausência dele, começasse a procurá-lo. Ele já desconfiava seriamente de que não iria querer que Bailey soubesse o que Alex tinha para revelar.

— A Dolores contou que naquele dia desgraçado — foi assim que ela falou — três homens de terno apareceram com um papel datilografado e — presta atenção nisso — um deles era um notário público. A Dolores disse que a mãe dela nem teve tempo para pensar, que a "pobre mulher" mal sabia o que estava fazendo. A Dolores disse que o notário pediu para ver a carteira de motorista dela, e um dos homens "ordenou" que ela assinasse aquele papel, "se sabia o que era bom para ela". O notário botou o carimbo dele do lado da assinatura, e os três homens foram embora com o papel.

— Não deram uma cópia para a mãe dela?

— Não. A Dolores disse que a mãe ficou tão atarantada — foi a palavra que ela usou — com tudo aquilo que só foi contar a história para ela tarde da noite.

— E a Dolores tinha idéia de onde a irmã estava?

— Aparentemente, não — respondeu Alex, olhando dentro da cesta de piquenique que Matt enchera de vasilhas repletas de comida.

— Que boa família — Matt falou. — Continua. O que mais?

— Foi isso. A Dolores disse que esse documento só foi mencionado de novo no enterro da mãe dela. Ela disse que chamou o Manville num canto e perguntou o que tinha acontecido com a permissão. A Dolores disse que só mencionou isso de piada, mas contou que o Manville ficou uma fera. Ela não entendeu o motivo dessa reação dele até começar a compreender que talvez a Lillian não soubesse da existência desse documento. Ela achava que o Manville não queria que a esposa soubesse que ele estava tão seguro de que ela ia aceitar o pedido de casamento dele, que preparou toda a documentação antes de falar com ela. A Dolores acha que é a única pessoa no mundo que alguma vez conseguiu desestabilizar James Manville. Ela disse para ele: "E aí, onde você colocou o papel, *Jimmie*?" A Dolores disse que, pelo que ela sabia, até aquele momento, a Lillian era a única pessoa que o chamava pelo apelido. A Dolores disse que o Manville fez uma careta de desprezo para ela, mas aquilo fez com que ela se sentisse ótima. Ela disse que ele falou para ela: "Dei o papel para a pessoa em quem mais confio no mundo." Dolores estava exultando. Disse que achou que isso queria dizer que ele não confiava na Lillian e, para ela, o fato de ele não deixar dinheiro algum de herança para ela era prova de que não confiava mesmo.

Alex deu outra mordida.

— Senti a maior saudade da comida da Bailey! Bom, no enterro, a Dolores disse para o Manville que tinha acabado de ver o Mercedes conversível mais lindo que já tinha visto na vida. Era branco e, por dentro, vermelho. Aí, na semana seguinte, apareceram uns caras e deram para ela as chaves de um Mercedes branco conversível. Com interior de couro vermelho, claro. E, depois disso, a Dolores passou a receber uma mesada polpuda do Manville e, quando ela queria alguma coisa extra, como o título de sócia de um clube qualquer, o Manville dava para ela também.

— Mas isso não era suficiente para ela — Matt falou em voz baixa.

— De jeito nenhum. E então a Dolores disse que passou a pôr a mão em tudo que poderia ter sido dela. — Alex engoliu e depois acrescentou: — Juro por Deus, não entendo como ela consegue acreditar que o Manville era dela, se eles nem se conheciam.

— Se você está querendo que eu explique as mulheres para você, vou logo te avisando que não vivi o suficiente para isso — Matt disse, e viu Alex bocejar. — Vamos, garoto, você precisa ir para a cama, e amanhã cedo vou mandar você para a casa da Patsy. Quanto menos a Bailey ouvir detalhes dessa história, melhor.

Capítulo 26

Violet ligou de novo para Janice para avisar quando ela e Arleen voltariam para casa. Janice falou com Bailey, e Matt e Bailey foram pegá-las no aeroporto.

Arleen, pelo visto, achava natural que alguém a esperasse no aeroporto para ajudá-la com a bagagem, mas Violet teve receio daquilo desde o primeiro instante. Ela deu um jeito de se sentar no banco de trás do Toyota com Bailey.

— O que é que você está querendo tanto, a ponto de fazer essa viagem toda até o aeroporto para pegar a gente? — Violet perguntou baixinho. No banco da frente, Arleen não parava de falar com Matt sobre o funeral. — Sra. Manville — Violet acrescentou.

— Quem mais sabe? — Bailey perguntou rapidamente.

— Só nós, mas não vai demorar muito para eles encontrarem você.

"Eles", evidentemente, eram Atlanta e Ray.

— Eles encheram a Carol de perguntas, mas ela não abriu o bico. Teve uma hora que ela já estava quase histérica. Ela acha que aqueles dois mandaram matar o Phillip.

Bailey prendeu a respiração.

— A Carol sabe por quê?

Violet ficou um bom tempo olhando para Bailey.

— Não, mas você sabe, não sabe?

Bailey hesitou, enquanto Violet esperava em silêncio. Aquela velha mulher tinha agora um aspecto bem melhor do que da primeira vez que ela a vira. Estava se vestindo melhor, e a perda de peso a deixara mais ereta e com os movimentos mais leves.

— Existe a possibilidade de que os bilhões do Jimmie pertençam a mim e não a eles — Bailey disse por fim.

Diante disso, Violet recostou-se no banco e balançou a cabeça.

— Nesse caso, querida, mesmo que você se escondesse numa daquelas cavernas do Afeganistão, eles iriam te encontrar.

— E, enquanto isso, a Atlanta e o Ray estão deixando um monte de gente sem trabalho e...

— Meu Deus, uma humanitária. É melhor você dar o fora de Calburn antes...

Bailey não queria ouvir conselhos sobre onde deveria esconder-se e que deveria começar a fugir e nunca mais parar. Era só uma questão de tempo até Atlanta e Ray a encontrarem, mas, até lá, ela faria o que estivesse a seu alcance para descobrir o máximo possível.

— Por que foi que você não me disse que foi casada com um dos Seis de Ouro?

— Gente, o que é que isso tem a ver com o que aqueles dois fominhas assassinos... — Violet interrompeu-se quando olhou o rosto de Bailey, e deu um sorrisinho. — Entendo. Você e aquele seu homem maravilhoso estão sabendo de alguma coisa, acertei? — Como Bailey continuou calada, o sorriso dela aumentou. — E aí, como é que ele é na cama? E nem perde seu tempo me dizendo que não sabe. Vocês dois estavam se olhando com um tesão tão grande que era capaz de incendiar a pista de pouso.

Bailey franziu os olhos para Violet.

— Não adianta que eu *não* vou satisfazer as suas fantasias sexuais. Só quero saber o que o seu ex-marido te contou sobre o filho do Frank McCallum.

— O filho do Frank? — Violet disse, perplexa. — Eu nunca soube que o Frank tinha um filho. Ele... Espera aí. Eu não ouvi uma história que ele tinha um filho retardado que ficava nas montanhas? Ele nunca descia. Ninguém nunca via o garoto.

Por algum tempo, Bailey ficou olhando a janela, e seu estômago se embrulhou. Jimmie. Um homem gregário e sociável como o Jimmie escondido numa cabana nas montanhas. Por quanto tempo? Esse isolamento era imposto ou voluntário?

Violet estava olhando atentamente para Bailey.

— Lábio leporino — falou em voz baixa. — O menino era retardado ou só deformado?

Havia uma bola do tamanho de uma laranja presa na garganta de Bailey, e ela não conseguia falar. As poucas palavras que Violet acabara de dizer explicavam muitas coisas sobre o Jimmie. Ele não agüentava ficar sozinho nem por um segundo. Era doido para ser aceito pela sociedade. No primeiro dia em que se conheceram, ele percorreu as pistas de corrida como se nunca tivesse estado numa delas antes — e talvez não estivera mesmo.

Violet deu um tapinha na mão de Bailey quando o carro entrou no terreno da sua casa.

— Deixa a Arleen em casa e depois volta. Vou te contar tudo o que sei.

Passaram-se duas horas até Bailey e Matt chegarem ao sítio de Violet. Eles haviam parado no supermercado para encher a traseira do carro de sacos de comida de preparo fácil para dar para a Violet. Trouxeram ainda uma perna de cordeiro e vinho para que Bailey pudesse preparar jantar para eles três.

— Você leva a Violet para fora e conversa com ela sobre a Carol enquanto eu cozinho — disse Bailey. — Depois nós três vamos conversar sobre os Seis de Ouro.

— O que é que está te aborrecendo? — ele perguntou. — Você está muito calada desde que a gente as pegou no aeroporto.

Bailey quase disse que não havia nada de errado, mas não o fez. Em vez disso, contou para ele que diziam que Luke McCallum era retardado e vivia recluso nas montanhas.

— Não estamos falando da Idade Média — Matt disse. — A boca do menino podia ser consertada. Ela *foi* consertada.

— E por que então ela não foi consertada quando ele era criança? — Bailey perguntou. — Aquela foto do Jimmie era de quando ele era adolescente. Mesmo se eles não tivessem dinheiro para a cirurgia, tem o sistema público de saúde. E, com certeza, num caso daqueles,

eles iam conseguir encontrar um médico que fizesse o trabalho de graça. O Jimmie... — Ela parou para respirar fundo. — O Jimmie costumava dar um montão de dinheiro para os médicos para eles fazerem cirurgias de graça em crianças com alguma malformação.

Matt deu um beijinho em Bailey.

— A gente vai acabar descobrindo tudo, e vamos começar descobrindo o que a Violet sabe.

No entanto, depois de Bailey ter servido cordeiro e uma sopa fria de pepino a eles enquanto comiam sentados ao ar livre, ela e Matt descobriram que Burgess tinha contado pouca coisa para a esposa.

— Quando conheci o Burgess na Califórnia — Violet disse —, eu tinha acabado de escapar de uma vida miserável na Lousiana. Minha mãe tinha seis filhos, todos de pais diferentes e... — Ela abanou a mão. — Isso não importa agora. Eu era jovem e bonita e achava que, se conseguisse ir para Hollywood, na mesma hora me tornaria uma estrela de cinema.

Violet sorriu da própria ingenuidade.

— Vocês podem imaginar no que foi que deu. Quatro meses depois de chegar à Califórnia, eu estava fazendo a mesma coisa que minha mãe sempre fez para ganhar a vida. Mas, apesar disso, estava me dando muito bem naquilo, e tinha visto aonde uma vida daquelas levava. Sabia que não ia ser sempre jovem e bonita, sabia que um dia estaria como estou hoje.

Fez um gesto apontando para o próprio corpo, mas nem Matt nem Bailey sorriram da sua piada autodepreciativa.

— Enfim, um dia meu carro quebrou numa estrada distante, e um homem grandão e lerdo da Virgínia parou para me ajudar. Percebi na mesma hora que estava numa encruzilhada da vida, e decidi aproveitar a oportunidade. Assumi uma atitude de garotinha indefesa, inventei um monte de histórias sobre o meu passado e o meu presente, e poucos dias depois Burgess e eu estávamos casados, e viemos para Calburn para morar aqui.

Violet olhou para o jardim para ver se Carol tinha realmente cortado todas as suas plantas de maconha, mas de fato não havia mais nada.

Bailey se levantou para pegar a sobremesa, um *crème brûlée* com essência de manga, e, quando voltou com duas tigelas, uma para Matt e a outra para Violet, disse:

— Continua com a sua história. Você gostou aqui de Calburn?

Violet riu.

— Achei legalzinha. Meio chata, mas legalzinha. Me esforcei para ser dona de casa, e não me saí mal. O Burgess era fácil de agradar. Fora quando ele me contava alguma daquelas histórias longas e supercansativas, ele não era de falar muito, e às vezes eu me sentia sozinha. Mas ele era um homem bom.

— O que ele contou sobre os Seis de Ouro? — Matt perguntou.

— Nem uma palavra. Para dizer a verdade, a gente já estava morando aqui há meses quando ouvi falar deles pela primeira vez. Alguém no mercado fez um comentário sobre eles e disse que meu marido era um deles. Para mim, aquilo não passava de piada. Por isso, naquela noite, meio de brincadeira, disse para ele que tinha ouvido falar que ele era um "Menino de Ouro". Fiquei chocada com o quanto aquilo o enfureceu. O Burgess *nunca* se enfurecia. Nunca! Mas naquele dia ele ficou uma fera.

— E isso te deixou curiosa — Bailey falou.

— Não. Curiosidade é um defeito que não tenho. Já tinha visto muita gente com muitos segredos sórdidos na vida, aquilo não me interessou. Se ele não queria falar dos Seis de Ouro, eu também não.

Violet terminou de comer a sobremesa.

— Bom esse jantar. A Carol tem me obrigado a comer uns seis tipos de coisas verdes por refeição. Estou começando a detestar essa cor! E sobremesa para ela é gelatina sem açúcar.

— O que foi que aconteceu no dia 30 de agosto de 1968? — Matt perguntou com a voz mansa.

— Ah — disse Violet. — Foi quando tudo mudou. Naquele verão, todos os seis estavam aqui. Meu marido, que costumava ficar toda noite em casa, passou a sair desde então. Toda noite e durante todo o dia também. No verão inteiro ficavam me ligando da madeireira para perguntar quando o Burgess ia trabalhar. Eles precisavam dele para tomar umas decisões, mas nunca o encontravam em lugar nenhum.

— Por que é que eles estavam todos em Calburn? — Bailey perguntou.

— Por razões diferentes. Aquele veadinho, o Harper, disse que veio ver a mãe, que estava morrendo, mas quase não ficava com ela. O Burgess me disse que o Harper era um grande produtor em

Hollywood e estava abrindo mão de um monte de coisas para ficar com a mãe doente. Eu não suportava aquele nojento e tinha certeza de que ele estava mentindo. Por isso liguei para uma pessoa que conhecia em Los Angeles e fiz umas perguntinhas. Era exatamente o que eu estava pensando: Harper Kirkland era um joão-ninguém. Tinha trabalhado em alguns sets como segundo assistente de câmera, sabe, aquele cara que bate a claquete — Violet fez um gesto como se estivesse batendo o quadro-negro com o número da cena e da tomada num filme —, mas o nojento arrumava tanta briga que acabava sempre na rua. Ele ganhava a vida quebrando galhos.

— Briga? — Matt perguntou. — Que tipo de briga? Briga de socos?

— É. Todo tipo. Ele fazia aquelas sacanagens de dizer uma coisa para uma pessoa e outra coisa para outra pessoa. Adorava arrumar encrenca.

— E o meu pai passou aquele verão inteiro em casa, ele tinha quebrado o tornozelo e não podia dirigir.

— É — disse Violet. — Só vi seu pai poucas vezes, mas ele era mesmo um cara legal.

— Tão bom que abandonou a família.

— Então, todos os seis estavam aqui, e o Frank... — Bailey disse, incentivando Violet a prosseguir.

— É — concordou Violet. — No dia 30 de agosto, o Frank matou a mulher jovem e grávida e depois se matou.

— E o Gus Venters se enforcou na estrebaria — Matt disse.

— E eu fico me perguntando se o Jimmie viu tudo isso — Bailey falou baixinho.

— Meu marido mudou depois dessa noite — Violet continuou. — Depois dessa noite, ele ficou deprimido, profundamente deprimido, e ficou desse jeito até que o avião dele caiu e acabou com o seu sofrimento.

Por um momento, os três ficaram sentados em silêncio, e depois Violet falou e quebrou o encanto.

— Depois que ele morreu — disse —, encontrei uns álbuns de recortes que ele guardava quando criança. Querem ver?

— Quero! — Bailey falou antes que Matt pudesse responder, e quinze minutos mais tarde já tinham limpado a mesa e colocado a louça na máquina de lavar que Carol havia instalado. Bailey teve de admitir que Carol havia feito um bom trabalho reformando aquela velha cozinha. Mandara remover o linóleo rasgado e polir as largas tábuas de pinho do piso. Um armário do lado da pia fora retirado para dar lugar à máquina de lavar louça, mas nenhum dos outros armários fora substituído. Apenas os limparam e trocaram as velhas dobradiças; Carol tivera a inteligência de nem sequer pintá-los. A pia, o velho fogão e até a geladeira retrô permaneceram, apenas passaram por uma boa limpeza e pelos consertos devidos. No fim, a cozinha exibia o provável aspecto de quando fora instalada, nos anos trinta. E Bailey teve de admitir que ficara maravilhosa.

— Aqui estão — disse Violet ao colocar três álbuns de recortes sobre a mesa de centro da sala, sentando-se em seguida numa cadeira recém-estofada. Esse cômodo, também, Carol só revertera ao estado original, e ficara igualmente lindo, perfeito para o estilo da casa.

Durante uma hora, enquanto escurecia lá fora, os três beberam café e licor e viram os álbuns de recortes. Cada um pegou um álbum e Violet disse:

— Há anos que não vejo isso.

Não havia nada de extraordinário naqueles álbuns, apenas os recortes e fotografias habituais dos adolescentes, mas, quando Bailey pensou no que acontecera às crianças risonhas das fotos, aquilo lhe pareceu bastante triste. A maioria das fotografias era de quando Burgess estava na escola de Calburn, não em Wells Creek.

Em certo ponto, Matt apontou para uma foto e perguntou:

— Esse é o Bobby.

Violet disse sim de uma maneira que fez Bailey perguntar quem era Bobby.

— O irmão mais velho do Burgess — Violet respondeu rapidamente.

— Ele morreu quando era jovem — Matt falou também rápido e depois olhou para o álbum no seu colo. E, pelo jeito que ele falara, Bailey viu que não arrancaria mais nada dele, como não conseguira arrancar dele o que Alex havia descoberto com Dolores. Tudo o que Matt lhe revelara fora que Dolores tinha dito que sim, que Jimmie conseguira a assinatura da mãe dela e que ele dera o documento "para a pessoa em quem mais confiava no mundo". Além disso,

Bailey não conseguira saber mais nada, nem sequer se Alex tinha ou não gostado de Dolores, se eles continuariam mantendo contato um com o outro, nada. A única coisa que Matt discutia com ela era o fato de que ela fora legalmente casada com James Manville, e agora o que tinham de fazer era provar isso.

— E descobrir como administrar um império bilionário — Bailey murmurara, mas Matt limitara-se a sorrir para ela.

— O que é isso? — Bailey perguntou ao abrir um grande envelope que se encontrava no verso de um dos álbuns. Dentro dele, havia um pilha grossa de pedaços cuidadosamente recortados de jornal.

Matt olhou para Violet.

— Ela não leu o livro — disse.

Bailey franziu os olhos para ele.

— Andei meio ocupada tentando descobrir uma maneira de me sustentar e passando horas na cozinha tentando encher essa sua barriga que só faz crescer.

— E fazendo, nos dois casos, um trabalho bom pra burro! — Matt disse com entusiasmo.

Violet deu uma risadinha e meneou a cabeça na direção do envelope cheio de recortes.

— Depois que o jornal batizou os garotos de Calburn de os Seis de Ouro, Harper aproveitou a onda e escreveu um monte de artigos sobre os garotos que foram glorificados. Os artigos eram metade verdade e metade... O quê? — Violet olhou para Matt pedindo ajuda.

— Comédia — ele respondeu, olhando para o álbum no seu colo com os olhos arregalados.

Bailey não sabia se Violet tinha reparado, mas viu que Matt tinha encontrado alguma coisa que o interessara muito.

De repente, Matt deu um grande bocejo e olhou para o relógio.

— Você se importa de emprestar esses álbuns para a gente ver mais tarde?

Bailey viu pelo sorriso de Violet que ela provavelmente estava achando que Matt tinha sentido um desejo sexual repentino.

— Claro — Violet respondeu. — Podem ver com calma. Essas coisas ficaram anos guardadas no armário, é muito pouco provável que eu vá precisar delas.

Quinze minutos mais tarde, Bailey e Matt estavam no carro dela, indo para casa, os álbuns no seu colo. Ela fez a pergunta que estava louca para fazer:

— E aí, o que foi que você viu?

— O número do seguro social do Burgess. Estava numa cópia da solicitação do primeiro emprego dele.

— E daí? — Bailey perguntou.

— Com esse número, posso fazer uma consulta na internet e ver o que aparece.

— Mas de que é que isso vai adiantar? O homem está morto.

— Não sei o que esperar disso — Matt falou —, mas é uma pista. Se esse seu ex-marido apagou o passado, com certeza alguma coisa deixou escapar em algum lugar. Talvez ele não tenha apagado tudo o que há para saber sobre Frederick Burgess.

Assim que chegaram em casa, Matt subiu correndo as escadas e foi até o computador, e Bailey foi ver se havia mensagens na secretária eletrônica. Havia dezessete, todas de Janice e Patsy sobre o negócio delas. Quando terminou de falar com as duas, já era tarde para ler os álbuns. Além disso, Matt já tinha tomado banho e a estava esperando na cama.

Ela tomou uma chuveirada e deslizou para os braços dele e, um bom tempo depois, quando estava quase pegando no sono, murmurou:

— Você encontrou alguma coisa?

— Botei o número do seguro dele num serviço de busca. Eles vão me dizer o que têm em vinte e quatro horas. Provavelmente nada — disse. — Não havia nada com o sobrenome Turnbull.

— Hummm — Bailey disse antes de dormir.

A próxima coisa que Bailey ouviu foi um grito distante, e depois Matt abriu com força a porta do quarto.

— Olha isso — ele gritou, colocando um pedaço de papel na frente do rosto dela.

Bailey estava muito zonza de sono para conseguir se concentrar.

— O que é isso?

— Isso é... — Matt teve de respirar fundo algumas vezes para se acalmar. — A busca pelo número do seguro do Burgess mostrou endereços de 1986, 1992 e 1997.

Bailey se recostou na cama.

— Isso não faz sentido. O cara morreu em...

— 1982. Mas o avião estava tão queimado que eles não encontraram nada, nem os dentes.

Bailey fez uma careta.

— Está um pouco cedo demais — ia começando a dizer, mas seus olhos se arregalaram quando ela olhou para Matt. — Você está achando que o Burgess pode ainda estar vivo?

Matt entregou o papel para ela, que o examinou.

— Esses são os endereços de um homem chamado Kyle Meredith.

— É ele — Matt disse.

— Por que é que você acha isso? Sei que Kyle é o nome do seu pai, mas...

— Burgess Meredith, o astro de cinema, se lembra dele?

— Lembro — Bailey disse lentamente, enquanto olhava de novo para o papel. — O último endereço é de uma casa de repouso, Meadow Acres, em Sarasota, na Flórida. Gente! Tem o número do telefone.

— É — ele disse —, já tentei ligar, mas eles só atendem depois das nove da manhã.

— Ok — disse Bailey, contagiada pela excitação de Matt. — A gente vai ter que esperar até às nove. Que horas são agora?

Matt não precisou olhar no relógio.

— Sete e vinte e dois.

— Ok — Bailey disse —, vamos ficar calmos e esperar. Vou preparar crepes. Leva uma eternidade.

Bailey fez quatro fornadas de crepes; uma delas, porém, deixou queimar porque não conseguia tirar os olhos do relógio. Matt sentou-se à mesa de jantar com um jornal na frente do rosto, mas, pela maneira com que ficava toda hora olhando para o telefone, Bailey achou que ele não estava lendo nada.

Quando o relógio deu nove horas, Matt pegou o telefone e apertou o botão de rediscagem. No primeiro sinal, atenderam o telefone. Matt teve de limpar a garganta para conseguir falar.

— Gostaria de saber se um senhor de nome Kyle Meredith ainda mora na casa de repouso de vocês.

— Mora, sim — disse a recepcionista. — Quem está falando, por favor?

Matt, no entanto, não respondeu. Desligou o telefone e olhou para Bailey.

— Ele está lá.

Ela respirou fundo.

— Faz as reservas do vôo enquanto eu faço as malas. Vou ligar para Patsy e perguntar se o Alex pode ficar lá com eles.

— Tudo bem — ele disse, e os dois quase se atropelaram e caíram um por cima do outro quando começaram a correr.

Logo que ela e Matt se sentaram no avião, ele entregou-lhe o livro de T. L. Spangler.

— Acho que está na hora de você ler isso — disse.

Bailey abriu na página de rosto e leu que a autora escrevera aquele livro como tese de doutorado em psicologia.

Não demorou para Bailey ver que a Sra. Spangler acreditava que os próprios meninos haviam colocado a bomba na escola e planejado toda a missão de resgate. Spangler revelava de cara sua teoria, e depois entrava no que mais lhe interessava: a análise psicológica dos garotos.

Bailey começou a ler.

> O sistema de classes é interessante em qualquer sociedade, mas é mais interessante ainda nas cidades pequenas dos Estados Unidos. O que acontece quando se perde o sistema de classes? Quando a mulher rica e o homem pobre são abandonados numa ilha, o que acontece? Se a mulher tem alguma aptidão, como, por exemplo, saber costurar, ela pode, talvez, conseguir manter seus status. Mas o que acontece se a mulher não tem nenhuma aptidão, e o homem abandonado com ela na ilha é carpinteiro? Como fica, então, o status deles?
>
> A perda de um sistema de classes foi o que aconteceu em 1953, em Wells Creek, na Virgínia. Seis garotos, que cresceram na vizinha Calburn, também na Virgínia, já sabiam bem quem e o que eram quando chegaram à adolescência.

Kyle Longacre pertencia à família mais rica de Calburn. Para exibir a sua riqueza, o pai de Kyle havia construído uma mansão numa colina, dando para a cidadezinha. Como conseqüência do dinheiro do pai, na escola de Calburn, consideravam Kyle um príncipe. As pessoas abriam caminho nos corredores da escola para deixá-lo passar; todo mundo queria conhecê-lo, todo mundo queria a sua companhia.

Frederick Burgess era o capitão do time de futebol americano, o garoto que levou o time à vitória — isto é, numa das raras vezes em que o time foi campeão.

Harper Kirkland pertencia à aristocracia, seus ancestrais remontavam aos primeiros povoadores da Virgínia. Em Calburn, não importava que o avô de Harper houvesse gastado com cavalos o dinheiro que sobrara da família e que tivesse vendido as terras exauridas da família para comprar uma casa na cidade para a amante. E não importava que a única coisa que a família ainda possuísse fosse um minúsculo jornal local. Em Calburn, o nome Kirkland era tratado com reverência porque as pessoas sabiam o que significava.

Por outro lado, em Calburn, Frank McCallum, Rodney Yates e Thaddeus Overlander caminhavam pelos corredores despercebidos. Com certeza, Frank era conhecido por conseguir "convencer qualquer pessoa de qualquer coisa", e as pessoas viam como Rodney era bonito, todos os professores viam que o Thaddeus era inteligente, mas esses traços eram negligenciados em Calburn por causa das origens dos garotos. Frank e Rodney eram primos e foram criados na pobreza. As boas meninas de Calburn não olhavam para Rodney porque ele era "um matuto" e evitavam Frank pelo mesmo motivo. E Thaddeus, bem, "Taddy" tinha pais que pertenciam a uma seita religiosa que não permitia que o filho deles participasse de qualquer evento social. Taddy era o suprassumo dos "nerds".

Quando mandaram os seis garotos cursarem o último ano numa escola fora de Calburn, o passado deles foi, ao mesmo tempo, apagado e magnificado.

Ninguém em Wells Creek sabia que a família de Harper Kirkland era a mais antiga daquela parte da Virgínia. Ele não dispunha de privilégios por ser quem era. Em Wells Creek, havia alunos com pais muito mais ricos que o pai empreiteiro de Kyle. E Wells Creek tinha muitos garotos que jogavam futebol americano muito melhor do que Burgess.

Ao mudarem de escola, esses garotos foram rebaixados.

Os outros três, todavia, foram promovidos. Na primeira semana na nova escola, na aula de retórica, consideraram o discurso de Frank "persuasivo". Em Calburn, o discurso dele teria uma recepção morna; afinal, os outros garotos sabiam "quem" ele era. Em Wells Creek, porém, Frank, provavelmente pela primeira vez na vida, não foi julgado por "quem", mas por "o quê". Fez um discurso tão persuasivo que as pessoas se levantaram para ovacioná-lo.

Rodney, bonito como qualquer ídolo das matinês, era ignorado em Calburn por causa das suas origens, mas, em Wells Creek, as garotas davam risinhos e batiam as pestanas quando passavam por ele.

Thaddeus, ignorado por quase todos em Calburn, era adorado pelo departamento de matemática de Wells Creek pela sua capacidade de fazer cálculos extensos e complicados de cabeça, e o corpo docente, desconhecedor de sua posição social, começou a referir-se a ele como "o Mago".

Talvez tenha sido o choque de ver-se por baixo pela primeira vez na vida, ou talvez só precisasse se afirmar, qualquer que tenha sido a razão, o fato que é Kyle Longacre começou a se sobressair na nova escola. Talvez quisesse provar que não precisava do dinheiro do pai para ser "o príncipe" da escola e que podia conquistar por conta própria essa honraria. Mesmo conhecendo pouca gente na escola, Kyle Longacre se candidatou a presidente de turma. Ingressou na equipe do anuário e na turma de debate.

Burgess, talvez desejoso de ser a estrela do time, como fora na sua cidade natal, começou a chegar cedo e ficar até depois da hora no treino de futebol americano, e dizem que, por seu extremo esforço, melhorou drasticamente seu desempenho.

Harper passou a fazer parte da equipe do jornal e, no final do primeiro mês, quando o garoto que fora editor do jornal durante três anos caiu da escada e quebrou ambas as pernas, Harper assumiu a editoria.

Por ocasião do Natal, todos os seis garotos tinham se tornado conhecidos em Wells Creek. Três deles estavam a caminho de se estabelecer numa posição tão alta quanto a que desfrutavam em Calburn. E os outros três estavam começando a gozar de um status que nunca tiveram.

Talvez tenha sido o sucesso desses "forasteiros" que tenha causado tanto rancor nos estudantes de Wells Creek, porque eles também tinham seu sistema de classes. Frank McCallum estava tomando o lugar de um aluno famoso pelos seus excelentes discursos desde o sexto ano. O pai daquele garoto era o homem mais rico de Wells Creek.

O rapaz mais bonito da escola secundária de Wells Creek começou a odiar Rodney Yates quando as meninas passaram a cochichar entre si que "Roddy" era muito mais bonito que ele.

Inveja. Uma das emoções mais poderosas que existem começou a vir à tona na pequena cidade de Wells Creek. E, para combater essa inveja, os estudantes de Wells Creek tentaram recuperar seu status. Decidiram investigar os intrusos e usar todos os segredos que conseguissem descobrir deles para retornar à estrutura social anterior.

Nas cidades pequenas, todo mundo sabe tudo sobre todo mundo, mas, por uma lei tácita, costuma-se decidir não contar tudo. Por exemplo, às vezes, todo mundo da cidade sabe que o pai de uma criança está na prisão, mas a cidade decide não afirmar isso em voz alta num esforço para proteger a criança.

E, se Wells Creek tinha seu próprio código de proteção, não tinha um código de ética similar para proteger os forasteiros de Calburn. Alguns alunos diligentes foram a Calburn, conversaram com as pessoas do lugar e descobriram os "segredos" dos seis garotos de Calburn. Depois, divulgaram esses segredos por toda a Escola Secundária de Wells Creek.

Contou-se em Wells Creek que Frank e Rodney foram criados numa pobreza inimaginável, e então voltaram a atribuir-lhes o termo "matuto". Em Calburn, era um segredo público que Kyle Longacre odiava o pai autoritário, que adorava alardear sua riqueza. Em Calburn, as pessoas toleravam a fanfarronice e a geralmente detestável personalidade de Stanley Longacre porque queriam comprar as casas que ele construía. No entanto, quando se espalharam as histórias do pai de Kyle em Wells Creek, os estudantes passaram a rir de Kyle pelas costas. Abandonou-se, assim, a possibilidade de ele se tornar presidente de classe.

E, embora não se soubesse com certeza, acreditava-se que Thaddeus Overlander usasse manga comprida o ano inteiro para esconder os machucados causados pelo pai fundamentalista. Cochichos corriam pela escola sobre os cultos religiosos estranhos do qual Taddy participava.

Diziam de Harper que era "apaixonado" por Kyle — e isso em 1953, quando ninguém se esforçava para entender esse tipo de amor.

E por fim havia Frederick Burgess, um assassino aos quatro anos de idade. Todo mundo em Calburn sabia da história de Burgess, como era chamado, e seu irmão mais velho, Bobbie. Bobbie Burgess era uma dessas crianças raras que possuem aptidão acadêmica e capacidade atlética em igual abundância. Era o chefe da turma de debate e capitão do time de futebol americano e, nas tardes de domingo, dava aulas de leitura para crianças carentes. No dia 12 de julho de 1940, quando tinha dezesseis anos de idade, Bobbie estava lavando o carro da família enquanto o irmão Frederick, de quatro anos, brincava dentro do carro. Um vizinho, que também se encontrava fora do automóvel, viu o que aconteceu. A criança, brincando e fingindo que era o irmão mais velho e que estava dirigindo, mexeu na caixa de câmbio e engatou a marcha a ré. O carro, estacionado num declive, rolou para trás, prendendo o pé de Bobbie e depois passando por cima dele. Teve morte instantânea.

Frederick não herdou a inteligência nem a capacidade atlética do falecido irmão, e se dizia em Calburn que os pais desprezavam o filho caçula pelo que havia feito, pelo que o menino tirara deles. Com efeito, uma pessoa em Calburn disse que o pai costumava afirmar que gostaria que aquele filho não tivesse nascido.

Bailey levantou o olhar do livro.

— Acho que não consigo ler mais — disse, fechando o livro. — O curso secundário é difícil à beça, mas o que aqueles garotos passaram é horrível demais.

— Mas, se a tortura acabou quando eles se formaram, por que foi que todas as outras coisas ruins continuaram acontecendo com eles?

— Não sei — Bailey disse. — Talvez esse fosse o destino deles. Você tem certeza de que trouxe o endereço?

— Tenho — respondeu Matt distraído.

— O que é que você está lendo? — perguntou ela, encostando a cabeça no ombro dele.

— Nada. Estava só pensando que tudo leva de volta aos Seis de Ouro. Não importa o que a gente quer saber, sempre volta para aqueles seis garotos.

— Seu pai — disse Bailey baixinho.

— Isso aconteceu antes de ele ser meu pai. Enfim, eu estava pensando que, quanto mais a gente descobrir sobre eles, mais chances vai ter de descobrir em quem o Manville confiava.

— E se essa pessoa ainda está viva — Bailey falou.

— É. Se ainda está viva — Matt respondeu.

Capítulo 27

— Nunca ninguém veio visitá-lo — a enfermeira informou Bailey e Matt poucos minutos depois de eles entrarem na casa de repouso. — Bem, uns poucos amigos do trabalho vieram aqui, mas ninguém da família.

— Onde é que ele trabalhava? — Matt perguntou.

— Ele era o técnico do time de futebol americano da escola secundária — a enfermeira disse, olhando para eles desconfiada, como se perguntando como eles não sabiam disso. — Se ele é seu tio... — ela começou a falar, olhando para Matt.

— Inimizade entre famílias — Matt disse. — Sabe como são essas coisas.

— Claro — ela disse, parando na frente de uma porta. — Ok, agora as regras. Ele é um homem muito doente, e, se vocês o aborrecerem, rua. Entendido?

Tanto Bailey quanto Matt acenaram afirmativamente com a cabeça enquanto passavam pela mulher para entrar no quarto, e na mesma hora Bailey quis ir embora. O homem na cama parecia pesar pouco mais de quarenta quilos, e tubos saíam dele por toda parte. O braço esquerdo estava amarrado, e um soro entrava lentamente nas suas veias. Um tubo de oxigênio atravessava seu rosto. À sua volta, máquinas mediam a sua respiração e o ritmo cardíaco.

— Matt, eu... — Bailey começou a falar, a mão no braço dele.

Matt, porém, deu um passo à frente e se plantou na cabeceira do homem.

— Dr. Burgess — disse com firmeza —, a gente queria perguntar ao senhor sobre a noite em que o Frank McCallum morreu.

No segundo seguinte, começou um verdadeiro caos, quando o homem abriu os olhos e os alarmes começaram a disparar. Imediatamente abriram a porta, e um médico e duas enfermeiras entraram no quarto, empurrando Bailey e Matt para o lado.

Bailey ficou parada atrás, agarrando as mãos de Matt, enquanto observavam o médico examinar o paciente e as enfermeiras desligarem os alarmes. Depois de um tempo, Bailey ouviu uma voz dizer:

— Estou bem. Me deixem em paz!

Bailey respirou aliviada.

— Estava tendo um pesadelo — a voz disse. O médico e as enfermeiras tapavam o campo de visão deles, mas Bailey soube que era Burgess quem estava falando.

— Será que vocês podem dar o fora daqui e me deixar conversar com as minhas visitas? — disse a voz.

O médico se virou e lançou para Bailey e Matt um olhar duro. Não se deixara enganar pela mentira do seu paciente.

— Se vocês perturbarem o paciente de novo desse jeito, venho pessoalmente botar vocês para fora daqui — disse, e em seguida os três saíram do quarto.

Bailey caminhou até a cabeceira da cama. Ali na cama se encontrava um homem emaciado, consumido por alguma coisa que estava devorando sua vida, mas seus olhos eram brilhantes e vivos. E ela podia ver através daquele rosto enrugado o homem jovem de quem vira muitas fotos.

— Acho melhor a gente ir embora — disse. — A gente...

— A gente o quê? Já quase me matou? — Burgess falou, e depois tossiu.

Bailey pegou um copo de água com um canudo dentro e ficou segurando enquanto o homem bebia.

Enquanto isso, Matt se postava ao pé da cama, as mãos crispadas agarrando as grades.

— Você é filho do Kyle, não é? — Burgess disse. — Você parece com ele, só é mais gordo.

— Ele come pra burro — Bailey comentou sorrindo.

Burgess virou-se para ela.

— E quem é você?

Antes que Bailey pudesse responder, Matt falou:

— A viúva de Lucas McCallum.

— Ai, meu Deus — disse Bailey, e sentou-se numa cadeira do lado da cama. Tinha certeza de que essa notícia mataria o homem. As máquinas emitiram alguns bipes, mas nenhum alarme disparou.

— Manville — Burgess falou depois de um tempo. — James Manville. Eu o vi uma vez. Eu estava no Oregon comprando madeira e alguém disse que ele tinha acabado de chegar à cidade para praticar rafting. Como todo mundo, eu queria vê-lo. Por isso fiquei no meio da multidão vendo-o entrar no barco. Na hora de eles partirem, ele acenou para a gente, e eu achei que o meu coração ia parar, porque eu estava olhando nos olhos do Luke McCallum.

— Ele viu o senhor? — Bailey perguntou.

— Ah, viu. Ele me viu e, quando me viu, o olhar arrogante de James Manville saiu do seu rosto, e ele era de novo o menininho amedrontado. Mas eu botei o dedo no lábio e balancei a cabeça para mostrar para ele que nunca ia contar nada daquilo para ninguém, e o Luke sorriu para mim. Sempre gostei do Luke.

— Quero saber *tudo* sobre ele — Bailey disse.

Burgess, porém, sorriu.

— Me desculpe. Não posso te ajudar nisso. Tudo o que sei é que o Frank deixou a cidade depois que se formou e, quando voltou, trouxe um menino com ele. Certa vez, perguntei ao Kyle por que a gente nunca via o menino, e o Kyle disse que ele era deformado, e por isso o Frank o mantinha escondido lá no alto das montanhas para as pessoas não caçoarem dele. Como não era da minha conta, nunca fiz perguntas sobre ele. Na verdade, nem mesmo vi o garoto até ele entrar na adolescência. Ele costumava dar umas escapadas da montanha para visitar... — Burgess parou de falar por uns instantes. — Uma fazenda. Tinha uma fazendinha muito gostosa na...

— Owl Creek Road — Bailey disse. — A casa do velho Hanley.

— É! É isso. Você já viu essa fazenda?

— Já — disse Bailey baixinho. — É bonita. Tem uma velha amoreira nos fundos que... — Bailey parou; as máquinas tinham começado a apitar furiosamente. — Desculpa. Eu perturbei o senhor. Acho melhor a gente ir embora.

— Não, por favor, não vão embora — Burgess disse. — Aqui é muito solitário, e eu gosto de conversar. Passo dias sem dizer uma palavra sequer. Antigamente eu era famoso por ser um bom contador de histórias.

Bailey olhou para Matt, e ele sorriu.

Burgess ficou calado por uns instantes olhando ora para um, ora para o outro.

— Talvez vocês queiram ouvir sobre os Seis de Ouro e sobre o que realmente aconteceu.

— Isso — disse Matt. — A gente quer saber tudo o que o senhor puder nos contar.

Burgess fechou os olhos por um momento.

— A proximidade da morte me faz querer contar a verdade. — Ele abriu os olhos e olhou para Bailey. — Tudo foi causado por aquela vaca, Theresa Spangler, sabia disso?

— Li quase todo o livro — Bailey disse brandamente. — Quer dizer, tudo o que suportei ler.

Burgess balançou a cabeça.

— Não. Não essa parte. Não o que estava escrito naquele livro. Ela tentou justificar o horror que causou, mas sabia o que tinha feito. Ouvi dizer que agora ela está em Washington — Burgess disse, e sorriu. — Política. Um monte de calúnias e truques sujos. Esse é o lugar dela. — Parou por uns minutos para se acalmar. — Tudo começou com uma aposta, uma aposta que o Roddy perdeu, uma aposta que mudou a vida de um monte de gente. Se você leu o livro, sabe tudo daquela bosta de classe social que ela usou para se justificar, mas parte daquilo era verdade. Éramos reis em Calburn. Em Wells Creek éramos joões-ninguém.

"Mas o que aquela bruxa não escreveu no livro dela foi que *ela* estava por trás de todo o ódio que aconteceu em Wells Creek. Sabe, o Roddy... ele ainda está vivo?"

— Está — disse Bailey. — Está vivo. E é malvado e doido, mas continua casando com garotinhas e botando bebês no mundo.

Burgess sorriu.

— Então ele não mudou nada. Ele sempre foi malvado e doido, mas naquela época era também bonito, e poucas pessoas fora de Calburn conseguiam enxergar além daquela beleza. Seu pai conseguia — disse, olhando para Matt, que se havia sentado do lado de Bailey. — Kyle não suportava o Roddy, tinha ódio mortal dele, e, ao contrário do que foi escrito, isso não tinha nada a ver com as "origens" ou com o "status social" dele. O Roddy nasceu malvado e nunca mudou.

— E meu pai não gostava dele — Matt falou pensativo. — Mas eu achava que os Seis de Ouro eram...

— Um por todos e todos por um? — Burgess disse, depois tentou rir. No entanto, quando as máquinas começaram a apitar de novo, ele se acalmou e levantou o braço cheio de agulhas. — Por mim, eu tirava tudo isso, mas eles vão botar tudo de novo — disse com um suspiro. — Onde é que eu estava?

— Na aposta — Bailey disse. — O senhor disse que tudo começou com uma aposta.

— É. Lembro claramente desse dia. A gente estava na Escola Secundária de Wells Creek, conversando perto dos armários. Estavam lá o Kyle, o Roddy, o Frank e eu. O Roddy estava tentando impressionar o Kyle. A coisa mais impossível do mundo! Mas, naquela época, o Roddy ainda era mais cheio de si do que hoje. Por isso ficou se gabando para o Kyle que conseguia ganhar qualquer mulher do mundo. Sei lá por que motivo, em vez de ignorar o Roddy como sempre fazia, o Kyle se virou e o fuzilou com os olhos. E o Kyle deu um sorrisinho que nunca mais vou esquecer. "Ela!", o Kyle disse, "Ganha *ela*". Era a Theresa Spangler. Vocês já viram alguma foto dela?

— Eu vi — disse Bailey, e depois olhou para Matt. — Você viu?

Confuso, Matt falou:

— Claro, ela saiu na capa do *Time*.

— Não — Bailey —, não estou falando de foto recente. Você viu como ela era no tempo da escola secundária? Naquela época, ela era...

— Um bucho — Burgess falou. — Uma verdadeira bruaca. — Fechou os olhos por uns instantes enquanto lembrava aquele dia.

— Roddy se aproximou dela e caprichou nos olhares sensuais, passou as cantadas mais melosas, mais lascivas, mas a Spangler nem aí para elas. Ela disse para o Roddy não encher o saco, que ela não queria nada com ele.

Burgess deu um risinho satisfeito.

— Vocês precisavam ver a cara dele. O Roddy achava que todas as garotas de Wells Creek eram loucas por ele, mas tinha essa bruxa dizendo para ele ir plantar batata. Nessa altura tinha se formado uma multidão de garotas, cochichando umas com as outras. Roddy estava com o orgulho ferido e disse: "Afinal, quem ia mesmo querer uma bruxa horrorosa e velha como você?" Depois começou a se afastar. Mas Spangler... — Burgess teve de respirar fundo antes de prosseguir.

— Falando bem alto, para o Roddy ouvir do outro lado do corredor, a Spangler disse: "Você pode ter beleza, e eu posso ser feia, mas tenho inteligência e você não. Posso consertar minha cara, mas você não tem como arrumar um cérebro. Um dia eu ainda vou estar na Casa Branca, e você, num barracão sonhando com os tempos em que era bonito."

— Uau! — Matt disse. — Acertou na mosca, não foi não? Garota inteligente.

— Tem boa memória, pelo menos — Bailey falou. — Porque essa resposta ela roubou do Winston Churchill.

Os dois homens olharam para ela como que perguntando o que estava querendo dizer com aquilo.

— Uma mulher de quem o Winston Churchill não gostava estava sentada ao lado dele num jantar e disse para ele: "Cavalheiro, o senhor está bêbado." Churchill devolveu: "E a senhora, madame, é feia, mas amanhã de manhã eu já vou estar sóbrio."

Os homens continuaram olhando para Bailey sem entender, perguntando em silêncio o que aquela história tinha a ver com o que eles estavam falando.

— O Roddy podia ter desmascarado o plágio dela — Bailey esclareceu, mas eles continuaram fitando-a. — Está bem. Tinha esquecido que vocês são homens. Provavelmente acham que o Roddy devia ter dado um soco no nariz dela. Bom, enfim, o que foi que ele fez?

— Nada — Burgess respondeu. — O Roddy era bonito, mas não era inteligente, e por isso não disse nada. Todo mundo da escola riu dele. — E continuou: — Mas o que nenhum de nós de Calburn sabia era que ninguém curtia com a cara da Theresa Spangler porque ela era perigosa. Todas as crianças de Wells Creek aprendiam desde o primeiro ano a manter distância dela. Caso contrário, o almoço delas "desaparecia". Ou encontravam chiclete no cabelo. Ou aconteciam "acidentes" no playground.

— Jogo sujo — Matt disse.

— Imundo — disse Burgess. — Ela não fazia nada às claras. As crianças sempre sabiam quem tinha feito a sacanagem, mas os professores não. Os professores sentiam pena da Spangler por ela ser muito feia. Por isso, se alguém dissesse que havia sido a Spangler que fizera alguma coisa, provavelmente era essa pessoa que seria castigada, a pessoa inocente.

"Na escola secundária, a chata da liderzinha da torcida do time uma vez fez um comentário grosseiro sobre a feiúra da Spangler, e as outras garotas riram. No dia seguinte, alguém botou tinta verde no xampu de todas as garotas do time. Depois disso, todo mundo da Escola Secundária de Wells Creek passou a tratar a Theresa com o maior respeito."

— Sem dúvida, os métodos dela eram maus, mas pelo menos ela revidava — disse Bailey. Tinha sido muitas vezes chamada de "feia", e vivia fantasiando vinganças.

— Sei o que você está pensando — Burgess disse. — Ela tinha o direito de se vingar, e talvez estivesse certa. Mas aquela garota pegava pesado, jogava muito sujo e não perdoava. Depois que essas meninas da torcida riram dela, a Spangler não parou de pintar de verde o cabelo delas. Ela infernizou a vida delas durante aquele ano inteiro. No ano seguinte, três delas mudaram de escola, e as outras três... bom, basta dizer que elas precisaram desesperadamente de terapia.

— Quer dizer que vocês sem querer resolveram pegar no pé da pessoa mais temível da escola? — Matt disse.

— É. E ela descarregou a raiva em *todos* nós. Ela decidiu desmentir o título de heróis que a gente tinha conquistado com o susto da bomba. Na segunda-feira seguinte, Kyle abriu a agenda e encontrou dentro o dever de casa de um atleta da escola. Quatro deles estavam esperando pelo Kyle depois da aula. Bateram tanto nele que ele teve de passar dois dias no hospital.

Burgess balançou a cabeça.

— Nós seis fomos acusados de coisas terríveis aquele ano, mas éramos inocentes. Encontraram no armário da namorada de um jogador de futebol americano um bilhete obsceno do Roddy para ela, e o Roddy só escapou de uma surra por sorte. Encontraram um pedaço da camisa do Frank diante do vestiário das meninas, e o acusaram de voyeur. Acusaram o Taddy de colar numa prova. E quatro garotos trancaram o Harper no armário do Kyle, alegando que ele os estava espionando. Isso aconteceu numa tarde de sexta-feira, e só fomos encontrá-lo no sábado à noite. A gente teve que entrar na escola para pegá-lo.

— E com você? — Bailey perguntou. — O que foi que fizeram com você?

— Escreveram "Assassino" no meu armário. E também dentro dos meus livros e em tudo que tinha o meu nome.

Por um momento, os três ficaram em silêncio.

— E foi mesmo tudo planejado? — Bailey perguntou calmamente. — Quero dizer, o negócio da bomba. Foram vocês que planejaram aquilo ou foram heróis de verdade?

— Sim e não — Burgess respondeu. — Em certo sentido, a gente planejou porque ficou muitos dias com essa história na cabeça, mas acho que nenhum estava levando a sério aquele negócio de botar a bomba na escola.

— Menos o Harper — Matt falou calmamente.

— Exatamente. Como foi que você adivinhou?

— Acho que talvez meu pai tenha contado a verdade para a minha mãe, porque uma vez deram uma notícia na televisão sobre uma bomba detonada não sei onde, e a minha mãe falou: "É melhor verificar o paradeiro do Harper." Ela não falou para eu ouvir, mas eu ouvi. Naquele tempo, eu era muito pequeno, e por isso achei que ela estava falando de uma harpa, do instrumento musical, mas achei tão estranho aquilo que ela falou que não esqueci. Anos mais tarde, ouvi o nome Harper e liguei as coisas.

— E como foi que aconteceu? — Bailey perguntou.

— Começou por causa do isolamento, como a Spangler disse. A gente era um bando de forasteiros numa escola que não nos queria, e a gente queria desesperadamente encontrar o próprio lugar.

— A Spangler disse que o Frank, o Rodney e o Thaddeus se deram melhor em Wells Creek do que em Calburn — Bailey falou. — Ela disse que o Frank impressionou a escola com o poder persuasivo do seu discurso.

Burgess resfolegou tão alto que uma máquina começou a apitar, e ele teve de respirar fundo algumas vezes para se acalmar e silenciar a máquina.

— Você sabe por que é que o Frank tinha a voz assim tão boa? Ele fumava um cigarro atrás do outro desde os onze anos de idade, e os pulmões dele estavam tostados. A Spangler escreveu aquele livro para impressionar os professores dela. Nós éramos *todos* desajustados. A única coisa que aquela mulher acertou foi que nos juntamos porque éramos os únicos garotos de Calburn. E estava certa quando disse que em Calburn nunca tínhamos sido amigos. Nerds, como o Taddy, não fazem amizade com estrelas brilhantes como o Kyle Longacre.

Bailey olhou para Matt e viu seus lábios tensos. Obviamente, ele não considerava o pai uma "estrela brilhante".

— As primeiras semanas foram terríveis — Burgess falou. — Estávamos sozinhos, desolados, sentíamos saudade da nossa escola, onde a gente conhecia as regras. Toda tarde a gente tinha que esperar de quarenta e cinco minutos a uma hora pelo ônibus para Calburn. E, como os garotos da época faziam, a gente ficava longe das garotas. Da primeira vez que a bomba foi mencionada, a gente estava, como sempre, reclamando de como odiava a Escola Secundária de Wells Creek.

— O *que é que vocês fariam* se alguém jogasse uma bomba aqui? — Harper perguntou aos outros rapazes enquanto esperavam o ônibus no playground das crianças pequenas.

— Sairíamos correndo — Roddy respondeu, e todos riram.

— Eu dava no pé, torcendo para que todos aqui explodissem — Frank disse.

— Não! — Harper falou exaltado. — Não é assim que alguém se torna herói.

— Herói? E quem está querendo ser herói? — Roddy perguntou.

— Olha, a gente vai ter que ficar nessa escola durante um ano inteiro, e pode ser o paraíso ou o inferno — Harper disse. — Qual dos dois vocês preferem?

Frank fez menção de se afastar, dado o rumo imbecil que a conversa tinha tomado, mas Kyle o deteve.

— Fala, estou ouvindo — Kyle disse. — O que é que você está planejando fazer?

— Nada — Harper respondeu. — Eu não planejo *fazer* coisa alguma. Só que quero ser escritor, e gosto de representar. O que é que tem? É o meu jogo predileto.

— Você quer dizer, além de experimentar meias-calças? — Burgess perguntou.

Harper olhou Burgess de cima a baixo.

— Também está querendo experimentar uma?

Kyle os interrompeu:

— Ok, eu topo. Como podemos nos tornar heróis?

— É só uma coisa que eu estava imaginando para uma história. Estava imaginando o que faria se um terrorista aparecesse por aqui e colocasse uma bomba na escola.

— Ia empurrar todo mundo para dentro do poço do elevador e depois jogar uma banana de dinamite lá?— Taddy disse, e todos olharam para ele, surpresos com a violência da sua voz.

— Muito pelo contrário — Harper falou. — Eu ia salvar todo mundo. Ia ser o cara que mantém a calma enquanto todo mundo corre em pânico. Ia mostrar a saída para as pessoas e tomar conta de tudo, enquanto os professores e os alunos iam estar todos baratinados. E depois, quando fosse entrevistado pelos repórteres, seria supermodesto. — Ao dizer isso, fez uma encenação ilustrativa: com a cabeça baixa, olhou para cima timidamente. — Bobagem, senhora, não foi nada.

Todos riram de Harper, e Kyle disse:

— Boa idéia. A gente ajuda as pessoas a saírem da escola e promove Calburn.

— E se as portas das salas estiverem trancadas? — Taddy perguntou.

— E quem ia salvar as garotas nuas no ginásio? — Rodney perguntou.

— E as crianças pequenas do térreo? — Burgess perguntou. — Eu ia gostar de salvá-las.

— E eu — Frank falou — também ia ajudar as criancinhas. — Quando todos olharam para ele, Frank deu de ombros. — Gosto das crianças pequenas. Pelo menos são melhores que os adultos.

— E você, Taddy? Quem é que você ia querer salvar? — Kyle perguntou, e Taddy abriu um imenso sorriso.

— Eu ia salvar os jogadores de futebol americano. Eles iam estar... — Parou um instante para pensar. — Eles iam estar trancados dentro do ginásio, e o lugar ia estar se enchendo de fumaça. Eles iam estar tossindo, e com certeza iam morrer, aí eu... Ia quebrar a vidraça de uma janela e jogar uma corda pelo lado da parede e ajudá-los a sair dali escalando a corda.

A história dele, de tão vívida, causou risos nos demais, mas Harper manteve-se sério.

— Como que é que você ia quebrar a janela e onde ia arrumar a corda? E se eles saíssem um de cada vez pela janela, os outros iriam morrer intoxicados?

Durante algum tempo todos ficaram em silêncio, olhando para a estrada, esperando o ônibus, e parecia que a conversa estava encerrada. Harper, porém, não queria deixá-la morrer. Virou-se para Kyle e perguntou:

— O que é que *você* ia fazer?

— Pegar o filho-da-mãe que tivesse colocado a bomba — Kyle respondeu prontamente, dando a entender que estivera pensando no assunto. — Ia vestir minha capa e me atirar na fumaça para pegar o criminoso.

— E se o bandido já tivesse ido embora há muito tempo? — Harper perguntou.

— Eu ia até a bomba para desativá-la, nem que tivesse que jogar meu corpo em cima dela.

Quando Kyle viu que os colegas o fitavam, deu um meio sorriso e disse:

— Digam o que disserem, não me importo: quero ser um herói. Quero ser o oposto do meu velho.

* * *

— *E foi assim que a coisa começou* — Burgess falou. — Foi só uma história que a gente inventou para se distrair enquanto mofava esperando o ônibus.

— Mas acabou acontecendo mesmo — disse Bailey.

— É. O Harper botou a bomba na escola e, cá para nós, acho que já tinha feito isso antes. Naquele verão, várias bombas detonaram na região, e eu acho que foi o Harper que botou todas. Em Wells Creek, de fato botaram uma meia dúzia perto da escola, mas, durante a confusão, o Harper deu um jeito de, sorrateiramente, retirar a maioria antes de serem encontradas pela polícia. De todo modo, não eram bombas de verdade, só fumaça.

"Enfim, quando o negócio aconteceu, a gente já tinha conversado tanto sobre essas nossas fantasias, que sabia exatamente qual era a tarefa de cada um. E o Harper tinha feito o dever de casa dele; tudo de que a gente precisava estava exatamente onde precisava estar. E, quando os repórteres chegaram, até os nossos discursos de humildade tinham sido ensaiados.

"Mas uma coisa não tinha sido ensaiada: a raiva do Kyle.

"Aquela noite o Kyle foi até a casa de cada um de nós, tirou a gente da cama e fez a gente dar uma escapada para ter uma "reuniãozinha" com o Harper. O Kyle estava furioso, e ameaçou o Harper dizendo que, se ele fizesse outra daquelas de novo, estaria cortado do nosso grupo. A gente ia se afastar dele e deixar que se virasse sozinho."

— Mas vocês saíram dessa história como os Seis de Ouro — Matt falou.

— É, isso foi uma coisa que a gente não tinha planejado — Burgess disse, e fez uma breve pausa. — Por um tempo foi ótimo. Éramos os heróis de Wells Creek e dominávamos Calburn. Todo mundo de toda parte adorava a gente.

— Até o Roddy insultar a Theresa Spangler — Matt disse.

— Exatamente — confirmou Burgess. — Naquele ponto a gente já tinha praticamente perdoado o Harper, já que tudo tinha terminado tão bem. Na verdade, a gente estava se dando bem na vida como nunca, e graças ao Harper. Depois que a Spangler foi insultada, começaram a acontecer coisas horríveis com a gente, mas o Harper nos salvou.

— Ele escreveu os artigos — Matt falou. — Mas a Bailey não leu esses artigos. — Sem demora, Matt acrescentou: — Isso não é uma crítica, amorzinho.

— Não tinha me dado conta de que vocês dois são casados — disse Burgess.

— E não somos — Bailey falou.

— Ela só começou a dormir comigo... — Matt começou.

— Quer fazer o favor?! — ela disse para Matt, e os dois homens riram. — Então, conta dos artigos.

— A família do Harper era dona do jornal de Calburn, e a mãe dele ficava em casa e exigia que ele ficasse à disposição dela vinte e quatro horas por dia, enquanto o filho mais velho do falecido irmão dela tomava conta do jornal. Mais ou menos. A mãe do Harper era uma tirana, tentava controlar qualquer um que ficasse num raio de trinta quilômetros em volta dela.

"Logo depois de o Roddy atiçar a raiva da Spangler, ela começou a dizer para as pessoas que achava que tinha sido a gente que tinha botado a bomba na escola. Dizia que heróis não aparecem da noite para o dia, que devia haver coisa nessa história. Mas sei por experiência própria que as pessoas querem heróis, e por isso a maioria dos alunos não ligou para ela. Então, ela foi para Calburn e fingiu que estava escrevendo um artigo sobre os Seis de Ouro. Fez um monte de perguntas."

— Exatamente como fez muitos anos depois para o livro dela.

— Exatamente — disse Burgess. — Fez com que as pessoas confiassem nela e depois espalhou o que tinha descoberto, e os alunos começaram a odiar a gente. Como a gente não era de Wells Creek, não sabia de onde estava vindo aquela fofoca maldosa. Foi o Roddy quem descobriu. Uma garota qualquer contou para ele quando os dois estavam no banco de trás de um carro. E, quando o Harper soube, ficou uma fera. Disse que nenhuma medusa vesga, de dentes salientes e cabelos crespos, ia derrotá-lo. Então o que foi que ele fez? Disse para a mãe que, se fosse ser um escritor, teria que começar cedo. Por isso ele precisava publicar o trabalho dele *agora* no jornal *deles*.

"A mãe do Harper permitia que ele tivesse tudo, menos liberdade, e por isso concordou, e o Harper escreveu a primeira história. Mas, quando o primo do Harper, o editor do jornal, leu a primeira coluna, se recusou a publicar. 'Não posso publicar isso', disse para a tia. 'A senhora leu? Aqui diz que o Kyle Longacre é um misto de Galahad e Buda, um 'defensor dos oprimidos', é assim que ele é chamado. Conheci o Kyle a vida inteira, e ele nunca foi defensor de coisa alguma, só do seu time de futebol americano. É um cara legal, mas nenhum santo. E o seu filho descreveu o Thaddeus Overlander como um grande matemático que está trabalhando secretamente para o governo para salvar o mundo da destruição. E o Burgess é...'

"'Acho que o artigo demonstra muita imaginação', a senhora Kirkland disse.

'"Isso não é imaginação, é libelo. E, além disso, é uma baita mentira.'

"'Foi meu filho que escreveu, e você vai publicar, ou não tem mais emprego', ela disse, e não teve mais conversa.

"E foi aí que tudo *realmente* começou. Harper pegou todas as histórias ruins que a Spangler tinha usado contra nós e distorceu de modo que parecessem traços positivos. Descreveu o Frank como um homem com a voz dos anjos, e disse que o Frank subiu na vida e deixou para trás um passado de pobreza inimaginável, tudo com a voz dele. Em conseqüência disso, foi convidado por uma estação local de rádio para anunciar os placares dos jogos de futebol americano. Disse que o Kyle era um jovem de caráter nobre, um retorno a gerações passadas. Por isso na escola davam para ele todas as funções que exigiam uma pessoa digna de confiança. Pintou o Roddy como irresistível para as mulheres, tanto que não podia abrir seu armário sem que deixasse cair um monte de bilhetinhos de amor. Do Taddy, disse que era brilhante, o que fazia com que os professores lhe dessem uma atenção especial, e suas notas fossem às alturas. De si mesmo, Harper sugeriu que tinha escrito livros sob um pseudônimo famoso, e assim toda hora era parado nos corredores por gente querendo saber se ele era o fulano de tal."

Burgess parou por um momento, e Bailey lhe deu mais um gole de água.

— Quanto a mim, todo mundo na região sabia o que havia acontecido quando eu tinha quatro anos, mas, em vez de esconder isso, Harper escreveu um ensaio sobre mim que fazia todo mundo chorar quando lia. Me mostrou como alguém que vivia sob o fardo de uma grande tragédia, que me fazia sofrer cada minuto da minha vida. O dia em que esse ensaio saiu foi quando se venderam mais exemplares, e, depois disso, nunca mais ninguém escreveu a palavra *assassino* em coisa alguma minha.

Quando Burgess terminou a história, Bailey viu que ele estava exausto. Sua pele começava a ficar acinzentada. Ela fez um gesto para Matt indicando que estava na hora de irem embora. Ele acenou afirmativamente, mas a grande pergunta continuava sem resposta.

Matt respirou fundo.

— James Manville tinha um documento muito importante, e ele disse que deu esse papel para "a pessoa em quem mais confiava no mundo".

Burgess sorriu.

— É a mãe do Frank, a Martha. Foi ela quem criou o Luke.

O coração de Bailey se despedaçou quando visualizou o documento sendo jogado fora com os bens de uma mulher velha.

— Ah, obrigada — disse, olhando para Matt e tentando não deixar transparecer sua decepção. — Acho que já tomamos muito o tempo do senhor. É melhor irmos agora.

— É, estou cansado — Burgess disse —, mas é um bom cansaço. Agora me sinto mais leve.

Bailey pegou suas coisas e se preparou para sair, mas não resistiu a uma última pergunta.

— Por que foi que o senhor casou com a Violet e depois a deixou?

— Por um monte de razões. Eu tinha uns amigos na Califórnia, e um deles morava afastado no campo. Ele me perguntou: "Burg, há quanto tempo você não vai para a cama com alguém?". Logo depois ele estava ligando para uma prostituta que ele dizia ser a melhor que já tinha experimentado na vida. A idéia me pareceu legal até ele insinuar que queria assistir, e aí fui embora. Já estava a uns três quilômetros dali quando vi aquela garota parada na beira da estrada. O carro velho e caindo aos pedaços dela tinha quebrado, e na mesma hora eu soube quem era. Vi que, quando ela chegasse aonde estava indo, não seria nada legal para ela saber que eu tinha ido embora. Aí me senti culpado e parei para consertar o carro dela.

"O tempo todo em que fiquei trabalhando, ela fingiu que era uma garota nova e inocente, que, quando morava na cidade dela, cantava no coral da igreja.

"Mas, mesmo sabendo que ela estava mentindo descaradamente, gostei dela. E, mais que isso, vi que ela queria a minha vida. Não exatamente a mim, mas a minha vida. E aquilo era estranho, não tem muita garota bonita querendo casar com um vendedor de madeiras e se dispondo a morar num fim de mundo qualquer."

Por um instante, Burgess fez uma pausa e sorriu.

— Além disso, gostei da idéia de levar uma prostituta para Calburn. Gostei de me imaginar apresentando alguém assim para o meu velho como a nora dele. E se a Violet e eu tivéssemos filhos... — Burgess deu um sorrisinho. — Digamos que eu estava planejando contar para o meu velho umas coisinhas bem interessantes no leito de morte dele...

— O senhor a amava? — Bailey perguntou.

— Exatamente tanto quanto ela me amava. E não digo isso no mau sentido. A gente gostava um do outro; a gente combinava.

— Mas o senhor fingiu que morreu e deu no pé.

— Não, não planejei isso. O avião caiu e saí sem nenhum arranhão, e, quando olhei os destroços, pensei que, se deixasse para trás minha vida, minha cidade e aquelas pessoas, talvez pudesse ser outra pessoa.

— Deu certo? — Bailey perguntou.

— Não.

— Por causa do que aconteceu no dia 30 de agosto de 1968? — Matt perguntou, e foi então que os alarmes começaram a soar de novo, e dessa vez o médico os empurrou para fora do quarto antes que desse tempo de se despedirem.

— Acho que é isso — Bailey disse quando chegaram à sala de espera. — Já sei! Como o Frank cresceu numa cabana na montanha, talvez eles tenham usado a permissão da mãe dela como papel de parede, e ela ainda está lá.

Matt riu, depois balançou a cabeça como quem diz: "Agora estou sem saber o que fazer."

— Com licença — veio uma voz por trás deles. — O doutor Meredith quer que vocês fiquem com isso — disse a enfermeira, estendendo-lhes um caderno de telefones.

Bailey pegou o caderno velho e gasto e ficou olhando inquisitivamente para a enfermeira.

Ela levantou as mãos.

— Não me perguntem nada. Ele só disse para dar isso a vocês.

— Obrigada — Bailey falou enquanto atravessava a porta que Matt havia aberto e estava segurando para ela.

Quando chegaram lá fora, ela abriu o caderno e folheou algumas páginas. Eram todos endereços da Flórida, e a maioria parecia referir-se a relações profissionais.

— Vê na letra *M* — Matt disse — de McCallum.

Bailey correu o dedo pelas letras, e enfiou a unha debaixo do *M*. Ali, no topo da página, havia o nome Martha McCallum e o número do telefone.

Matt sacou o celular antes que Bailey conseguisse voltar a respirar. Ela ficou em silêncio, a respiração presa, quando Matt perguntou à pessoa que atendeu por Martha McCallum.

— Ela está? — Matt disse. — Está viva? Lúcida? Muito obrigado — falou, e depois desligou.

— Onde? — perguntou Bailey.

— Numa clínica de repouso fora de Atlanta.

Quando Bailey começou a virar-se e olhar para os prédios à volta deles em vez de andar na direção do carro que eles haviam alugado, Matt perguntou:

— O que é que você está fazendo?

— Procurando a agência de viagens mais próxima.

Ele sorriu de orelha a orelha.

— A gente pensa igualzinho. Me lembra de dizer, quando tudo isso terminar, que eu te amo.

Bailey tinha começado a andar na direção do carro, e não parou. Mas sentia o coração bater em seus ouvidos.

— Pode deixar que eu vou te lembrar.

Capítulo 28

O celular de Matt tocou às três da manhã. Ele e Bailey encontravam-se num hotel em Sarasota e haviam feito reservas num vôo para Atlanta na manhã seguinte bem cedo. Não conseguiram assentos juntos e tiveram de pagar caro para reservar um vôo faltando tão pouco tempo para a partida, mas estavam indo para lá.

Pela hora da ligação, Matt teve certeza de que se tratava de más notícias; e, quando abriu o aparelho e viu que ela vinha do seu irmão, soube que só podiam ser notícias muito ruins. Sem fazer barulho, levantou-se e levou o telefone para o banheiro.

— O que foi que aconteceu? — disse no fone ao fechar a porta. Teve de se controlar para não perguntar: “Com quem aconteceu?”

— Alex foi preso — disse Rick. Falava com a voz calma, mas dava para perceber que estava muito contrariado.

— Por quê? — Matt perguntou. — Estava dirigindo em alta velocidade? Bêbado? Drogado? Porra, como você foi deixar um garoto novo desse jeito ficar fora até tão tarde? Você sabe que ele...

— Assassinato — Rick disse. — Alex foi preso por assassinato.

Matt se sentou na beira da banheira.

— Me conta — sussurrou, imaginando Alex brigando num bar por causa de alguma garota.

— Você já ouviu falar de uma mulher chamada Dolores Carruthers? — Rick perguntou.

Matt teve certeza de que seu coração iria parar.

— Já — Matt conseguiu dizer.

— Ela foi assassinada ontem, e a polícia diz que tem impressão digital dele por toda a casa. E tem pele debaixo das unhas dela e, Matt, o garoto está com as costas cheias de arranhões profundos. Se o teste de DNA der positivo... — Rick respirou fundo. — Porra, que diabos ele estava fazendo com ela? A mulher tinha quarenta e um anos, o Alex tem dezessete.

Matt passou a mão pelo rosto. Era culpa dele. Se Alex fosse condenado...

— Você está aí? — Rick perguntou.

— Estou, estou aqui.

— Quem é essa mulher?

— A irmã de Bailey.

Rick nada disse por uns instantes.

— Isso é mau, não é? E você está envolvido nisso, não está?

— Até o pescoço.

— Bailey é a viúva do James Manville? — Rick perguntou baixinho.

— É.

— Ai, meu Deus, Matt, a polícia está procurando por ela também. Mostraram uma foto dela, e eu...

Quando ele se interrompeu, Matt perguntou:

— Você o quê?

— Agora estou entendendo. A Patsy também viu a foto, mas não disse nada. Ela deixou que *eu* dissesse à polícia que "a gente" nunca tinha visto aquela mulher. Mas, depois que a polícia foi embora, depois que levaram o Alex, a Patsy disse: "Tenho que ir me encontrar com a Janice." Você sabe que ela não diz o nome da Janice há séculos, e eu só pensei: "Que bom, talvez essa confusão toda vá fazer elas pararem com essa briguinha idiota delas." Mas...

— Ela viu que a Lillian Manville era a Bailey.

— É, acho que sim — Rick disse. — Onde é que vocês dois estão?

— Em Sarasota. A gente...

— Na Flórida?! Mas é onde a mulher que foi assassinada mora. Você está me dizendo que você e a Bailey estavam no mesmo estado quando a mataram? Bailey tem alguma razão para querer matar a irmã?

— Tem muito ódio e bilhões envolvidos. Você acha que isso é razão suficiente?

Rick abaixou a voz.

— Você acha que podem dizer que você e a Bailey são co-autores desse assassinato?

Matt respirou fundo.

— Acho. Não só é possível, como é provável.

— Matt... — Rick disse, num tom que lembrava o de sua infância, quando era pequeno e pedia ao irmão mais velho para protegê-lo, ampará-lo.

— Tudo bem — disse Matt —, fica calmo. Fala o mínimo possível. Hoje de manhã a Bailey e eu vamos embora daqui. Tem uma pessoa que a gente precisa ver que talvez possa esclarecer alguma coisa sobre o motivo desses assassinatos.

— Assassinatos? — perguntou Rick. — No plural? É mais de um?

— Vou te explicar tudo depois. Olha, vou desligar esse telefone para você poder dar o número à polícia e dizer honestamente que eu não te disse aonde a gente estava indo nem com quem ia se encontrar. Lembra disso: você não sabe de *nada*.

— Ok — disse Rick, de novo soando como se tivesse seis anos de idade. — Mas por que a viúva do James Manville veio aqui para Calburn? O que...

— Tenho que ir — Matt falou, e depois apertou o botão para encerrar a ligação. Moveu a chave da lateral do aparelho para desativá-lo.

Por um tempo, ficou no banheiro tentando se acalmar. Assassinato era uma coisa em que ele não tinha a menor experiência. Uma parte dele queria entrar em pânico, mas ele sabia que não podia. Tinha de manter a cabeça clara para pensar no que deveriam fazer. Deveriam voltar para Calburn? Como ele e Bailey tinham mandado Alex, que era menor de idade, procurar Dolores, provavelmente seriam acusados de cúmplices do assassinato.

Matt precisou de alguns minutos, e depois saiu do banheiro. Bailey estava esperando por ele sentada na cama.

— O que foi que aconteceu? — perguntou, os olhos sérios.

Matt ficou sem saber se devia ou não contar para ela o que soubera por Rick. Mas ela era uma mulher adulta, merecia que lhe contassem a verdade.

— Sua irmã foi assassinada, e o Alex foi acusado e levado sob custódia. A polícia está procurando por você, por nós dois. Por isso, se a gente quer sair daqui, é melhor sair *agora.*

Bailey ficou sentada, olhando perplexa para ele.

— O quanto de dinheiro vivo você tem? — ele perguntou.

— Não sei. Cem, talvez. Por quê?

Ele viu que ela estava fazendo um esforço sobre-humano para se segurar.

— Por que a gente vai de carro para Atlanta, e precisa pagar a gasolina com dinheiro. A gente não pode usar cartão de crédito, porque podem rastrear o cartão.

Bailey levantou a vista para ele; seu olhar era calmo, mas ela segurava com força a colcha.

— Será que a gente não deveria voltar para Calburn e ficar com o Alex? Por que é que a gente deve ir para Atlanta? O que é que uma anciã — se não estiver senil — pode nos dizer que ajude o Alex?

— Não sei — Matt disse com honestidade —, mas, se o Manville confiava nessa mulher o suficiente para deixar o papel do seu casamento com ela, talvez tenha confiado a ela alguma outra informação. Você tem alguma outra idéia de como ajudar o Alex?

— Não — ela respondeu devagar. — Não, mas o Alex deve estar tão assustado. E a minha irmã...

Matt pegou os braços de Bailey e a puxou para fora da cama.

— Mais tarde você pode chorar. Pode até ter um colapso nervoso mais tarde, se quiser — na verdade, vamos nós dois ter um colapso —, mas agora você tem que se vestir, arrumar as malas e ir embora daqui.

Vinte minutos mais tarde eles estavam no carro alugado, mas Matt não deu a partida.

— Quero verificar uma coisa — disse, depois saiu. Havia um caixa eletrônico na lateral do banco que ficava do lado do hotel, onde ele enfiou o cartão e apertou alguns botões.

Minutos mais tarde, entrou de novo no carro e deu a partida.

— Está bloqueada — disse. — Minha conta bancária está bloqueada.

Bailey limitou-se a acenar com a cabeça e, em seguida, afivelou o cinto de segurança.

Capítulo 29

Martha McCallum era uma senhora de oitenta anos, bem mais nova do que Bailey e Matt haviam imaginado. Eles haviam passado nove horas seguidas no carro, chegando no final da tarde, tarde demais para visitar a clínica de repouso. Usaram todo o dinheiro que traziam consigo para gasolina e comida, e por isso não podiam pagar um motel. Matt enfiou o carro numa estradinha suja, onde jantaram o que sobrava do pão com queijo e beberam quase quatro litros de água mineral. Quando o sol se pôs, aconchegaram-se juntinhos no minúsculo banco traseiro e tentaram dormir.

— Seu pé — Bailey disse.

— Ok — Matt disse, movendo o pé. — Talvez um de nós devesse dormir no banco da frente. Ou um de nós devia dar uma de aventureiro e ir dormir lá fora no chão.

— Enfrentar os insetos ou uma caixa de mudança — Bailey falou. — Difícil dizer o que é melhor.

Matt puxou a cabeça dela para o seu ombro e sorriu. Ficou contente de ela conseguir fazer piada; pela maneira como chorara nas primeiras três horas de viagem, ele achara que ela nunca mais iria sorrir na vida.

Às nove da manhã seguinte, encontravam-se na sala de espera da clínica de repouso, esperando para ver Martha McCallun. Ambos tinham tomado banho de esponja no banheiro de um posto de gasolina próximo e se esforçado ao máximo para se apresentarem decentes.

A clínica de repouso em que estavam agora era bem diferente da que hospedava Burgess. A dele era limpa e confortável, e até mesmo passava um aconchegante clima doméstico, mas essa era suntuosa. Quando Bailey olhou para a escada imensa, dupla e curva, disse:

— E eu que achava que os ianques tinham queimado a Twelve Oaks, aquela fazenda milionária de *E o Vento Levou*.

— Ela vai receber vocês agora — a recepcionista falou. Vestia um tailleur que Bailey viu ser de grife.

— Acha que foi o Manville que pagou por isso? — Matt sussurrou para Bailey.

— Por favor — Bailey disse alto para a jovem mulher. — Quem é o dono daqui?

— É de propriedade de uma das empresas do falecido James Manville — ela respondeu sorrindo ao parar em frente a uma porta.

Quando Bailey passou à frente de Matt, levantou a sobrancelha como quem diz: "Está vendo?"

A suíte de Martha McCallum era linda, e Bailey reconheceu a mão de um decorador. Fora feita no interior da França, e todas as antigüidades eram autênticas.

— Muito bem — veio uma voz de uma cadeira com armação de madeira à esquerda deles. — Então, Lillian, finalmente você me encontrou.

Bailey se virou e viu uma mulher pequena que vestia um chemisier perfeitamente passado, discretos brincos de ouro e um colar de pérolas. Usava também um pequeno relógio de ouro e uma pulseira de ouro. Tratava-se de um traje simples, mas Bailey sabia que tudo o que a mulher vestia era da maior qualidade e havia custado caro. Seu rosto tinha poucas rugas, e o cabelo longo e de um grisalho alourado estava puxado frouxamente para trás e preso na nuca com um lenço Hermès. Bailey se perguntou se a boca de Jimmie e o lifting dessa mulher seriam obra do mesmo cirurgião.

— É verdade — disse Bailey, e em seguida sentou-se no sofá obedecendo ao gesto da mulher.

— E quem é esse homem simpaticíssimo?

— Matthew Longacre — Bailey respondeu, e a mulher apertou a mão de Matt antes de ele se sentar.

Foi Bailey quem começou a falar.

— Pelo visto, a senhora leva uma vantagem sobre a gente, já que me conhece, e eu nunca tinha ouvido falar da senhora. Não quero ser mal-educada, mas a gente está com um relógio batendo em cima da nossa cabeça e, quando detonar, vai explodir. Por isso precisa saber tudo o que a senhora tem para contar o mais rápido possível.

— Claro — Martha disse. — Soube sobre a sua irmã essa manhã. Sinto muito, querida, pela morte dela, mas ela nunca foi muito uma irmã para você, não é mesmo? Luke a detestava. — Martha acenou com a mão manicurada. — Me desculpe, nunca consegui chamá-lo por outro nome além de Luke.

— O que foi que o Jimmie... o meu marido lhe contou? — Bailey perguntou.

— Tudo — Martha disse. — Absolutamente tudo. Não me refiro a negócios, ele nunca me falava desse assunto, mas me contou tudo sobre você, e sobre a Eva e o Ralph e sobre como sua irmã extorquia dinheiro dele e...

— Minha irmã? Como...

Martha olhou para Matt.

— Você sabe, não sabe? Levei um tempo para juntar as peças, mas você mandou aquele belo rapaz para tentar descobrir com a Dolores sobre o paradeiro da permissão da mãe dela, não foi? Quando li que ele era um dos filhos do Roddy, sinceramente, meu coração quase parou. Ele descobriu tudo o que você queria saber sobre a Dolores?

— É, acho que sim — Matt disse, muito empenhado em ignorar o olhar severo de Bailey. Ele viu que ela percebeu que Alex tinha contado para ele muito mais do que tinha contado para ela.

— Você soube do carro que o Luke teve que dar para a Dolores, da mesada e de todas as outras coisas? — Martha perguntou.

— Soube sim, senhora — disse Matt, ainda se recusando a olhar para Bailey.

— E, Lillian, querida, o que foi que ele te contou?

— Parece que me contou muito pouco — Bailey disse, os lábios tensos.

Martha sorriu.

— Os homens tentam nos proteger, não é mesmo? A propósito, vi que você consertou o nariz e perdeu todo o peso que o Luke se esforçou para você não perder.

— É — disse Bailey, desviando o olhar de Matt. — E a senhora? Foi o cirurgião do Jimmie?

O sorriso de Martha alargou-se, e ela exibiu um trabalho dentário bonito e caro.

— É, o mesmo homem. Ele costumava guardar segredo.

— E onde o Jimmie arrumou dinheiro para todas as cirurgias que deve ter feito? — Bailey perguntou.

Martha hesitou.

— Um dinheiro veio parar inesperadamente na minha mão... uma caixa cheia de dinheiro. Então, entreguei-a para o Luke e disse para ele usar da maneira que quisesse. — Ela sorriu. — Ele usou de uma maneira muito inteligente. Consertou a boca e empregou o resto para abrir o negócio que lhe rendeu bilhões. — Sorriu de novo, cheia de orgulho.

— A senhora tem a permissão do casamento da Lillian? — Matt perguntou depois de um tempo.

— Tenho — Martha respondeu, e olhou para Bailey. — Luke vivia em pânico, com medo de que algum dia você o deixasse. Sabia disso?

— Sabia — disse Bailey baixinho. E seus olhos se encheram de lágrimas. — Eu o matei.

Diante disso, Matt lançou-lhe um olhar severo, mas Bailey continuou olhando para Martha.

— Não, não matou — Martha disse e, quando Bailey ia começar a falar, ela levantou a mão. — Antes que você me diga que não conheço toda a história, vou te dizendo logo que conheço. Três noites antes de morrer, o Luke me ligou e disse que você tinha pedido o divórcio.

Matt estendeu o braço para dar a mão a Bailey.

— Mas o Luke não estava desanimado com isso — Martha disse. — Ele estava exultante.

— Exultante? — Bailey perguntou. — Ele *queria* o divórcio?

— Não. Ele estava exultante porque você tinha posto, enfim, os pés no chão. O Luke costumava me dizer que você não o amava o suficiente, porque não sentia ciúme dele.

Nesse ponto, Bailey teve de se levantar. Foi até a janela e, por uns instantes, ficou contemplando as belas terras que cercavam a clínica de repouso; depois voltou a olhar para Martha.

— Ciúme? Ele achava que eu não sentia ciúme de todas aquelas mulheres altas, magérrimas e lindas?

— Elas não significavam nada para ele — Martha disse serenamente.

— Elas significavam muito para *mim*! — Bailey disse, e logo em seguida tratou de acalmar-se. — Ele ia me dar o divórcio?

— Não, claro que não — Martha disse sorrindo. — Ele ia lutar para te reconquistar. Ele disse que te devia uma coisa. Sabe aonde ele estava indo quando o avião dele caiu?

— Não. Era a negócios. O Jimmie vivia visitando as propriedades dele. — Ela abaixou a voz. — Como esta aqui.

Martha sorriu.

— Não é uma beleza? Quando o Luke era pequeno, e ele e eu vivíamos sozinhos naquela cabana horrível e velha, a gente costumava inventar histórias de tudo o que iria comprar quando tivesse todo o dinheiro do mundo. O Frank cuidava para que a gente tivesse televisão, livros e revistas. Por isso o Luke e eu sabíamos o que o mundo tinha para oferecer, mesmo que não pudéssemos ter aquilo.

— E o que é que vocês dois desejavam ter? — Matt perguntou.

— Eu só queria coisas normais, como uma casa com banheiro interno, mas o Luke queria ser dono do mundo. "E eu vou dar tudo para você e para o papai", o Luke dizia. Ele adorava o pai.

Bailey olhou para Martha.

— Para onde o Jimmie estava indo no dia em que morreu?

— Você não sabia mesmo? Ele não te deu nenhuma pista?

— Não — Bailey respondeu. — Eu estava muito deprimida naquela época. Estava cansada de tudo, daquele negócio de ficar sempre mudando de lugar, daquelas pessoas que me desprezavam e de todas as mulheres do Jimmie. — Falou as últimas palavras com a voz cheia de raiva.

— Mas o que é que você mais queria na vida, acima de todas as coisas? — Martha perguntou.

— É... Não sei — Bailey respondeu, confusa.

Martha olhou para Matt.

— O que é que ela quer?

— Filhos — ele disse. — Ela fica babando sempre que vê uma criança.

Bailey olhou surpresa para Matt.

— Eu não faço isso.

— E o que é que você me diz dos gêmeos que viu no mercado?

— Aqueles bebês eram fofos demais — Bailey disse, na defensiva. — E eu...

As palavras de Martha a interromperam.

— Ele acertou. Filhos. O Luke não queria correr o risco de que um filho dele herdasse aquele lábio, e por isso arrumou uma adoção.

Bailey sentou-se de volta no sofá ao lado de Matt.

— Adoção? — sussurrou.

— É. Você sabe como era o Luke. Ele arrumava tudo em pouquíssimos dias, e estava viajando para algum estado do oeste para pegar o neném. Queria te fazer uma surpresa.

— Ia botar numa caixa e embrulhar para presente? — Matt perguntou, sarcasticamente.

— É, esse é bem o feitio do Luke — Martha disse, observando Bailey, que relutava em acreditar na notícia. — Eu disse para ele que tinha que te tratar como adulta, que vocês dois deveriam cuidar juntos do processo de adoção, mas o Luke falou: "A Ferruginha é muito sentimental. Ela vai querer adotar o orfanato inteiro, cheio de desajustados. Mas eu sou egoísta demais para agüentar mais de um deles roubando o tempo que ela me dedica. Por isso vou arrumar para ela uma menininha loura de olho azul."

— É, isso é bem dele — Bailey disse, piscando para conter as lágrimas. Durante meses carregara o fardo de supor que, talvez,

Jimmie tivesse ficado tão desesperado com o seu pedido de divórcio que resolvera cometer suicídio.

— Agora você está se sentindo melhor? — Martha perguntou.

Bailey estava chocada demais para responder, mas fez que sim com a cabeça, vigorosamente. Sim, estava se sentindo melhor. Estava aliviada do fardo mais pesado que já carregara na vida.

Martha fez sinal para Matt pegar um lenço-de-papel para Bailey na caixa (elegantemente coberta com marchetaria de ácer e nogueira) que se encontrava em cima da mesa.

Bailey pegou o lenço e assoou o nariz.

— Então, quer dizer que foi acidente mesmo?

— Ah, não — disse Martha. — Eva e Ralph Turnbull mataram o Luke.

Bailey parou a mão a meio caminho do nariz, e o olhar de Martha passou de Bailey para Matt.

— A Atlanta e o Ray? — Matt perguntou.

— É assim que eles se dizem chamar agora, mas continuam sendo Eva e Ralph.

— Turnbull — Matt disse. — Nem Manville, nem McCallum.

— Claro que não! — Martha disse. — Esses dois assassinos não têm nenhum parentesco nem comigo nem com meu filho. E nunca tiveram relação alguma com o Luke.

Matt e Bailey levaram um tempo para digerir o que ela estava dizendo.

— O Phillip disse que achava que a Atlanta e o Ray não tinham vínculos com o Jimmie.

— Chantagem? — Matt perguntou.

— É. Chantagem. Eles disseram que, se o Luke não dissesse que era parente deles e não lhes desse milhões, eles revelariam ao mundo sobre a infância dele em Calburn. E, se as pessoas soubessem da vida pregressa do Luke, ele receberia o que mais lhe causava pavor na vida. — Ela olhou para Bailey como quem lhe pede para decifrar a charada.

— Piedade — Bailey disse. — O Jimmie não suportava que quem quer que fosse sentisse pena dele.

— Isso.

— Tem mais coisa aí, não? — Matt falou. — Bailey me contou sobre um tal de "assassinato chamado de suicídio". Ele estava se referindo à morte do pai?

Por um momento, Martha se virou e olhou pela janela, depois voltou a olhar para Bailey.

— Não sei se devo ou não contar essa história. Uma parte de mim quer deixar os segredos morrerem com o Luke. Ele se esforçou muito e pagou muito caro para esconder a infância dele do mundo.

Por um tempo ela ficou calada, piscando para conter as lágrimas.

— Quando soube da morte do Luke pela televisão — ninguém veio me contar, porque ninguém sabia de mim —, vi logo que *eles* o tinham matado. O Luke causava raiva em muita gente.

— É — Bailey falou. — Eu o prevenia disso. Ele às vezes feria demais as pessoas.

— Mas nessa época ele já tinha sido tão ferido na vida que tudo o que sabia fazer era ferir os outros — Martha disse. — Eva e Ralph não tiveram dificuldade de subornar uma pessoa que trabalhava para o Luke para lhes contar o que ele estava fazendo. Quando descobriram que o Luke estava prestes a adotar uma criança, não podiam deixar uma coisa dessas acontecer, podiam?

— Um herdeiro — Matt falou.

— Pois é. — Ela olhou para Bailey. — Sua irmã descobriu, no enterro da sua mãe, que você não sabia que o Luke tinha conseguido a permissão da sua mãe para vocês se casarem. E a Dolores sabia que, se você desconhecia a existência desse documento, achava que você e o Luke não eram de fato casados. Que vergonha! — Martha disse. — Como você pôde acreditar que alguém como o Luke teria negligenciado uma coisa tão importante como essa?

— Quando casei, não pensei muito nas questões legais — Bailey disse em defesa própria.

— Então, a Atlanta, o Ray e a Dolores trabalharam juntos? — Matt perguntou.

— Não, não acho que a Dolores seja páreo para aqueles dois, mas a Dolores era uma língua-de-trapo. Desculpe, querida, mas bastava alguém fazer com que ela falasse da irmã caçula, e a Dolores contava tudo.

— Ela contou para o Alex da permissão da mãe dela para o casamento depois de um só dia de eles se conhecerem — Matt disse.

— É, e isso custou a vida dela — Martha falou.

— Foram a Atlanta e o Ray que fizeram isso? — Matt perguntou.

— Ah, foram. Assim como mataram o Luke e o advogado dele, mataram a irmã da Lillian. Me esforcei o mais que pude para proteger o passado do Luke, para que o mundo nunca descobrisse nada sobre ele, e por isso fiquei calada depois da morte do Luke. Foi mais difícil depois que o advogado morreu e deixou duas filhinhas. Como a mulher dele está?

— Está sendo duro — Bailey falou.

— É, o Luke me falou que o casamento deles era feliz.

— Você continua dizendo que ele te falou — Bailey disse. — Ele te ligou? — Havia um quê de ciúme na sua voz. É verdade, Jimmie ia para a cama com um monte de mulheres, mas Bailey tinha conseguido sobreviver porque achava que ele não *conversava* com mulher alguma além da esposa.

Sorrindo, Martha apontou para um armário que ficava encostado na parede oposta. Era grande e de pinho encerado, e Bailey duvidou que tivesse custado menos de cem mil dólares. Ela abriu ambas as portas e olhou dentro. No interior havia prateleiras cheias de belas caixas cobertas de seda pêssego. Cada caixa tinha um rótulo de bronze e uma data, cada caixa cobrindo um período de cerca de seis meses.

— Vai em frente — Martha disse. — Abre as caixas.

Bailey puxou para fora uma caixa, retirou a tampa e olhou dentro. Havia cartas formando uma fileira caprichada, cada uma num envelope do papel de carta verde com o monograma de Jimmie.

— Uma carta e uma fotografia — Martha falou em voz baixa. — Toda semana, desde julho de 1978, ele me mandava uma carta e uma fotografia. E também dava uma boa injeção na minha conta bancária. E, a propósito, querida, o Luke nasceu em 1954 e não em 1959. Ele ficou tão orgulhoso do novo rosto dele que subtraiu uns anos da idade.

Bailey abriu uma das cartas e leu.

A Ferruginha ficou uma fera comigo quando cheguei em casa ontem à noite, mas logo deixei ela de bom humor de novo. Ela perdeu dois quilos quando estive fora. Por isso pedi para o chef fazer aquela musse de chocolate que ela adora. Eu sei, sou um diabo, mas gosto dela gorda. Assim, ela é toda minha.

Bailey dobrou a carta e a colocou dentro do envelope de novo, mas não pôde deixar de retirar a foto e olhar para ela. Era uma foto dela, sentada numa cadeira do pátio da casa deles na Antígua. Perto dela havia uma dúzia de pessoas, todas com drinques na mão, todas aparentemente rindo.

Bailey, porém, estava sozinha no meio da multidão, e seu rosto revelava seu tormento. Não é de admirar que eles não gostassem de mim, pensou; e depois olhou para Matt, do outro lado do quarto. Sou muito mais feliz agora, pensou, e enfiou a foto no envelope, guardou-o na caixa, botou a caixa no armário e, resolutamente, fechou as portas. Aquela parte da vida dela havia terminado. James Manville não se matara porque sua esposa pedira o divórcio.

— Como é que a gente pode provar que a Atlanta e o Ray assassinaram o Jimmie? — Bailey perguntou.

— Na verdade, eu tenho a prova — Martha disse, e depois sorriu para os olhares de espanto idênticos de Bailey e Matt. — Como dispunha de meses e, graças ao Luke, de fundos ilimitados, enquanto o resto do mundo estava crucificando você, querida, contratei detetives.

— Para descobrir o quê? — Matt perguntou bruscamente.

— Quem esteve perto daquele avião nas quarenta e oito horas antes de o Luke embarcar nele. E contratei alguns homens — na verdade, uma dúzia deles — para subir nas montanhas e encontrar os destroços do avião do Luke e trazer todo e qualquer pedaço.

— Achei que a polícia tinha feito isso. O corpo do Jimmie... — Bailey começou.

— A polícia procurou os escombros, mas só superficialmente. Eles não estavam buscando indícios de jogo sujo porque dois rapazes do pequeno aeroporto onde o Luke guardava o avião contaram que tinham implorado ao Luke para ele não voar naquele avião. Disseram que avisaram a ele que havia alguma coisa de errado com o avião.

— Não — Bailey disse. — Sou capaz de acreditar que o Jimmie poderia ter batido com o avião na encosta de uma montanha num rompante teatral, mas ia ser uma atitude deliberada, sob o controle dele. Mas ele *nunca* ia entrar num avião que não estivesse funcionando direito, nunca ia deixar que uma peça do maquinário tivesse controle sobre sua vida.

— Foi exatamente o que pensei — Martha disse, sorrindo, os olhos piscando. — Tive certeza de que a Atlanta e o Ray tinham pago àqueles dois rapazes. Por isso, enquanto todo mundo estava de olho em *você*, eu estava conduzindo a minha própria investigação.

— E a senhora descobriu que o avião foi sabotado.

— É — respondeu Martha. — Na verdade, foi muito simples. O indicador do nível de combustível tinha sido adulterado, e o Luke ficou sem combustível em pleno vôo.

Durante um tempo eles ficaram calados, e depois Matt disse:

— Se vocês encontraram o indicador quebrado, ele não pode ter se quebrado na queda?

— Pode — Martha respondeu —, mas não encontramos nenhum indicador de nível de combustível, nem quebrado, nem intacto.

— Então como... — Bailey começou, e seus olhos se arregalaram. — Ele tinha uma caixa-preta a bordo.

— Tinha — disse Martha sorrindo.

Bailey se virou para Matt.

— Já tinha me esquecido completamente disso. O Jimmie e eu estávamos vendo televisão uma noite quando um jato tinha caído. O repórter ficou falando que a caixa-preta tinha registrado as palavras dos pilotos. Lembro do Jimmie falando: "Eu devia arrumar uma caixa dessa para poder..." — Bailey parou de falar.

— Para declarar meu amor por você antes de cair — Martha disse serenamente, e Bailey meneou a cabeça. — É, foi isso que ele me disse, quer dizer, me escreveu, que tinha te contado. Ele instalou um sistema no avião, e em segredo, como fazia com tantas outras coisas.

— E os seus homens encontraram a caixa — Matt falou —, porque sabiam que tinham que procurar por ela.

— É — Martha respondeu. — O Luke passou os últimos minutos da vida dele tentando aterrissar em segurança e, enquanto lutava para conseguir, ficou falando para que o gravador captasse as suas palavras. Ele disse o que estava acontecendo de errado com o avião, quem tinha visto no aeroporto e como provar que a Eva e o Ralph — era assim que ele os chamava — o tinham assassinado.

— Mas a senhora não passou essa informação para a polícia — Matt falou.

— Não — respondeu Martha. — Não, porque o Luke me pediu para só divulgar o assassinato dele se a sua amada Lillian estivesse em perigo. "Ela vai te encontrar", ele disse imediatamente antes de cair. "E, quando ela te encontrar, diz para ela que eu a amo." Essas foram as últimas palavras dele.

Por um instante, Bailey desviou o olhar. Quando voltou a olhar para Martha, disse:

— Quero ouvir a história. Quero saber da verdade. Quero saber do "assassinato chamado de suicídio".

Capítulo 30

— Não sei quando o mal começou, se foi com a Vonda, com a Sra. Turnbull ou quando o Frank ficou com o braço inválido — disse Martha ao servir-lhes chá num bule de prata. Ela pegara o telefone e pedira um "chá-da-manhã" e, dez minutos mais tarde, aparecera um banquete. Fora trazido num carrinho cuja bandeja mal conseguia conter tudo aquilo. Havia salsichas envoltas em massa folhada, três tipos de ovos, tomates grelhados e pãezinhos e bolinhos suficientes para abrir uma padaria.

Matt e Bailey levaram quase trinta segundos tentando ser educados, antes de a fome vencer e eles quase pularem em cima da comida.

— A Sra. Turnbull era a dona da minha fazenda — Bailey disse com a boca cheia. — A esposa do homem das conservas.

— É — Martha disse, observando os dois comerem polidamente e contendo-se para não perguntar há quanto tempo não faziam uma refeição. — Hilda era uma mulher reservada e raramente revelava muita coisa, mas se falava pela cidade que, quando ela era bem jovem, tinha casado com um homem muito rico e muito velho. Pelo que ouvi dizer, as pessoas achavam que ela esperava que ele morresse logo para ficar com o dinheiro.

— Espera aí — Matt disse. — A senhora continua dizendo "ouvi dizer". Onde a senhora estava?

— E onde estava o Jimmie? — perguntou Bailey.

Martha respirou fundo.

— Luke e eu ficávamos sozinhos no alto da montanha. Quando o Luke era pequenininho, o Frank o levou à cidade algumas vezes, mas as pessoas ficavam encarando tanto o bebê que o Frank resolveu deixá-lo comigo. Ele vinha nos ver nos fins de semana.

— E por que foi que vocês não consertaram o rosto do Jimmie? — Bailey perguntou.

Martha levou um tempo antes de responder.

— Tenho medo de te contar porque você vai odiar o meu filho. E a mim.

Bailey balançou a cabeça.

— Pode ser que sim, mas tenho tantas outras pessoas para odiar na minha vida que a senhora e o Frank vão ficar bem no fim da minha lista.

Martha e Matt riram.

— Tive muitos anos para pensar na razão por que tudo aquilo aconteceu, mas acho que tudo se resume a amor. Não sei como explicar, mas — os olhos de Martha se cravaram nos de Bailey — talvez eu não tenha de explicar para você. O Luke amava com muita intensidade. Se você já foi objeto do amor do Luke, deve saber o que estou dizendo. Era o amor do Luke que nos movia, ao Frank e a mim. Isso faz sentido para você?

— Faz, sim — Bailey disse. — Era um amor asfixiante, mas a gente também não conseguia abrir mão dele.

— É isso — Martha concordou. — E eu também tinha culpa. — Por um instante olhou em volta do quarto. — Que Deus me perdoe por isso, mas o que me restaria se o Luke consertasse a boca e fosse embora? Eu era viúva e pobre. O Frank era meu único filho, e eu sabia perfeitamente que, se o Luke fosse embora, o Frank de jeito algum iria me visitar com aquela freqüência. O Luke e aquele talho dele no lábio de cima transformavam a gente numa família.

Matt observava Martha e via como ela apertava uma mão na outra. Obviamente, carregava um fardo pesado pelo que fizera com o neto.

— E o que a senhora me diz da Hilda Turnbull? — ele perguntou gentilmente.

— Ela... — disse Martha, tentando recuperar o controle. — Eu a vi uma única vez. Era baixa, magricela e tinha um olhar feroz.

Quando Martha pareceu estar perdendo o fio da meada, Bailey disse delicadamente:

— E o velho marido dela, morreu?

— Morreu — Martha respondeu, aparentemente se recuperando. — Mas só quando Hilda já tinha quase quarenta anos e dois filhos adolescentes.

— Eva e Ralph — Bailey disse.

— É.

— Por que é que ninguém em Calburn os reconheceu? Eles estão toda hora na televisão — Matt disse. — Por que é que ninguém disse: "Ei! Esses dois são os filhos da Hilda Turnbull, e eles não têm nada a ver com o James Manville?"

Martha sorriu.

— Em primeiro lugar, as pessoas de Calburn só os viam raramente. Hilda colocava os filhos num internato atrás do outro, e depois os mandava para colônias de férias. Eram atarracados, crianças sem a menor graça, ninguém prestava muita atenção neles. O Luke me escreveu que dois prédios da escola que eles freqüentavam se incendiaram a ponto de ruir, e ele tinha certeza de que fora o Ralph quem provocara o incêndio, mas ninguém nunca suspeitou dele porque ele era um...

— Ninguém — Bailey disse. — Ele parecia um ninguém, mas sempre me causava arrepios. Ele e a Atlanta atuavam como se fossem um time. Quando visitavam a gente, ela deixava alguma coisa cair para chamar a nossa atenção, e então, vapt-vupt!, algum enfeite pequeno e caro deslizava para dentro da manga do Ray. Não sei se o Jimmie via isso, e eu não ia contar para ele que o irmão dele era ladrão, mas o Jimmie passou a comprar reproduções de caixinhas Fabergé. Quando perguntei para ele por que estava comprando aquelas coisas medonhas, ele disse: "Eles não vão saber distinguir. Por isso deixa eles roubarem imitações." E aí nós dois rimos.

— Continua a história da Hilda — Matt disse.

— Às vezes, o Luke costumava me escrever sobre... bem, sobre o que tinha acontecido ou pelo menos parte do que tinha acontecido, e ele dizia que achava que a Hilda tinha casado com o Gus para ele trabalhar de graça para ela. Quando o velho marido da Hilda morreu, deixou para ela duas fazendas: aquela em que eles moravam, que o Gus disse ao Luke que era improdutiva, terra exaurida, e também a casa do velho Hanley em Calburn, uma fazenda que fora da família dele durante gerações. A tataravó dele, acho, era uma Hanley.

"Depois que o velho morreu, o Gus não quis deixar a cidade em que tinha crescido e, como tinha recebido proposta de dois outros empregos, disse para a Hilda que estava se demitindo."

— E aí ela se casou com ele — disse Bailey.

— É. Ela se casou com ele, mas se recusou a adotar o seu sobrenome. Ele estava com vinte e oito anos, e ela com trinta e nove. O Gus nunca ia conseguir uma pontuação alta num teste de QI, mas era excelente cozinheiro, e sabia fazer as coisas crescerem. O Luke costumava dizer que, se o Gus enfiasse uma haste de aço na terra, ela iria virar uma árvore. Como você — Martha falou, sorrindo para Bailey. — O Luke dizia que você era talentosa como o Gus, mas que tinha a inteligência de um professor de faculdade.

— Pela primeira vez concordo com alguma coisa que o Manville disse — Matt interveio, passando o braço pelos ombros de Bailey. Ela estava vermelha.

— Nos contaram que a Hilda Turnbull estava tendo um caso com um homem casado — Bailey disse. — Era o Frank?

— Por Deus, não! Era o Roddy.

— Eu devia ter adivinhado — Bailey falou baixinho. — Pelo visto, ele está metido em tudo de ruim que acontece.

— É, o Roddy teve uma participação muito grande em tudo isso, principalmente porque estava de olho no dinheiro da Hilda. Corriam boatos de que ela tinha muitos milhares de dólares escondidos em algum lugar da casa. Mas, na nossa família, o problema era o Gus. Sabe, o Gus ameaçou tirar o Luke do Frank. Não digo que tenha ameaçado o Frank com palavras, mas, em 1968, o Luke tinha quatorze anos e vivia louco por companhia.

— A vida inteira — Bailey comentou. — Nunca era suficiente para ele.

Martha balançou a cabeça.

— Não sou boa contadora de histórias. Preciso voltar um pouco atrás, até 1966, quando o Frank se casou. Numa noite, meu filho ficou bêbado e, quando acordou, estava olhando dentro do cano de uma espingarda, e ficou horrorizado ao constatar que estava nu na cama com uma secundarista igualmente nua. Depois ele me contou que não se lembrava sequer de alguma vez ter visto aquela moça na vida. Mas o pai dela, que estava segurando a espingarda, deu a Frank a opção de casar com ela ou ter os miolos estourados, e o Frank casou com ela.

"O nome dela era Vonda Olesky e, desde o início, ele não conseguiu suportá-la, sabendo que ela tinha armado uma arapuca para se casar com ele. Todas as amiguinhas tolas dela não viram a hora de contar para o Frank que, desde que Vonda tinha treze anos, dizia para todo mundo que, quando crescesse, iria se casar com um dos Seis de Ouro. Não demorou para o Frank ver que ele era uma espécie de troféu para ela e, uma vez que já estavam casados, ela não tinha mais nenhum interesse nele. Ela era mesquinha, preguiçosa e estúpida, e ele teria se divorciado dela se ela não tivesse quatro irmãos e um pai ainda mais mesquinhos e estúpidos que ela. Eles diziam que, se o Frank se divorciasse da Vonda, ele ia encontrar o cadáver do Luke ou o meu."

Martha fez uma pequena pausa.

— A pior parte do casamento foi que, por causa dela, Calburn passou a ridicularizar o Frank. Ele tinha trinta anos nessa época, enquanto a Vonda tinha só dezessete, e por isso todo mundo presumiu que o Frank era um velho canalha que seduzira uma mocinha virgem. E não importava que a própria Vonda tivesse contado para todo mundo a versão dela de como eles vieram a se casar. O Frank, um homem respeitado na cidade, passou, de um dia para o outro, a ser alvo dos risos da cidade.

"Além disso, a Vonda gastava dinheiro mais rápido do que o Frank conseguia ganhar. Ele passava o dia inteiro trabalhando e ela, fazendo compras. Ele voltava para casa do trabalho e encontrava uma dúzia de caixas novas empilhadas na sala, nada de jantar e a louça da noite anterior suja dentro da pia.

"Depois de um verão inteiro tentando conviver com ela, o Frank mandou a Vonda para a cabana para viver comigo e com o Luke."

Martha parou por um instante, e sua boca se contorceu numa careta.

— Aquela garota *odiava* o Luke. O Frank tinha me prevenido de que a Vonda poderia ser cruel, mas eu estava me esforçando tanto para me dar bem com ela que levei umas duas semanas para notar a expressão de desespero nos olhos do Luke. Ela costumava sentar lá fora perto do Luke quando ele estava desempenhando alguma tarefa doméstica, como, por exemplo, cortar madeira e, sinceramente, eu achava aquilo simpático da parte dela. Mas um dia me escondi atrás de uns arbustos para ouvir o que ela estava falando para o meu neto.

Martha precisou respirar fundo algumas vezes antes de prosseguir.

— Ela estava dizendo para o Luke que o lábio dele era coisa do diabo, e que aquilo era prova de que ele era mau.

— Que mulher doente — Matt falou.

— É — Martha disse, observando Bailey, que se mantinha calada. — Falei com o Frank que não ia mais ficar com ela lá em casa, que ele tinha que levá-la embora. Como o Frank amava o Luke, ele levou a mulher de volta para a casa na cidade.

"Seis semanas depois de ele levar a Vonda embora, o Frank apareceu bêbado no trabalho, e foi aí que o carro bateu nele e ele ficou com o braço esquerdo inválido. Mas... — Martha desviou o olhar por um momento. — Eu vi o Frank poucas horas antes do acidente, ele estava completamente sóbrio e feliz. Ele não quis me dizer por que estava feliz, só disse: 'Encontrei uma maneira de consertar as coisas.' Não entendi o que ele estava querendo dizer com aquilo, mas disse: 'A única maneira de você consertar as coisas é se livrar daquele traste de mulher com quem você se casou.' E, quando disse isso, o Frank gargalhou de um jeito que eu não via há muito tempo.

"Poucas horas mais tarde, o carro bateu nele e estraçalhou seu braço. O Frank disse para a polícia que tinha deixado sem querer o carro engrenado, mas a polícia disse que ele fedia a uísque. Por isso escreveram no registro que ele estava bêbado. Depois, quando ele estava no hospital, eu disse para ele que não acreditava que ele tinha andado bebendo. Eu disse que achava que o irmão mais velho da

Vonda o tinha atropelado, mas o Frank não contou para a polícia, com medo de que eles fizessem alguma coisa com o Luke ou comigo.

"Mas o Frank se aferrou à história dele e acho que não contou a verdade para ninguém."

Martha levou um tempo antes de prosseguir:

— Meu filho foi demitido do emprego sem nenhuma indenização por causa do registro policial. Quando já estava desempregado, descobriu que aquela garrota terrível tinha gastado ou dado para os parentes dela tudo o que ele tinha economizado ao longo dos anos. Sem reservas e sem renda, ainda teve que vender a casa da cidade para pagar as dívidas da mulher.

"Por necessidade, os dois tiveram que se mudar para a cabana da montanha para ficar comigo e com o Luke. O Frank me jurou que ia controlar a esposa e que eles iam sair dali logo que as coisas melhorassem. Mas as coisas não melhoraram. O Frank tentou consertar motores de carro com o braço que sobrava, enquanto a mulher foi trabalhar num restaurante em Calburn. Logo, o Frank descobriu que não podia mais ir à cidade porque ia ouvir piadas sobre a mulher dele fazer parte do cardápio."

Martha abaixou o olhar e ficou um tempo olhando para as mãos.

— As coisas mudaram. O Frank fez as coisas mudarem, mas... — Olhou desafiadora para Bailey e Matt. — O Frank era meu filho, e eu o amava, e sei que ele não agiu certo. Mas entendo por que fez o que fez. Durante anos ele fez parte daqueles desgraçados Seis de Ouro — como passei a odiá-los! —, e era tratado como um herói. E aí, de repente, se tornou alvo de piada para aquelas mesmas pessoas que davam tapinhas nas costas dele e sentiam orgulho de ser amigas dele. Tinha uma mulher infiel com pouco mais da metade da idade dele, tinha perdido o emprego e ficado com um braço inválido.

— O Frank não se sentia mais um homem — Matt comentou, quando Martha fez uma pausa antes de continuar seu relato.

— Da primeira vez que aconteceu, foi acidente. O Gus Venters era um homenzarrão louro e imenso, de fala e movimentos lentos, e ninguém prestava muita atenção nele. Um dia o Frank estava na cidade e viu o Gus levando umas conservas dele para o armazém. Não sei o que levou o Frank a fazer isso, mas ele fez um comentário depreciativo sobre o Gus, e os homens que estavam por perto riram. Aquela foi a primeira vez em um ano que o Frank não foi o alvo das piadas — ou pior, o alvo da piedade dos outros.

"A partir daí, a coisa foi num crescendo. Eu via o Frank parado do lado de um motor de carro com um sorriso de orelha a orelha, e logo sabia que ele estava inventando mais histórias sobre o Gus. No fim, essas piadas se tornaram a motivação para o Frank ir à cidade. 'Tem mais histórias do Gus?', os homens perguntavam para ele."

Martha fechou os olhos por uns instantes para cobrar força e seguir adiante.

— O problema foi que o Frank logo descobriu que, para serem engraçadas, as piadas tinham que se aproximar ao máximo da realidade, mas, como o Gus raramente ia à cidade, o Frank conhecia muito pouco dele para fazer gozação.

— A senhora não... — Bailey começou.

Martha levantou a mão.

— Se eu não implorei, supliquei, ameacei, derramei lágrimas para tentar fazer com que o Frank parasse com aquilo? Ah, claro que sim. Usei todos os argumentos que consegui encontrar. E talvez, se tivesse ficado de boca calada, nada disso teria acontecido. No início, o Frank fazia as piadas dele na frente do Luke e de mim, mas, como eu protestava e o Luke não ria, o Frank passou a agir escondido. E, quando começou a usar o Luke, procedeu com tanto sigilo que não desconfiei de nada.

"O Frank disse para o Luke que queria que ele se escondesse para espiar o Gus e depois contar tudo para o pai. O Luke não queria fazer isso. O Luke sabia muito bem como é ruim ser alvo da gozação dos outros. Mas o Frank se enfezou com o filho, coisa rara de acontecer.

"O Luke acabou então fazendo o que o pai pedira, mas a espionagem foi para o Frank como um tiro que saiu pela culatra, porque o Luke voltava contando como o Gus trabalhava duro e como a fazenda dele era próspera. O Luke dizia que a fazenda dele era como o Jardim do Éden. Isto enfurecia de novo o Frank, e ele gritava para o Luke: 'Você não viu nada de *ruim*?' E o Luke gritava de volta: 'Vi, aquela mulher dele trata ele como um cavalo, fica dando ordem como se ele fosse o cachorro dela.' O Luke disse isso tentando defender o Gus, mas o Frank só ouviu e sorriu.

"No dia seguinte, o Frank foi à cidade e fez as pessoas rolarem de rir com sua imitação do Gus sendo ridicularizado pela mulher brigona dele."

— Que coisa terrível — Bailey falou. — O Jimmie ia odiar uma coisas dessas.

— É, odiou, e disse para o pai que nunca mais ia espionar o Gus. Mas, quando as pessoas de Calburn viram que o Frank não tinha mais histórias novas para contar do Gus, voltaram a ignorá-lo. E ele e a Vonda passaram a brigar mais.

"Uma noite o Luke passou a madrugada acordado porque o pai e a madrasta ficaram o tempo todo gritando um com o outro, e o Luke detestava confusão em família."

— Ele sempre foi assim — Bailey falou. — O Jimmie não ligava a mínima se o mundo inteiro estava com raiva dele, mas não suportava quando *eu* ficava com raiva dele.

— Acho que o Luke sentiu afinidade com o Gus desde o início — Martha disse. — Para fugir daquela discussão, Luke desceu a montanha e se esticou debaixo de uma árvore de onde podia ver a fazenda que era para ele o Jardim do Éden. Quando acordou, o Gus estava sentado ao lado dele, oferecendo comida. Anos mais tarde, o Luke me contou que aquela foi a comida mais gostosa que ele comeu na vida — daí dá para deduzir como é meu talento na cozinha.

— E assim nasceu a amizade entre eles— Matt disse.

— É — Martha disse —, uma amizade entre almas afins, um vínculo entre dois rejeitados. Mas nem o Frank nem eu soubemos dessa amizade, que começou não muito tempo depois de o Frank conseguir um emprego como vigia noturno, em que ficava fora a noite inteira e dormia durante o dia. Eu passava o dia ocupada com os afazeres domésticos porque tinha que lavar e passar os uniformes da Vonda e do Frank, e não tinha máquina de lavar. Eu era ocupada demais para me preocupar com o lugar onde um garoto crescido de quatorze anos passava o dia inteiro.

— Ele ficava com o Gus? — Matt perguntou.

— Ficava. A mulher do Gus ficava o dia inteiro no trabalho e à noite ia vadiar com o Roddy. Por isso ela não tinha idéia de que o Luke e o marido dela estavam juntos. Desconfio de que nunca tenha visto o Luke lá. — Martha respirou fundo. — Como sempre, tudo de ruim começou com a Vonda.

"O Frank estava superinsatisfeito com o emprego dele. Ficava no outro extremo da Ridgeway. Por isso lá não podia contar com o 'currículo' dos Seis de Ouro, nem as pessoas riam das histórias do Gus. Os colegas de trabalho do Frank curtiam com a cara dele por causa do braço paralisado, botavam apelidos maldosos nele. O Frank não podia se demitir, nem reagir. Aquilo era um verdadeiro inferno. A mulher cada vez ficava fora até mais tarde da noite; todo dia, passavam horas brigando; e, quanto mais horrível era o clima lá em casa, mais tempo o Luke passava com o Gus.

"Mas, evidentemente, numa cidade como Calburn, ninguém consegue guardar um segredo para sempre. Uns entregadores viram o Luke com o Gus, e contaram para os outros. E, como a Vonda trabalhava no restaurante, soube da fofoca.

"E então, numa tarde de domingo, o Frank deu uma parada no restaurante e, quando estava no meio de uma das suas histórias do Gus fazendo todo mundo rir, a Vonda, por pura maldade, disse: 'O Gus é mais pai do seu filho que você.' Todo mundo no restaurante riu mais ainda. Do Frank. Foi nessa hora que ele viu que o Gus Venters tinha vencido. O Frank tinha feito as pessoas rirem do Gus, mas, no final, o Gus havia roubado do Frank o que ele mais amava no mundo: o filho.

"E foi aí que o ódio do Frank começou. Toda a raiva por todas as coisas ruins que tinham acontecido com ele veio à tona — e foi toda dirigida contra um homem: Gus Venters.

"E, uma noite, essa raiva toda chegou ao ponto culminante."

— No dia 30 de agosto de 1968 — Matt disse.

— É — Martha disse. — No dia 30 de agosto de 1968.

— Começou naquela tarde quando a Vonda contou para o Frank que estava grávida. Eu estava fora nesse dia. Uma mulher que eu conhecia estava doente, e eu fui ficar com ela, mas anos mais tarde o Luke me contou, tintim por tintim, o que os dois falaram. Naquele dia, aquela mulher contou para o Luke uma coisa que nem eu sabia. Meu palpite é que o Frank contou para aqueles garotos — Martha engoliu em seco, como se tivesse algo entalado na garganta — dos Seis de Ouro, e um deles contou para a Vonda.

* * *

— *De quem é?* — Frank gritou, bêbado como sempre.

— De um *homem* — Vonda gritou de volta. — Que é mais do que você jamais vai conseguir ser na vida.

— Vou me divorciar de você — Frank disse. — E vou dizer no tribunal quem você realmente é. E quando eu acabar com você...

Vonda riu dele.

— Você vai me levar à Justiça? Como, velho? Você não tem nada. — Ao dizer isso, levantou a cabeça e viu Luke parado na soleira da porta do quarto dele, calado. — Seu espiãozinho — ela falou —, você está sempre ouvindo a conversa dos outros, não é não? Já não basta passar o dia espiando o pobre do Gus? Coitado daquele velho retardado.

— Ele é muito mais inteligente do que você jamais vai ser — Luke devolveu. — E mais rico.

— Por acaso você está *me* desprezando? — Vonda falou zombeteira para Luke. Em seguida, os olhos dela começaram a brilhar. — Ei, Frank, por que é que não conta para esse garoto horroroso a verdade sobre a mãe dele?

— Cala a boca, Vonda, estou te avisando. Você não sabe do que eu sou capaz de fazer com você.

— E o que você vai fazer comigo que ainda não fez? — ela disse, debochada. — Anda, garoto, deixa de ser covarde. Vai, pergunta da sua mãe para ele.

— Cala a boca — Frank disse, e partiu na direção dela, mas cambaleou e caiu, e o pé dele ficou preso entre a parede e o fogão à lenha.

Vonda olhou para Luke, o lábio superior retorcido de nojo ao olhar para a boca deformada do menino.

— Esse Frank aqui conheceu a sua mãe num bar em Nova Orleans. Ele a tratou bem só porque ela tinha um lábio como o seu. Bom, tinham costurado um pouco, mas era como o seu e, além disso, ela estava a dez minutos de ter um neném. Você.

Luke olhou para o pai no chão e, quando se deu conta do que a mulher havia lhe contado, ficou pálido com o choque.

— Luke — Frank disse carinhosamente, estendendo-lhe a mão, mas ainda preso e incapaz de mover-se.

Luke deu um passo para trás, afastando-se da mão que o pai lhe estendia.

— Frank McCallum não é seu pai mais do que aquele Gus por quem você é louco — Vonda disse sorrindo. — Ou talvez o velho Gus seja o seu pai, quem sabe? E você sabe o que foi que aconteceu com a sua mãe? Ela não morreu logo depois de você nascer e teve um belo enterro, como o seu pai te contou todos esses anos. Ela deu uma olhada em você, teve um ataque histérico e deu no pé. Não suportou olhar para a sua cara feia.

Os olhos escuros de Vonda brilhavam de malícia.

— O Frank sentiu pena de você. Por isso voltou para cá com você, para esse fim de mundo, e te escondeu aqui nesse buraco para que ninguém tivesse que olhar para você. — Ela abaixou o olhar para Frank no chão. — E depois de todo o aborrecimento de ter que cuidar do filho deformado de uma puta velha, ele acaba gostando mais de um fazendeiro idiota do que de você.

Bailey, com a mão na boca, tentava imaginar o que um homem orgulhoso como Jimmie devia ter sentido ao ouvir isso.

— Depois disso, o Luke saiu de casa, e só voltou três dias depois — Martha disse. — Mas aí tudo já tinha acabado. O Gus Venters estava morto. Foi enforcado.

— Na minha estrebaria — Bailey disse baixinho.

— Não, foi naquela amoreira do seu quintal.

Ao ouvir isso, Bailey apertou a mão de Matt. A sua amoreira tão, tão linda.

— A senhora falou “foi enforcado” — Matt disse. — Ele não cometeu suicídio?

— Não — Martha respondeu. — *Eles* o enforcaram. Aqueles... — Ela teve de se esforçar para pronunciar as palavras. — Os Seis de Ouro. Todos os seis estavam na cidade naquele verão, e o Frank procurou por eles e contou para eles... — Por um instante, Martha desviou o olhar, depois voltou a olhar para eles. Quando falou, sua voz tremia. — O meu filho, o Frank, reuniu o grupo e disse para eles que aquele homem doce, adorável, *inocente*, o Gus Venters, tinha... que ele tinha... — Martha teve de parar por um momento. — O Frank disse para eles que o Gus tinha estuprado o Luke.

— Misericórdia! — Bailey falou.

— Quando cheguei em casa de manhã cedinho, o Frank estava um caco. Estava todo contorcido no chão e gritando feito um doido. E, o que era pior, estava com uma arma na mão. Estava pensando em se matar.

"Fiquei sem entender o que havia de errado com ele, o que tinha acontecido. Fiquei perguntando se o Luke estava machucado ou se estava morto, mas o Frank só fazia gritar mais alto e dizer: 'Pior que isso. Pior que isso.' Na minha cabeça, se o Luke estava bem, a coisa não podia ser ruim demais.

"Consegui tirar a arma da mão dele, mas o Frank tinha bebido demais. Por isso fui para a cozinha preparar um café para ele. Encontrei o balde de água vazio e tive que ir lá fora pegar água no poço.

"Poucos minutos depois, ouvi um tiro, e me dei conta do quanto tinha sido estúpida de deixar a arma na bancada da cozinha. Soltei o balde e corri, porque meu coração de mãe me dizia que meu único filho tinha levado um tiro."

Martha respirou fundo.

— Meu filho estava caído no chão, morto, e de pé, ao lado dele, vi a Vonda, com a arma na mão.

"'Enforcaram o coitado do velho Gus Venters essa noite', ela disse. 'Penduraram o homem numa árvore. O Roddy achou que era melhor que eles fizessem com que parecesse suicídio, e por isso o levaram para a estrebaria', Vonda me contou, e ainda consigo ver a luz nos olhos dela. Ela sentiu *prazer* em matar o meu filho.

"Vonda botou a arma em cima da mesa, pisou no corpo do meu filho como se fosse um saco de lixo e pegou uma caixa de metal no chão.

"'Quando eles estavam pendurando o velho Gus pela segunda vez, o Roddy entrou na casa sem ninguém ver e pegou isso.' Ela abriu a caixa e vi que estava cheia de dinheiro.

"'O Roddy andou dormindo com aquela bruxa velha, a Hilda Turnbull, porque sabia que ela tinha dinheiro escondido e queria que ela contasse para ele onde estava guardado. Ele deu muito duro para arrancar a informação dela, mas acabou conseguindo. E essa noite o Roddy pegou a caixa, só que *ele*' — ela abaixou o olhar para o cadáver do meu filho com ar de escárnio —, 'ele tirou a caixa do Roddy e disse que ia devolver o dinheiro para a Hilda.'

"Aquela garota me lançou um olhar vitorioso. 'Mas agora eu peguei o dinheiro, e estou carregando na barriga um filho do Roddy, e ele está esperando lá fora por mim. Eu só peguei o cara errado dos Seis de Ouro da primeira vez, só isso. Mas agora vai ficar tudo bem.'

"E foi aí que peguei a arma e atirei nela bem entre os olhos."

Epílogo

Um ano depois

Bailey olhava através do pesado véu preto que lhe cobria o rosto para as pessoas reunidas em torno da sepultura de Martha. Matt não estava com ela, porque não havia como disfarçar sua aparência. E, se ele fosse visto e identificado, os jornalistas de plantão acabariam por descobrir Bailey. Agora ela se encontrava no meio de uma dúzia de mulheres também escondidas sob véus pretos, todos feitos por Patsy. A imprensa não conseguia identificar nenhuma daquelas mulheres, além de estarem, de fato, procurando a viúva de James Manville, uma mulher muitíssimo mais pesada do que qualquer uma das mulheres que assistiam ao funeral de Martha McCallum.

Enquanto Bailey contemplava o caixão fechado, pela sua face escorriam lágrimas de gratidão e amor. Martha havia se sacrificado para resguardar o anonimato de Bailey e também para que Bailey conseguisse preservar a felicidade que conquistara. Explicou que tinha uma dívida com Luke por tê-lo mantido só para si durante muitos anos, e a melhor maneira de pagar por isso era ajudando a mulher que ele amara.

Por isso, Martha fez tudo. Supervisionou os advogados e apresentou para as autoridades as provas de que dispunha.

Martha contratou detetives particulares, e eles encontraram uma mulher que disse ter visto Dolores e falado com ela um dia depois de Alex ter voltado para a Virgínia. E meia dúzia de garotas de Calburn podiam testemunhar exatamente onde e quando tinham visto Alex Yates. Por falta de provas, as acusações contra ele foram arquivadas.

Bailey passou a noite inteira acordada conversando com Matt; depois falou no telefone com Martha e fecharam um acordo. Se Bailey aparecesse e provasse na Justiça — e para o mundo inteiro — que era de fato casada legalmente com James Manville, provavelmente receberia o que sobrava dos bilhões dele. Mas, se ganhasse o dinheiro, perderia a privacidade.

— Você se importa? — Bailey perguntou a Matt, testando-o.

— Se eu me importo de perder bilhões? — Matt perguntou, os olhos arregalados, e sorriu. — Não. Não quero o dinheiro. Vi o que o dinheiro tira das pessoas. E, além do mais, tenho tudo o que quero bem aqui.

Ela sorriu para ele, mas não pôde evitar que lágrimas escorressem de seus olhos. Ela acabara amando-o muito, muito mesmo. Ao longo de todo o tempo, ele a tinha ajudado, tinha ficado sempre do seu lado. Nenhuma vez tentara impedir que ela fizesse o que precisava fazer.

Ela estava com as mãos no colo, e mais uma vez girou o anel de noivado que ele lhe dera na noite anterior.

— Posso fazer uma big festa de casamento? — perguntou, e até para si mesma soou infantil.

— A maior que Calburn já viu. Mas... — Matt hesitou.

— Mas o quê?

— Se você não deixar a Patsy fazer o seu vestido, nossa vida vai ser um verdadeiro inferno daqui para a frente.

Rindo, Bailey concordou na mesma hora.

Passaram o dia seguinte conversando sobre o dinheiro e o que fazer quanto a ele. Como alguém poderia administrar bilhões e permanecer anônimo?

No final, quem mais os ajudou foi Arleen. Durante muitos anos ela se sustentara, sendo, como ela mesma dizia, "uma parasita".

— Mas uma boa parasita, querida, uma parasita muito, muito *boa* — disse, e em seguida explicou que tivera de se tornar uma observadora arguta das pessoas. — Quando seu jantar depende de você se dar bem com alguém, você precisa aprender rápido a gostar do que eles gostam e a dizer o que eles querem ouvir.

Para espanto de Bailey, Arleen fez uma lista das pessoas em quem James mais confiava.

— Se você quer gente para administrar sua empresa, procura esses homens — Arleen falou ao entregar o papel para Bailey.

— Na minha empresa, não. Para mexer com o *meu* dinheiro, não — Bailey sussurrou. — Não quero isso.

Foi Martha quem concordou em herdar a fortuna de James Manville. Ela tinha uma certidão que provava que Frank era seu filho, e o nome de Frank constava da certidão de nascimento de Luke McCallum. Com testes de DNA e amostras de cabelo, não foi difícil provar que Lucas McCallum e James Manville eram a mesma pessoa.

Martha fizera tudo aquilo, e tivera de agir sozinha. Idosa, debilitada e fraca, deu um jeito de reunir forças para tratar com advogados e detetives. Ninguém próximo a Bailey podia ajudar, pelo risco de expô-la. Por isso, Martha só pôde contar com o apoio de uma mulher com quem havia feito amizade na clínica de repouso e com algumas das enfermeiras para lhe monitorarem a saúde.

Enquanto corria o julgamento de Atlanta e Ray, que teve grande repercussão na mídia, Matt viajou pelos Estados Unidos para se encontrar com os homens da lista fornecida por Arleen. Ele levou os três meses do julgamento para reunir todos eles e, quando saiu a sentença de condenação, Matt já havia conseguido formar um conselho para supervisionar as indústrias que James Manville um dia possuíra.

Ao longo de dias e noites de trabalho, Matt, Bailey e os homens da lista desenvolveram um plano de dez anos através do qual as empresas acabariam tornando-se autônomas. No final de dez anos, ou as empresas seriam vendidas e os lucros repartidos entre os empregados, ou seriam administradas numa base de participação nos lucros. O objetivo do plano era que, ao final de dez anos, o império de James Manville não existisse mais.

Quando o julgamento chegou a termo, Martha havia envelhecido horrores. Parecia que só se mantivera viva e saudável para resolver essa questão e, agora, com tudo terminado, queria descansar — para sempre.

Depois de anunciada a condenação de Atlanta e Ray à prisão perpétua, duas enfermeiras ajudaram Martha a sentar-se numa cadeira acolchoada fora da sala do tribunal. Com as mãos trêmulas, Martha leu um discurso previamente escrito sobre os planos futuros para a fortuna de James Manville.

Por trás dos repórteres e do lado de fora do tribunal, as pessoas começaram a dar vivas ao saber que não perderiam seus empregos. Os jornalistas, porém, estavam visivelmente desapontados. Queriam que Martha deixasse todo o dinheiro para uma pessoa. As extravagâncias dos herdeiros e herdeiras rendem excelentes reportagens.

— E Lillian Manville? — alguém gritou, assim que Martha terminou seu discurso.

Martha sorriu para o homem.

— Estão cuidando dela — respondeu e, antes que alguém pudesse disparar outra pergunta, colocou a mão na cabeça e caiu para trás na cadeira como se estivesse desmaiando. Na mesma hora, as enfermeiras voaram até ela e um médico saiu correndo em sua direção. Após um breve exame, o médico anunciou que a Sra. McCallum tinha se excitado demais, e que eles precisavam ir embora.

— Mas e a viúva do Manville? — alguém gritou, mas o médico não se virou. Fez um gesto para que pusessem Martha numa maca e a retirassem dali.

Durante três dias, os repórteres se apinharam diante do hospital em que Martha MacCallum se encontrava de repouso. O prognóstico de recuperação fora bom, mas os médicos não levaram em consideração o fato de que Martha não queria recuperar-se. Já estava cansada da vida, e queria ir para junto do filho e de Luke.

Na manhã do quarto dia, Martha faleceu, e as enfermeiras revelaram que seu rosto exibia um sorriso.

Bailey chorou da hora em que a morte de Martha foi anunciada até a hora do enterro.

— Nem sequer posso ir ao enterro — Bailey disse. — E durante tantos anos a gente podia ter se conhecido, mas o James nos manteve afastadas.

— James — Arleen falou serenamente, levantando as sobrancelhas para Matt. Agora Bailey referia-se ao marido falecido como "James" e não mais como "Jimmie".

Matt abraçou Bailey para confortá-la, mas estava sorrindo. Enfim, com a descoberta da verdade, Bailey conseguira deixar James Manville para trás. Ela vira o lado bom e o lado mau dele, e conseguira enfim encará-lo como uma pessoa. Seu amor por James Manville não existia mais. Agora era só uma lembrança.

— Acho que a gente pode dar um jeito — Matt sussurrou em seu ouvido. Dez minutos mais tarde, ele e Patsy haviam tido uma idéia: vestir todas as mulheres envolvidas na Fábrica de Conservas Amora com véus pretos idênticos e todas irem assistir ao enterro de Martha.

E então Bailey depositou três rosas brancas sobre o caixão de Martha. Uma para Martha, uma para Frank e uma para James, o garoto "nascido" naquele fatídico dia de agosto.

Arleen pôs a mão no braço de Bailey.

— Vamos para casa — disse por trás do véu.

— Vamos — Bailey falou. — Vamos para casa.

Impresso no Brasil pelo
Sistema Cameron da Divisão Gráfica da
DISTRIBUIDORA RECORD DE SERVIÇOS DE IMPRENSA S.A.
Rua Argentina 171 – Rio de Janeiro, RJ – 20921-380 – Tel.: 2585-2000